Missi Dominici

CB125112

ALESSANDRO MENDONÇA

Missi Dominici

OS ENVIADOS DO SENHOR

TALENTOS DA LITERATURA BRASILEIRA

novo século®

São Paulo 2015

Missi Dominici
Copyright © 2015 by Alessandro Mendonça
Copyright © 2015 by Novo Século Editora Ltda.

GERENTE EDITORIAL
Lindsay Gois

EDITORIAL
João Paulo Putini
Nair Ferraz
Rebeca Lacerda
Vitor Donofrio

GERENTE DE AQUISIÇÕES
Renata de Mello do Vale

ASSISTENTE DE AQUISIÇÕES
Acácio Alves

AUXILIAR DE PRODUÇÃO
Luís Pereira

PRODUÇÃO EDITORIAL
SSegovia Editorial

PREPARAÇÃO
Livia First

DIAGRAMAÇÃO
Abreu's System

REVISÃO
Lotus Traduções
Paulo Franco

CAPA
Dimitry Uziel

Texto de acordo com as normas do Novo Acordo Ortográfico da Língua Portuguesa (1990), em vigor desde 10 de janeiro de 2009.

Dados Internacionais de Catalogação na Publicação (CIP)
(Câmara Brasileira do Livro, SP, Brasil)

Mendonça, Alessandro
Missi dominici / Alessandro Mendonça. – Barueri, SP: Novo Século Editora, 2015.
(Coleção talentos da literatura brasileira)

1. Ficção brasileira I. Título. II. Série.

15-03513 CDD-869.93

Índice para catálogo sistemático:
1. Ficção : Literatura brasileira 869.93

NOVO SÉCULO EDITORA LTDA.
Alameda Araguaia, 2190 – Bloco A – 11º andar – Conjunto 1111
CEP 06455-000 – Alphaville Industrial, Barueri – SP – Brasil
Tel.: (11) 3699-7107 | Fax: (11) 3699-7323
www.novoseculo.com.br | faleconosco@novoseculo.com.br

novo século®

Aos que acreditam.
E aos que gostariam de acreditar.

AGRADECIMENTOS

Gratidão é algo que todos nós devemos a alguém. Mas a consciência que temos dela costuma diminuir à medida que o tempo afasta o gesto que a produziu daquele que a recebeu. Assim sendo, em relação a esta obra, lembrar-se dos últimos colaboradores é fácil, mas certamente outros tantos, ao longo dos anos, cooperaram de alguma forma para que este momento chegasse. Por isso, agradeço a todos. A meus pais, esposa, filhas, irmãs e familiares; aos meus amigos, professores, leitores; à minha editora e seus colaboradores; aos meus patrocinadores, e àqueles que investiram em mim e em minha carreira. Parafraseando o apóstolo São Paulo, posso dizer que uns semearam, outros regaram, outros colheram e outros, ainda, continuam a espalhar as sementes.

Se você esteve – ou está – no processo, sabe que é participante e merecedor deste agradecimento.

"Em virtude de nossa autoridade apostólica, decretamos e estabelecemos que os mencionados inquisidores têm o poder de proceder, para a justa correção, aprisionamento e punição de quaisquer pessoas, sem qualquer impedimento, de todas as formas cabíveis."

– Inocêncio VIII, Papa

Depois de tudo

O homem não tinha nome. Se tinha, ninguém por ali sabia dizer. O que se sabia sobre ele era apenas o que se via, pois da própria boca nada coerente ouviam. Até podia ser que o doido – assim o chamavam – dissesse algo que fizesse sentido, mas ninguém tentava interpretar, porque ninguém sabia que língua era aquela, se é que era idioma deste mundo.

Ora em latim, ora em alguma fala desconhecida, ouvia-se o doido soltar uma ou outra palavra. Coisa rara. Na maior parte do tempo, ele só grunhia e gritava. Falar, quase nada.

Vivia metido em andrajos; caminhava encurvado e, mesmo assim, sobrepujava em tamanho a maioria das pessoas do condado; comia o que lhe davam ou o que encontrava pelo chão. Grunhia e gritava. Nada mais.

Oh, céus! Eu ia me esquecendo. O doido sofria de flatulência! Ao sonido retumbante de seus gases, cães latiam e crianças se punham a rir e a fazer troças com ele.

Assim o encontrei, e por um instante me pareceu o homem que chorava copiosamente naquele Auto de Fé, cinco ou seis anos atrás.

Uma pequena comitiva o apresentou a mim.

– Expulse dele o demônio, pregador – pediam.

Diziam-me que eu conseguiria porque, desde que eu começara a pregar, fosse no mercado, na praça ou do alto do moinho central, o doido punha-se a ouvir atentamente.

O doido não parecia possesso.

– Exorcize-o! Ele só está calmo assim porque o ouve – protestavam.

– Qual é o seu nome, bom homem?

O semblante do doido não se alterou. Olhar distante, vago. Testa franzida. Mas, para minha surpresa, ele respondeu:

– Siliginis.

Na ocasião, ainda lembro bem, olhei para os outros e busquei confirmar a informação.

– É esse mesmo o nome dele?

– Não! – disseram. – Cada vez que lhe perguntam o nome, ele diz uma coisa diferente. Por isso pensamos que está com os seiscentos diabos! Cada hora diz o nome de um.

Sugeriram que eu perguntasse de novo. Como eu me neguei, por não ver nisso sentido algum (além de fazer pouco do coitado), eles mesmos o fizeram.

– Siliginis Contaminari – respondeu o doido em latim.

– Agora disse o nome e o sobrenome! – riram. – Já está melhorando!

Doidos sempre me intrigavam. Para mim, eles são como enigmas. São seres que se fazem enigmas e querem ser decifrados. Aquele doido queria que eu o decifrasse. Quem decifra um doido, cura-o aos seus olhos.

– Homem, não o conheço – eu lhe disse. – Não sei quem foi, mas sei que, em algum momento, o que você foi se perdeu. Quero lhe dizer que meu nome é Gireaux e que o Senhor da Providência me enviou aqui. Ele mandou lhe dizer que vá até onde costuma dormir e repouse. Ele o fará se lembrar de tudo e revelará coisas que você não sabe: coisas de sua vida e da vida daqueles que você tocou de alguma forma. E você nunca mais será o mesmo. Voltará a ser criança. Você entende?

O doido piscou e baixou o olhar. Eu pensei que ele iria falar, mas ele se virou e se afastou em meio à pequena multidão que nos circundava.

Nunca mais o vi desde então, mas sei que Deus o encontrou e que o faria se encontrar, tanto para condenação quanto para redenção, consigo mesmo.

Do diário pessoal de Jean Gireaux – 1567 AD

Antes de tudo

Anos antes, no condado de Basonvil...

Princípio das revelações.

Nós, os enviados do Senhor.

Ao juiz.

Eis nosso relato.

Sobre Ana

Quanto a Ana, o que temos a dizer é que ela morreu grávida. Mas ninguém tomou conhecimento disso (de que ela estava grávida). Disso ninguém soube, tampouco ela mesma. Até então, apenas desconfiava. Caso seus algozes tivessem ficado sabendo, ter-lhe-iam rasgado o ventre para arrancar o *fruto do Diabo*. Já de sua morte, toda a vila tomou ciência.

– Mulher, insistimos que se arrependa! – vociferou o juiz.

– Eu me arrependo, senhor – balbuciou Ana. – Arrependo-me dos meus muitos pecados...

Ela movimentou os lábios sem que nenhuma palavra mais fosse pronunciada. Não sabia mais o que acrescentar ao que houvera dito e já se cansara de repetir o que os inquisidores não queriam ouvir.

O juiz Jacobus levou as mãos à testa. Estava febril e ofegante. Talvez fosse aquele lugar úmido e quente; ou talvez fosse ela... Ele fez sinal para que Dominic, seu discípulo, trouxesse-lhe novos instrumentos.

Ana evitava olhar diretamente nos olhos do juiz, mas isso não faria diferença alguma. Evitar um olhar direto poderia indicar fraqueza de caráter, hesitação, medo e, certamente, mentiras. Por outro lado, o juiz poderia interpretar um olhar fixo e confiante como tentativa de manipulação. Alguns inquisidores acreditavam que as bruxas tinham o poder de controlar o raciocínio deles por meio do olhar ameaçador e cheio de fúria vingativa, ou mesmo suplicante e cheio de lágrimas, que eles julgavam falsas.

O velho sacerdote moveu-se pesadamente em direção à parede, dando dois longos passos como se estivesse medindo aquele pequeno aposento. Aproximou-se da parede e passou as mãos vagarosamente por toda a extensão. Um pedaço de reboco caiu. *O maldito lugar está caindo aos pedaços*, pensou.

Descobriu uma pequena infiltração ao pé da parede. O chão estava úmido. Jacobus ficou de cócoras e, com a ponta do dedo, começou a escrever na terra molhada.

Olhou para Ana. Ela o fazia lembrar-se de Jordana. Deu mais uma mordida na maçã, seu único alimento até aquela hora do dia. Não pôde se certificar de que ela o olhasse agora. Os cabelos longos e desgrenhados cobriam o rosto dela, de modo que o velho não percebia em que direção fitavam os belos olhos cor de mel.

A cabeça da mulher pendia para o lado, o queixo pousado sobre o peito. Os braços estendiam-se acima da cabeça, presos em uma longa corrente que vinha do teto até uma altura que lhe permitia assentar-se sobre a palha que recobria o chão. Balbucios eram percebidos, mas não distinguidos pelo velho monge. Talvez, pensava Jacobus, fosse uma prece ou, quem sabe, ainda os efeitos da bebida que Ana havia sido forçada a tomar.

Jacobus estava certo de que Ana não era bruxa. Mesmo que fosse, seu julgamento não caberia a um inquisidor, e sim a um tribunal civil. E um tribunal civil possivelmente a condenaria a despeito do bom testemunho local que a mulher possuía. Havia, ainda, a suspeita de participação em reuniões secretas de grupos hereges, mas Jacobus não tinha certeza disso. O denunciante não havia testemunhado o fato, apenas ouvira falar. E, para o inquisidor, denúncias baseadas em rumores não podiam fundamentar um processo.

A mulher parecia dizer a verdade, e esse era o seu "problema". O velho sacerdote precisaria fazê-la confessar a fim de salvá-la da fogueira. A clemência de penas alternativas e mais brandas estava disponível aos hereges confessos que espontaneamente abjurassem a falsa fé, mas Ana insistia em alegar inocência.

– Mulher tola! Não percebe que eu quero livrá-la, pobre criatura? – disse ele enquanto levantava o corpanzil vagarosamente, pressionando-o contra a parede. Estava com coceira nas costas, e a superfície áspera da parede vinha a calhar na situação, uma vez que o velho monge não conseguia alcançar com as próprias mãos nenhum ponto em suas largas costas.

Outro pedaço de reboco descolou-se; dessa vez, grudando em parte no manto do velho.

De um cômodo contíguo ao salão inquisitório, um grupo de auxiliares trouxe um novo instrumento de tortura. Semelhante a uma grande pera, o objeto de ferro continha três peças móveis principais que se distendiam após serem introduzidas na vagina, por meio de um mecanismo simples que fazia com que se abrissem dentro do canal vaginal. Pontas agudas nas extremidades de cada peça provocavam dilacerações e hemorragias que, via de regra, levavam à morte.

Ana, ainda de olhos fechados, fazia uma prece. Não por si. Pelas filhas e pelo marido.

Jacobus aproximou-se da mulher e forçou-a a contemplar o próximo suplício.

– Êh, filha, sabe o que isso faz? – Jacobus perguntou em um tom forçosamente paternal. – Posso explicar ou posso deixar que você mesma descubra. Ou... – O monge, com a enorme mão sobre a cabeça de Ana, fez com que agora ela olhasse diretamente para ele antes de continuar. – Posso mandar que o guardem, dispensando-a de qualquer explicação ou demonstração – finalizou.

– Pelo nosso Senhor Jesus Cristo, não sou bruxa!

Jacobus soltou a cabeça da mulher. Sob outra circunstância, ela teria sido esbofeteada sob a acusação de usar o santo nome do Senhor em vão, mas a mulher dizia a verdade. Se ao menos pudesse libertá-la, recomendando apenas algumas penitências. Faria relatar que se tratava de uma inocente, mas então teria que condenar o delator.

Que Deus considere que minhas intenções são puras, mas não disponho dos meios para fazer a correta justiça que esta situação exige, pensou Jacobus, fazendo o sinal da cruz em seguida. Então, sinalizou para que os algozes preparassem o aparelho.

Ana olhou para o cálice vazio caído ao lado. Estava tonta e confusa, mas o raciocínio não a tinha deixado por completo.

– Mandrágora – disse, esforçando-se para se manter lúcida.

– O quê? – Jacobus voltou-se para a mulher.

– A bebida, senhor. A que o senhor me "ofereceu"...

– Ofereceu?

Noah, ao lado, sorriu quando Ana usou de eufemismo para se referir à bebida que fora forçada a tomar.

– Sim. Era de mandrágora – respondeu o velho. – E o que tem isso?

Ana sorriu, e um lampejo de esperança avizinhou-se à ansiedade que a acompanhava naqueles dias.

– Meu senhor, para que serve?

Jacobus não entendia a razão dessa curiosidade, mas a pergunta o incomodava por motivos óbvios.

– É um analgésico – respondeu, quase sem pensar. – Para aliviar suas dores, filha – explicou Jacobus enquanto seus olhos se arregalavam como se pressentisse que a mulher, talvez, estivesse agora mais predisposta a confessar.

Jacobus podia se aproveitar da situação para induzir Ana a crer na clemência da Igreja. Preparava-se para discorrer sobre as propriedades terapêuticas da mandrágora quando Ana o surpreendeu:

– Meu senhor, por que supliciar, então, alguém que não pode sentir as dores?

Dessa vez, Jacobus não se conteve. Sua mão espalmada acertou Ana na altura do queixo, e o corpo da mulher só não foi lançado longe por estar preso pelos grilhões que pendiam do teto da masmorra.

– Êh, mulher! Enviada de Satã! – vociferou. – Estava me seduzindo o tempo todo, enquanto eu, inocentemente, julgava que você... que você... – Jacobus não conseguiu concluir. Era embaraçoso demais para ele. Tinha vergonha de toda a clemência que sentira por aquela mulher.

O monge levou a mão agressora ao peito, segurando-a junto ao coração. Ele a esfregava como que tentando expurgá-la do ato. Estava cônscio de que, como sacerdote, não podia tomar parte em tortura. Os flagelos eram permitidos e, certamente, consolava-se Jacobus, não eram pecado. Mas havia uma recomendação de que os clérigos se limitassem a conduzir o processo inquisitório deixando as mãos limpas de sangue.

É interessante notar quanto as mentiras dos homens revelam quando pretendem esconder.

Ana endireitou-se como pôde e tentou limpar o sangue que escorria da boca na manga do vestido. Ela ainda tinha algo a dizer e, embora a esperança já tivesse sumido, não temia mais as consequências.

– A planta que o senhor me ofereceu como remédio é a mesma por cujo uso estou sendo condenada.

– Não lhe dei nenhum remédio, sua vadia imunda! A bebida faz com que os demônios que existem em ti se manifestem e que você confesse.

– Não! Ela faz com que eu diga o que vocês querem ouvir – gritou Ana com força e clarividência incomuns.

Poções extraídas de plantas como mandrágoras e estramônio provocavam alucinações e terríveis delírios; Ana sabia disso. Havia sido alertada sobre tais efeitos quando recomendada a usar os extratos da planta para tentar engravidar. Por isso estava ali. Por utilizar a mesma erva da qual seu algoz se valia para fazê-la dizer aquilo que lhe convinha.

– Você praticou um ritual satânico e, por isso, está sendo condenada. E também por se negar a dizer o nome da infame que a orientou a fazer isso! – bradou Jacobus com o dedo em riste.

O inquisidor fez sinal para um auxiliar e, em seguida apontou para os rolos colocados sobre uma mesa ali perto. O processo foi trazido ao monge, que aproximou-se da luz da candeia para ler as acusações e os méritos da questão.

– Vista diversas vezes em noites de Lua cheia, deitada sobre a relva... Nua! Fogueiras, bebidas... – Jacobus fez uma pausa, esperando que Ana se manifestasse. Como ela continuou em silêncio, ele prosseguiu: – Um demônio em forma de cão foi visto junto a você. E Deus no céu me impeça de imaginar o que vocês faziam ali.

– Era um cão de verdade.

– Mas sabemos que vocês não têm cão dessa cor.

– Eu tive que conseguir um.

– E para quê?

– Para retirar as mandrágoras. O senhor não deve saber, mas as mandrágoras devem ser retiradas em noite de Lua cheia com a ajuda de um cachorro de pelo negro.

– E por que essa sandice?

– As pessoas dizem coisas...

– Que tipo de coisas? Quem diz?

– Dizem que apenas um cão preto pode puxar a mandrágora da terra usando uma corda amarrada.

– Senão...

– Senão a raiz da planta grita tão alto que pode matar quem a ouvir.

– Magia negra! Bruxaria! – gritou Jacobus.

– Eu só queria ter um filho! – gritou Ana novamente. – Só queria um menino.

Ana morreu grávida. Mas quase ninguém soube disso.

Exceto nós.

* * *

A morte de Ana nos fez lembrar um poema que falava de uma mulher assassinada. O corpo dessa mulher, no chão, jazia com as marcas da morte e da vida, como o corpo de Ana. Mas, ao chegar ao paraíso: "Que linda e alegre menina / Entrou correndo no véu / Lá continuou como era / Antes que o mundo lhe desse / A sua maldita sina: / Sem nada saber da vida / De vícios ou de perigos, / Sem nada saber de nada... / Com a sua trança comprida, / Os seus sonhos de menina, / Os seus sapatos antigos!"

Guilo quis saber de quem era o poema. "De ninguém, por enquanto", respondemos. "Ainda *será* escrito".

Sobre Cristine

Quanto a Cristine, o que temos a dizer é que ela soube da morte de Ana enquanto enrolava o colchão de palha no qual mal dormira, atormentada que fora por seus sonhos na noite anterior.

O corpo doía; a cabeça também. Cristine colocou as mãos sobre a cintura e arqueou-se para trás. Então, esticou os braços ao alto o máximo que pôde e movimentou os quadris de um lado a outro; depois a cabeça. O pequeno Lucas riu e levantou os bracinhos, imitando a irmã.

Cristine voltou-se para o colchão a fim de terminar logo sua primeira tarefa do dia. A mãe já deveria ter chegado àquela hora, e a demora a preocupava. Todos já estavam acordados e já haviam vestido as roupas por sobre as camisolas de dormir. Sara estava à mesa com os pequenos e Cristine terminava de enrolar o colchão quando a mãe entrou:

– Ana morreu! – foi dizendo enquanto entrava.

Cristine ia perguntar, mas o pai se antecipou:

– Mas, como?

– Os inquisidores... – A mulher fechou a porta atrás de si apressadamente. – Eles a mataram – disse com voz entrecortada.

O pai tomou parte da lenha que acabara de cortar e colocou na fogueira, na qual uma uma panela já cozinhava ervilhas.

Lucas veio correndo e pendurou-se no pescoço do pai. Olhou para o caldeirão de ervilhas e exultou:

– Pudim de ervilhas!

O homem colocou o pequeno de volta no chão e fez sinal para que Sara o levasse para a mesa. Queria se certificar do que acontecera a Ana.

– Mas quem lhe disse? Como soube disso?

– Nora Cervejeira me contou agora há pouco. – A mãe levou a cerveja que acabara de comprar e serviu os filhos. Repartiu o pão e prosseguiu: – Disseram que o demônio a matou – disse enquanto fazia o sinal da cruz duas vezes.

O pai repetiu o gesto, e Lucas, com as mãozinhas sobre a face, imitou ambos, também fazendo um sinal. Não foi exatamente uma cruz. Sara aplicou-lhe uma pequena bronca corretiva:

– Comporte-se Lucas – sussurrou nervosa.

Cristine sentou-se à mesa e molhou um pedaço de pão na cerveja. Todos comiam em silêncio, atentos à conversa dos pais.

– O demônio a matou? Mas como? – perguntou o pai, dessa vez sem fazer o sinal.

– Isso eu não sei. Nora também não soube dizer.

– E como ela soube? Quem contou a ela? – insistiu o pai.

A mulher não respondeu. Franzindo a testa, olhava por entre as frestas da parede o cavalo, único animal de carga da família, que lá fora se debatia e rolava em uma poça de lama.

O marido se aproximou e, de imediato, identificou o que tanto atraía a atenção da esposa.

– Não passa desta noite – sentenciou.

Cristine levantou os olhos em direção ao pai. Ela gostava do animal. Não entendia por que nada mais podia ser feito.

– O que há com ele, meu pai? – Sara antecipou-se à curiosidade de Cristine.

– Tem cólica. Já está sofrendo há dias.

– E se não for o que pensamos? – disse a mãe. – E se for "outra coisa"?

O pai levou a mão ao queixo e alisou o rosto antes de se certificar do que a esposa insinuava.

– Você não acha que ele está possuído, acha?

A mulher voltou-se para a mesa e, enfim, sentou-se. Respondeu, então, com firmeza:

– Não. Não acho. Mas o que eu acho não importa, homem. Nem a verdade importa, de fato – disse a mulher, olhando para o cavalo mais uma vez e, em seguida, para o marido. – O que importa é o que os "outros" acham – enfatizou, estendendo os braços sobre a mesa como se quisesse abraçar a todos que ali se sentavam. – Temos que proteger nossa família. Não podemos permitir que alguém suspeite de nós.

– Mas nada fizemos de errado – protestou Sara.

– Isso não é o bastante – disse a mãe, batendo com as mãos na mesa. – Temos que encontrar alguém que tenha feito, então! Testemunhas são sempre tidas em alta conta pelos magistrados.

Sobre os sonhos

Sonham os homens e as mulheres o tempo todo, disso sabemos. Alguns sonham com o que desejam, alguns sonham com o que temem. Alguns sonham *conosco,* e há aqueles que sonham com *os outros.*

Quanto aos sonhos de Cristine, o que temos a dizer é que eles começaram em sua mocidade, quando ela tinha por volta de treze anos.

As moças da idade e do vilarejo de Cristine sonham com rapazes ricos, da nobreza ou de povoados mais prósperos, não com os molecotes conhecidos ou velhos asquerosos. Sonham com príncipes.

Não Cristine, todavia.

Ela sonhava com monstros que a perseguiam, mas não para matá-la.

Cristine contemplava o quadro pendurado na parede da igreja: *A boca do inferno*. Detalhadamente retratados, homens e mulheres apareciam misturados; os corpos uns por cima dos outros. Às vezes, apenas parte do corpo aparecia, como uma perna ou um braço estirado em busca de ajuda. Um mar de gente. Em meio às pessoas, demônios das mais variadas formas: de cães, bodes, serpentes e até misturas de todos esses.

Cristine contemplava o quadro ao lado da amiga, Ângela, e perguntava-lhe por que um quadro assim ficava exposto na Casa do Senhor. "Deveria haver um quadro do céu", dizia. Mas Ângela lhe explicava que as pessoas deviam temer a morte e o juízo final. Deviam contemplar aquilo que as motivasse à obediência e à fidelidade à Santa Igreja.

De súbito, Ângela pareceu ler os pensamentos de Cristine:

– Você está os desejando, não é?

Cristine arregalou os olhos e afastou-se do quadro. Voltou o olhar para Ângela e respondeu que não, que ela não desejava ir para o inferno. Mas Ângela não se convenceu:

– Eu não disse que você queria ir para o inferno – disse, sorrindo maliciosamente. – Disse? Eu disse que você *os desejava.*

Cristine percebeu que o quadro agora se movia. Que as pessoas que estavam dentro d'A boca do inferno se moviam sinuosamente como serpentes deslizando umas por cima das outras. Nuas. Os demônios sorriam e saltitavam, batendo os calcanhares uns nos outros.

Cristine olhou de volta para a amiga em busca de resposta para aquilo tudo, mas Ângela estava mais atemorizada que ela. Ela gesticulava desesperadamente e não podia falar. Seus lábios estavam grosseiramente costurados. Mas Cristine conseguia ler os pensamentos dela: *Sua mãe costurou minha boca*, dizia a amiga emudecida. *Ela disse que faria e o fez. Costurou minha boca, a maldita!*

Do quadro, saltou um cão enorme e feroz. Cristine tomou Ângela pela mão e correu o máximo que pôde. A cidade estava deserta; as portas das casas, fechadas. Talvez Nora Cervejeira pudesse ajudá-la. Se Ângela, ao menos, pudesse correr mais rápido.

O cão agora havia se transformado. Estava semelhante a um javali mais encorpado e com uma longa cauda. Parecia um animal selvagem. Ele havia capturado Ângela e a devorava. Cristine seria a próxima refeição. Não havia para onde correr, nem quem a ajudasse. O animal aproximava-se, e Cristine estava encurralada. Sentada no chão, exausta e sozinha, ela pensou em uma saída.

Talvez o animal a deixasse em paz se ela fosse boazinha.

Sobre o levedo da maldade

Os dias seguintes à notícia da morte de Ana continuaram com a mesma rotina de trabalho dos dias anteriores: trabalhadores no campo podavam as videiras, outros seguiam as orientações de Marcel Carpinteiro no conserto da roda d'água, depois de mais uma cheia do rio, e o moinho demonstrava ter voltado à atividade, depois da quebra de uma de suas pás pelos fortes ventos. Embora ventos e cheias fossem eventos corriqueiros, dessa vez se ouvia o murmúrio de que a causa fosse de cunho espiritual. Falava-se até em uma nova tempestade de granizo para as bandas do sul.

Depois que se divulgou que Ana praticava bruxaria, o assunto das conversas resumia-se a interpretar cheias, ventos, ataques de lobos ao rebanho e doenças de procedência maligna, e a discutir quem fazia o que e contra quem.

Dizia-se que o viúvo de Ana havia ido embora com os filhos. Quanto ao corpo da esposa, ninguém soube, ninguém viu.

– Mas, se não foi executada, por que não entregaram o corpo? – indagou Keira às irmãs Fedora.

– E quem disse que ela não foi executada? – rebateu Constance com ares de deboche. – Pois foi supliciada até a morte, isso sim. Merecidamente – concluiu, voltando-se para a irmã.

– Sim, merecidamente – assentiu a gêmea Carmela.

Iam dar início ao discurso de defesa da moral e pureza cristãs. E iam tornar a falar de Cristine, de seu casamento e de como as pessoas haviam perdido os valores, mas Keira não se prestava a esses falatórios. Ademais, já os conhecia bem. Entretanto, precisava das Fedora, ao menos, para sanar sua dúvida.

– Mas disseram – sussurrou, baixando a cabeça e levando a mão à boca – que foi o demônio que a matou!

– Sim. Também ouvimos isso – disseram as gêmeas conjuntamente. – E também que ela teve um enterro cristão.

– Não faz sentido. Pois, se era uma feiticeira, por que foi enterrada como cristã?

– Disse o inquisidor que ela se arrependeu, mas não acreditamos nisso – respondeu Constance, olhando para a irmã.

– Sim, não acreditamos – concordou Carmela.

A jovem fez menção de sair, mas Constance a conteve:

– Aonde você vai agora, Keira?

– Vou buscar centeio para fazer pão.

Constance pousou a mão gentilmente no ombro de Keira e ajeitou um laço do vestido, antes de alertá-la:

– Ouvimos dizer que o centeio não presta – iniciou.

Carmela balançou a cabeça afirmativamente.

– Sim, foi o que ouvimos.

Constance continuou:

– E que o moinho esteve fechado e que o centeio estragou devido à umidade.

Keira não pareceu demonstrar preocupação.

– Já comi pão embolorado em mais de uma situação. É isso ou passar fome. Ademais, depois que se assa, mal não faz.

A jovem fez menção de sair mais uma vez e ia se despedindo quando lhe ocorreu perguntar quem havia alertado as Fedora sobre o centeio estragado.

– Dois viajantes – responderam. – Estávamos indo ao moinho e os vimos descendo a cavalo, alertando as pessoas.

– De onde eram? – questionou Keira. – E por que vocês acreditaram em estranhos?

– Não sabemos de onde eram – respondeu Constance. – Apenas que eram bem-apessoados. Distintos... – Seu olhar vagueou em direção ao local em que vira os estranhos antes de concluir. – E não dissemos que acreditamos. Dissemos, Carmela?

Carmela sacudiu a cabeça.

– Não dissemos – confirmou. – Dissemos que *ouvimos* dizer – concluiu, enfatizando o "ouvimos".

E passaram a discorrer sobre a beleza dos viajantes e sobre como eles haviam entrado na casa de Theodora, "aquela louca que diz ter visões do paraíso", e depois, misteriosamente, desaparecido.

– Sumiram? – perguntou Keira. – Assim, sem mais nem menos?

– Não, é claro. Não como um passe de mágica – explicou Constance. – Apenas entraram na casa de Theodora e lá demoraram até...

– Até que cansamos de esperar que saíssem e fomos embora – completou Carmela.

– E depois soubemos que haviam partido, mas ninguém os viu saindo – concluiu Constance.

– Sim. Ninguém os viu mais – concordou a outra Fedora.

* * *

Quanto ao denuncismo que se restabeleceu na vila, o que temos a dizer é que foi iniciado por um bocado de pão de centeio contaminado por fungos. Entretanto, o levedo da maldade que contagiou quase todos não estava no pão, mas nos olhos e nos corações dos homens e mulheres do condado.

E, também, em uma trágica brincadeira de mau gosto.

Sobre Jacobus

Quanto ao juiz Jacobus, o que temos a dizer é que as atividades dele não se limitavam exclusivamente a encaminhar condenados por heresia aos tribunais civis para execuções por vivicombustão ou enforcamento; ou ainda à tortura e prisão. Jacobus orgulhava-se de envidar todos os esforços possíveis a fim de evitar a condenação de um justo. Esse era o papel do inquisidor. E também se dedicava ao preparo de novos inquisidores. Foi a um deles, Etienne, que há muito, muito tempo, o ouvimos contando esta história:

– Etienne, fique sabendo você que eu já absolvi pessoas acusadas de bruxaria.

Por essa época, o jovem Etienne já era um noviço bastante questionador.

– O senhor defendeu as bruxas, meu pai?

A pergunta não era agradável, mas o tom da voz de Etienne não era de um espanto escandalizado. Para Jacobus, aquilo mais se assemelhava a uma admiração quase devocional. Sim, o jovem Etienne por certo se maravilhava com a graça e o zelo com os quais, à semelhança do próprio Deus, Jacobus conduzia os inquéritos. Era o que o sacerdote pensava. Por isso não se impacientou com o questionamento do jovem aprendiz.

– Sim, meu filho. – O velho pousou a mão sobre o ventre, e seus olhos perderam-se no vazio. – Houve uma noviça, há muito tempo, a quem ajudei a se livrar de uma condenação certa... O nome dela era Agnes.

– E o que houve, então? – Interessou-se Etienne.

– Êh, moço, não houve nada... Ela foi salva. As acusações eram levianas. Acusavam-na de ter adorado o demônio, mas isso foi há muito tempo.

Jacobus deu-se conta de que *esse* episódio, em particular, não era caso para tratar com um discípulo inexperiente. Decidiu mudar a narrativa enquanto ainda era tempo, sem despertar curiosidades inconvenientes.

Contou-lhe então como, no início de sua magistratura, livrou a vida de duas mulheres falsamente acusadas de bruxaria por uma inimiga mortal. Dois caçadores de bruxas contratados pela inimiga das acusadas foram flagrados aplicando nelas pequenas picadas com adagas finas. Nos tribunais, marcas desse tipo eram tidas como prova de que quem as possuísse havia feito pacto com o Diabo.

– É por isso que o tribunal inquisitório é instalado – concluiu o sacerdote. – Para coibir os excessos, evitar condenações injustas e proteger a Santa Igreja. – Jacobus apoiou as mãos no parapeito da janela e fez questão de prestar mais um esclarecimento: – A bem da verdade, não defendi bruxas, e sim mulheres injustamente acusadas de bruxaria, ou acusadas com provas não conclusivas.

Etienne se alegrava quando percebia algum traço de bondade no velho. Sempre ouvira falar de sua fama de severidade, austeridade e até brutalidade. Momentos como esse, portanto, deviam ser apreciados e, na medida do possível, prolongados ao extremo.

– Insuficiência de provas! – bradou Etienne com o dedo em riste, feliz por se lembrar das lições.

O juiz também sorriu e balançou a cabeça afirmativamente.

– Sim, meu futuro inquisidor. Diga-me agora, pois, quais são as quatro formas que permitem concluir que uma acusada é bruxa.

Etienne sabia, é claro. Primeiramente, pelo depoimento de testemunhas fidedignas. Além disso, pelas evidências diretas de bruxaria, que podiam ser objetos ritualísticos encontrados junto aos pertences da pessoa acusada, ou pelas evidências indiretas, como animais que não adoecem ou que produzem mais, filhos que não morrem no parto, prosperidade incomum de forma geral. E, por fim, pela própria confissão.

Tudo isso era do conhecimento de Etienne. Mas, antes de responder, tendo mesmo as palavras na ponta da língua, o jovem atentou para algo que o juiz dissera e que passara quase despercebido por ambos. Algo que Etienne sempre se perguntara e, quando houvera buscado a resposta entre seus pares ou até superiores, nunca se satisfizera por completo.

Etienne respondeu listando rapidamente os quatro meios e, em seguida, perguntou:

– Meu senhor, perdoe-me a insolência, mas julgo ter ouvido o senhor dizer "bruxas acusadas". – Etienne fez uma pausa, engolindo em seco, e, entrelaçando os dedos de uma mão com a outra para disfarçar o tremor, prosseguiu: – Meu pai, por que sempre escutamos a menção apenas ao sexo feminino quando se trata de bruxaria?

O temor de Etienne foi exagerado. A pergunta não incomodou o velho.

– Isso é simples e deveria ser de seu conhecimento, mas me alegro em poder dirimir sua dúvida, meu caro. – Jacobus assumiu um tom professoral enquanto discorria sobre seu conhecimento. – As mulheres são naturalmente mais carnais do que os homens. Isso está provado duplamente: na vida e nas Sagradas Escrituras. Na vida, pelas inúmeras abominações carnais que a mulher pratica, bem como sua natural sedução e vulgaridade, e na própria criação da mulher, dizem-nos as Escrituras, pois ela foi feita da costela do homem que é torta. Devido a esse defeito, a mulher é incompleta e imperfeita.

Jacobus virou o corpanzil mostrando as costas para o noviço, percorrendo com o dedo a curvatura da própria costela enquanto prosseguia na explanação. No entanto a mente de Etienne desligou-se por completo do que ouvia e concentrou-se apenas em todas as costelas do corpo do inquisidor. Todas curvas. Tortas, como tortas são as costelas de todos os homens, afinal.

O velho inquisidor percebeu o olhar distante do noviço.

– O que há, rapaz?

Etienne achou por bem voltar ao assunto inicial da absolvição das falsamente acusadas de bruxaria.

– Meu pai, conte-me mais algum de seus justos julgamentos e dos livramentos dos pobres inocentes condenados – sugeriu o jovem.

O velho sorriu.

– Na verdade, meu jovem, ao inquisidor não compete julgar, mas tão somente inquirir, obter a verdade e, a partir dela, tomar as medidas necessárias; o que não deixa de ser um julgamento, é verdade. Mas, embora eu seja tratado como juiz por alguns, prefiro ser visto como um cooperador de Deus na busca pela verdade e pela retidão.

Conquanto fosse admirador de seu mestre, o jovem noviço estava interessado em outro tipo de informação, que não o currículo de Jacobus.

– Meu pai? – disse ele.

– Sim.

– O que aconteceu a Agnes?

Jacobus levou a mão aos lábios, comprimindo-os, enquanto vasculhava a memória. Não se recordava de ter mencionado o nome da noviça.

– Êh, moço... Que Agnes? – despistou.

– A noviça a quem o senhor livrou – respondeu de pronto Etienne. – O senhor disse de uma noviça acusada levianamente, depois suspirou e falou "Agnes", sussurrando quase. Penso que seja o nome da noviça, não?

Jacobus balançou a cabeça afirmativamente, suspirando de novo.

– Nunca mais a vi. Ela foi expulsa da irmandade – limitou-se a dizer.

Etienne percebeu o olhar distante e nostálgico do mentor, e isso atiçou a curiosidade do rapaz. Contudo, também, parecia que o homem não queria se estender sobre aquele assunto, e insistir poderia significar a transposição de um limite que Etienne identificara e preferia respeitar. Ademais, sentia-se aliviado com o bom humor do velho. Ele não gostava de ver o juiz irritado.

Nenhum de nós gostava.

Sobre um encontro à beira do rio

Cristine andou o mais rápido que pôde. Sem correr, no entanto. Correria se pudesse, mas o chão estava por demais escorregadio. A bem da verdade, gostaria de ser invisível, passar despercebida. Correr, então, seria contraproducente, visto que chamaria mais atenção. Andava rápido o suficiente para que quem quer que a visse deduzisse que ela não tinha tempo para conversas. No entanto, intimamente, sabia que as conversas aconteciam. Estivesse ela presente ou não.

E, quanto às conversas, o que temos a dizer é que testemunhamos muitas e tomamos conhecimento de outras tantas. Elas eram diversas e, por vezes, conflitantes.

As irmãs Fedora perceberam a pressa de Cristine, mas não tinham intenção de conversar com a moça. Sabiam de tudo – inclusive o motivo da pressa.

– Lá vai a rejeitada – disse Constance. – Rápida como uma gazela.

A outra riu e comentou:

– Sim, rápida como seu casamento.

– Pelo menos, tem vergonha.

Novos risos.

– Sim, muita vergonha.

* * *

Cristine avistou a amiga de longe. Sorriu e sinalizou com a mão. Olhou para trás. As Fedora ainda riam, mas não mais a olhavam "daquele jeito".

Ângela gritou, ainda distante:

– Estou indo à sua casa! Aonde você vai?

– Estava indo à sua! – respondeu Cristine rindo.

Ângela levantou a barra do vestido para não arrastá-lo na lama e teve que se equilibrar sobre um tronco caído para passar por sobre uma grande poça.

– Já ficou sabendo? – Ângela antecipou-se, ainda sobre o tronco.

Cristine abanou as mãos, indicando que Ângela deveria se conter.

– Ainda não – sussurrou por entre os lábios quase fechados.

Ângela não entendeu e retornou mais alto:

– Ainda não sabe? – gritou dessa vez.

– *Shhhhiiiuuu*! – Cristine pôs o dedo nos lábios, indicando silêncio, e olhou de soslaio para o lado, revelando sua preocupação.

Ângela olhou para as irmãs Fedora e assentiu com a cabeça, entendendo a mensagem.

Cristine estendeu os braços e auxiliou a amiga a terminar a travessia.

– Vamos conversar embaixo do velho carvalho – sugeriu Cristine.

Ângela olhou mais uma vez para a direção das Fedora. Não estavam mais lá.

– Será que as Fedora são bruxas?

Cristine olhou em busca das irmãs.

– Onde estão? Para onde foram? – perguntou.

Ângela deu de ombros.

– Por isso mesmo perguntei se são bruxas. Estão sempre em toda parte e de repente... – Ângela estalou os dedos. – Desaparecem!

* * *

Podemos assegurar que as irmãs Fedora não eram bruxas. Era o que sabíamos. De fato, podemos dizer que a maioria das condenadas ou suspeitas de bruxaria também não era.

Na verdade, até mesmo algumas das que pensaram ser – tendo sido condenadas como tais – não eram.

De qualquer forma, a mentira alastrava-se em meio a todos: bruxas reais, alegadas ou pretensas, e entre aqueles que as caçavam em nome de Deus.

* * *

Elas correram. Mesmo sabendo que não havia ninguém olhando e questionando a razão da pressa. Queriam compartilhar os acontecimentos, e isso era motivo suficiente.

O dia estava nublado como de costume, e o orvalho no mato alto começava a molhar as barras dos vestidos, que iam ficando mais pesados.

Passaram por Simão, o Agiota, que fez sinal para elas como se quisesse dizer algo. De fato, foi o que aconteceu, mas elas não se importaram. Oferta de empréstimo é que não seria, posto que elas não teriam como pagar. Talvez fosse alguma cobrança. Simão tinha por costume cobrar de quem conhecia os devedores dele.

Já beiravam o rio quando diminuíram o ritmo. Ângela parou primeiro, ajeitou os cabelos e respirou profundamente. Cristine apoiou a mão sobre os joelhos, arqueando o corpo para a frente e tomando fôlego.

Caminharam mais um pouco, falando sobre amenidades, reservando o assunto proibido para quando chegassem ao local onde costumavam trocar confidências e imitando o modo com que os rapazes faziam a corte ao estilo dos trovadores e poetas.

O rio era amplo, mas raso nessa parte em que estavam. Nos períodos de menos chuva, a água baixava tanto que era possível atravessá-lo de uma margem à outra. Naquele dia, com o sol começando a despontar por detrás das nuvens, elas até se dispuseram a pisar na água, mas, com as pedras escorregadias e a correnteza mais forte que de costume, resolveram voltar para o seco. Sentaram-se sobre o tronco caído de uma aveleira.

– Então, Ana... – iniciou Ângela.

– Sim, morreu – antecipou-se Cristine.

Ângela assentiu com a cabeça, mas não era exatamente à morte que iria se referir. Recomeçou, portanto:

– Então, ela... – Ângela respirou profundamente, voltou seu olhar para a floresta, como se procurasse algo e prosseguiu: – Ela tinha encontros, não é? – perguntou, deixando escapar um breve sorriso que Cristine não notou, porque olhava para o chão.

Cristine franziu a testa.

– É o que soubemos. É o que disse o bailio. Ou, pelo menos, foi o que meu pai disse que Nora Cervejeira disse que escutou de alguém que ficou sabendo na cidade.

Ângela tinha prontas as próximas dúzias de perguntas e comentários, mas quis se certificar de que teria tempo para tudo.

– Cristine, sua mãe está em casa?

– Não. Saiu para fiar na casa do nosso Senhor. Vai demorar. – E completou, adivinhando as intenções de Ângela: – Fique tranquila, temos tempo suficiente.

Silêncio. Ambas procuravam escolher o que dizer em meio ao emaranhado de dúvidas, conceitos e, especialmente, curiosidades.

Então, dispararam a falar. Sobre Ana, seu marido, as agruras que diziam ter sofrido presas; sua fé por todos reconhecida e sua moral inquestionável até aquele episódio. Mas não tocaram em um assunto em particular: a Missa Negra, o "Sabá", o macabro ritual invocatório do qual Ana era acusada de ter tomado parte.

Era uma manhã bonita. Cristine sentou-se, agarrando as pernas junto ao corpo, fechou os olhos e levantou a face ao céu, deixando-se aquecer com aquele calorzinho gostoso.

– Faz frio – sussurrou com voz trêmula.

– Mas o Sol acabou de aparecer – questionou Ângela. – Não a entendo. Até agora você estava estendida aí, banhando-se de Sol, e de repente...

– Agora tenho frio. Estou com arrepios de tanto frio – interrompeu Cristine.

Ângela percebeu que deveria deixar aquela conversa para outra oportunidade. Ou até nunca mais levá-la adiante, mesmo que Cristine parecesse curiosa por um momento.

– Vamos atirar pedras! – convidou Ângela, levantando-se de imediato.

– Vamos! – gritou Cristine enquanto se levantava e batia a mão contra o vestido, tentando, inutilmente, livrar-se de algumas cascas de aveleira e gravetos presos no tecido.

Chovera na noite anterior e a correnteza estava forte. *Nada que pudesse fazer mal*, pensavam. Afinal, o rio era raso e, normalmente, límpido. Seu fundo era coberto de pedregulhos, e não se podia fazer outra coisa ali senão atirar pedras. Não havia como nadar ou pescar naquele trecho.

Cristine coletava pedras. Escolhia as mais lisas e achatadas, retirava o limo e limpava-as até que se pudesse perceber detalhes de sua superfície. Algumas menores ela colocava sobre os dedos, como se fossem anéis.

– Olhe meu anel de pedra preciosa! – gritou Cristine à amiga.

– Anel de pedra de rio, isso sim! – desdenhou Ângela, sorrindo.

– Mas é tão bonito. Por que não poderia ser um anel?

– Porque não vale nada. Não é uma pedra preciosa.

– E por que as pedras preciosas são preciosas?

Ângela ia dizer que não sabia, que isso não tinha importância. Ela ia mudar de assunto, mas pensou em uma resposta melhor:

– São preciosas porque são raras. Isso as torna caras e, portanto, valiosas – disse enquanto se aproximava de Cristine para observar melhor, afinal, o anel de pedra da amiga.

– Olhe – apontou Cristine. – Não há pedra igual. Já colhi várias. Todas diferentes. Já as pedras "preciosas" são todas iguais entre elas. As esmeraldas são verdes, e os rubis, vermelhos. Duas esmeraldas podem ser idênticas. Meu anel não. É único.

Ângela sorriu. Fazia sentido. Então, por que não era assim?

– Seu anel de pedra não brilha – Ângela provocou.

– Ora. Isso não é nada. Olhe aqui de perto. Ela parece ter sido pintada à mão.

Cristine esticou o braço cuidadosamente em direção à amiga, equilibrando a pedra sobre a mão espalmada para baixo. O movimento, entretanto, fez a pedra escorregar e cair de volta no rio. Cristine soltou um grito:

– Minha pedra, Ângela! Meu anel!

Ângela agachou-se e levou a mão à direção do local onde a pedra caíra.

– Achei!

Cristine balançou a cabeça negativamente.

– Não... Não é essa. Não é essa.

Apoiou as mãos sobre os joelhos, curvou-se e, então, a viu.

– Ali! Ali! Achei! – apontou.

Ângela virou-se de súbito e desequilibrou-se. Caiu sentada.

Cristine pegou a pedra, soltou as demais e foi em direção à amiga, para ajudá-la a se levantar.

Sentada como estava, Ângela percebeu que seu corpo começava a deslizar. A água não chegava à altura do peito. A princípio, ela achou engraçado. A correnteza estava forte o suficiente para fazê-la deslizar sentada por sobre os pequenos seixos. Desde que não se deparasse com alguma pedra pontiaguda, Ângela até apreciava a sensação.

– Ei, é divertido! – reconheceu e voltou-se para Cristine com um olhar convidativo. – Venha!

Cristine sentou-se. Ajeitou o vestido de maneira que não lhe servisse de freio nem atrapalhasse a brincadeira de deslizar sobre as pedras. A correnteza parecia mais forte agora e empurrava seus corpos rio abaixo.

As duas riram. Ainda rindo, de súbito, Cristine entendeu o que o manco Simão havia pronunciado quando passaram por ele como duas gazelas correndo de cães: "Cuidado com o rio".

Foi então que Ângela soltou um grito assustado. Seu corpo chegara a um desnível do rio, e a água estava até o seu pescoço.

Cristine entendeu que era hora de parar a brincadeira. Firmou os pés contra o chão, tentando contrapor os calcanhares a alguma pedra maior que estivesse firme no chão. Ângela já estava de pé e tentava tirar o vestido molhado e pesado, com a intenção de lavá-lo ali mesmo.

Cristine conseguiu firmar os pés e colocar-se de cócoras, mas, ao se levantar, desequilibrou-se novamente, caindo dessa vez de frente.

O susto a fez engolir água e engasgar-se. Sem conseguir abrir os olhos e engasgada, Cristine perdeu a orientação e não conseguiu se colocar em pé. Seu corpo foi sendo arrastado até um vão profundo e, até aquele instante, desconhecido para ela. Seus pés mal tocavam o fundo.

Ângela saltou de volta para o rio e correu pela parte mais rasa como pôde. O leito do rio fazia uma curva, e Ângela perdeu Cristine de vista. Ela voltou à margem e correu por entre árvores e plantas até encontrar uma estreita trilha que dava acesso ao poço no qual as mulheres recolhiam água.

Não havia ninguém ali que pudesse ajudá-las. Ângela conseguiu visualizar Cristine alguns metros à frente, já na parte mais caudalosa do rio.

– Cristine!

Ângela despiu-se o mais rápido que pôde e saltou no poço. Se tivesse pensado melhor, não teria feito isso. Não poderia ir longe. Onde estava, a água era calma e própria para banhos e pescaria, mas logo adiante a correnteza era perigosa, e o leito do rio, mais profundo. Ainda assim, Ângela nadou além de onde a previdência permitia. Com a correnteza a favor, ela avançou centenas de metros leito abaixo. Não podia prosseguir sem correr o risco de se afogar antes mesmo de alcançar a amiga. Mas não seria necessário. De onde estava, pôde ver um barco descendo sozinho junto à margem oposta, onde Cristine permanecia, inexplicavelmente, parada. Ora afundava, desaparecendo totalmente sob as águas, ora retornava à superfície. Ângela percebeu que a amiga devia estar presa a algum galho ou pedra submersa.

– Cristine – Ângela gritou o mais alto que pôde. – Veja o barco! O barco! Ali! Ali!

Cristine visualizou o barco descendo sozinho, aparentemente sem ninguém dentro; a menos que alguém estivesse deitado.

O barco aproximou-se o suficiente para Cristine tocá-lo. Subir, entretanto, parecia impossível. Temia fazer o barco virar sobre si. Além do mais, seu vestido ainda estava preso a uma pedra submersa.

Não havia ninguém no barco. Entretanto, algo ou alguém o impedia de continuar descendo pela correnteza. Cristine mergulhou mais uma vez e conseguiu tocar a pedra com os pés, apoiando-se minimamente; ainda assim, o suficiente para desvencilhar o vestido daquilo que o prendia. Apoiando-se no barco e subindo na pedra que a havia prendido até então, conseguiu suporte suficiente para subir no barco sem que este emborcasse sobre ela. Só então, já no barco, percebeu que ele se movia contra a correnteza. Um barco vazio que se movia sozinho contra a correnteza? Só podia ser obra de bruxaria. Cristine gritou, tomada do mais puro horror.

Olhou de volta para o rio. Não estava tão longe da margem agora. Talvez conseguisse nadar. Foi quando ouviu um grito:

– Não pule!

Uma voz feminina. Mas não era de Ângela. Cristine olhou na direção do som. Uma mulher puxava com uma corda o barco em direção à margem.

Cristine fez o sinal da cruz e deitou-se, extenuada e agradecida. Fosse quem fosse, aquela pessoa era a sua salvadora. Não fora vítima de uma bruxaria; fora salva por milagre. Desfaleceu em seguida.

Sobre Walpurga

Quanto a Walpurga, o que temos a dizer é que, depois da morte de Ana, sua vida resumira-se a esparsas e rápidas saídas de casa. Colhia amoras silvestres e outros frutos para o preparo de conservas. Estocava madeira suficiente para o fogo e, mesmo assim, pouco a utilizava. A fumaça podia chamar a atenção.

Walpurga fora conhecida por aquilo que os locais chamavam de "mulheres sábias". Uma parteira e curandeira apta a manipular salsa, hissopo e outras ervas para o preparo de emplastros, unguentos e infusões. E absolutamente ninguém sabia utilizar as porções exatas de dedaleira como ela. Aprendera com a mãe e morreria com esse conhecimento só para si. Perdera as filhas e o marido na Grande Fome. Há quantos anos já nem se lembrava mais. Melhor assim, embora lamentasse não ter com quem compartilhar seu conhecimento, outrora tão útil e tão bem-aceito.

Tudo agora era diferente. Tudo levantava suspeita, e qualquer suspeita podia suscitar acusações.

Lembrou-se de Ana. Suspirou profunda e dolorosamente. Como poderia esquecer?

– Maldita ideia de usar cachorros! Cão preto, onde já se viu? – Walpurga não se conteve. – Quantas vezes... Quantas vezes lhe disse que isso era desnecessário? Desnecessário e perigoso... Oh, Ana, por quê?

– Senhora?

A voz veio fraca, mas clara. A menina, enfim, despertara. Talvez até já a tivesse chamado antes. Teria ouvido? Agora não havia mais o que remediar.

– Sim, querida – respondeu.

Cristine estava acordada, mas permanecia deitada e não demonstrava estar assustada.

– Você se afogou e desfaleceu. – Walpurga não sabia bem o que dizer, assim, tão repentinamente. – Acho que teria morrido se... se não tivesse agarrado aquele barco.

– A senhora me salvou. Bem... Acho que foi a senhora, não? – Cristine semicerrou os olhos, tentando divisar melhor a velha. Não parecia ser conhecida.

A mulher se inclinou, fazendo uma saudação.

– Walpurga, ao seu dispor.

Sabia que não devia ter dito o nome a ela. Não a conhecia (embora seu rosto fosse familiar). Mas também não podia agir de modo suspeito. Omitir o nome poderia sugerir medo, culpa, fuga... E mentir não podia.

Walpurga ajeitou o preparado de unguentos que aplicara no corpo da jovem.

– Não se mova – alertou.

Cristine tentava se acomodar melhor na cama. Por quanto tempo dormira? Não tinha a menor ideia. Mas essa cama, sem dúvida, era a melhor em que já dormira. Exceto pela cama que tivera em sua curta vida de casada, só havia dormido em colchões desconfortáveis e malcheirosos, colocados sobre o chão duro e frio. Talvez fosse essa a razão de ter aqueles sonhos tão estranhos.

– Há quanto tempo estou aqui? – disse Cristine, esfregando os olhos mais uma vez.

A mulher contemplou os feixes de luz que atravessavam as frestas da casa.

– São ainda umas duas horas até o pôr do sol – respondeu Walpurga. – E eu a trouxe já desacordada, ainda pela manhã.

Walpurga pegou um pequeno jarro de argila, de onde tirou o que pareciam folhas secas. Esmiuçou-as bem e lançou uma porção delas em um outro recipiente, aparentemente com água. Bebeu-o e o ofereceu a Cristine.

– Isso vai fazer com que você se sinta melhor.

Cristine bebeu tudo.

– Isso parece bom – disse, limpando os lábios com as costas das mãos. – O que é?

– Melhor não saber – Walpurga sorriu.

– Você não é uma daquelas curandeiras que fazem pomadas de sêmen de cavalo e ovos cozidos em urina humana, é?

– Fique tranquila – respondeu a velha, aproximando-se de Cristine para verificar a temperatura da moça. – Não há nada disso na bebida que lhe dei. E, quanto aos ovos, prefiro comê-los a desperdiçá-los.

– Então, – insistiu Cristine, – a senhora faz essas coisas?

– Ovos com urina? – A velha sorriu de novo. – Não, não mais. Para picadas de insetos, tenho para mim que a urina, por si só, já resolve. Quanto aos ovos, como já disse, ficam melhores no prato.

– Preciso ir agora. Queira Deus que minha mãe não tenha percebido minha falta. Mas meus irmãos precisam de mim. E Ângela... O que aconteceu a Ângela?

A velha franziu a testa.

– Quem é Ângela? E você? Você ainda não me disse seu nome.

Cristine aprumava-se para levantar. Walpurga a ajudou.

– Cristine. Chamo-me Cristine, e Ângela é minha amiga. Estava comigo quanto tudo aconteceu. Mas não sei... Não lembro de tê-la visto.

Cristine levantou-se. Seu corpo doía e apresentava lacerações nas pernas e nos braços. O rosto também não deveria estar muito apresentável.

Walpurga trouxe-lhe as roupas. Frias e úmidas, mas não encharcadas, ao menos.

– Como a senhora me trouxe aqui? Estamos muito longe do rio? – Cristine olhou ao redor. – Pelo menos daqui não dá para ouvir o barulho da água.

– É verdade. Não é tão perto. Mas, algum tempo atrás, eu conseguia carregar caças tão pesadas quanto você, suponho.

A mulher sinalizou com as mãos e sorriu, como a contemplar um cervo ou outro animal ali naquele espaço. Parecia estar exagerando um pouco o tamanho de suas presas. De qualquer forma, aparentava ser uma mulher robusta para a idade. Teria o quê? Uns sessenta anos?

– A senhora me trouxe sozinha, então? – repetiu.

– Oh, não. Não posso mais. Você deve ser muito especial, minha jovem... – A mulher agora limpava cuidadosamente os ferimentos de Cristine enquanto prosseguia: – Dois homens. Dois viajantes passaram pelo caminho. Estranho é que quase ninguém usa esse caminho. Nem mesmo caçadores.

– E de onde eram? Para onde iam? – Quis saber Cristine.

– Não disseram. Mas pareciam muito distintos.

– Ouvi dizer de homens assim que viriam à aldeia. Emissários do rei, chamados pelo nosso Senhor, acho, para verificar os últimos acontecimentos.

– Não. Não são os *missi dominici.* Não os emissários do rei daqui.

– E de que reino, então, seriam eles?

Walpurga juntou as mãos, esfregando-as vagarosamente.

– Do Reino dos Céus – respondeu com os olhos brilhando e sorriso aberto.

Cristine arregalou os olhos. Enquanto pensava se a velha já era louca ou estava começando a ficar, Walpurga concluiu:

– Anjos, minha querida. Creio que eram anjos. Os verdadeiros *missi dominici!*

Sobre Theodora

Quanto a Theodora e suas amigas, o que temos a dizer, a princípio, é que elas também não eram bruxas.

Mas praticavam algo secreto.

Reunidas em torno de uma fogueira, Walpurga e as demais aguardavam Theodora. Haviam chegado uma a uma, a fim de não chamar a atenção. Agora, com a chegada de Theodora, poderiam dar início ao ritual. Fariam preces, recitariam porções das Escrituras e entoariam cânticos, como em todas as outras noites de sexta-feira. Mas esta noite seria diferente.

– Irmãs – iniciou Theodora –, nesta noite, lamentamos a morte de nossa irmã Ana e rogamos a Deus que tenha sua alma em descanso na graça de Sua presença.

– Amém – responderam as demais em uníssono.

Seguiram-se choros e rogos, palavras de lamento e confissões de medo.

– Sabemos que há um clima de medo e agitação – prosseguiu Theodora. – Mas não podemos nos esquecer de que os olhos do Senhor estão em toda parte, de que Ele está contemplando a todos e mostrando-se forte para com aqueles que O seguem, disso eu sei.

A fogueira queimava timidamente no centro de uma clareira previamente preparada para receber a reunião. Era a primeira vez que se reuniam ali, e, por motivo de segurança, deveriam mudar com mais frequência de local a partir de agora.

Algumas mulheres se sentaram no chão, outras recostaram-se nos troncos das árvores mais robustas. Theodora permaneceu em pé, ao lado de Walpurga, que apoiava-se em seu cajado.

Theodora começara a descrever suas visões celestiais, enquanto as demais a acompanhavam atentas, alternando murmúrios de satisfação e exclamações de surpresa. Enquanto isso, Walpurga aproximava-se lentamente de uma das mulheres que se sentara próximo a um tronco apodrecido.

– Não se mova – alertou pausadamente a anciã.

A serpente, posicionada imóvel ao lado do tronco, estava perfeitamente mimetizada em meio às folhas caídas e quase imperceptível, dada a pouca luminosidade. Teria permanecido assim se não fosse a reação diametralmente oposta ao conselho de Walpurga.

– Uma cobra! – berrou a mulher, lançando o corpo para trás e movimentando freneticamente as pernas na ânsia de se levantar.

A serpente posicionou-se para o bote e se lançou cerca de um metro à frente. O bote alcançou apenas o linho grosso do vestido, fazendo com que a mulher saltasse para trás, caindo desajeitadamente sobre um arbusto.

O cajado de Walpurga desceu com incrível velocidade e certeira pontaria sobre a cabeça do animal.

O incidente com a cobra não impediu a continuação da reunião. Refeitos os ânimos, todas se deram as mãos e, então, passaram a entoar cânticos e preces. Antes, porém, colheram galhos secos e atiçaram as chamas da fogueira.

Theodora aproximou-se da cobra morta e fez menção de lançá-la ao fogo.

– Por precaução – disse, levantando a serpente com uma vara.

– Não! – protestou Walpurga, aproximando-se com um pequeno punhal.

Theodora brincou:

– Agora está com pena do animal?

– Talvez seja até uma bruxa – disse outra mulher, sorrindo.

Walpurga tomou a cobra pela cabeça e, com um punhal, fez um corte em torno do corpo, próximo à cabeça, depois pequenos talhos nas laterais.

– Não vamos desperdiçar este maravilhoso couro – disse enquanto tirava habilmente o couro de uma só vez.

Elas ainda permaneceram ali por alguns instantes e, então, foram saindo, uma a uma, até a última, Walpurga, que ficou para apagar a fogueira antes de ir.

A velha agachou-se junto à fogueira para acender uma pequena tocha, aqueceu as mãos, sacou seu punhal e tirou um naco de carne assada de cobra.

– Delícia – disse enquanto degustava a iguaria.

* * *

Ângela permaneceu imóvel até bastante tempo depois do barco sumir de sua vista levando Cristine junto, sabe-se lá para onde ou em que estado.

Balançou a cabeça, incrédula. Por um instante, sentiu-se suspensa no tempo e no espaço. Não sentia nada: nem tristeza, nem apreensão, nem alegria. Devia correr? Gritar por socorro? Gritar por Cristine?

Não sabia se a amiga fora resgatada ou capturada. Estaria salva? Ou correndo mais perigo ainda?

Ângela baixou os olhos, contemplando as águas que corriam mansamente, bem como os sons da floresta cercando-a e a fazendo consciente de que ali tudo se mantinha em normalidade.

Esperou que Cristine gritasse, chamasse ou desse algum sinal.

Sem perspectivas, decidiu retornar. Mas, então, deu-se conta: agora não tinha a menor ideia de onde estava.

* * *

Ângela estava exausta, com frio, com fome, perdida e, o que considerava pior: nua.

– Não posso estar tão longe – lamentou em voz alta.

O poço das lavadeiras deveria estar perto. Não podia ter descido o rio tanto assim. Pensara ter avistado o poço ao longe, e isso a fez suspirar de alívio. Decidira que não precisaria ir adiante, mas poderia avançar mata adentro por uma trilha pouco usada, porém conhecida. Entretanto, o poço que vira, certamente, não era o poço frequentado pelos habitantes da vila. Ou isso, ou a trilha que pegara não era a mesma.

Gritou uma, duas, três vezes.

Aves voaram assustadas, produzindo o único som diferente por ali. Uma defecou em sua cabeça.

– Ai! – gritou, levando a mão à cabeça e tocando o dejeto ainda quente. – Maldição!

Quis chorar, mas se conteve. Rilhou os dentes, suspirou fundo e tentou organizar os pensamentos.

Decidiu não gritar mais. Pelo menos não até ter algo com que se vestir. O que pensariam se a encontrassem naquelas condições? Ou, pior: o que fariam?

Mas se vestir como? Com o quê? Olhou em volta como se, por milagre, pudesse encontrar algo com que se vestir, o que não foi de todo em vão. Acabou por encontrar uma planta, da qual não recordava o nome, mas sabia ter propriedades medicinais cicatrizantes e anti-inflamatórias para usar em suas várias escoriações.

Tinha que achar suas roupas, mas, para isso, tinha que achar o poço, algo impraticável no momento. Ela deveria voltar ao ponto de partida e reiniciar o caminho, margeando o leito do rio até chegar ao poço. Encontraria as roupas ali por perto e, de lá, voltaria segura.

Deu meia-volta e tentou se situar, agora na direção contrária. A trilha que seguira até ali desaparecera sob seus pés. Depois que se dera por convicta de estar no caminho certo, deixara de prestar atenção e se perdera.

Não demorou muito a encontrar galhos quebrados e marcas de chão pisado. Torceu o nariz. Não se lembrava de ter quebrado galhos. *Talvez eu não tenha percebido*, pensou.

Seguiu em frente e encontrou mais galhos quebrados. Alguém passara por ali. Aquilo não fora obra dela, com certeza. Era bom sinal.

Bom sinal?

Seguiu procurando mais marcas, galhos, sinais de qualquer tipo. Sentiu cheiro de folha queimada e fumaça. Apressou o passo e, então, viu algo.

Aquilo mudaria tragicamente sua vida.

Sobre Simão, o Agiota

Quanto a Simão, o que temos a dizer é que ele era dessas pessoas a que os homens se referem como "as pessoas certas no lugar certo".

Simão, o Agiota, desceu as colinas de Nubem o mais rápido que suas pernas finas e tortas permitiam.

O pequeno Lucas avistou-o de longe e saiu correndo para dentro de casa para chamar a irmã. Sara saiu à porta, ajeitando o vestido e os cabelos. Lucas veio atrás e grudou no vestido dela.

Simão aproximava-se ofegante.

– O senhor parece mais apressado do que de costume – disse Sara. – Não está a cavalo, posso ver. Seu cavalo também mor...

O homem interrompeu-a, gesticulando nervosamente e perguntando pelos pais da menina.

– Não estão aqui, senhor – informou Sara. – Nossa mãe está nas terras de nosso Senhor, e nosso pai, no campo, olhando os porcos. Mas posso garantir ao senhor que ele terá seu dinheiro logo, logo – antecipou-se a garota.

– Não estou aqui pelo dinheiro – respondeu o agiota, curvando o corpo para frente enquanto buscava recuperar o fôlego. – Procuro sua irmã, Cristine.

– Ah... Aquela irresponsável? – Sara fechou o semblante. – Sumiu desde cedo com aquela outra desmiolada da Ângela. Foram ao rio, e, depois, não sei! Mas me deixou sozinha para cuidar das crianças e da casa.

Simão não pareceu nem um pouco solidário aos dramas de Sara.

– E aquela menina filha do estalajadeiro? – perguntou.

– Criada do estalajadeiro – corrigiu Sara.

Simão sacudiu as mãos impacientemente.

– Que seja. Você a viu?

Sara ia perguntar o porquê, mas decidiu conter a curiosidade.

– Sim, eu a vi – respondeu. – Estava aqui há pouco. Veio falar com Cristine.

Simão já ia prosseguindo seu caminho, quando voltou e perguntou:

– E você sabe o que ela queria com sua irmã?

– Não, mas... – Sara fez uma pausa. – Ela disse algo sobre dois viajantes que apareceram por essas bandas avisando que o centeio está... – Sara esqueceu-se. – Está... Não me lembro... Estragado, acho. Mas ela disse outra palavra... – Coçou a cabeça, olhando para baixo e tentando se lembrar.

Quando elevou o olhar, Simão já estava indo a tortos passos largos.

– Ei! – gritou. – Eu não tinha terminado! Volte amanhã, sim?

* * *

Simão encontrou Keira junto ao poço.

A garota percebeu o olhar grave do agiota e antecipou-se:

– O que houve? Algo errado?

– Você precisa retornar imediatamente para casa – respondeu Simão.

Keira tomou as tinas de água sobre os ombros. Por educação, Simão ofereceu-se para carregar uma, mas esperava que a menina declinasse da ajuda.

– Oh, quanta gentileza – agradeceu Keira. – O senhor parece tão cansado, não?

Simão meneou a cabeça e resmungou um quase ininteligível "Não tem de quê".

– Sim, então, o que houve? – perguntou Keira novamente.

Simão olhou em volta, certificando-se de que ninguém podia ouvi-los.

– Preciso de uma de suas roupas. A menina Ângela foi nadar no rio junto à filha de Aldenora, que se afogou.

Keira parou abruptamente.

– Cristine se afogou? – gritou aturdida.

– Sim. Digo, não – respondeu Simão. – Afogou-se, mas não morreu. Na verdade, estava se afogando quando foi salva por alguém...

– Por alguém? Por quem? Onde ela está? – perguntou Keira aflita.

Simão baixou o balde.

– Acalme-se, acalme-se – Simão se impacientou, gesticulando para que Keira o ouvisse. – Vocês, mulheres, perguntam demais. Preste atenção: sua amiga Ângela está nos limites da floresta, junto aos carvalhais onde o menino Theophrastus dizia estar a tal *Pedra Filosofal*.

– Sim, eu sei onde fica – Keira assentiu.

– Pois então. Ela está lá... – O homem fez uma pausa. – Totalmente despida.

– Totalmente despida?

– Não totalmente. – Outra pausa. – De fato, ela se cobriu com um pedaço de pano e escondeu-se nos arbustos. Eu não vi nada – defendeu-se o agiota. – Mas eu a vi lá... Digo: não a vi, entende? Mas percebi. Isso. Percebi que ela estava lá, e ela me pediu que a chamasse e lhe pedisse uma roupa emprestada para que ela pudesse voltar para casa. Ninguém mais sabe disso, e eu prefiro que continue assim.

Keira franziu a testa. Seu olhar revelou justamente a malícia que Simão pretendia evitar.

– Você, na floresta, com Ângela nua... – insinuou Keira.

– Não pense tolices, menina! Não lhe disse? Ora! Não tenho que lhe dar satisfações – protestou Simão. – Estou prestando um favor. De novo!

– Como assim? – Keira perguntou enquanto tomava de novo o balde e prosseguia.

– Hoje cedo, eu as avisei – respondeu Simão, também tomando seu balde. – Avisei as duas. "Cuidado com o rio", eu disse. Mas elas não ouviram. Até se desviaram de mim, pensando que ia cobrar-lhes não sei o quê.

E o agiota prosseguiu, contando como havia voltado até o rio só para se certificar de que as meninas o tivessem ouvido e como percebera o sumiço das duas e saíra à procura, gritando e esgueirando-se pela mata adentro até ouvir a voz de Ângela respondendo seus chamados.

– O senhor é um anjo! – Keira sorriu.

Simão só ergueu o canto da boca, no mínimo, o que se podia chamar de "um sorriso".

O manco Simão era rabugento, mas nos poupava muito trabalho.

Sobre Abelardo

Quanto a Abelardo, o pai de Cristine, o que temos a dizer é que era homem trabalhador, bom pai e fiel à Aldenora. Sua reputação na vila, contudo, era a de um marido que não conseguia dominar a esposa.

Os buchichos eram constantes e nada discretos.

– Isso é falta de uns bons tapas – observou Carmela, certa vez. Em seguida, citou a parte inicial de um popular provérbio local: – "Boa esposa ou desmazelada..."

– "...Toda mulher quer bordoada" – concluíram as amigas, pondo-se a rir gostosamente.

Amigos de Abelardo também o aconselhavam:

– Você fala demais, Abelardo. Mulheres não devem ser confidentes de tudo o que um homem pensa, diz ou faz. Tudo o que disser a uma mulher será usado por ela contra você um dia. Quanto menos você fala, menos armas lhe concede. Cale-se, homem!

Também o padre Aurélio:

– Você se cala em demasia – "orientou" o sacerdote. – Fale mais; ensine-a. O marido é o único senhor em sua casa e deve corrigir os filhos, os irmãos mais novos e também a mulher. Você mesmo deve formá-la no ofício de esposa. De outra forma, como ela aprenderá? Se não aprendeu na casa dos pais, pelos bons exemplos da mãe ou das irmãs casadas, certamente aprenderá por umas boas bordoadas. Mulheres, devido à fragilidade física e moral, não devem ter responsabilidades, senão as menores. Mulheres são como crianças: inexperientes e tendentes ao erro constante. Como aprendi, na própria pele, com D. Giovanni, "corretivos não furiosos, mas frequentes, são de excelente proveito".

Abelardo concordava que as mulheres fossem física e moralmente frágeis, mas não sua Aldenora.

Seu olhar era penetrante, seus gestos eram curtos e decididos. Nada nela sugeria fragilidade. Sempre tomava as decisões – quase sempre acertadas. Sabia ser versátil também. Tirava piolhos dos pequenos enquanto tecia, cuidava do que estivesse cozinhando ou assando no fogo e dava ordens às filhas mais velhas quanto a outros afazeres, tudo ao mesmo tempo. Fazia render o alimento (mesmo que à custa de eventuais protestos dos mais gulosos), cuidava dos animais, ajudava na lavoura e fazia caridade.

Aldenora fora ama de leite de alguns filhos de nobres e, por meio disso, teve contato com as letras e com o conhecimento. Era mais sabida que a maioria dos homens que Abelardo conhecia. Deixá-la a cargo das decisões não era um fardo para ele; era um alívio.

Ainda assim, havia a humilhação pública, que era o preço desse "benefício". Cada vez em que ele coçava a barba pensando na questão, sentia-se menos disposto a continuar pagando-o.

* * *

O guarda-florestal bateu à porta da casa de Abelardo e Aldenora.

Sara deixou seus afazeres e foi atender. Seria mais alguém procurando a desvairada da irmã?

– Cristine! Oh, meu Deus! – gritou Sara ao ver a irmã à porta, ao lado de um guarda-florestal. – O que houve com você? – perguntou aflita.

Cristine abraçou a irmã. A raiva de Sara já havia se dissipado ao ver o estado de Cristine e perceber que se tratava de algo mais sério, posto que estava acompanhada do guarda.

O homem partiu depois de tomar um gole de água e se certificar de que tudo estava em ordem.

– O que aconteceu? – indagou a irmã mais nova. – Você saiu para flertar e nem me chamou, não foi? – brincou Sara.

E Cristine lhe contou da brincadeira no rio, do aviso ignorado de Simão e das duas, ela e Ângela, descendo o rio até se perderem uma da outra.

– E quanto a Ângela? – perguntou Cristine ansiosa. – Ela voltou? Você a viu? Sabe de seu paradeiro?

Sara tranquilizou-a, contando da vinda de Simão e, algum tempo depois, de Keira, que queria saber se Cristine havia retornado e tinha dito estar levando roupas para Ângela, que teria perdido as suas ao mergulhar atrás de Cristine.

– Como conseguiu voltar? – indagou Sara. – Ouvi dizer que você se agarrou a um barco.

Sentaram-se à mesa, e Sara serviu-lhe uma sopa grossa com sobras de toucinho defumado. Cristine contou-lhe então de Walpurga, dos seus muitos remédios e de como cuidara dela. Além disso, falou sobre como o rosto dela não lhe era estranho. Contou-lhe também dos estranhos viajantes que a carregaram até a casa da velha curandeira.

– Walpurga? – Sara fez careta. – Que nome é esse?

Cristine deu de ombros.

– Ela deve ser de fora – respondeu.

Sara pensou um pouco.

– Será que não seria aquela senhora de quem mamãe fala? – perguntou Sara. – Uma parteira que ajudou nossa mãe a nos ter e, anos depois, desapareceu, depois de perder os filhos e o marido na época da Grande Fome? – sugeriu.

O olhar de Cristine se distanciou.

– Gostaria de poder vê-la de novo... – sussurrou e, logo em seguida, arregalou os olhos como que saída de um transe. – E nossos pais? Chegaram? Sabem do meu desaparecimento? – perguntou Cristine aflita.

– Papai ainda não retornou e mamãe quis saber de seu paradeiro na hora da refeição. Eu disse que você saíra com Ângela e devia ter ido à casa dela. Depois, ela levou o bebê para Lourdes tomar conta dele e amamentá-lo e de lá deve ter voltado para o campo. Papai e os meninos devem estar voltando das plantações. Por enquanto, só a mim você afligiu com seu sumiço – relatou Sara e, percebendo no olhar de Cristine que a irmã pretendia manter sigilo sobre o ocorrido, alertou-a: – Você não está pensando em guardar segredo sobre tudo, está?

– O que você acha? – perguntou de volta Cristine.

– As Fedora a viram? – Quis saber Sara.

Cristine socou a mesa.

– Devem ter visto – respondeu inconformada.

Sara sorriu, balançando a cabeça.

– Então, esqueça.

Sobre o dia seguinte

Na manhã seguinte, tudo voltara ao normal e a vida retomara a rotina. Cristine compensou a ausência prolongada com redobrado esforço na ajuda a Aldenora: ajudou na coleta de lenha, preparou o pudim de ervilhas de que os meninos tanto gostavam e ordenhou a vaca e a cabra. Trabalhou na horta com a mãe e a acompanhou até o poço da aldeia para buscar água limpa. Talvez encontrasse Ângela por lá e elas pudessem conversar.

* * *

Em casa, aquecida, alimentada e refeita do susto, Ângela permanecia, entretanto, ansiosa para encontrar Cristine e saber os detalhes de sua aventura. Também queria contar-lhe o que vira naquela clareira da floresta, mas Keira a convencera a esperar pelo dia seguinte, quando tudo já teria voltado ao normal, supunha.

– Mal posso esperar para contar tudo a Cristine! – falou Ângela.

– E a mim você contou tudo? – perguntou Keira enciumada. – Ou deixou algo para contar só para Cristine? – concluiu, fazendo careta ao mencionar o nome da amiga comum.

– Você está com ciúmes. – Percebeu Ângela, sorrindo. – Vou contar exatamente o mesmo que disse a você – concluiu, pousando a mão sobre o braço da amiga enciumada.

– Ai, meu Deus! O que é isso? – gritou Keira.

Ângela levantou-se assustada, ainda sem nada entender.

– O que foi? O que aconteceu? – perguntou espantada.

Keira apontou para a mão de Ângela.

– Sua mão! – Continuou apontando. – O que aconteceu com sua mão? – perguntou Keira.

Ângela olhou para a mão, depois para a outra. Despiu-se, então percebeu que a mão direita e diversas áreas de seu corpo apresentavam aspecto enrugado e ressequido.

– Não sei... – respondeu, levando a mão aos lábios.

Então, deu-se conta do que ocorrera. Cuidadosamente, puxou uma fina casca da pele das costas da mão. Algo como que uma camada de resina se desprendeu.

– Você está se descascando! Como uma cobra!

Keira, de olhos arregalados, contemplava a amiga, prosseguindo com o procedimento nas outras áreas afetadas.

– Será uma maldição? – questionou Keira. – Talvez a maldição da cobra que você disse ter sido queimada na fogueira que encontrou na floresta. Uma cobra enfeitiçada! E agora você está descamando como ela.

Keira, por medo ou por costume, fez o sinal da cruz e juntou as mãos em prece.

– Não seja tola. Não é nada disso! – censurou Ângela. – Eu passei um líquido extraído de uma planta medicinal nas minhas feridas. Ele deve ter ressecado e ficado com essa aparência meio envelhecida.

– "Meio" envelhecida? – desdenhou Keira. – Está assustador, isso sim! – sentenciou.

– Imagine o que podemos fazer com isso – sugeriu Ângela com olhar malicioso.

– Que planta é essa? – perguntou Keira.

– Na verdade, não sei – respondeu Ângela. – Pensei que fosse uma que minha mãe usa para cicatrizar e evitar inflamações, mas nunca tinha visto esse efeito.

Keira continuava apreensiva.

– E se fizer algum mal? Se for tóxica?

Ângela desdenhou.

– Se fosse, já teria sentido o efeito – respondeu confiante.

– E o que você pensa em fazer? – perguntou Keira. – O que você quis dizer quando falou "Imagine o que podemos fazer com isso"?

Ângela sorriu.

– Você disse que tem uma aparência "assustadora", não é? – perguntou em meio a um sorriso malicioso. – Eis o meu plano! – disparou a falar.

* * *

Infelizmente, para Cristine, nem Ângela nem Keira estavam no poço. Tampouco Cristine as vira ou soubera o paradeiro das amigas por meio das Fedora, que voltavam da igreja naquela manhã de domingo.

Na volta para casa, Aldenora permitiu que a filha visitasse a amiga, desde que não demorasse muito e, obviamente, não fossem para qualquer outro lugar sem avisar.

– E se avisar antes, posso ir? – brincou Cristine.

– Não está em condições de fazer pilhéria, mocinha – respondeu a mãe.

Cristine terminou de ajudar a mãe a levar água para casa e voltou correndo para se encontrar com Ângela.

Passou rapidamente por Constance e Carmela Fedora, que acompanhavam como que hipnotizadas a apresentação de um tocador de realejo recém-chegado, junto a outras mulheres e muitas crianças.

– Lá vai a rejeitada correndo de novo – disse Constance. – Rápida como uma gazela... – provocou.

– Sim – concordou a gêmea. – Rápida como uma gazela no cio.

Teriam acompanhado a garota, como era de costume quando desocupadas e em busca de alguma diversão, mas, no momento, preferiram concentrar a atenção na bela distração musical que era apresentada a elas.

– Nunca reparei nesse rapaz – disse Carmela. – Como toca bem, não?

– Nem é tão rapaz assim, minha irmã. Pelo que eu soube, já passa dos trinta – informou Constance. – Além do mais, não poderia ter reparado nele antes. É novo aqui.

– Se é novo, como você já soube a idade dele? – perguntou a irmã.

– Achei-o interessante e cedo procurei me informar – respondeu Constance.

– Não sabia que se interessava por homens mais maduros – provocou Carmela.

Constance sorriu discretamente e respondeu, balançando levemente os quadris:

– E eu não sabia que você se interessava por música.

– Ora, minha irmã, nunca é tarde para adquirir um bom hábito – respondeu a outra Fedora. – Será que ele ensina? – perguntou com um sorriso malicioso.

E riram gostosamente.

* * *

Cristine ouviu a voz da amiga através da porta entreaberta e entrou sem bater.

– Cristine! – gritou Ângela.

– Oh, minha amiga!

As duas se abraçaram e assim ficaram por um tempo.

– Então – Cristine começou. – O que aconteceu?

– Ah! Muitas coisas – respondeu Ângela. – Tentei alcançá-la, mas não consegui. Acabei me perdendo na volta e fiquei sem saber se você estava bem. Só a vi entrando naquele barco e mais nada.

– Eu desmaiei, acho – falou Cristina. – Mas conte você primeiro o que aconteceu depois. Como conseguiu encontrar o caminho e que história foi aquela de ficar nua na moita? – brincou Cristine.

Realmente, como Keira previra, Ângela contou a Cristine uma história mais longa. Parte dela tinha sido inventada na véspera.

Ângela disse ter encontrado um lugar de reunião de bruxas.

– Então, você achou uma clareira – interrompeu Cristine, após ouvir atentamente os detalhes da aventura da amiga. – E o que havia lá? Você encontrou pessoas ou um sinal de alguém por perto? – perguntou.

– Não. Estava deserta. Alguém deve ter estado no local na noite anterior, acho eu – iniciou Ângela. – Mas tenho certeza de que eram bruxas que se reuniam lá – concluiu.

– E como pode saber? – indagou Cristine.

Ângela simulou um rosto malévolo.

– Ora... Havia uma cobra na fogueira – respondeu.

– Viva? – perguntou Cristine.

– Claro que não, sua tonta! – falou Ângela, sorrindo.

– Claro que poderia estar viva. Você disse que a fogueira já estava apagada – explicou-se Cristine.

– É. Você tem razão – concordou a amiga. – Mas a serpente estava morta. Morta e descarnada. Digo: estava sem a pele, e também faltavam uns pedaços. Um horror.

– Você a tocou? – Cristine quis saber.

– É claro que não. Devia estar enfeitiçada.

– Mas como ter certeza de que foi uma bruxa que fez isso? – insistiu Cristine.

Ângela tirou algo de sua bolsa.

– Por isso – respondeu, mostrando um pequeno recipiente contendo algo como se fosse uma pomada. – Tome, cheire – ofereceu.

Cristine pegou a pomada e a levou ao nariz. O cheiro era horrível.

– E o que é isso? – perguntou, fazendo cara de nojo.

– Você já ouviu falar da pomada que as bruxas usam para untar as cadeiras e vassouras que usam para voar? – perguntou Ângela em tom de mistério. – São feitas de crianças cozidas. Minha mãe que me contou.

Cristine fez cara de asco.

– Urgh! Jogue isso fora! – protestou. – Vai atrair alguma injúria sobre você ou sobre nós...

– O que há? Você tem medo, Cristine? – perguntou zombeteira.

– Não estou gostando disso – reclamou Cristine. – Preciso ir. Minha mãe mandou não me demorar.

– Espere! – pediu Ângela. – Tenho outra coisa para contar. Eu menti quando disse que não tinha ninguém lá. Havia uma velha bruxa.

Walpurga?, Cristine pensou de imediato. Seria uma bruxa aquela gentil senhora que a ajudara? Parecia tão caridosa e cristã.

– Ela me contou coisas... Coisas incríveis que se pode fazer... – Cristine permaneceu em silêncio, e Ângela prosseguiu: – Nós conversamos ontem sobre Ana, mas não falamos do principal. – Ângela fez uma pausa de efeito e continuou: – Soube que ela tentou enfeitiçar o juiz – noticiou Ângela.

Cristine arqueou a sobrancelha direita e levou a mão aos lábios. Mas seu olhar continuava fixo nas mãos de Ângela, que brincava com a pomada. E a pergunta que acabou fazendo não era exatamente a que queria fazer:

– E será isso possível? Quer dizer... Você acredita que seja possível?

Ângela parou de brincar com a pomada. Cristine vinha mantendo o olhar nas mãos da amiga desde que haviam começado a conversa, e Ângela queria toda atenção agora. Ângela soltou a pomada e limpou as mãos no vestido. Cristine desviou o olhar para o chão.

– Você quer saber como? – perguntou.

Cristine ficou desconcertada. Olhou diretamente nos olhos da amiga com indisfarçável surpresa. Balançou a cabeça levemente e arqueou os ombros como se, com o corpo, quisesse demonstrar pouco interesse. Não conseguiu conter a curiosidade:

– É possível?

– Você não crê nos poderes ocultos? – perguntou Ângela com assustadora naturalidade.

Cristine fez o sinal da cruz, trêmula, mas não apenas de medo. Excitação e curiosidade faziam seu corpo fremir.

– Essa velha que conheci ontem parece saber muito sobre essas coisas – disse Ângela.

Cristine sacudiu a cabeça vigorosamente. Aquela conversa toda cheirava a tolice. Uma mulher já havia morrido e Cristine não queria ser a próxima vítima.

– E o que nós temos com isso? – perguntou nervosa. – Isso não nos diz respeito. Você não está querendo encontrar essa mulher de novo, está?

Ângela estava perdendo-a. Se Cristine não aceitasse se encontrar com a suposta "bruxa", toda a trama combinada com Keira estaria perdida e as duas não conseguiriam pregar uma peça na amiga.

Teria que apelar para algo mais convidativo.

– Ela disse que a conhece – falou Ângela, enfim.

Cristine arregalou os olhos. *Então seria mesmo Walpurga?*, pensou. Porque, se fosse realmente a mesma mulher que salvara a vida de Cristine, as bruxas não seriam tão más assim. Talvez fossem apenas mulheres que sabiam como manipular as forças da natureza, ou talvez usassem o poder de Deus, só que de um jeito diferente da Igreja. Afinal, Cristine ouvira falar que a Igreja estava sendo contestada em muitos lugares e em outros países. Soubera que não apenas bruxas e pessoas ligadas ao ocultismo estavam sendo presas e mortas, mas também outras que se diziam cristãs, mas que os tribunais eclesiásticos e os inquisidores consideravam hereges. E se não fossem? E se fossem chamadas de hereges e bruxas apenas por serem diferentes? Não fizeram o mesmo a Jesus, os religiosos de sua época?

Cristine, absorta em seus pensamentos, voltou no tempo. Lembrou-se de quando a mãe lhe contara as virtudes do Cristo e de como ele fora perseguido e morto.

– Cristine, você está aí? – provocou Ângela.

Cristine finalmente piscou, como se saísse de um transe.

– Estava me lembrando da minha infância – explicou. – De como minha mãe me contava repetidas vezes os milagres e os ensinamentos do Cristo.

– E que relação tem isso com o que estamos conversando? – questionou Ângela.

– Cristo também foi perseguido porque dizia e fazia coisas que os religiosos não aceitavam – respondeu. – Talvez essas mulheres não sejam pessoas más. Talvez sejam apenas diferentes. Afinal, se elas têm tanto poder assim para controlar as estações e para injuriar pessoas e animais, onde estaria o poder de Deus?

– Não estou entendendo... – disse Ângela.

Cristine continuou:

– Uma noite, durante a ceia, minha mãe, orgulhosa, comentou com meu pai: "Abelardo, você precisa ver nossa menininha Cristine. Como está inteligente nossa filha." E, virando-se para mim, perguntou: "O que mamãe lhe ensinou hoje?"

– E o que você disse? – interessou-se Ângela.

– Disse: "A senhora ensinou que Jesus só fazia coisas boas aos outros". Então, meu pai perguntou: "Se Ele só fazia o bem, por que foi preso e morto, minha filha?"

Cristine ficou em silêncio. Os olhos vidrados, focando o vazio. Ângela chegou a achar que aquela conversa toda sobre "forças ocultas" havia feito mal à menina.

Cristine não conseguiu continuar, mas nós nos lembramos bem disso. O pai quis saber até onde ia a compreensão da filha e fez uma pergunta um tanto avançada para a idade dela.

– Muito bem, minha filha – elogiou Abelardo, na época, e perguntou. – Então, se Ele só fazia o bem, por que foi preso e morto?"

Cristine respondeu enquanto mastigava uma espiga de milho cozida:

– Porque ele perdoava os ladrões e as putas.

A menina mal viu o que lhe acertara. Caiu de cabeça no chão, golpeada pela mão pesada da mãe.

– Cristine? – Ângela a trouxe à realidade.

– Sim – respondeu Cristine. – Estou prestando atenção. O que foi mesmo? Ah, sim, você disse que a bru... Digo, a mulher me conhecia?

Se fosse mesmo Walpurga, Cristine gostaria de reencontrá-la. Mal a agradecera na ocasião. Mas havia também outra coisa. Outro desejo pessoal.

– Esse poder de que você fala... – iniciou Cristine. – Será que ela poderia me fazer voltar a ser...

– Virgem? – completou Ângela, sorrindo. Ela conseguira fisgar a amiga. Agora só precisava "puxar o anzol". – Claro! É claro que pode. Ela pode qualquer coisa!

Cristine sorriu. Ângela também.

Nós, não.

SOBRE O "ENCONTRO COM A BRUXA"

Quanto ao encontro com a bruxa, o que temos a dizer é que ele foi meticulosamente planejado nos dias que se seguiram.

Ângela, acompanhada de Keira, voltou ao local em que havia encontrado a fogueira e a cobra morta. Juntas, dispuseram a lenha nova encontrada ali mesmo, de modo que formasse uma fogueira triangular. Fizeram um círculo de pedras lisas colhidas no rio. Riscaram no chão o desenho de uma estrela de cinco pontas invertida. Deixaram previamente velas na ponta de cada estrela para acender um pouco antes de tudo. Aproveitaram a carcaça da cobra e a puseram no centro da estrela.

Alguém pode perguntar de onde viera tamanha criatividade. Diremos que nem tudo foi copiado dos livros. Quando se está envolvido com as trevas, más sugestões são sempre bem-vindas, especialmente as que são sussurradas por seres invisíveis.

– Então, está feito! – disse Ângela, colocando as mãos na cintura enquanto contemplava sua obra. – Ficou bom, não?

– Sim, perfeito – respondeu Keira. – Quase tudo conforme eu estudei. Um pouco de criatividade haverá de compensar algo que tenha faltado.

– Dá até medo – disse Ângela.

– Obrigada! – respondeu Keira.

Ângela assumiu tom sério dessa vez.

– Não foi um elogio. Estou realmente com um pouco de medo – confessou.

– Não há com que se preocupar – tranquilizou Keira. – Aprendi duas orações para fazermos antes e depois. Fazemos as rezas e pronto: estaremos seguras.

Keira sorriu, olhando para a amiga, e concluiu:

– Além do mais, será um ritual de mentirinha.

Ângela acalmou-se. Keira demonstrava sempre ter o controle da situação. Agia com muita segurança e inspirava confiança. Previdente, dessa vez, carregara consigo um novelo para marcar o caminho, de modo que não se perdessem na volta.

E como era esperta! Havia conseguido ter acesso à coleção secreta de livros da igreja. Após a aula, seduziu o incauto Lucius, um dos monges copistas (o que não constituiu tarefa difícil), e conseguiu copiar textos e figuras dos tratados de ocultismo, mantidos separados das demais obras e juntos a outros tantos livros, muitos dos quais condenados pelo Index.

– Foi muito difícil? – perguntou Ângela.

– Não, pelo contrário. Foi até prazeroso... – respondeu Keira de modo insinuante.

– Você é maluca, Keira! Como pode dizer uma coisa dessas? Uma moça tão recatada... – ironizou Ângela.

– Não fizemos nada realmente. Afinal, eu estava lá querendo me "prevenir" contra o mal, lembra? – Keira sorriu, ajeitando os cabelos que caíam em seu rosto, e continuou: – Até pensei, sabe? Mas poderia comprometer o plano. O curioso é que ele não se conteve depois que o beijei.

– Você o beijou, então...

– Oh, sim! Era para ser um beijo cristão, apenas uma saudação, mas ele ficou louco, ficou... – Keira gesticulou sem encontrar palavras adequadas. – Ele me agarrou. Como a iniciativa foi dele, eu permiti por um tempo e, antes que eu me soltasse, toquei nele *lá*. Como mulher, você sabe, não? Então, ele tremeu todo, eu me soltei, e ele... Ele se borrou todo... Acho que ele pensou que aquilo é tudo o que há entre um homem e uma mulher.

– E você não tem nenhum pudor de me contar isso? Não tem medo? Que atrevida! – provocou Ângela.

– Não há problema. Temos um pacto confidencial, lembra? – perguntou Keira.

– Sim. Um pacto de sangue – respondeu Ângela, levantando a mão e mostrando o dedo mínimo. – Mas e se alguém nos ouvir? – perguntou brincando.

– Aqui? – Keira olhou ao redor, fingindo procurar alguém. – Aqui só estamos nós – disse sorridente.

Não estavam.

Os *outros* haviam acabado de chegar.

Nunca tinham estado ali antes, mas dessa vez haviam sido convidados e estavam ansiosos para participar do ritual.

Mesmo que fosse um *de mentirinha.*

Sobre Dominic

Quanto a Dominic, o que temos a dizer é que nasceu sem mãe, sem pai, sem nome e por pouco não morreu minutos depois.

A mãe acabara de morrer durante o parto. O pai, ausente nesse momento sagrado e em muitos outros na vida do pequeno Dominic, pagara a parteira para que desse cabo da criança assim que nascesse e para que tudo fizesse para salvar a mãe.

Verônica assim teria feito, se não tivesse recebido novas ordens (e um novo pagamento) para que poupasse a criança e dela cuidasse até que o pai decidisse o que fazer. O pagamento era vultoso, e a obrigação do silêncio absoluto e irrestrito da parteira era uma cláusula tão óbvia que dispensava solicitações.

Verônica recebera o (primeiro) pagamento, mas se recusava a executar a tarefa. Não teria coragem. No máximo, cogitava a possibilidade de colocar a criança em um cesto e depositá-lo no rio. Não foi assim que o padre Jacobus disse que uma hebreia fizera com seu filho, Moisés? E como Deus o protegera e dele fizera um libertador? Talvez aquela pequena criança também pudesse libertar alguém um dia. Certamente Deus a preservaria.

Por outro lado, pensava: *E se tivesse a natureza homicida do pai?* Poderia se tornar inteligente, sedutor, sagaz... e assassino! Talvez devesse realmente morrer, antes que o mal se alastrasse por gerações e gerações sem fim.

Ainda em meio a dúvidas de quem segura um bebê como se tivesse o destino de muitos nas mãos, Verônica foi surpreendida por uma fraca, mas clara batida em sua porta.

A parteira enrolou novamente a criança e depositou-a junto ao corpo ainda quente da mãe. Talvez conseguisse mamar um pouco, pensava.

– Quem é? – respondeu. – É você, Pérsio? – perguntou enquanto tomava a lâmpada no alqueire para abrir a porta.

– Sim – respondeu a voz do lado de fora. – Mas, por favor, não me chame mais desse nome. Já não lhe expliquei? – protestou a voz em tom lamentoso.

Verônica removeu a pesada tranca de madeira e abriu a porta.

Pérsio enfiou a mão assustadoramente pálida e trêmula pela fresta da porta e entregou-lhe uma bolsa cheia de moedas.

– Meu mestre pede que a senhora não dê cabo da ordem que recebeu mais cedo e que aceite esta quantia para o sustento de sua família, por enquanto – informou Pérsio.

O rapaz recolheu a mão, pedindo que a mulher ainda esperasse. Em seguida, entregou-lhe uma carta selada contendo, segundo ele, orientações expressas do padre Jacobus que deveriam ser lidas, memorizadas e queimadas.

– E ele disse por que devo queimar a carta? – perguntou Verônica, só para testar a inocência do moço de recados que se recusava a atender pelo nome de batismo.

– É claro – disse o rapaz resolutamente. – Meu mestre não me esconde nada. Ele quer proteger a identidade do pai dessa criança.

Verônica abriu um pouco mais a porta. Então Pérsio sabia da criança?

– E você sabe quem é o pai dessa criança? – perguntou. – Sabe a que ordem o padre se refere?

O jovem noviço deu-se conta de que falara mais que o recomendado.

– Desculpe-me – retorquiu. – Penso que já falei demasiadamente. – E, tendo dito isso, ia-se, mas voltou-se para perguntar: – E a mãe? Como está?

Mesmo sob a luz fraca da Lua, Verônica pôde ver os olhos de rapaz brilhando ao perguntar pelo estado da jovem mãe. Não teve coragem de lhe dizer a verdade.

– Está amamentando a criança – respondeu e insistiu: – Diga-me, o que sabe do pai da criança?

O rosto do rapaz assumiu um ar grave.

– Sei que é um assassino! – Não se conteve. – Ou que "seria" um assassino, não fosse a intervenção de meu mestre. De qualquer forma, que Deus considere que ele teve a intenção macabra de dar cabo da vida do próprio filho! – disparou.

Verônica assustou-se. Mas tentou não demonstrar.

– Então você também sabe...

– Sim. Sei que você recebeu dinheiro para não deixar a criança viver – disse o noviço. – Mas não a culpo. Sei que o pai é alguém poderoso e que você teme por sua vida – concluiu.

Nisso, ele estava absolutamente certo, pensou Verônica.

– E como soube? – perguntou ela.

O rapaz aproximou-se como se fosse segredar algo.

– O próprio pai confessou ao meu mestre – respondeu.

Verônica arregalou os olhos. Havia algo estranho ali, percebeu.

– Mas como pode? – questionou Verônica. – O voto... Jacobus quebrou o voto! A confissão é sagrada, e ele lhe contou isso?

Pérsio não se dera conta do deslize. Tentou manter a aparência de controle, entretanto.

– Isso prova quanto meu mestre confia em mim – respondeu. – Além do mais, o segredo estará bem guardado comigo.

A inocência do garoto era óbvia.

– Você está falando do segredo que acabou de me contar? – Verônica riu.

Pérsio chegou a abrir a boca, mas emudeceu ante a gafe. Impossível articular uma resposta.

– Não se preocupe. Seu segredo está bem guardado – tranquilizou-o Verônica. – Também estou envolvida. Afinal, recebi a ordem e o dinheiro, não?

O jovem respirou, não tão aliviado assim. Simplesmente lhe pareceu que todo ar ficaria preso nos pulmões para sempre.

– Obrigado. – Foi o que conseguiu dizer, enfim.

Verônica ainda tinha algumas perguntas.

– E o pai? Quem é?

– Não sei e, se soubesse, não diria – respondeu ele.

Verônica riu. E que diferença faria?

– E você não acha que ele deveria denunciar esse homem? – perguntou ela.

– Acho – respondeu prontamente ele. – Mas, como você mesma observou, ele está protegido pela confissão. Além de que... – O jovem fez uma pausa. – Ele se disse arrependido e foi penitenciado.

– Ele se disse arrependido? – perguntou incrédula Verônica.

Isso não fazia sentido.

– Devo ir agora. Já me demorei demais – disse o noviço e partiu a passos largos.

Verônica voltou-se para a criança, que repousava ao lado do corpo da mãe. Não lhe dera um nome ainda. E não sabia qual era a vontade da mãe; se ela tinha um santo de preferência, ou se gostaria de lhe dar o nome de um nobre ou de alguém da família.

Olhando para aquele rostinho, voltou a pensar sobre o destino, mas o destino era coisa que não lhe competia. No momento, o que lhe cabia era dar nome à criança.

– Como você nasceu em um domingo, vou chamá-lo de Dominic – decretou.

A segunda providência seria conseguir um padre para batizá-lo; de preferência, um que não fosse o próprio pai.

Sobre Jordana

Quanto a Jordana, pouco temos a contar. O que podemos dizer é que ela morreu sem conhecer o amor verdadeiro. Quem a amou, nunca lhe disse; e quem lhe confessou amar, nada mais queria que seu corpo jovem e belo.

Quando Etienne soube da morte de Jordana, o chão desapareceu sob seus pés. O pavor o invadiu, e o jovem sentiu a força sumir de suas pernas.

– Não, meu pai... Deus, não – murmurou.

Jacobus bem sabia do apego do rapaz à Jordana. Fingia não saber e julgava não ser necessário comentar. Se Etienne fosse realmente um vocacionado, isso passaria com o tempo.

Jacobus sentiu-se traído pelos próprios pensamentos. Hipócrita! Não era ele próprio um vocacionado? E não se afeiçoara tanto ou mais pela mesma moça, além de outras tantas?

Mesmo assim, solidarizou-se com o jovem noviço.

– Isso vai passar – disse. – Não sabia que a tinha em tão alta estima – mentiu.

O rapaz demonstrava na dor algo que Jacobus invejava. Ele também sentia a perda de Jordana, mas não com aquela intensidade.

– É que ela era tão jovem... – disse Etienne ao chão, em meio a soluços. – E o que será de seu filhinho, meu pai?

Jacobus levantou o discípulo e o fez sentar. Ofereceu-lhe um pouco de vinho e o lembrou de seu compromisso cristão de sustentar os órfãos e as viúvas.

– Êh, moço! Não foi por isso que o mandei à casa da parteira? – disse Jacobus.

Etienne ainda chorava e apenas balançou a cabeça afirmativamente.

– E não lhe mandei dinheiro? – prosseguiu Jacobus. – E também dei orientações. E mais dinheiro e mais orientações darei como compete a alguém que é o representante de Cristo – disse Jacobus com indisfarçável orgulho.

"O orgulho precede a queda", lembrou-nos Noah.

* * *

"Dinheiro, dinheiro, dinheiro"...

A palavra tilintava na cabeça de Etienne como moedas a cair, uma após outra, em um chão de pedra.

Etienne levantou os olhos arregalados. Lembrou-se da conversa na noite anterior com Verônica. De cada palavra. Então, tudo começou a fazer sentido. Um sentido macabro.

O jovem caiu de quatro e teve ânsias de vomitar, mas não comia nada havia dois dias, jejuando com seu mestre.

Jacobus aproximou-se e o ergueu uma vez mais, sustentando-o contra a parede.

– Êh, moço, é melhor você se deitar – recomendou, apontando a cama da cela.

Etienne desvencilhou-se dos braços fortes de Jacobus, surpreendendo o monge.

– Acalme-se, meu filho. – Tentou tranquilizá-lo. – Preciso de você inteiro amanhã. Temos mais um julgamento e quero que você esteja atento, pois se trata de mais um daqueles infiéis que se distanciaram da verdadeira fé e proclamam sandices, revoltando-se contra o sacerdócio.

Etienne apoiou-se na parede e respirou fundo. O lugar recendia a um cheiro ácido, vindo da transpiração subitamente profusa de Jacobus, mas o que mais repugnava o jovem discípulo era a imagem que ia se formando de seu tão venerado mestre.

– Mas muitos sacerdotes fazem por merecer tal reprovação – respondeu Etienne. – Não é, meu pai?

Jacobus percebeu uma entonação um tanto nervosa na voz do rapaz, mas, considerando as circunstâncias, era mais do que compreensível. Era aceitável.

– Sim, é verdade – concordou. – E, por isso, estamos aqui, você e eu. Para defender o Evangelho de pessoas como o excomungado Vicenzo, que mantinha consigo não uma, mas duas concubinas e um sem-número de filhos. Tais homens trazem a desonra que, aliada à falta de senso, produz esses aí que se aliam contra os santos dogmas.

– Assim como o sacerdote pai daquela criança, não? – perguntou Etienne acidamente.

Jacobus assustou-se dessa vez.

– Eu não lhe disse que era um padre – falou.

– Suponhamos que fosse... – iniciou Etienne. – Ficaria protegido pela confissão?

– Sim, é claro. Você sabe que sim – respondeu Jacobus. – Não são situações comparáveis. O pai da criança não cometeu o ato que intentava cometer, seu pecado não foi público e, portanto, não trouxe escândalos para a Igreja.

– E por que o senhor me contou isso? – perguntou Etienne. – Quebrando, dessa forma, seu voto de silêncio?

Isso não estava agradando Jacobus nem um pouco. Ele sentiu que deveria encerrar aquele assunto.

– Sei que você está abalado – iniciou em um tom conciliador. – Mas não se esqueça de quem você é e de quem eu sou. Eu lhe confiei algo muito importante. E, se você demonstrasse ser merecedor, até lhe diria o nome do confessor.

– Ele se arrependeu? – interrompeu o noviço.

– É claro – respondeu Jacobus. – Já não lhe disse? Ele chorou e pensou no mal que causaria. Confiou a mim suas súplicas, seus rogos e suas lágrimas. Eu lhe recomendei dura penitência e...

– E por que me mandou levar dinheiro? – interrompeu novamente Etienne.

– Já lhe disse: dei-o para comprar a vida da pobre criatura. Expliquei isso na carta que mandei à parteira. O pobre homem deu dinheiro para matar a criança. Eu o dei para salvá-la e sustentá-la...

– E por que precisou pagar para desfazer algo que o homem se arrependera de fazer? – perguntou Etienne, já quase convicto da resposta.

Jacobus titubeou.

– Como? Co-mo assim? Digo, co-como... – gaguejava o sacerdote.

– Se o pai mandara matar a criança e se arrependera da ordem, não bastava que o senhor ou ele mesmo desfizesse o trato? E que Verônica ficasse com o pagamento da morte como pagamento da vida. Já não tinha ela recebido uma boa quantia?

Jacobus sentiu o estômago revirando.

– Você... Você... Não estou entendendo... – repetiu, sacudindo a cabeça e apontando o dedo em riste para Etienne.

E, então, deu-se em Etienne o que é menos comum aos homens que a nós: a percepção daqueles pensamentos mais articulados, intensos e concretos, que se tornam quase audíveis. Um dia se descobrirá que alguns pensamentos, de fato, podem ser lidos.

– O senhor compartilhou comigo a confissão do *suposto* pai porque me queria como álibi e porque precisava de um motivo para que eu levasse o dinheiro para Verônica sem questionar a razão – Etienne disparou a falar. – Por que o senhor mesmo não o levou? – perguntou. – Porque não queria ser visto...

À medida que falava, Etienne parecia visualizar novas e coerentes explicações.

– Não queria ser visto... – continuou – e não queria testemunhar a morte da criança, caso o senhor não chegasse a tempo. Quem sabe o que poderia acontecer ali, não? A mulher poderia reagir de uma forma inesperada? Os filhos acordariam e o veriam... E quanto ao dinheiro? O senhor se preocupou em mandar pagar... Por quê? – Etienne coçava o queixo como a procurar uma resposta. – O senhor pagou para matar... Arrependeu-se e mandou pagar para não matar mais... Como se pudesse amenizar sua consciência culpada. Moedas para o bem, para redimir as moedas para o mal.

Os olhos de Etienne brilharam.

– Como Judas! – bradou. – Sim! Como Judas, que aceitou as trinta moedas, depois se arrependeu e lançou-as longe de si... Depois se enforcou – concluiu.

Jacobus não se conteve. Vomitou. Uma, duas, três vezes. E quanta comida o velho pôs para fora! Um tanto surpreendente para alguém que dizia estar jejuando havia quinze dias.

Etienne balançou a cabeça, enojado.

– E pensar que eu me culpava por não jejuar com o senhor nem dois dias inteiros!

O noviço apontou para a parede.

Jacobus, petrificado e mudo, apenas moveu levemente o pescoço na direção indicada pelo rapaz.

De uma roldana, presa ao teto por uma corrente, pendia uma corda trançada de fibra de sisal – frequentemente usada em rituais de purgação de pecados ou para extrair confissões.

– Eis aí a corda! – sentenciou.

* * *

Jacobus caiu de joelhos.

– *Mea culpa! Mea culpa! Mea maxima culpa!* – bradava, batendo no peito. – Misericórdia! Perdão!

Etienne não acreditava ao ver aquela montanha humana desabando e chorando como uma criança que pressente o castigo.

– Eu fui tentado! Eu fui tentado! – dizia Jacobus, sacudindo a cabeça, com as mãos crispadas e o rosto contorcido em dor e sombria agonia.

O que aquele homem fizera a Jordana aumentou ainda mais a dor de Etienne, mas, subitamente, também o fez se conscientizar de que ele, assim como Jacobus, deixara-se levar pelo fascínio que a jovem exercia. Ele também deveria se submeter a votos de castidade, e Jacobus, um homem com mais que o dobro de sua idade, talvez até sofresse mais que ele. Certamente sofria há mais tempo.

O homem começou a despejar uma confissão atrás de outra.

– Êh, moço... Eu me queimava de desejos por ela... Não pude me conter... Entenda, por favor. Eu não a matei. Não matei a criança... – desabafava. – Não sou assassino! Por favor, não conte a ninguém. Não conte a ninguém – suplicou.

Etienne pensou nos vários casos que Jacobus trouxera a público. Homens que ele expôs e, prazerosamente, excomungou. Homens que pecaram como ele e, muito provavelmente, como ele, suplicaram por misericórdia.

Qual princípio deveria vigorar agora: a justiça de sempre ou a misericórdia que o velho não costumava demonstrar?

– Você é mesmo o pai? – Quis se certificar Etienne.

– Sim, sou – confessou o velho.

– Prometa que vai cuidar dessa criança – ordenou Etienne.

– Sim, sim! Eu prometo, eu juro. Virgem Santíssima! Juro, juro!

A cena era surreal, mas Etienne sentia-se pleno de autoridade. Talvez fosse hora de se conter um pouco. Arroubos de autoridade poderiam ser o início do mesmo precipício em que via seu tutor caído agora.

– Receba minha confissão – suplicou o padre.

Etienne hesitantemente estendeu a mão sobre o sacerdote.

– Não posso tomar sua confissão. Não tenho autoridade – relutou.

– Eu o autorizo – respondeu Jacobus.

Etienne queria acabar com aquilo de uma vez.

– Você cometeu algum pecado capital? – perguntou o rapaz, dando início ao ritual.

– Sim! – respondeu Jacobus.

– Violou algum dos dez mandamentos? Quais e por quais dos cinco sentidos? – continuou Etienne, propositalmente específico.

– Sim! Sim! – respondeu o padre aflito. – E também infringi os artigos do clero! E atentei contra as oito beatitudes! E quebrei os mandamentos por todos os sentidos. Você já sabe que, a quem e como... – O homem levantou os olhos súplices para Etienne. – Então, por favor, termine isso e me poupe de mais constrangimento... – suplicou.

– Eu o absolvo – falou o noviço.

Jacobus respirou profundamente e abaixou a cabeça. Por que ainda não conseguia se sentir aliviado? Confessara, afinal, não?

Doía a cabeça, cólicas percorriam o ventre e faltavam-lhe as forças para se equilibrar em pé. O coração acelerado e a respiração curta e ofegante fizeram-no pressentir a morte.

Começou a orar em voz alta:

– Ó, Senhor, não podeis me exterminar. Poupai-me! – Jacobus deixou o corpanzil estender-se sobre o chão. – Poupai-me! – suplicava. – Olhai para as minhas muitas obras. Vede quanto eu fiz em vosso nome! O Senhor precisa de mim... Eu ainda posso lhe ser útil!

Etienne protestou:

– O senhor não pode fazer essa prece! – indignou-se. – Que tipo de arrependimento é esse que evoca as próprias obras, e não o sacrifício vicário de Cristo? Que perdão o senhor pretende obter com essa oração? Um perdão comprado por suas obras?

Jacobus levantou-se vagarosamente.

– Eu não sou como os outros – respondeu, apoiando-se na parede. – Eu sou um defensor da retidão... – Fez uma pausa para tomar fôlego e prosseguiu: – Que caiu em um momento de fraqueza. Deus precisa de mim para continuar Sua obra contra os malfeitores. Você deve entender...

– Entendo que seu arrependimento não passou de temor disfarçado – respondeu Etienne.

Jacobus firmou-se em pé e mirou Etienne nos olhos.

– Mas *você* me absolveu – falou com assustadora naturalidade. E já não chorava mais.

Dessa vez, foi Etienne que se sentiu apanhado de surpresa. O velho, todavia, não havia acabado. Esticou o corpanzil como se tivesse acabado de despertar de um longo e profundo sono. Limpou o suor do rosto. Sacudiu o pó da roupa e pousou a mão no ombro de Etienne.

– E você está sob juramento. – Jacobus olhou ao redor contemplativamente. – Esta cela, seu dormitório, transformou-se esta noite em um confessionário. Você não pode dizer nada do que aconteceu aqui. – Jacobus fez uma breve pausa, colocando a outra pesada mão sobre o outro ombro do rapaz. – Nunca! A ninguém – completou.

Etienne sentou-se de volta na cama. Os olhos acompanham Jacobus sair até a porta, estender os braços se espreguiçando, como se tivesse acabado de acordar depois de uma reconfortante noite de sono, e sair caminhando, como se nada tivesse acontecido. Os passos pesados ressovam pela noite, reverberando no assustado coração de Etienne.

Sobre Jacobus e Dominic

Quanto ao relacionamento entre Jacobus e Dominic, o que podemos dizer é que se tratava de uma típica relação entre pai e filho, exceto pelo fato de que Dominic desconhecia sua real filiação.

– Seu pai morreu na guerra – respondeu Jacobus na primeira vez em que Dominic perguntou e em todas as inúmeras outras vezes.

Além disso, apenas uma menção:

– Êh, moço... Seu pai era um homem bom – disse Jacobus, e seu olhar perdeu-se por alguns minutos. – Parecia-se comigo. Mas, se por sorte ou por milagre... – Fez uma pausa, olhando para Dominic e sorrindo. – Você não se parece em nada com ele. É todo sua mãe – concluiu sorridente.

Para alívio de Jacobus, a semelhança física era da mãe, mas, para sua tristeza (e, futuramente, sua desgraça), o hábito de mentir e a queda por mulheres era todo herdado do pai.

Por isso, Jacobus tivera que abdicar dos ofícios regulares do sacerdócio e da Inquisição. E também abandonara algumas dioceses. Da última, mudara-se para a tranquilidade e reclusão de uma comunidade religiosa distante: um monastério perto da vila de Admont, junto às montanhas.

Sem mulheres por perto e sem problemas também. Dominic conseguira a aprovação dos monges locais para ser o responsável por viajar levando suprimentos ao leprosário. Com ele, as viagens tornaram-se mais "longas" que de costume, mas todos admiravam sua coragem e espírito abnegado em servir o próximo.

Os quase dois anos que ali passaram, para Dominic e Jacobus, pareceram décadas. O jovem sentia falta da cidade grande, e o monge, da agitação dos tribunais. Por isso foi com alegria e orgulho que Jacobus comunicou a nova ao garoto:

– Arrume suas coisas – disse o sacerdote. – Estamos indo embora.

O garoto lamentou. Teria que abandonar a bela – e, ressalte-se, casada – Lucrécia.

– Por quê? – Quis saber. – Não fiz nada... – eximiu-se.

– Dessa vez... – respondeu Jacobus, enfatizando a exceção. – Dessa vez, não é por sua causa.

Tirou uma carta de sobre a escrivaninha e a exibiu ao moço.

– Recebi uma missão do Santo Padre! – festejou. – Devo retomar minhas atividades junto ao Santo Ofício Inquisitório. Parece que precisam de alguém com pulso firme no tribunal eclesiástico para conter os desmandos que estão assolando algumas vilas e aldeias pertencentes ao condado de Basonvil.

Estaria ela ainda lá?, perguntava-se.

A região havia sido devastada por uma grande escassez uma década e meia atrás. Os remanescentes começavam a se reerguer quando uma tempestade de granizo dizimou colheitas e animais, precipitando toda a comunidade em um caos. Teriam sido vítimas de bruxaria, diziam uns. Outros atribuíam o evento a um castigo divino, por abrigar na região alguns seguidores de uma seita nova que vinha fazendo muitos discípulos. Os tribunais não suportavam a demanda de litígios e denúncias, e o populacho agora se metia a fazer justiça com as próprias mãos, executando, por conta própria, pessoas acusadas e sentenciadas em assembleias de populares.

A chegada de Jacobus e a instituição da ordem no tribunal eclesiástico suavizaram a situação. O velho inquisidor encarregou-se das questões teológicas que envolviam especificamente acusados de heresia. Determinou que mulheres grávidas, crianças e velhos não fossem mais submetidos à tortura e estabeleceu prazos para que se apurassem as denúncias, de modo que nem inocentes permanecessem encarcerados nem culpados se livrassem por falta de provas.

Agora, dois anos depois, os poucos praticantes de curandeirismo, inclusive clérigos, ou haviam fugido, escondendo-se na floresta, ou abdicado da prática condenada. Quanto aos ditos hereges seguidores da nova seita, Jacobus considerava que, caso ainda existissem, ou se escondiam muito bem ou se disfarçavam melhor ainda. Alguns confessaram o desvio e retornaram ao seio da Igreja por temor, depois de terem visto a fogueira ou a decapitação dando cabo de três de seus líderes – não pelas mãos de Jacobus ou sequer por sua recomendação.

Contrariamente aos demais inquisidores, Jacobus não se jactava da quantidade de inquiridos transferidos às autoridades seculares para sofrerem a pena de morte na fogueira ou serem executados no garrote – o tipo da coisa que fazia alguns de seus colegas chegarem a ostentar marcas nas vestes representando o número de executados.

Para Jacobus, a autoridade maior estava em não ter que se valer da força. Penas menores que conduzissem os assumidamente culpados à reconciliação com a Santa Igreja eram glórias muito maiores, no entender do velho inquisidor.

As únicas agitações ficavam por conta de Dominic. E, mais uma vez, a coisa parecia ser desimportante quando Jacobus viu o filho entrar apressadamente com as roupas rasgadas e marcas de arranhões no corpo e no rosto.

O Sol acabara de nascer, e Jacobus e os outros monges já estavam trabalhando, colhendo hortaliças. O velho fez um sinal com a cabeça para indicar que o garoto entrasse em um cômodo anexo ao velho depósito de ferramentas. Pediu licença aos demais e lhes recomendou que prosseguissem com o serviço. E, deixando-os, partiu em direção a Dominic. *O que foi dessa vez?*, pensou.

– Ana é uma bruxa! – gritou o rapaz ao ver Jacobus entrar. – Ela me atacou!

Jacobus fechou a porta atrás de si e gesticulou para que o menino se sentasse e falasse mais baixo.

– Ana é uma bruxa! – repetiu. – Eu sei porque a segui nas últimas noites de Lua cheia. Vi que ela ia até a floresta e parecia ficar colhendo algo em meio às plantas. Nesta última noite, estava acompanhada de um cão. Um cão preto!

– Por que você a seguiu todas essas vezes? – perguntou o inquisidor.

– Ora, porque desconfiava que ela fazia algo errado. Bruxaria – respondeu Dominic.

– Mentira! – bradou o velho. – Você a seguia porque queria algo com ela. Mas, pelo seu estado – disse, apontando para as roupas de Dominic –, acho que ela não estava muito convencida a ter algo com você. Não estou certo? – Jacobus sorriu matreiramente.

– Sim, eu a queria – admitiu Dominic. – Mas que ela é bruxa, é! Foi ela quem me seduziu!

Jacobus levou as mãos à cintura e, balançando a cabeça negativamente, sorriu da inépcia do garoto em se defender.

– Você é mesmo um tolo! Bruxas não têm poder para enfeitiçar homens santos. Logo, sua alegação de que ela o seduziu atesta contra sua santidade, o que, para mim, lamentavelmente, não constitui novidade. Conheço bem seu pendor para esse tipo de pecado. Mas me diga: quem o atacou? A própria Ana, o cão ou o marido? – perguntou o sacerdote, rindo debochadamente.

– O demônio! – bradou o jovem.

Jacobus censurou o tom de voz do filho. O rapaz baixou a voz:

– Ela me agrediu quando tentei ajudá-la a arrancar as mandrágoras – explicou.

– Êh, rapaz! Mandrágoras? Agora chamam assim os vestidos de uma mulher? – Jacobus gargalhou dessa vez.

– Não tentei arrancar seus vestidos, já lhe disse – protestou o rapaz. – Eu me ofereci para colher as mandrágoras ou fosse lá o que ela estivesse colhendo. Ela se assustou com minha presença. Quando a toquei, ela me agrediu; depois aquele demônio que a acompanhava, na forma de um cão preto, também me agrediu.

O velho permaneceu em silêncio, passando a mão no queixo. Então, dirigiu-se à porta para sair.

O jovem prosseguiu:

– Ela me ameaçou, dizendo que algo ruim iria me acontecer se eu a tocasse novamente. E, em seguida, o cão me atacou. Foi uma maldição!

Diante do silêncio do monge, Dominic protestou:

– O senhor não vai dizer nada? Não vai fazer nada?

– E o que espera que eu faça? – retorquiu Jacobus. – Quer que eu acuse uma mulher de reputação ilibada, frequentadora assídua da igreja, com base na acusação de um dissoluto como você? – Jacobus removeu a trava de madeira da porta e continuou: – Além do mais, sua acusação não passa de retaliação por ela não ter cedido aos seus encantos, meu caro. O que, no caso, depõe a favor dela.

– Espere! – bradou Dominic. – O senhor disse "frequentadora" da igreja? Pois eu sei de outro lugar que ela frequenta.

Dessa vez, Jacobus interessou-se. Voltou-se para o discípulo, aguardando sua informação.

– Sei que ela participa de reuniões na floresta com outras mulheres – denunciou Dominic. – Elas se reúnem em torno de uma fogueira, cantam, dançam e falam um idioma estranho.

– E como você sabe disso? – questionou Jacobus.

– Tenho minhas fontes – respondeu Dominic, sorrindo.

– Então, ela é bruxa ou herege? – perguntou o inquisidor. – Qual é sua acusação?

– Não sei. Talvez ambas as coisas – respondeu o garoto. – De qualquer forma, formalizarei a denúncia. E, quando o fizer, minhas informantes confirmarão minha versão. E o senhor terá de julgá-la.

– Por que você está fazendo isso? – perguntou.

Dominic apontou para fora do cômodo.

– Ela me envergonhou! – respondeu. – Mas, se isso não é motivo o bastante para o senhor, então considere que eu estarei prestando obediência ao documento que o senhor mesmo afixou na porta da igreja e na entrada da vila dizendo: "Nós, o vigário da paróquia e o juiz do condado de Basonvil, viemos, por intermédio deste aviso, pela autoridade que exercemos neste distrito e em virtude da santa obediência, sob pena de excomunhão, avisar, advertir, requerer e ordenar que, se alguém souber, tiver visto ou ouvido a respeito de pessoas consideradas hereges ou bruxas, ou de pessoas suspeitas de causar males a homens, ao gado ou aos frutos da terra, venha-nos revelar o caso. E, àquele que não obedecer a essa ordem, fique sabendo que será banido pela espada da excomunhão" – recitou Dominic.

Jacobus não gostava da motivação do rapaz. Também não gostava da ideia de que a bela e amável Ana fosse uma bruxa. *Ao menos se fossem as irmãs Fedora*, pensava. Mas, talvez, dessa vez, o filho estivesse falando a verdade, e a atitude de Ana era realmente suspeita. A informação sobre encontros noturnos de mulheres em torno de uma fogueira era grave e sugeria que a seita dos hereges continuava atuante. E isso lhe interessava.

Talvez pudesse deter Ana para interrogá-la em particular. Faria isso, então.

Sobre "o Abutre"

Quanto a Jacobus, o que temos a dizer é que ele tinha o hábito, quase obsessivo, de se alimentar de sobras e restos. "Devemos evitar o desperdício. Os tempos são difíceis e há muitos passando fome", justificava-se.

Fosse a um banquete ou mesmo convidado a um jantar mais simples, ele sempre colhia as sobras dos pratos.

Mas nada que já tivesse sido tocado, é claro.

Era mentira.

Jacobus não se considerava ladrão, embora pegasse comida dos colegas de clausura. Para ele, era uma verdadeira tortura acompanhar dia após dia os alimentos se deteriorando, sem que fossem devidamente consumidos. Dor profunda era ver esses alimentos sendo jogados fora.

"Essa comida que está sendo jogada fora poderia servir a um pobre faminto", repreendia a todos, especialmente ao culpado pelo desperdício. Não mentia. Principalmente quando era ele o pobre e faminto. *Quem tem não come, e quem tem fome não pode comer. Não é justo.*

Jacobus passara fome na infância. Muita fome.

Agora, no que dependesse dele, não passaria mais fome.

Achamos que convém acrescentar que, entre os colegas, Jacobus possuía a alcunha de "o Abutre" não apenas por sua voracidade quanto às sobras.

* * *

Como de costume, ao término das refeições, Jacobus foi o primeiro a se levantar. Dessa vez, porém, mal esperara que os demais terminassem.

Um a um, os abades saíam. Não sem antes fazer uma breve oração de agradecimento e dar mais algumas rápidas e derradeiras mastigadas. Afinal, não era comum ter carne ou frango, e a maioria preferia tomar sopa de feijão ou lentilhas de início e deixar alguns nacos de carne ou pedaços de frango para o final.

Não raro, admiravam-se com a disposição serviçal de Jacobus em recolher pratos e sobras, responsabilizando-se sozinho pela limpeza da mesa de refeições.

– Ele lembra Nosso Senhor em sua humildade em lavar os pés aos apóstolos – diziam.

É verdade que alguns, incomodados diante da impaciência de Jacobus batendo o pé no chão, encerravam a refeição a contragosto, ainda com fome e deixando comida no prato. Outros até se conformavam, considerando que, talvez, fosse o próprio Deus quem orientasse "o Abutre" a recolher a comida e a bebida antes que eles incorressem no vil pecado da glutonaria.

Entretanto, dessa vez, Voldívio não parecia disposto a abrir mão de concluir a refeição. Mantinha firme na mão portentosa uma coxa de galinha, apesar de Jacobus já ter recolhido seu prato. Mastigava apressadamente a última porção de comida para que pudesse, então, saborear a rara iguaria.

– Êh, irmão Voldívio! Vejo que já está satisfeito! – disse Jacobus.

Voldívio olhou incrédulo para o inquisidor.

– Certamente, meu senhor. Estou bem próximo disso, mas creio que ainda consigo dar cabo deste pequeno pedaço aqui – respondeu, olhando para a suculenta coxa. – Não convém deixar comida no prato. Desperdício também é pecado...

Jacobus sorriu.

– Certamente, mas não maior que o pecado capital da gula – repreendeu o velho. – Melhor seria se o irmão não tentasse evitar um erro cometendo outro.

Voldívio assentiu.

– Sim, é claro. Jamais ocorrerá de novo – respondeu ao mesmo tempo em que levava mais uma vez a coxa de galinha à boca.

Dessa vez, a mão grande e forte de Jacobus agarrou o pulso do insatisfeito abade, fazendo-o soltar o pedaço de frango sobre a mesa.

– Exerça seu autocontrole! O domínio próprio! – repreendeu Jacobus.

O abade curvou a cabeça, envergonhado.

– Sim, meu senhor.

Na cozinha, longe dos olhares dos demais, Jacobus vibrava.

– Que benção! Três pedaços intactos, e ainda sobraram muitas batatas e muitos pães.

Sobre Guilherme

Quanto a Guilherme, o viúvo de Ana, o que temos a dizer é que recebemos autorização para lhe revelar que a esposa morrera grávida.

Ele chorou, é claro. Mas, de alguma forma, a informação lhe trouxera algum consolo.

– Como souberam? – Ele quis saber.

Nós lhe explicamos. E ele acreditou assim que recuperou a consciência, instantes depois de ter desmaiado ao tomar conhecimento de quem éramos.

– Então, a mandrágora funcionou? – questionou.

– Sim, mas não como vocês imaginavam – esclarecemos. – Não havia nenhuma *magia* na mandrágora. Apenas propriedades *estimulantes.*

Ele entendeu.

– Sim – sorriu –, nós estivemos bem ocupados aqueles últimos dias.

Em seguida, perguntou-nos sobre o paradeiro dos dois.

– E o que aconteceu a eles?

Nós lhe explicamos, e ele acreditou novamente.

Olhando para o chão, suspirou mais uma vez, profundamente. Colocou a última criança na carroça. Ajeitando-a, recomendou que não se soltasse nem fizesse troça. Voltando-se para se despedir de nós, não nos viu.

Já não estávamos mais lá.

Sobre as irmãs Fedora

Quanto ao breve encontro das irmãs Fedora com o viajante tocador de realejo, o que temos a dizer é que os encontramos tendo a seguinte conversa:

– Ouvimos dizer que o senhor é professor. Ensina música? – perguntou Constance ao estranho.

– Sim, sou – respondeu. – Mas não de música. Apenas estou dando algumas lições de retórica, oratória e algo de filosofia a um grupo de pessoas na escola da abadia. Nem todos podem ir à universidade, mas o conhecimento sempre pode ser compartilhado.

– E teologia, você não ensina? Você deve saber muito sobre Deus... – disse Carmela.

– E por que você acha isso? – perguntou o forasteiro.

Carmela respondeu sorrindo:

– Porque se parece com um anjo!

As gêmeas esperaram que o professor lhes fizesse o convite para assistir às aulas. Como ele nada disse, iriam sugerir uma visita, mas o homem antecipou-se:

– Como vocês souberam que sou professor?

As irmãs entreolharam-se. Constance tomou a palavra:

– Somos muito bem informadas por aqui.

– As mais bem informadas – completou Carmela. – Até me arrisco a dizer que você nos quer fazer uma pergunta, não é?

O estranho assentiu, sorrindo, um tanto surpreso.

As Fedora bateram palminhas de contentamento.

– Sim – respondeu o homem um pouco desconcertado. – De fato, quero mesmo me inteirar melhor de alguns fatos recentes.

O homem chamou as irmãs para baixo de uma árvore para se protegerem do Sol e se afastarem um pouco de olhares e ouvidos curiosos.

– Soube que houve uma condenação aqui. – Principiou. – Uma mulher chamada Ana foi executada por bruxaria. É isso mesmo?

Constance adiantou-se a responder:

– Ela não foi *executada*.

Carmela completou:

– Nem sentenciada foi.

O homem pareceu surpreso.

– Mas foi morta... Não? – perguntou.

– Sim, morreu, mas não foi exatamente morta – iniciou Carmela.

Constance complementou:

– Falando assim, parece que foi executada. Na verdade, ela foi supliciada e morreu em decorrência de uma hemorragia.

– Foi torturada, então? – perguntou o homem.

As duas se entreolharam novamente e balançaram juntas as cabeças, afirmativamente.

– Suponho que o inquisidor tenha recebido autorização do juiz civil para proceder à tortura...

As duas se olharam mais uma vez. Carmela coçou a mão nervosamente. Constance respondeu:

– O inquisidor *é* o juiz – disse. – O juiz mesmo não passa de um... Como poderei dizer?

– Quem cuida de tudo é Jacobus, o inquisidor – ajudou Carmela. – Ele pôs ordem por aqui e tudo passa por ele, especialmente bruxas como Ana.

– E houve alguma prova contra ela? – insistiu o estranho.

– Sim, é claro – respondeu Constance. – Encontraram marcas no corpo dela. E também seu delator foi um noviço que o juiz Jacobus cria como filho adotivo. Dominic é o nome dele.

– E nós... – começou Carmela, olhando para a irmã em busca de aprovação. – Nós também a vimos. – A jovem hesitou. – Nós a vimos indo a uma reunião secreta – disse, por fim.

– Uma reunião de uma seita herética – acrescentou a irmã. – Ou mesmo de bruxas – completou.

– E, depois, soubemos de duas jovens que desapareceram na floresta misteriosamente e... – Constance olhou para a irmã.

– Uma reapareceu nua! – Carmela revelou, levando as mãos à boca em seguida.

O viajante ouvia tudo com visível interesse. E, quanto mais atenção demonstrava, mais as Fedora se excitavam em contar o que sabiam.

– Elas estão planejando algo para a próxima noite de Lua cheia – sussurrou Constance em tom confidente.

A outra irmã lançou um olhar reprovador e gesticulou, sinalizando que já haviam falado o suficiente.

– Agora queremos saber de você. – Mudou de assunto Carmela.

– Sim! Conte-nos por onde andou, o que viu... – sugeriu Constance.

– O seu nome! – lembrou Carmela. – Não nos disse seu nome. Qual é a sua graça?

O andarilho sorriu e inclinou-se reverentemente.

– Pérsio, às ordens! – respondeu.

Sobre o princípio e o fim de um noviciado

Quanto ao testamento de Raoul, o que temos a dizer é que, exceto pela arca, todos os demais móveis do quarto foram doados a um albergue local: uma cama com estrado de carvalho, uma cadeira, um aparador e um escabelo.

Quanto à cama (um confortabilíssimo leito alemão completo com colchão de penugem), Raoul deixara expresso seu desejo de que o uso fosse destinado aos viajantes estrangeiros que estivessem em peregrinação espiritual, para que, ao menos uma vez, pudessem dormir em uma cama sem insetos.

Os animais seriam distribuídos a parentes próximos; as terras, recebidas com seu título de nobreza, seriam divididas entre as filhas e genros.

Ao único filho, Raoul deixara a arca e, dentro dela, recursos mais que suficientes para um possível, embora improvável, recomeço de vida fora do mosteiro. Raoul não tivera outros filhos homens. Se Pérsio se mantivesse mesmo no mosteiro, seria melhor que fosse fiel a seus votos de castidade. Mesmo desejoso de ter um filho que desse continuidade à sua linhagem, Raoul não admitiria ser avô de um "filho de padre", ainda que a prática estivesse cada vez mais comum.

Pérsio fora entregue pessoalmente ao prior pelos pais em um domingo, após a missa na capela do mosteiro de Valpar, por desejo da esposa já morta. Raoul nunca se opusera a ela, embora guardasse consigo desejo oposto: o de ver o filho casado e com filhos. Em segredo, pedia a Deus que ele pudesse progredir nos estudos, mas sem se dedicar à vida monástica.

Ciente de que Deus havia cerrado a madre da esposa, Raoul deixou recomendações a um tio de Pérsio para que, caso o rapaz desistisse da vida religiosa, fosse entregue a ele a arca e seu providencial conteúdo. Mas isso fora alguns pares de anos depois da consagração de Pérsio à vida monástica, da qual o que temos a dizer é que seguiu a rotina comum da época, exceto pelo fato de seus pais serem pessoas abastadas e de sua entrega ter sido acompanhada da maior doação que o mosteiro recebera até então, o que deixou o prior inescrupulosamente feliz.

O prior, abade Georges, mostrou-lhes a área comum, os dormitórios, o refeitório. Tudo muito simples, muito sóbrio. Parou diante de uma pintura dele, único adorno a enfeitar a parede nua, e lhes falou dos monges cavaleiros ali retratados, bem como do abade curandeiro cujo afresco, que estava finalizando, logo ocuparia o espaço ao lado da outra pintura.

– Ali adiante – mostrou-lhes – fica o dormitório dos noviços, separado do dormitório dos monges, onde o jovem Pérsio aprenderá o sentido da ressurreição de Cristo. Não de uma maneira teórica, mas na prática da vida na clausura, no silêncio e na obscuridade, assim como o tempo em que o Salvador esteve no sepulcro. Um tempo de silêncio meditativo, de circunspecção, de transformação da morte para a vida. Esse é o sentido das vestes rústicas do noviciado. Como um casulo, como a mortalha que envolveu o divino corpo do Mestre, enquanto em seu interior se processava uma transformação. Da mesma forma, a pupa na qual também se opera uma metamorfose que trará a borboleta. E, de igual modo, a túnica com a qual o noviço se cobre e dentro da qual também se opera uma transformação lenta e processual.

E, com expressiva satisfação, falou-lhe ainda desse lugar transitório como uma gestação. Disse que seria o local onde Pérsio seria alimentado e educado sob a direção de um mestre. E quando sua aprendizagem estivesse terminada, quando estivesse formado nas maneiras complexas de se conduzir, quando soubesse cantar, fazer o que fosse preciso, exprimir-se por sinais nos tempos de silêncio, seria solenemente transferido para o meio dos adultos.

Pérsio estava encantado. Tudo era tão grande, havia tantos atrativos. Os livros, as plantas, os pássaros (até alguns exóticos que ele não costumava ver perto de casa). Perguntava-se se um dia, talvez, um dia, poderia tornar-se digno o suficiente para ver um anjo ou até mesmo conversar com um. Assim dissera o abade: que alguns monges – os melhores, os mais consagrados – relatavam ter recebido anjos na hospedaria, que se passavam por viajantes.

– Terei um novo nome? – perguntou Pérsio curioso.

– Silêncio! – a mãe o repreendeu. – Não interrompa o prior.

O abade sorriu.

– Não há mal algum – contemporizou. – Sim, meu filho, você receberá um nome de um santo.

– Gosto da história de Estevão – disse o garoto.

O abade olhou para os pais. Sim, eles concordavam.

– Então, seu nome será Etienne, em homenagem a seu santo de devoção – disse em tom solene.

* * *

Cabisbaixo, Etienne recolhia com dificuldade seus poucos pertences, lembrando-se de sua chegada ali anos atrás. Quantos? Não se lembrava. O tempo deixara de ter importância. Antes, lembrava-se do pai lhe dizendo ainda menino: "agora chegou o tempo de você ajudar suas irmãs menores", "agora é o tempo de você ajudar o pai no campo". E, antes que viesse o tempo de ajudar no sustento, o tempo de escolher uma esposa, e o tempo de casar-se e ter filhos, chegou o tempo de se dedicar à vida no claustro, longe de todos os outros tempos.

E como se dedicara! Os intermináveis meses, depois anos, cobrindo-se com a túnica, com cabeça e rostos escondidos pelo capucho, poucas palavras, gestos comedidos, jejuns, orações, tantas vigílias... Anjos, nem um. Visões, nem uma.

Padre Georges chamava a cogula, a veste provisória do noviço, de "casulo".

– Ali, metido na cogula, estarás a passar por uma transmutação, uma metamorfose – repetia. – Como a lagarta em seu casulo. Primeiro, o anonimato; primeiro, o silêncio; primeiro, a escuridão... Depois, a identidade, a voz, a luz!

Não! Primeiro, a desilusão; depois, a perseguição... Depois, Jacobus!

– Etienne – chamou baixinho o irmão Mathias.

– De agora em diante, não responderei mais por esse nome – protestou Etienne.

Mathias tirou algo de dentro de um bolso interno de seu hábito. Etienne não prestou atenção, continuando a organizar e a selecionar que objetos levaria consigo. Talvez o velho realejo e algum livro. Sentiria falta dos livros e da companhia de Mathias também.

Suas mãos doíam.

O amigo chamou-lhe novamente. Dessa vez, por um nome que Etienne não ouvia havia muitos, muitos anos.

– Pérsio!

Etienne voltou-se imediatamente. Boca entreaberta, olhar surpreso.

– O que disse? – perguntou incrédulo. – Do que me chamou?

– Pérsio – repetiu Mathias. – É seu nome, não? Seu nome de batismo.

Mathias segurava agora o objeto que pareceu a Etienne ser uma carta.

– Como soube? Nunca havia dito a você meu antigo nome...

– Bom, se esse é seu antigo nome e Etienne não é mais seu nome atual, nem sei mais como chamá-lo – falou Mathias.

Etienne sorriu.

– Chame-me de Pérsio, então. Esse é meu nome – respondeu. – Então, como soube?

Irmão Mathias mostrou-lhe a carta.

– Seu nome, Pérsio, está aqui nesta carta – disse, entregando-lhe a folha velha. – Seu pai, Raoul de Valpar, entregou-me esta carta, recomendando-me que eu, sob juramento, guardasse-a para o dia em que... Para este dia: o dia em que você saísse daqui.

Pérsio olhava a carta, ainda sem lê-la.

– E como ele pôde ter sabido que isso aconteceria?

– Ele não sabia. Apenas esperava.

Pérsio suspirou profundamente.

– Então, esperou em vão...

Mathias sabia que o pai de Pérsio havia morrido. Também sabia do conteúdo da carta.

– Não é o que a carta diz – respondeu.

– Você leu a carta de meu pai? – perguntou Pérsio em um tom de incômodo.

– Seu pai me fez prometer que a guardaria. Nada me disse sobre não lê-la...

Pérsio sentou-se, pedindo que Mathias fechasse a porta de sua cela e se aproximasse. Então, leram-na juntos.

Na carta, havia instruções sobre onde Pérsio deveria encontrar o testamento do pai. Também havia informações sobre o tio, que ficara guardião de seu último bem: uma arca de quarto, bem trancada, contendo moedas e objetos de valor.

A súbita alegria fez Pérsio juntar as mãos instintivamente para fazer uma prece de ação de graças. Todavia, as chagas nas mesmas mãos e as dores lancinantes das recentes queimaduras o convenceram de que não havia ninguém a quem agradecer.

Um pouco de sorte, afinal, pensou. *Nada mais do que isso.*

– Sabe, Etienne... Digo, Pérsio... Se você vai mesmo embora, acho que também não vou demorar mais por aqui...

– Oh, não, amigo. Não diga isso – protestou. – Você é um vocacionado. É auxiliar do tesoureiro. É honesto e sabe lidar com finanças. Veja que confiança lhe atribuem!

– Não confio em Jacobus. Acredito em você, Pérsio! Sei que o Julgamento por Provação foi falho. Tem que ter sido falho...

– E para onde você iria? – perguntou Pérsio.

– Com essas minhas pernas tortas, não muito longe – sorriu Mathias.

– Bem, já que você sabe meu nome de batismo, que tal me revelar o seu? – sugeriu Pérsio.

Mathias balançou a cabeça, resoluto.

– Meu antigo nome ficou do lado de fora desta abadia. Um nome bonito. Foi o primeiro nome de um papa.

– De um papa? Ora, veja! Pois bem. Se um dia suas pernas tortas o levarem para fora disso e nos reencontrarmos...

– Sim – completou Mathias, levantando-se para abraçar pela última vez o companheiro de cela. – Se nos reencontrarmos, eu lhe direi.

* * *

Quanto ao Julgamento por Provação, o ritual ao qual Etienne fora submetido após confrontar e acusar Jacobus, seu mestre e superior, temos algo a dizer: ele não funciona.

Seus adeptos dirão que "sim", que o método é eficaz. Dirão que seu fim é nobre e bem-intencionado. E, século após século, apesar de proibido, continuarão recorrendo a ele – ainda que com nomes diferentes – para o mesmo fim: tentar a Deus. Afinal, não foi essa a pretensão do Tentador? "Se és o Filho de Deus, atira-te daqui..."

O princípio é simples: Deus está do lado da verdade e daqueles que são pela verdade. Mal algum será infligido a tais homens. Portanto, ao se colocar um ferro em brasa nas mãos de um puro ou obrigá-lo a andar sobre um caminho de brasas, o fogo não lhe fará dano algum. Se ele for picado por uma víbora, não sofrerá o agravo. Se beber um veneno, mal não lhe fará.

Assim estava escrito.

Etienne havia acusado Jacobus de muitas e terríveis coisas: de ter tido um filho com a finada Jordana, de ter agido parcimoniosamente em alguns julgamentos, de ter aceito suborno, de ser glutão, beberrão e de uma série de outros delitos menores, como "soltar gases em público".

Etienne não dispunha de provas. Testemunhas havia, mas nenhuma disposta a confirmar as acusações do noviço contra seu tutor. Por outro lado, as acusações eram graves e a integridade de Etienne era de todos conhecida. Não havia razões aparentes para que ele levantasse falsos testemunhos contra um homem da envergadura de Jacobus.

O Julgamento por Provação foi, então, invocado.

Jacobus negou a acusação de ter mantido relações sexuais com Jordana, mas admitiu a glutonaria e os delitos menores, acusando, em contrapartida, Etienne de não ter mantido a inviolabilidade da confissão que tomara do velho sacerdote.

– Você me traiu! – bradou Jacobus diante do tribunal eclesiástico. – Traiu o sacramento! Traiu Deus! Traiu a Santa Igreja!

– Você usou do sacramento para aliviar sua consciência perturbada e não demonstrou arrependimento verdadeiro! Você me usou, julgando que eu, mais uma vez, ficaria calado e submisso – retorquiu Etienne.

Ouvidas as partes, o juiz que presidia o tribunal eclesiástico invocou o recurso do Julgamento por Provação, alegando insuficiência de provas.

– É a palavra de um contra a palavra do outro. Não temos subsídios suficientes para emitir um juízo. Deus dirá quem está com a razão – anunciou.

– Amém – responderam todos, exceto Jacobus.

Senhor, tende misericórdia. Senhor, tende misericórdia – orava em pensamento.

Sobre Aldenora e Abelardo

Quanto a Aldenora, mãe de Cristine, o que temos a dizer é que ela insistia em sustentar que a perda da virgindade da filha havia sido causada por bruxaria. Inimigas invejosas de seu casamento teriam lançado um feitiço. Os sonhos da menina serviam como ótimo indício de que isso realmente ocorrera.

– Usaremos a perda da virgindade de Cristine como prova de que fomos vítimas de bruxaria – decretou Aldenora ao marido após a refeição.

– Não podemos fazer isso – Abelardo protestou. – Não podemos expô-la mais.

Aldenora ajeitou nervosamente os cabelos, prendeu-os e continuou sua tese:

– *Temos* que fazer isso! – disse convictamente, aproximando-se mais do marido. – Precisamos mostrar algo que prove que fomos vítimas. É assim que a justiça vê as coisas: há o lado das bruxas e o lado das vítimas. De qual lado você prefere estar? – perguntou ao marido.

– Do lado da verdade – respondeu o homem.

– Abelardo, creia-me. – A mulher encarou o marido nos olhos. – A verdade é o que menos importa nesse instante.

Abelardo levantou-se resoluto.

– A verdade é que nossa filha casou-se virgem! – afirmou.

– Mas não sangrou! – retrucou a mãe. – E isso é o que conta. Perdemos um excelente arranjo familiar por causa disso. E o pior: nossa filha ficou difamada. Vai acabar uma matrona, temo.

O pai coçou a cabeça, passou a mão demoradamente sobre a barba, suspirou e sentou-se de novo.

– Por que não falamos do cavalo, então? – disse, apontando para a baia vazia. – Ele morreu, não? Digamos que foi por uma injúria lançada – sugeriu.

A mulher balançou a cabeça.

– Não é suficiente. O testemunho de Cristine será muito mais convincente. Uma jovem não diria algo assim, a menos que fosse verdade. Seria muito embaraçoso.

– *Será* muito embaraçoso! – enfatizou Abelardo.

– Sim – concordou a esposa. – Mas será nossa salvação.

– Não fizemos nada errado – insistiu o marido.

Aldenora balançou a cabeça nervosamente e bateu pesadamente com a mão espalmada sobre a mesa.

– Não é preciso ter feito algo errado! – bradou. – Olhe para Ana! Não admito perder algum de vocês e não quero que meu marido saia como Guilherme, humilhado e carregando os filhos em fuga.

A mulher tirou da sacola uma vela benta que trouxera da igreja naquela manhã e acendeu-a.

Eu já vivo humilhado, pensou Abelardo, cabisbaixo e submisso.

Sobre Agnes

Consta que certo Jerônimo Artesão, escultor de imagens sacras e efígies para a Inquisição, alegava ter esculpido, pela graça divina, uma imagem benta. Segundo ele e um bom número de testemunhas oculares, a tal imagem do Cristo havia vertido sangue depois de ter sido alvejada por uma seta, disparada por um tal Bruxo Flecheiro – figura encapuzada, vestida de preto, e que portava arco e flechas, com as quais cometia atentados alvejando imagens sacras das igrejas da região.

Na maioria dos casos, as flechas erravam o alvo. Mas, quando acertadas, as imagens se espatifavam ao cair no chão. Algumas ostentavam marcas da agressão (riscos e pequenas avarias), outras apenas trepidavam com o choque sem cair. Até então, nenhuma havia sangrado.

Conta-se nessa época de uma monja que permaneceu diante de uma imagem de Cristo acertada por uma flecha que ameaçava cair. A monja considerava a possibilidade de amparar a imagem na queda, ainda que fosse débil e quase cega, mas, para seu espanto, a imagem tremeu seguidamente até parar, enfim, permanecendo incólume no oratório.

Disseram que havia sido milagre (especialmente a monja em questão, que reivindicava o mérito de ter feito uma prece salvadora). "Com meu olho bom, eu mirava a imagem de Nosso Senhor enquanto orava; com o olho ruim, eu via Nossa Senhora me amparando", contava a todas as irmãs.

Mentia.

Podemos dizer com exagerada boa vontade que, no máximo, ela fizera uma prece rápida, do tipo "Ai meu Deus! Vai cair na minha cabeça!", mas, para a jovem noviça Agnes, o testemunho de irmã Dolores era encantador. Ela ficou tão encantada que se animou a contar também o seu.

Sim, ela também havia tido uma visão beatífica. Sim, era uma visão de fato e, sim, ela contaria tudo.

Os olhinhos brilhando, mãos gesticulando nervosamente, as irmãs reunidas em sua volta e Agnes já quase em êxtase.

– Foi há uma semana, no dia de São Tiago – iniciou. – Eu estava fazendo minhas preces e, de repente, vi um clarão no jardim. Era noite, mas no local onde eu estava parecia que a Lua brilhava com mais intensidade, como nas noites de Lua nova, mas olhei para o alto e vi que não havia Lua naquela noite...

Ouviu-se um "oh" uníssono e afinados e pedidos para que continuasse. Outras irmãs se aproximaram. Dolores, não.

– Então o que você viu? A Virgem? – perguntou uma das irmãs, dando voz ao pensamento das demais.

O semblante de Agnes decaiu um pouco. Certamente ela não era tão devota e consagrada quanto irmã Dolores para receber tal graça, pensava.

– Não, mas também tive uma visão maravilhosa! – disse, recuperando a autoconfiança.

– Um santo?

– Não, também não.

– Nosso Senhor? – perguntou irmã Consuelo, levando as mãos aos lábios em ansiosa antecipação.

– Não. Vi um *anjo.* Um anjo de Deus! – respondeu com alegria contida. Não queria dar a impressão de vaidade espiritual ou coisa parecida.

– Um anjo? – perguntaram várias.

– Sim, sim! Um anjo de verdade – respondeu Agnes com mais entusiasmo dessa vez. – Mas havia algo diferente. Muito embora eu soubesse que era um anjo, eu achei estranho porque... nunca antes havia visto um anjo daquele jeito.

Um serafim. Agnes fora visitada por um serafim de fogo. Vira-o de longe e se admirara com seu aspecto incandescente.

– Na verdade – continuou –, esse não se parecia com os que aparecem nas ilustrações e nas descrições das histórias que ouvimos, nas quais os anjos são brancos, mais alvos do que a neve e resplandecentes.

Não se parecia com os outros que ela também vira, mas Agnes não quis parecer uma tagarela arrogante a contar vantagem da meia dúzia de visões que havia tido.

Credulidade e ceticismo dividiam a audiência, mas a curiosidade era compartilhada por todas que ouviam Agnes.

– E como era o anjo que você viu? – perguntou uma cética.

– Era... era... encarnado, meio alaranjado. Como o fogo. Como se fosse incandescente.

Sobrancelhas crédulas se arquearam, testas céticas se franziram, bocas se retorceram, olhares foram trocados.

– Ora, isso não era um anjo! – disse uma.

– Onde já se viu anjo vermelho? – criticou outra.

– Não era vermelho *vermelho*. Era uma cor diferente, como um alaranjado cor de fogo – defendeu-se Agnes.

– Tolice! Não há anjos assim. Você só está dizendo isso porque irmã Dolores teve uma visão em recompensa por ter salvado a imagem de Nosso Senhor. Está com invencionices. Inveja – decretou irmã Valentine.

Agnes moveu os olhos ao redor em busca de um semblante amistoso ou interessado no que tinha a dizer. Percebeu que o melhor seria se calar por enquanto, recolhendo-se em meditação e orações. Talvez tivesse mesmo se enganado.

Anjos vermelhos, pensou. *Onde já se viu?*

Lembrou-se de, quando criança, ter contado à mãe seu sonho com Jesus.

– E como Jesus era em seu sonho? – perguntou a mãe ansiosa.

– Tinha cabelos brancos, bem branquinhos, e os olhos alaranjados como duas esferas de fogo! – respondeu a pequena Agnes.

A mãe sorriu, abraçou a filha e, dias depois, na igreja, mostrou-lhe a imagem de Jesus em um mosaico. Olhar vazio, semblante inexpressivo, cabelos castanhos como os dela, só que menos viçosos e bonitos.

– Esse é o Jesus verdadeiro – contou-lhe a mãe.

Agnes nunca houvera lido nem ouvido falar de Jesus conforme descrito por João no Apocalipse: com cabelos alvos como a lã e cujos olhos são como chamas de fogo. Também nunca houvera lido ou ouvido falar do serafim de fogo visto por Isaías.

Tais como em seu sonho e em sua visão. Tais como são.

* * *

Agnes não permaneceria por longo período no convento.

Por muito tempo depois, exceto pela companhia dos anjos que continuaria a ver e pelo breve período com os adotivos, Agnes levaria uma vida errática e solitária até, finalmente, estabelecer-se no condado de Basonvil, onde viveria com relativa tranquilidade.

Um dia, muitos anos depois, sem saber, ela nos hospedará. E, em meio a visitas esporádicas daqueles que acorrerão à sua casa em busca de seus conselhos e dos testemunhos de suas visões místicas, estará, muitos anos depois, a jovem Cristine.

Todavia, para Cristine (e para todos os que a conheceram depois de sua fuga do convento), Agnes seria conhecida apenas por um novo nome e pelo epíteto que o acompanharia por anos: Theodora, a mística.

Sobre o jovem Jacobus

Quanto ao episódio da imagem que *sangrou,* o que temos a dizer é que o caso chegou ao conhecimento do Santo Ofício, que designou o inquisidor de Galrem para acompanhá-lo, tentando identificar e capturar o agressor, a quem chamavam de Bruxo Flecheiro.

Jacobus, na época, havia recém-encerrado seu noviciado. Chegara ao mosteiro miserável como a mãe, a qual, viúva de pouco, nem se prostituindo conseguia sustentar os filhos, quanto mais ofertar o dote de sua consagração conforme era de praxe aos pais que ofereciam os filhos à vida religiosa.

E agora – tão cedo, tão novo –, fora designado para servir em Galrem junto ao posto inquisitorial auxiliando Gaspar de Verdi, o inquisidor local.

Ao ouvir o relato, o inquisidor Gaspar, a princípio, desconfiou; depois, temeu estar duvidando de um milagre autêntico e alegou crer na veracidade do episódio. A imagem que havia sangrado fora o assunto do dia, ocupando até mesmo o espaço do sagrado silêncio da refeição.

O inquisidor havia dado a entender a todos que crera no episódio, mas lhe faltava a tenacidade costumeira. Sua débil defesa do milagre despertou a dúvida em seu auxiliar, Jacobus.

– O senhor crê, meu pai? – indagou o rapaz.

– E você, não? – retorquiu o inquisidor. – Se você pergunta é porque não tem certeza, não é, meu jovem? – questionou Gaspar.

Jacobus demorou a responder. Ia dizer que não, não duvidava. Pelo contrário, acreditava sim no milagre, mas a hesitação o denunciara.

Gaspar não esperou resposta. Levantou-se morosamente da cadeira e se espreguiçou. Seus ossos crepitaram como se a coluna do velho fosse se esfarelar.

– Deus pode todas as coisas, filho – disse enquanto andava pelo aposento com pouca ou nenhuma disposição para tratar do assunto.

Havia comido demais, as pálpebras pesavam, o alimento pesava no estômago e Jacobus o importunava com sua desconfiança pueril. Era peso demais.

– Eu creio, meu pai. Deus pode todas as coisas – assegurou o rapaz.

Gaspar ergueu as mãos espalmadas.

– Que bom, então! Se nada mais o preocupa – disse ele feliz com fim da conversa –, terá sobrado alguma boa tira de toucinho no restante da sopa de ervilhas, ou um pãozinho de centeio ou uma maçã? Ah, Deus! Eu pagaria uma penitência por uma suculenta maçã agora.

Jacobus se impressionava em ver que o velho não engordava. Toda aquela comilança. Para o jovem, todavia, o assunto não havia acabado.

– Meu pai, mas e se o sangue na imagem fosse falso? – inquiriu com receio.

Gaspar coçou a cabeça, depois os dedos finos foram passando sem pressa na barba por fazer.

Jacobus pressentiu que o velho iria lhe contar sobre o milagre do monastério de Borjas.

– Já lhe falei do milagre do cálice de sangue do monastério de Borjas? – perguntou o inquisidor, recobrando um pouco da disposição.

Jacobus balançou a cabeça afirmativamente.

– Pois então. Um sacerdote duvidou do milagre da Eucaristia, influenciado que estava pela chaga luterana, e o cálice de vinho...

– Tornou-se sangue diante de seus olhos – completou o jovem monge. – Sim, eu sei.

Jacobus cria na transubstanciação dos elementos em "carne de carne e sangue de sangue" de Cristo, ainda que ele se questionasse se a hóstia consagrada era Corpo de Cristo depois de entrar em seu organismo. Porque, se assim fosse, que terrível pecado seria fazer a digestão do corpo e sangue de Cristo, bem como, suprema agonia, excretá-lo depois.

– Então... – disse Gaspar, acenando a conclusão da conversa.

– Êh, meu senhor, ainda careço entender... – replicou Jacobus, também se levantando. – Pois a mim parece que há certa lógica nos milagres. Nos verdadeiros, digo. Uma coisa, por exemplo, é um cálice de vinho que se transforma em cálice de sangue, pois são substâncias semelhantes, líquidas. Da mesma forma, as águas do Egito se transformaram em sangue, e a água do casamento em Caná da Galileia se tornou vinho. Mas o que há em uma imagem que possa ser vertido em sangue?

Gaspar bocejou. A imagem perfeita de um cão velho e modorrento escancarando a boca.

– Bobagem! Tolice! – desdenhou. – Milagres são milagres! Não possuem lógica.

Jacobus prosseguiu:

– Outra coisa é a aparente falta de propósito, meu senhor. O cálice de São Borja teve um propósito de convencer uma dúvida específica, mas a imagem que sangrou só fez engordar os tesouros da paróquia.

– Pois aí está o propósito! Que mal há nisso? – questionou Gaspar. – Há mais ofertas e mais ofertantes também. Há mais gente indo à Casa do Senhor para contemplar a imagem benta e ser agraciado. Você mesmo esteve lá diversas vezes, eu sei.

– Sim. E me pergunto por que nunca vi moscas voando sobre a imagem.

Gaspar fez careta de quem não estava entendendo. Depois sorriu. Achara uma maçã mordida. Mordida, mas aproveitável.

– E o que tem isso? – grunhiu enquanto mastigava a fruta.

– Sangue atrai moscas! – respondeu Jacobus em um tom de quase perplexidade.

Como era possível que um inquisidor experiente não tivesse deduzido isso? A não ser que a questão das moscas lhe soasse desimportante.

Gaspar deu a última mordida na maçã e lançou o resto pela janela. Jacobus teve vontade de buscá-la. Não comia uma desde a infância, quando as colhia à vontade nas colinas de Nubem. Depois, no mosteiro, nunca mais. Agora, só lhe restava contemplar o inquisidor comendo uma após outra e sentir o cheiro inesquecível, salivando até não poder mais.

– Está certo. Vejamos: se você tivesse razão, qual seria sua teoria sobre o motivo de alguém forjar tal milagre? E mais: como alguém colocaria sangue ou tinta ou seja lá o que for dentro de uma imagem para que, em um dia qualquer, talvez nunca, ela viesse a ser alvo do Bruxo Flecheiro e, então, sangrar?

Jacobus iria dizer que o tal bruxo e o artesão poderiam estar mancomunados de antemão, ou algum conluio que envolvesse até mesmo (por que não?) o vigário, mas Gaspar ainda não havia terminado.

– É muito mais lógico crer que Deus fez um milagre acontecer para nos mostrar que estamos sendo omissos em nossa defesa da fé ante os ataques! Ante as flechas da heresia luterana e da bruxaria! – apregoou.

– A Igreja está à mercê de loucos, hereges, judeus e mouros. Cristo foi atingido por um bruxo, e seu sangue clama contra nós!

– Gostaria de ter sua permissão para examinar a imagem, meu senhor – insistiu Jacobus.

Gaspar já estava farto.

– Pois pegue. Que vá e se arrependa, Tomé! – autorizou com resignação. – Todos agora são Tomés! Você quer dissecar um milagre como agora se dissecam homens e animais por toda parte; e o que será depois? Fará um tratado, um catálogo ou um mapa como fazem os estudiosos de hoje, que esmiúçam o céu e esquartejam os cadáveres em busca da alma e daquilo que só pode ser contemplado pelos olhos da fé? Pois vá e encontre resposta para suas dúvidas tolas!

Jacobus não se incomodou com o nervosismo de Gaspar. Ao contrário, alegrou-se com a concessão. Por respeito, porém, conteve-se. Despediu-se tomando a benção de seu superior, agradeceu e saiu em direção aos seus aposentos.

Já ia dando a volta no aposento, pelo lado de fora, próximo à janela aberta do refeitório, quando ouviu um barulho de panelas e latas sendo reviradas e, depois, um brado triunfal.

– Toucinho! – gritou Gaspar.

* * *

No dia seguinte, Jacobus foi o primeiro a acordar. Queria sair antes que o inquisidor acordasse, a fim de evitar o risco de que ele tivesse se arrependido de autorizar a investigação e o impedisse. Para isso, teria que faltar à primeira oração matinal. Gaspar não ficaria contente, mas alegaria que precisava chegar cedo à igreja de São Rafael para examinar a imagem com a tranquilidade devida, antes que as portas fossem abertas aos peregrinos, os quais diuturnamente se avolumavam do lado de fora esperando a oportunidade de entrar e contemplar a imagem de Nosso Senhor que, por milagre, sangrava.

Ainda estava escuro. Jacobus pôde divisar, ao longe, as luzes dos círios e de outras tantas velas da procissão que se moviam às portas do templo.

Ele atravessou o cemitério dos monges, saltou uma cerca baixa de ferros e logo alcançou a entrada lateral que dava acesso à sacristia. A porta não estava trancada. Jacobus a empurrou o suficiente para abrir uma fresta.

Havia movimento lá dentro. Uma vigília, talvez.

– Olá? – falou.

Uma luz aproximou-se da porta. Alguém portando uma lâmpada, que Jacobus não soube identificar, respondeu, segurando a porta por dentro para que não se abrisse mais.

– O que você quer? – perguntou a voz masculina.

– Sou Jacobus, monge auxiliar do venerável inquisidor Gaspar de Verdi, e estou a serviço do Santo Ofício para investigar o ataque à imagem de Nosso Senhor por parte do chamado Bruxo Flecheiro.

– Jacobus? – Dessa vez uma voz feminina. Uma voz inconfundível.

– Agnes? – perguntou de volta Jacobus.

A jovem passou por fosse lá quem estivesse segurando a lâmpada, espremeu-se entre a pesada porta e a parede e pôs seu rosto angelical para fora.

– Jacobus, o que está fazendo aqui? – perguntou sorrindo.

– Eu lhe pergunto o mesmo – respondeu o jovem, devolvendo o sorriso.

Agnes voltou-se para o interior da igreja e pediu privacidade ao porta-lâmpada, que se retirou, resmungando algo em latim.

A noviça voltou-se para o jovem auxiliar.

– Estou... Estamos todas aqui participando de uma vigília. Fomos convocadas para interceder em favor da imagem, pois se soube que ela seria atacada de novo pelo Bruxo.

– Eu não soube de nada – disse Jacobus.

– Isso foi há pouco. Fomos avisadas tarde da noite. Mal dormimos. Viemos para cá e trouxemos alimento para repartir aos peregrinos que estão do lado de fora.

– Posso entrar? – perguntou Jacobus. – Preciso ver a imagem. Tenho ordens do inquisidor para examiná-la a fim de que possamos descobrir quem está envolvido nos ataques e por quê.

– Oh não, isso não será possível. Não hoje – replicou Agnes. – A imagem não está mais aqui. Ela já foi levada. Para um lugar seguro, dizem.

– Estou desapontado – resmungou Jacobus.

– Sim. Lamento por você, mas... eu pensava que você já deveria saber disso – disse a jovem.

– Como assim? Saber do quê? – espantou-se Jacobus.

– Da remoção da imagem – respondeu Agnes. – Eu fui a primeira a chegar aqui e ainda vi quando o inquisidor saiu por esta mesma porta, carregando algo que julgo ser a imagem de Nosso Senhor.

– O quê? Quando? – espantou-se Jacobus.

– Essa madrugada, não mais que duas horas atrás.

– Êh, mulher! Como sabe que era ele? Não estava escuro? Você não se confundiu? – quis certificar-se Jacobus.

Agnes torceu o nariz.

– Pode ser, mas...

Agnes afastou-se da porta, voltando em seguida com uma vela acesa. Abriu a porta e apontou para o chão.

– Não conheço ninguém que goste mais disso do que o inquisidor – disse.

Jacobus abaixou-se e pegou na mão o resto de uma fruta. Trouxe-a à luz.

Era uma maçã mordida.

* * *

O velho inquisidor bateu a mão ossuda no tampo da mesa com violência. Sua paciência estava se esgotando, e seus argumentos, também.

Jacobus chegara furioso, mas contido. Recusara o desjejum e chamara Gaspar para uma conversa urgente e inadiável.

O ancião, a princípio, tentara apaziguá-lo. "Filho, não é assim. Filho, é preciso entender. Filho, isso; filho, aquilo". Sempre com a voz grave, porém branda. Também o lembrou de seus votos de obediência, da sua sagração recente, mas o ex-noviço estava inconformado.

– Embuste! Farsa! Fraude! – dizia com voz firme e com uma autoridade tal que o fazia parecer ainda mais alto.

O inquisidor temeu pelo pior. Colegas o alertaram: "Gaspar, corte as asas desse moleque; Gaspar, não aceite essa incontinência; Gaspar, isso lhe custará caro". O inquisidor respondia que não, que Jacobus era um futuro sucessor, que sua inteligência era inata e sua perspicácia (era e ainda seria) muito útil; que isso era coisa passageira, arroubos de juventude, e que um pouco de idealismo não fazia mal a ninguém; ele mesmo já fora um dia assim.

Jacobus, acocorado junto a uma parede, rabiscava o chão de terra. Era mesmo tudo como ele imaginara.

* * *

Depois da ida à igreja, uma visita repentina a Jerônimo Artesão confirmaria suas suspeitas.

Na ocasião, o artesão surpreendeu-se com a presença do rapaz em sua casa.

– Oh, Deus... O que mais vocês querem? – perguntou ao vê-lo na porta.

Já era dia, o brilho do Sol ofuscou a vista de Jerônimo, mas ele pôde identificar o auxiliar do inquisidor Gaspar. O artesão levou a mão sobre os olhos, protegendo-os da claridade.

– O que mais, agora? Já disse tudo. Já estou fazendo outra imagem – queixou-se.

Jacobus não entendeu nada, mas decidiu agir como se estivesse ciente do que o artesão dizia.

– Ainda não terminamos – Limitou-se a responder.

Pediu licença e entrou. Queria ver as imagens (onde e como eram feitas). Jerônimo conduziu-o ao cômodo.

Uma criança surgiu na porta do quarto, esfregando os olhinhos e observando Jacobus desconfiada. O artesão mandou-a voltar para junto dos outros e lá ficar até que ele ordenasse o contrário.

– Vejo que seus negócios têm prosperado – disse Jacobus. – Agora o senhor tem até um quarto!

– Não é um quarto novo. É onde eu fazia as imagens. Agora dormimos todos lá e tenho um lugar à parte, separado das crianças. Elas quebravam muita coisa – explicou o artesão.

– De qualquer forma, é sinal de prosperidade. Os negócios têm ido bem – observou o jovem sacerdote.

O artesão indicou ao sacerdote o cômodo que servia de ateliê e depósito.

Jacobus entrou e, instintiva e reverentemente, inclinou-se diante da primeira imagem que viu. Ato contínuo, viu-se diante de um inesperado constrangimento. Havia dezenas delas! Deveria beijar todas? Prostrar-se e reverenciar todas? Nunca antes havia visto tantas imagens juntas, e nunca daquela forma: inacabadas, sem pintura, fora de um belo altar, despidas da distinção que lhes conferia um belo andor ornamentado. Do jeito que estavam, pareciam-lhe apenas peças comuns, como os vasos, as efígies de mortos que eram usadas nas cerimônias de execuções do Santo Ofício e outras esculturas que as circundavam.

A criança surgiu de novo, interrompendo os pensamentos dele. Trazia na mão um prato com um cinzel e a cabeça de um santo, mas Jacobus não soube identificar qual.

– *Biga!* – disse o pequeno enquanto entregava o pedaço de escultura ao pai.

"Biga?"

– Não. Não é barriga. É cabeça – corrigiu o pai, devolvendo-lhe a cabeça, mas lhe tirando o cinzel da mão.

A criança sorriu.

– *Bêça!* – exibiu-se, ostentando a cabeça do santo e oferecendo-a a Jacobus dessa vez.

O sacerdote abaixou-se, pousou a grande mão na cabeça do menino e abençoou-o; agradeceu o presente e levantou-se.

– *Bêça!* – repetiu a criança, apontando para a peça, agora nas mãos de Jacobus.

– Sim, cabeça – assentiu o sacerdote.

– É de são João Batista – explicou Jerônimo. – Dei-a para que parasse de me importunar. Ele gostou de você. Não se aproxima de estranhos, ainda mais de um que seja tão alto.

A criança voltou correndo para o quarto.

– Então, o que mais eu preciso fazer? O que vocês querem? O inquisidor esqueceu-se de algo?

Então Gaspar estivera ali, deduziu Jacobus.

Precisava pensar rápido. Deveria perguntar alguma coisa, colher alguma informação, mas temia se expor. O artesão pensava que Jacobus sabia da visita recente de seu superior, e fazer alguma pergunta poderia dar a entender que ele não estivesse ciente de tudo. Seria visto como um novato em quem o inquisidor não depositava a confiança ou como alguém que desconhecia os passos do próprio líder.

Como nada disse, o artesão continuou:

– O inquisidor me absolveu – defendeu-se. – Ele ouviu minha confissão e me recomendou a penitência. Nada mais eu devo.

Jacobus não precisava ouvir mais nada. A imagem, como em uma visão, surgiu nítida em sua mente: Gaspar se antecipara a ele e fora à igreja ainda na noite anterior, examinara a imagem, comprovara a falsidade do milagre e decidira removê-la sob o argumento de que haveria um novo ataque, muito embora sua real intenção fosse impedir que ele, Jacobus, examinasse-a. Depois veio até o artesão trazendo a imagem...

Teria levado a imagem consigo de volta? Ou talvez a deixado ali com o artesão? Sobre isso, não estava certo, mas ouvira bem Jerônimo dizer que "já estava fazendo *outra*". Que outra? Por que outra?

Outra coisa havia ficado clara para Jacobus: o negócio de fazer imagens sacras havia se tornado bastante rentável depois dos atentados promovidos pelo Bruxo Flecheiro. Quanto mais imagens destruídas, mais imagens encomendadas. Talvez até algumas que, a exemplo da imagem do Cristo, viessem a sangrar e a atrair peregrinos, ofertas...

– Não há mais nada, meu bom homem – disse Jacobus, tranquilizando o artesão.

Então, a que devo sua visita? – inquiriu-o.

– Como eu disse, não há com que se preocupar. O inquisidor apenas recomendou que a nova imagem seja entregue a mim quando estiver pronta.

Jerônimo demonstrou surpresa.

– Mas ele mesmo me recomendou que não entregasse a ninguém mais além dele em pessoa – enfatizou.

– Sim, eu sei – respondeu Jacobus, aparentando naturalidade. – Por isso mesmo ele me mandou logo em seguida para corrigir a informação. Ele estará muito ocupado julgando e examinando processos. O Auto de Fé está se aproximando e o inquisidor quer que tudo esteja pronto a tempo.

O jovem Jacobus despediu-se, abençoando Jerônimo e a família.

Do lado de fora, banhou-se com aquele raro e quente brilho do Sol e sorriu. Estava desapontado em vários sentidos, exceto consigo mesmo. Era astuto e estava satisfeito com a própria habilidade elucidativa.

De fato, ele estava certo, mas não teria conseguido sozinho.

Visões e revelações são nossas especialidades.

* * *

Fechada a porta, Jerônimo passou as mãos ásperas pela cabeça calva e praguejou baixinho.

A noite tinha sido agitada. Primeiro, a vinda do inquisidor Gaspar trazendo-lhe a imagem e uma centena de perguntas: por que ele fizera aquilo? Como havia conseguido fazer a imagem sangrar? Que tipo de tinta era aquela? Por que ela não secava como uma tinta comum? O que ele pretendia ao colocar tinta dentro de uma imagem oca? E a principal pergunta: ele sabia que o Bruxo atacaria a imagem e como uma flecha poderia perfurá-la como se fosse de carne ou cera? De que a imagem era feita, afinal?

Interrogatórios, ameaças, agressões e, por fim, a ordem: "Faça outra imagem e a faça sangrar. Sangue de verdade, dessa vez!"

* * *

– Houve relatos de milagres! – argumentou Gaspar.

Era sua derradeira tentativa. Ele também estava desapontado com o artesão que fizera uma imagem com tinta dentro, e o pior: contratara um exímio flecheiro para atentar contra ela. Sim, "contratara". Uma terrível ideia. Contratara, mas não inventara, explicou Gaspar.

O Bruxo Flecheiro existia de fato e fazia suas sujidades contra imagens sacras. Sua fama se espalhara, e se contava de seus ataques por toda província. Jerônimo apenas imaginara que seria um ótimo negócio ter um sócio como o Flecheiro. Um produzindo, outro destruindo. Ainda mais considerando-se que seria um merecido castigo contra aquele povo sovina. Aqueles paroquianos que não se importavam em manter as mesmas velhas e desgastadas imagens por anos, décadas ou séculos, se possível.

E se Deus quisesse se valer desse expediente para renovar as imagens da igreja, a fé do povo, as finanças de um artesão devoto?

Foi quando teve a ideia de contratar um arqueiro, um soldado ou caçador que se passasse pelo Flecheiro, disparando suas setas contra algumas imagens decrépitas.

Jerônimo havia descoberto um grande negócio. As imagens destruídas eram trocadas por outras novas. Os padres ajudavam seu empreendimento (mesmo sem saber) ao dizer que os fiéis deviam ofertar mais para que a igreja tivesse dez imagens para cada imagem que o Diabo ousasse derrubar.

– Vamos mostrar-lhe quem tem mais poder. Se é o poder do mal ou o poder da fé que vigora! – pregavam eles, e Jerônimo vibrava.

Ele também fazia coro ao que os párocos ensinavam.

– Cada um deve ter uma imagem consigo. Quanto mais imagens, melhor, pois não se farão flechas suficientes que vençam o poder das imagens – diziam.

A empreitada, que se pretendia rápida, estendeu-se em tempo e espaço. O falso bruxo passou a oferecer seus préstimos a outras comunidades. O artesão aumentou-lhe a paga e também decidiu ampliar a própria atuação.

Por um instante, chegou mesmo a pensar em também fabricar flechas. Um mercado alimentaria o outro, mas se conteve. Ganância era pecado grave, e não convinha abusar da sorte, pensava.

Por fim, decidiu entrar para o ramo dos milagres. Deus o estava abençoando, e isso era certo, pensava. Já que trabalhava na arte sacra, faria com que sua arte, seu dom, elevasse a fé daquele povo. Faria uma imagem que verteria sangue. Sangue de uma ferida aberta pelo Bruxo Flecheiro.

Também temia que as pessoas pudessem desconfiar de suas intenções e, antes que alguém o parasse na rua para tecer comentários sobre seu negócio, para fazer gracejos insinuando que ele e o Bruxo talvez fossem sócios, teve a brilhante ideia de colocar tinta vermelha na imagem de Cristo.

Uma imagem que sangrasse depois de alvejada traria a Jerônimo aquela aura de homem devoto e abençoado, cujas mãos Deus usava para esculpir imagens milagrosas. Isso desviaria dele todos os olhares desconfiados e traria – por que não? – mais lucro.

Fora essa a história que o artesão confessara ao inquisidor Gaspar, e ela era desgraçadamente verdadeira. Gaspar recomendou-lhe a penitência e o absolveu. O homem havia se deixado levar pela cobiça desenfreada envolta em boas intenções.

Agora, todavia, diante de um enfurecido Jacobus, teve que tudo contar, mesmo estando o artesão protegido pelo sigilo do sacramento.

– Há relatos de milagres! – repetiu Gaspar. – Milagres verdadeiros! – enfatizou.

– Há pessoas presas por isso – retorquiu Jacobus. – Pessoas inocentes. Caçadores suspeitos de ser o Bruxo foram torturados, soldados também. As pessoas têm medo de ir à caça portando arco e flecha, e por isso caçam menos, comem menos.

– Sim, é verdade, mas ninguém morreu. Nós soltaremos todos os envolvidos imediatamente e tudo ficará bem. Os devotos terão sua fé mantida, a igreja terá sua assistência e frequência aumentada, e não nos esqueçamos dos milagres! Ouvi relatos de pessoas que foram curadas ao contemplar a imagem de Cristo sangrando – relatou o inquisidor. – Deus tornou o que era mal em bem! – concluiu enfático.

– Sim, talvez – respondeu Jacobus. – Mas por quanto tempo?

Então, lembrou-se do filho do artesão lhe entregando a cabeça de são João Batista em um pratinho.

Seria um recado divino? Uma revelação? Era dele próprio a cabeça ali? Ou era ele o algoz das imagens, todo cheio de escrúpulos e sem pensar nos benefícios?

– E se obrigarmos Jerônimo a nos delatar quem foi o arqueiro que ele contratou? – sugeriu Gaspar. – Poderíamos prendê-lo! *Você* poderia prendê-lo. Isso lhe traria muito respeito e admiração por parte do povo e das autoridades.

– Ele, seja quem for, não é o Bruxo verdadeiro – contestou Jacobus.

– E o que importa? Ele também cometeu um crime. Atentou contra uma imagem por dinheiro. Seria justo que ele fosse preso – insistiu Gaspar.

– Não é esse o problema. A questão é que o verdadeiro Bruxo permaneceria solto e continuaria atacando.

– Aí poderíamos dizer que se trata de um seguidor, mas os ataques do verdadeiro Bruxo nunca aconteceram aqui por perto, exceto, talvez, à capela do monastério.

– O artesão precisa ser punido – disse Jacobus.

– Ele será multado. Terá que devolver à Igreja todo lucro ilícito que obteve – anunciou o inquisidor.

– A Igreja se servirá do lucro obtido com uma mentira? – questionou Jacobus.

– Não. A Igreja converterá o lucro desonesto em proveito para a paróquia e para os paroquianos. É isso que devemos fazer. É o que fazemos sempre e o que fazemos de melhor: transformamos o mal em bem – concluiu.

* * *

Não demorou muito para que Agnes fosse chamada a depor.

A investigação sobre os ataques do Bruxo acabou conduzindo ao episódio relatado por algumas freiras como uma "visão de um demônio travestido de anjo", que teria ludibriado uma jovem noviça.

– Um anjo vermelho, você diz – repetiu o inquisidor Gaspar. – Vermelho como fogo...

O inquisidor recostou-se na cadeira, afastando-se da mesa sobre a qual se mantivera com o corpo inclinado a maior parte do interrogatório. Respirou profundamente, apoiou de novo as mãos sobre o tampo da mesa e se pôs em um tamborilar nervoso de dedos.

Agnes permaneceu calada. Apercebida de que o inquisidor não lhe fizera pergunta alguma e que, pelo contrário, parecia arquitetar em silêncio a continuação de sua fala ou a elaboração de alguma pergunta mais arguta, preferiu se ater ao que já havia dito. Em suma, era que, no mês de julho, no dia de São Tiago, fazia suas preces quando viu um clarão no jardim. Que vira no centro do clarão uma imagem, como um corpo em chamas. A imagem era difusa, vaga, mas a claridade que ela produzia era perceptível até mesmo "a olhos incrédulos". Que era noite, mas no local onde ela se encontrava era como se a Lua brilhasse com mais intensidade. Como se a Lua brilhasse soberana no céu escuro, deixando a noite iluminada e segura. Que, apesar da luminosidade no local, não havia, naquela noite, Lua alguma.

– Por isso que penso não ser coisa da minha cabeça. Penso que seja mesmo uma visão, meu senhor – dissera ela no princípio do interrogatório ao inquisidor quando ele lhe perguntara se a visão não seria coisa de sua cabeça.

– Não teria sido obra de sua imaginação? Tem havido muitos Autos de Fé, e muitos hereges têm sido queimados. Talvez você tenha se impressionado e pensado ter visto um corpo em chamas. Confundiu-o com um anjo – sugerira o inquisidor, fazendo-se advogado de defesa.

Agnes insistia na versão do anjo, na inexplicável claridade que se limitava apenas ao espaço próximo ao seu redor. Não estava fantasiando; disso estava certa. É verdade que duvidara por um momento; talvez fosse inveja, como pontuara a irmã Dolores na época, talvez fosse tudo fruto de sua cabeça, disseram outras. Mas, relembrando as muitas outras visões que tivera, as revelações dadas e cumpridas, comparando-as, por fim, creu e serenou o coração.

Do que não tinha certeza, nem mesmo suspeita, era quem a teria denunciado. As irmãs, a seu ver, eram todas tão preocupadas com seus afazeres e tão pouca atenção lhe davam. O que as teria incomodado?

O inquisidor pigarreou e se empertigou na cadeira, sinalizando que retomaria o inquérito.

– O que você fez ao contemplar o anjo de fogo? – questionou.

Agnes chegou a esboçar uma resposta, mas, sem nada dizer, meneou a cabeça, demonstrando não ter entendido a pergunta.

– O que você fez? Qual foi sua reação? Você permaneceu estática, deu as costas ao anjo e voltou para seus aposentos ou se prostrou diante dele? – detalhou o inquisidor.

Os olhinhos de Agnes brilhavam ao recordar a cena fantástica.

– Oh, sim, entendo! Eu, meu senhor, caí de joelhos ao chão e me pus a rezar com fervor – respondeu com uma pontinha de sorriso incontido. – Agora sei que todo o problema aconteceu por minha inveja...

– Como assim?

– Irmã Dolores havia visto a Virgem. Uma visão tão linda, padre. Tive inveja, mas não sabia que era inveja, até então. Apenas queria compartilhar também uma das minhas visões. Todas ficaram tão entusiasmadas e edificadas que pensei que talvez pudesse contar o que tinha visto.

– "Uma das minhas visões"? Que outras visões teve?

Agnes animou-se com o interesse do inquisidor. Isso parecia bom.

– Oh, sim! Tive muitas visões beatíficas. Não as conto a todas, pois, como o senhor sabe, devemos manter o silêncio meditativo. Tenho vontade de contar tudo, mas me contenho e me calo. Agora, não. Falo porque o senhor me pergunta, então entendo que o senhor está interessado, por isso até me alegro em contar.

– Viu outros anjos?

– Sim, oh, sim! Penso que esse tenha sido o problema. Escolhi o anjo errado. Devia ter contado de outro – ela riu. – Não há "anjo errado"; claro, o senhor entende, não? Apenas digo em tom de galhofa.

– Folganças e gracejos não são próprios para um bom cristão – censurou o inquisidor. – Fale-me sobre os outros anjos.

Agnes recompôs-se de pronto.

– Oh, perdão. Um anjo visitou-me recentemente em sonho. Acho que sonhava, pois foi à noite, depois da vigília.

– Era cor de fogo também?

– Não. Esse era alvo como a neve, como os outros anjos que vi.

– E ele lhe disse algo?

– Sim, sim. Alertou-me que eu passaria por uma grande provação e me chamou de "Presente de Deus"; disse-me que o Senhor sempre ouve minhas preces.

– Quando esse anjo aparece ou quando se afasta, você se assusta?

– Não... Exceto da primeira vez. Penso que foi porque não o tinha visto ainda e muito me maravilhou; também penso que me assustei um pouco, mas não muito. E também logo vi que não devia temer, pois o anjo sempre me dava sua benção quando estava indo embora.

– E esses anjos se fazem adorar? Ou eles a conduzem a um outro anjo, sentado em um trono, que se faz adorar? Eles pedem ou aceitam que você prostre?

– Oh, sim! Eu o adorei como adoro Nosso Senhor Jesus Cristo na igreja. E também, em meu sonho, eu o contemplava e a tudo ouvia com atenção. Em meu espírito, penso. O meu corpo, todavia, permanecia deitado, dormindo.

Como muitos depoentes antes e depois dela, Agnes traía-se pelo sentido das palavras. Seu relato era eivado de um sincero engano. Para Gaspar, a admissão de ter "adorado" o anjo era uma confissão inequívoca de idolatria; para Agnes, tão somente a expressão de um intenso contentamento espiritual.

– O que mais lhe disse ele? – continuou o padre inquisidor.

– Ele, o anjo de fogo, revelou-me seu nome.

Gaspar levantou os olhos fitando Agnes. Essa podia ser a prova cabal de que Agnes estivera a reverenciar um demônio travestido.

– O nome? Qual era o nome dele?

– Guilo! – respondeu a noviça.

O semblante de Gaspar crispou-se de imediato.

"Guilo"? Que tipo de nome de anjo era aquele?

– Não há anjos com esse nome – replicou o inquisidor. – Guilo não é nome de anjo. Rafael, Miguel, Gabriel... Guilo, não.

– Lamento muito. Posso ter ouvido mal. O senhor deve, claro, conhecer todos os nomes de anjos que há.

– Não conheço todos os nomes. Deus tem miríades e miríades de anjos. Tantos como as estrelas no céu – corrigiu-a. – Tão somente lhe digo que "Guilo" não é nome de anjo. Agora, voltemos ao anjo de fogo.

Gaspar apoiou as mãos na mesa, projetando o corpo sobre ela.

– Então, você se prostrou? – Quis se certificar. – Diante do anjo vermelho, digo. Você disse que se prostrou, não é?

– Não... Sim... Digo: eu me ajoelhei. Caí em um estado de contemplação e êxtase.

– E o anjo, nesse momento, disse-lhe alguma coisa?

Agnes sacudiu a cabeça.

– Então não era um anjo! – bradou Gaspar. – Era um demônio! Que Deus no céu a perdoe, você adorou um anjo caído! Prostrou-se diante de um anjo das trevas e o adorou.

Gaspar balançava a cabeça, atônito.

– Pobre menina, você foi enganada – lamentou-se o inquisidor.

– Não... Não, meu senhor! Jamais!

– Se fosse um anjo de verdade, ele jamais teria aceitado sua adoração, sua reverência. Ele a teria repreendido! Como os anjos da Bíblia fizeram! – insistiu.

– Não adorei, não adoro ninguém além da Santíssima Trindade, padre! – defendeu-se a noviça.

– Foi enganada, pobre e infeliz! Enganada.

– Não... Não é possível – murmurou Agnes. – Não pode ser!

O inquisidor deu ordens para que a moça fosse levada.

– De volta ao convento, senhor? – perguntou-lhe o auxiliar.

– Não. Ponha-a em ferros. Está detida para posterior averiguação. Temo que, se ela retornar ao convento, possa fugir – orientou Gaspar.

* * *

Quanto à fuga de Agnes, o que temos a dizer é que assim aconteceu: dormia ela acorrentada ao chão, deitada em uma esteira velha que recendia a vômito.

– Agnes! Acorde! – sussurrava uma voz ao longe.

O brilho da luz fez a moça comprimir os olhos sem que ela despertasse, mas foi incômodo o suficiente para assustar a um par de camundongos que trafegavam junto a seu corpo.

Agnes sentiu um leve roçar em seu pé e, instintivamente, chutou para longe o rato, que desapareceu na escuridão. A moça levantou-se sobressaltada.

– Quem disse isso? – perguntou confusa.

Parado à porta da cela, segurando um candelabro, Jacobus esperava que a jovem o reconhecesse.

– Sou eu, Jacobus. – Antecipou-se. – Vim libertá-la.

– Por quê? Foram ordens do inquisidor? Ele acreditou em mim?

Jacobus abriu a cela, postou o candelabro ao chão e se pôs a desprender a jovem das correntes.

– Não. Você será condenada. Não à morte, mas com certeza será excomungada e, muito provavelmente, posta em trabalhos forçados – prenunciou Jacobus.

– Por quê? O que fiz?

– Você adorou um demônio.

– Mas ele disse que eu fui enganada... – protestou Agnes.

– Eva também foi. Nem por isso Deus a isentou de ser expulsa do paraíso.

– Mas eu não creio. Não era um demônio, era um anjo!

– Êh, mulher, isso não importa. Não faz diferença. Amanhã ele a interrogará. E depois, depois e depois até que você confesse. Admitirá ter se enganado, se arrependerá e confessará seu pecado, então será condenada.

Jacobus ajudou-a a se levantar e aproximou o candelabro, examinando-a.

– Não parece estar ferida, graças a Deus – observou. – Olhe, mulher, tome aqui estas nozes e estas tâmaras. Eu a acompanharei até o pórtico. Depois você terá que partir. Você terá ainda algumas horas até que o dia amanheça. Não pare, não descanse. Acima de tudo, não volte ao convento e não procure sua família. Vá para Basonvil ou para algum lugar próximo. Ainda não há postos da Inquisição instalados lá.

Agnes agarrou as mãos de Jacobus.

– Por que está fazendo isso? Por que está me ajudando?

– Gaspar está indo longe demais. Pessoas inocentes morrerão no próximo Auto de Fé. Você é a única a quem posso salvar.

– Mas você disse que não devo morrer...

– Não posso correr tal risco.

– Por quê?

– Porque a amo.

Agnes sentiu que iria desmaiar. Segurou-se no manto de Jacobus enquanto se refazia do susto. Então, implorou que ele a acompanhasse. Fugiriam juntos, viveriam na floresta, buscariam ajuda. Iriam até o papa, se preciso fosse, para denunciar os excessos.

Jacobus balançou a cabeça.

– Não podemos. Nós fizemos um voto.

– Nunca mais nos veremos? – Angustiou-se Agnes.

– Eu a encontrarei.

– Como? Como saberá? Terei que mudar de nome... – Agnes pensou por um instante. – Voltarei a usar meu nome de batismo.

– Não – retorquiu Jacobus. – É muito óbvio. Acabarão por descobrir.

"Theodora", sussurramos.

– Chame-se "Theodora" – sugeriu Jacobus. – Gosto desse nome. Significa...

– Presente de Deus – lembrou-se Agnes.

Não tiveram dificuldade para sair sem que fossem notados. O posto inquisitorial não era uma prisão. Não havia guardas. A vigilância era feita por paroquianos voluntários, que se alternavam em uma rotina que incluía rondas escassas e roncos frequentes.

Os presos, quando havia, eram detidos para inquérito e, posteriormente, enviados aos juízes locais. Daí, caso fossem condenados, iriam para as prisões públicas.

Ao se despedir, porém, Jacobus lembrou-se de perguntar com o que Agnes sonhava quando ele fora despertá-la.

– Não lembro – respondeu ela.

– Você perguntou "Quem disse isso?" – Jacobus ajudou-a.

– Sim, é verdade. Alguém me chamava: "Agnes, desperte! Agnes..." – recordou-se ela.

– Fui eu – disse Jacobus. – Eu a chamei.

Agnes sacudiu a cabeça, enfática.

– Não era sua voz. Era uma voz doce, diferente... Uma voz diferente, mas familiar.

– Era minha voz – insistiu Jacobus, sorrindo. – Doce e familiar.

Não tinha sido Jacobus.

Fomos *nós*.

Sobre bruxas – reais ou imaginárias

Quanto às bruxas, o que temos a dizer é que elas existiam. Mas nem tanto. Nem tantas.

Havia bruxas reais – as que invocavam poderes malignos –, bem como havia mulheres que tão somente conheciam e manipulavam ervas, outras que faziam encantamentos, as que faziam rituais de fertilidade, e outras, ainda, que se reuniam para cultuar os "espíritos da floresta".

Havia, há e sempre haverá aqueles que, quer sejam feiticeiros ou sacerdotes, serão seduzidos pela oferta de poder ser mais do que naturalmente são ou serão. E o apelo ao oculto será permanente, porque sempre haverá um poder secreto aguardando para ser descoberto, assim como a serpente a oferecer o fruto proibido, o qual, por sua vez, abrirá os olhos para algo novo e sedutor, que nada mais será do que outro fruto a prometer mais poder e a exigir maior comprometimento. Um abismo chamando outro abismo até que o seduzido se veja consumido por aquilo que pretendia consumir.

E o poder, quando partilhado, quando conhecido de muitos, deixará de ser poder, fazendo com que, em seu lugar, surja a ânsia por um poder que ninguém mais possua. Poder que seja exclusivo. Pois a sanha do poder é a sanha de ser único.

Keira também se achou diante de tal oferta e a aceitou.

* * *

Quanto ao encontro de Cristine com a bruxa, o que temos a dizer é que não há como se aproximar da aparência do mal a uma distância segura. A segurança está em se permanecer o mais longe possível.

Já escurecia quando Ângela e Cristine desceram pelo campo, cortando a grama alta com longas e apressadas passadas. Levavam uma candeia, alguma comida e uma adaga.

Elas saíram do campo, cruzaram uma estradinha abandonada, coberta de mato, e atravessaram o antigo cercado das cabras.

– Você está com medo? – perguntou Ângela.

– Não – mentiu Cristine.

Seguiram assim em silêncio já pela trilha floresta adentro. Fosse noite de Lua nova teriam conseguido enxergar bem, mesmo sem luz artificial. Assim, Cristine ia iluminando o caminho, enquanto Ângela seguia a trilha do novelo que deixara previamente quando da preparação do local.

Depois de uma longa peregrinação, Ângela avistou a chama da fogueira. Aproximaram-se a passos lentos. Ângela na frente e Cristine atrás, esticando o pescoço para um lado e para o outro, tentando divisar a figura corpulenta de Walpurga.

Lá estava ela. A figura surgiu por trás da fogueira e sinalizou que as duas jovens se aproximassem. Usava um manto grosso e um grande capuz. Parecia corcunda e mancava. Mesmo já próximas, não era possível ver o rosto da mulher, mas Cristine já sabia não ser sua amiga-salvadora. Isso a fez temer. Outras sensações esquisitas envolviam seu corpo e confundiam sua mente. Não conseguia distingui-las nem definir o que era bom ou ruim.

Ângela tomou a amiga pelo braço, puxando-a de leve. Sorria e parecia querer tranquilizá-la.

A velha – parecia uma velha, para Cristine – mandou que se sentassem no chão.

– No que você acredita? – perguntou a velha.

Cristine titubeou.

– Creio no poder de Deus – respondeu por fim.

– Mas Ele não o divide com ninguém, não é? – retorquiu a bruxa.

Cristine arregalou os olhos. Nunca antes ouvira alguém contestar o caráter de Deus de forma tão explícita.

– Não é verdade – protestou. – Os santos apóstolos faziam milagres, e pessoas virtuosas podem receber a graça de curar por meio das mãos ou...

– E quem é santo o suficiente? É muito difícil receber poder de Deus. É preciso não ter pecados. Você é uma pessoa sem pecados, Cristine? – provocou a mulher.

Cristine encolheu-se.

– Todas nós temos pecados... – sussurrou, baixando o olhar.

– Então não podemos ser usadas por Deus, não é? – inquiriu a bruxa com um discreto sorriso.

A velha demonstrava querer ir mais além, mas esperaria Cristine dar o primeiro passo. Não demorou muito.

– E o Diabo? – perguntou Cristine. – Ele divide o poder? Por que faria isso?

A velha sorriu. Ângela também. Keira a estava surpreendendo. De onde havia tirado essas ideias? E a voz. Que voz era aquela?

– Você sabe que ele tem poder – provocou a bruxa. – Nem mesmo as Sagradas Escrituras negam isso. Nem a Igreja. A Igreja o teme, na verdade.

A mulher aproximou-se de um grande círculo riscado no chão e acendeu velas, colocadas em cada uma das extremidades de uma estrela, também riscada dentro do círculo. No centro, a carcaça de uma cobra.

Cristine nunca ouvira alguém falando dessa maneira antes. E também se impressionava com a aquiescência da amiga Ângela. Como podia ela não protestar? Como podia deixá-la sozinha confrontando a velha, sem nada falar? Estaria concordando? Não era possível. Não Ângela. Iam juntas às missas, confessavam juntas e também uma à outra. Como Ângela podia aceitar, ou parecer aceitar, tanto sobre aquelas coisas?

– Você prestou atenção ao que o padre disse ontem? – continuou a bruxa. – Como ele falava do poder do Diabo e alertava para que as mulheres, principalmente as mulheres, mantivessem-se longe das tentações?

– A senhora foi à missa? – perguntou, atônita, Cristine.

A velha riu.

– Não preciso ir para saber o que acontece lá – respondeu. – Tenho meus meios de saber. Sei também que ele censurou as mulheres que abusam dos decotes, mostrando os seios, de forma provocante. Exaltou as virtudes de uma tal Ágata...

– Santa Ágata! – interrompeu Cristine.

– Sim, *santa,* diz você – continuou a bruxa. – Que teve os seios martirizados e depois reconstituídos. – A mulher estalou os dedos. – Por milagre! Que mal há neles? Não estão expostos em muitas pinturas dentro da própria igreja?

– Amamentando, sempre – repreendeu Cristine.

– E que diferença há? São bons e santos para um ofício, mas sedutores e malignos para o outro? – perguntou. – Você também tem algo que gostaria de ver reconstituído, não? Seu marido, Alexius, abandonou--a pouco tempo depois das núpcias e foi dedicar-se a uma vida religiosa, sendo por isso tido em alta conta. Enquanto você ficou com a culpa, com a vergonha e... com seus sonhos sensuais!

Cristine arregalou os olhos, virou-se para Ângela e a fulminou com o olhar.

– Você! – falou Cristine, rilhando os dentes.

– Eu não disse nada! – defendeu-se Ângela.

Um calafrio percorreu o corpo da jovem.

– Não sou tão má quanto pareço – disse a bruxa. – Algumas bruxas têm apenas o poder de amaldiçoar. Eu posso curar aqueles a quem injurio.

– E poderia curar alguém que foi amaldiçoado por outra bruxa? – interessou-se Cristine.

A velha aproximou-se e pousou as mãos sobre o braço de Cristine.

– É claro que sim.

– Suas mãos! – Cristine assustou-se. – Uma está enrugada e a outra...

A mulher recolheu os braços, escondendo-os no manto.

Estamos perdidas, pensou Ângela.

– Sua outra mão está jovem! – disse Cristine, apontando para a mão da bruxa.

Keira iria se entregar, mas Ângela fez um sinal para que nada dissesse ainda.

– O que a senhora fez? Bebeu alguma poção? – espantou-se. – Como sua mão foi curada?

Keira sorriu.

– Sim! Sim! – respondeu efusivamente, mostrando ambas as mãos – Olhe! Veja o que posso fazer! Em breve, todo meu corpo estará belo e jovem outra vez!

Ângela suspirou aliviada. Keira havia retomado o controle da situação.

– Cristine, por que o Diabo divide o poder, e Deus não? – perguntou. – Por que Deus exige a perfeição, e o Diabo não? E não é preciso ser santo para ter poder. Você pode ser...

– Pecadora? – Cristine antecipou-se.

– Livre! – completou a velha, sorrindo.

Cristine levou a mão à boca e sorriu timidamente. Mas não se conteve. O riso teimoso a fez levar ambas as mãos ao rosto. Agora gargalhava de sacudir o corpo. Keira e Ângela riam junto.

Debaixo de um tronco caído, bem no fundo de um bolsão escuro, vários olhos amarelos as observavam. Os *outros* estavam ali. E também riam.

* * *

Envoltas nos arbustos e protegidas pela escuridão da noite, as Fedora assistiam a tudo horrorizadas. *Então era verdade! Havia uma reunião de bruxas!*

Precisavam sair dali antes que Ângela e Cristine voltassem e, tanto quanto antes, precisavam delatar o episódio ao conselho inquisitorial.

Elas já tinham ouvido falar de mulheres que se reuniam em torno de fogueiras, que cantavam, dançavam e se entregavam a orgias incansáveis. Agora, enfim, tinham testemunhado algo. Algo de verdade!

* * *

Ângela e Cristine deixaram o local em silêncio e com pressa. Ainda assim, o percurso pareceu ainda mais demorado que na ida. Cristine pensava em tudo que havia ouvido e visto, enquanto Ângela se perguntava se deviam ter ido tão longe com a farsa.

Farsa? Aquilo tudo parecera tão real, tão autêntico! O combinado entre Keira e ela havia sido de contar tudo a Cristine ali mesmo na clareira, e rolariam no chão de tanto rir. Mas, agora, com o sucesso do empreendimento, Ângela chegava a sentir um formigamento ao pensar nas possibilidades. Poderiam assustar a outras pessoas, intimidar inimigos. Dariam um belo susto nas irmãs Fedora. Um merecido susto.

Entretanto, ao retornar para se encontrar com Keira – depois de ter acompanhado a assustada e muda Cristine até em casa –, Ângela desistiu de tentar convencer a amiga a perpetuarem aquela encenação.

– Keira, o que foi aquilo? – perguntou Ângela, enquanto deixavam a floresta.

– Não sei – respondeu Keira assustada. – Também não sei o que aconteceu. Eu, como já tinha lhe dito, estudei os livros que Lucius me deixou pegar na biblioteca, mas jamais imaginei dizer aquelas coisas. Elas... simplesmente iam aparecendo, brotando em minha cabeça e fluindo pelos meus lábios. E, menina, que sensação! Eu me senti acesa!

Ainda caminhando, Ângela mudou o tom de voz e o semblante; segurou o braço de Keira e alertou:

– Mas precisamos parar! Aliás, o combinado era revelar tudo ali mesmo, não?

– Não! Não podemos parar agora. Foi tudo fantástico! – Keira gesticulava animadamente. – E, olhe só, nada de mal aconteceu!

Ângela não parecia tão convencida.

– Você disse que iríamos rezar antes e depois do ocorrido – lembrou.

– E rezamos! – respondeu Keira.

– Só antes! – insistiu Ângela.

– E, decerto, foi o suficiente, pois cá estamos nós duas sãs e salvas! – resumiu Keira. E, fazendo um biquinho com os lábios, pediu: – Oh, amiga! Só mais um pouquinho...

Ângela aquiesceu.

– Sim. Só um pouquinho, então.

Sobre o medo

O medo é como o tempo, nas palavras do sábio: "há tempo para todo propósito debaixo do céu". Assim também é com o medo. Há medo de nascer e medo de morrer; medo de plantar e medo de se arrancar o que se plantou; medo de matar e medo de curar; medo de derrubar e medo de edificar; medo de chorar e medo de rir; medo de prantear e medo de dançar; medo de espalhar pedras e medo de ajuntar pedras; medo de abraçar e medo de afastar-se do abraço; medo de buscar e medo de perder; medo de guardar e medo de lançar fora; medo de rasgar e medo de coser; medo de estar calado e medo de falar; medo de amar e medo de odiar; medo de guerra e medo de paz.

Por medo, maridos gritam; por medo, esposas se submetem. Maridos que temem perder o respeito, esposas que temem perder os dentes. Parece valentia do marido, mas é medo. Parece amor da esposa, mas é medo.

Morre-se de medo e por medo também se mata. Por medo, o pecador foge de Deus e, também por medo, d'Ele se aproxima. Confessam-no por medo e, por igual forma, rejeitam-no. Trata-se apenas de avaliar qual das alternativas implica maior alívio.

Embora não seja o melhor, o medo é um poderoso motivador.

Naqueles dias, diante do temor da tortura ou da morte, muitos confessaram uma fé que não possuíam e muitos negaram uma fé na qual sempre creram. Por medo, confessaram pecados e, por medo, esconderam-nos e se penitenciaram, sofrendo dores menores a fim de se verem livres das maiores.

Dor para se fugir da dor. Nenhum deus gostaria de ser servido dessa forma.

* * *

Então, o medo instalou-se na casa de Cristine. Medo das suspeitas, medo das denúncias e dos vizinhos. Em especial, daqueles menos afeitos a Aldenora. E não eram poucos.

Aldenora considerava que a anulação do casamento da filha seria uma mácula permanente. Um motivo de chacotas para uns, desapontamento e indignação para outros tantos, e vergonha para ela. E, diante dos novos inquisidores, qualquer infortúnio poderia ser atribuído à prática de bruxaria. Quaisquer desavenças poderiam desencadear denúncias, e denúncias (verdadeiras ou nem tanto) poderiam trazer problemas sérios para pessoas pouco queridas como Aldenora.

Quanto à Cristine, temia seus sonhos e o fascínio que exerciam sobre ela. Temia o pecado e desejava se confessar, mas temia a confissão e, por isso, calava-se. Assim, seu medo a encaminhou para uma fuga comum entre os homens: esconder seus sentimentos de culpa sob camadas e mais camadas de religiosidade. Concluíra que, quanto mais piedosa fosse, ou aparentasse ser, menos atenção chamaria, menos desconfiança causaria e tanto mais mitigaria a fúria divina contra si.

Por um tempo, pareceu funcionar. Por um tempo, quase sempre parece que funciona.

Cristine rezou mais e falou menos. Cobriu-se mais e se enfeitou menos. Também acendeu mais velas, mas se iluminou menos. Foi mais vezes à capela, mas teve cada vez menos encontros com Deus. Cantou mais, mas se encantou menos. Ajoelhou-se muito mais, humilhando-se cada vez menos. Benzeu-se mais, abençoando-se menos. E o resultado de seu empenho manifestou-se logo. Cristine obteve o mesmo fruto que nasce no coração de todos que se propõem a divinizar a Lei e a legalizar a Divindade: o orgulho espiritual.

Sobre Cristine e padre Aurélio

Quanto às tentativas de confissão de Cristine, o que temos a dizer é que se tratou de frustrante experiência.

Aquilo tudo fora uma grande tolice, pensava. Toda aquela conversa sobre o Diabo ser bom e generoso. Nada havia daquilo. Satanás era o pai da mentira, isso sim. E, como tal, mentia na boca daquela velha. Mentia e seduzia.

Sentia-se mal agora. Sentia um vazio. O dia do desaparecimento havia sido uma tormenta. A volta para casa depois de horas. Horas além das que costumeiramente passava ao lado de Ângela; horas que lhe custaram a não realização de seus afazeres. Tempo que lhe custou horas de sono perdidas escutando o sermão dos pais antes de, finalmente, poder descansar e dormir. E, mal se recuperara, agora essa! Mais tempo perdido e mais repreensões dos pais.

Analisando tudo o que lhe acontecera, Cristine estava certa de que sua breve estada naquela clareira assustadora só lhe trouxera consequências ruins. Logo, o mal não compensava. Mas havia algo que lhe atormentava: por que, então, Deus permitira tudo aquilo?

– Se Deus nos quer virtuosos, por que permite que sejamos tentados? – Foi sua primeira pergunta ao padre.

– Isso não é coisa que se questione. Deus não tenta ninguém – respondeu o padre impacientemente. – Deus nos prova o tempo todo... – Fez um pausa, como se quisesse dizer algo mais, e concluiu: – Deus nos prova. Ele permite a tentação para nos provar.

– E como sabemos se fomos aprovados?

– Ora – resmungou o velho sacerdote –, se não caímos na tentação, passamos na prova.

Cristine mordeu os lábios. Fixou o olhar em um besouro que, teimosamente, tentava atravessar os vitrais. Batia contra o vidro, caía, virava-se e voava de volta à inútil empreitada. Não obteria êxito, certamente. Tampouco desistiria. A menos que houvesse uma intervenção. Ela pensou em ajudá-lo. Mas isso teria que esperar.

– Então... – grunhiu o padre de dentro do confessionário. – Qual é sua confissão?

Cristine estendeu o braço e alcançou o besouro teimoso. Levaria o inseto consigo, se pudesse.

Toc, toc, toc. O padre bateu na portinhola do confessionário, apressando-a. Cristine soltou o besouro, que, livre de sua pretensa salvadora, aprumou as asas e voltou à inglória luta para atravessar a vidraça.

Cristine também voltou a tentar atravessar a dela:

– E como saber se não caí na tentação? – Cristine torceu o nariz.

A pergunta não era bem essa. De fato, como Keira antes a questionara, também queria saber se a curiosidade já era, em si, uma queda, um pecado; se desejar já era pecado, ou se somente a consumação do desejo o seria; se a consciência do erro podia coabitar com a consciência do prazer.

– Que tipo de perguntas são essas, afinal? – desgostou-se o padre. – Você deveria saber. Se você fez o que foi tentada a fazer, então caiu na tentação. Você fez?

Cristine não acatara o que a bruxa dissera. Não queria ser como ela. Mas desejou ouvir mais sobre ser livre, sobre ter poder. Seriam esses desejos novas tentações ou o pecado em si?

– Não sei. Não tenho certeza – titubeou a garota.

Silêncio. O confidente nada respondeu. Esperava que Cristine prosseguisse.

– Eu ouvi uma pessoa falar sobre o Diabo... – falou com voz trêmula.

Dessa vez, o padre mostrou interesse.

– Isso não é bom. Isso é perigoso. Não se deve dar ouvidos a quem fala do adversário de Deus – sentenciou o padre.

– Mas... – Cristine sentia-se como o besouro teimoso. – Ouço falar dele em todas as missas.

– Por homens santos! – bradou o padre. – Por homens aptos a ensinar, a alertar essas pobres e incautas almas contra toda sorte de enganos!

– Mas eu ainda nem disse quem me falou... – provocou Cristine.

O padre levantou-se da cadeira, enraivecido.

– Não tente me confundir nem me contradizer. É claro que você não iniciaria sua confissão dizendo ter ouvido falar sobre o Diabo se seu interlocutor fosse um sacerdote ou uma pessoa caridosa querendo alertá-la. Que mal haveria nisso? Se isso a perturba é porque o que você ouviu e, principalmente, de quem ouviu não foi apropriado. Estou certo? – concluiu o padre, respirando profundamente a ponto de fazer subir uma fina poeira que se alojava sobre a mobília.

A sagacidade do sacerdote fez Cristine corar.

– Sim, o senhor está certo – assentiu.

Silêncio novamente. O homem esperava o resto da confissão. Mas Cristine se dera conta de que não podia ir adiante. Teria que dizer quem, o que, quando, como e onde ouvira o que ouvira. Teria que denunciar a velha. E teria que apresentar provas ou testemunhas. Teria que envolver Ângela.

– Lamento, padre, mas tenho medo – balbuciou.

– Mas você não deve temer a Santa Igreja nem seus sacerdotes... – O padre agora mudara o tom de voz. Soava mais paternal.

Mas, para Cristine, conquanto fosse ele o representante divino, a velha bruxa parecia-lhe menos aterrorizante. Pelo menos, não lhe constava que bruxas torturassem e queimassem cristãos.

O padre bem sabia que, por aqueles dias, havia se tornado comum entre rapazolas e moças da idade de Cristine invencionices e relatos estapafúrdios com o fim apenas de chamar a atenção. Mas nunca ninguém ousara ir tão longe a ponto de trazer denúncias de bruxaria ou coisa semelhante ao confessionário. Se tinham denúncias, levavam-nas diretamente ao inquisidor. Quem, em sã consciência e sem tortura prévia, confessaria participação em algo tão vil?

Cristine orou aflita. Sem palavras. Apenas o desejo de sair dali de qualquer jeito. Não podia ir adiante sem correr riscos (mortais, talvez). Mas não poderia interromper a confissão sem que levantasse suspeitas.

O sino tocou, e o padre levantou-se apressado.

– Volte aqui depois e me conte o resto – disse rispidamente.

Cristine suspirou de alívio.

– Mas e a penitência? – inquiriu.

– Penitencie-se por ter tomado meu tempo. O sino já tocou e eu mal vi o tempo passar. Tenho outros compromissos.

Cristine levantou-se apressadamente para sair enquanto o sino ainda badalava. Lembrou-se do besouro. Voltou e colocou-o nas mãos em concha.

– Vou salvá-lo.

Era cedo demais para o toque do sino. Talvez fosse algum alerta contra uma tempestade ou algo pior. Fosse o que fosse, fato é que lhe servira como livramento de uma conversa que, supunha, não terminaria bem. Saiu a tempo de olhar para a torre e ver o sino vibrar pela última vez. Mas o sacristão não estava lá, como de costume. Cristine franziu o rosto, perplexa. Quem tocara o sino?

Ela não poderia ver ninguém.

Fomos nós.

Sobre o Sabá

Quanto ao Sabá, o temido e maligno ritual bruxo no qual bebês eram sacrificados e mulheres nuas dançavam freneticamente ao redor de fogueiras, o que temos a dizer é que ele não surgiu senão como uma deformidade de antigos ritos pagãos de fertilidade, que não necessariamente apresentavam ofensa à Igreja ou culto consciente a demônios. Tais rituais nunca tinham ocorrido em Basonvil até então. Não dessa forma. Mas, estranhamente, um novo ritual surgiu a partir de algo que nunca havia existido e se desenvolveu com a ajuda daqueles que mais ansiavam combatê-lo, fruto de uma terrível combinação de pulsões, medo, desejo, mentiras e julgamentos precipitados.

– Ângela, você conhece alguma bruxa de verdade? – perguntou Keira.

Ângela fez o sinal da cruz.

– Não, é claro que não – respondeu nervosa. – Eu não tenho medo delas, mas não quero estar próxima de uma.

– Pois eu quero! – A voz de Keira era assustadoramente calma e segura. – Sua mãe é parteira. Bruxas roubam crianças recém-nascidas. Sua mãe deve conhecer alguma história... Ela até conhece ervas! Como aquela que nós usamos para deixar minha pele com aparência de velha.

Ângela não gostou da sugestão.

– Muita gente conhece ervas e nem por isso são bruxos – protestou.

– Mas as bruxas são as que mais conhecem, eu sei – insistiu Keira. – Sua mãe deve ter aprendido com alguém, que aprendeu com alguém, que aprendeu de uma bruxa.

– Minha mãe é parteira. Aprendeu a ser parteira com uma velha parteira da vila, chamada Walpurga. Ela também conhecia muitas ervas, mas não era bruxa, embora digam que ela tinha hábitos estranhos. Dizem que ela pedia que os frades mendicantes que a seguiam dessem nela com uma vara nos quartos. Dizem que ela se punha de quatro, ou se deitava no colo dos frades, arribava a saia, e os frades davam-lhe na bunda até ficar vermelha, para purgar-lhe os pecados – Ângela sorriu libidinosamente. – Depois... Depois ela pedia que lhe passassem um unguento especial para aliviar as dores.

Isso pareceu promissor.

– E onde ela vive? Onde está? – Empolgou-se.

– Oh, não sei. Nunca mais ouvi dela. Fugiu para a floresta, acho.

– E não há mais nenhuma? Não há outra?

Ângela pensou por um instante.

– Falam de Ana, a ruiva – lembrou-se.

– Outra Ana? – animou-se Keira. – Onde podemos encontrá-la?

– Receio que não possamos.

– Ora, por quê? Morreu?

– Não. Desapareceu. Dizem as Fedora que ela cortou os cabelos depois que começaram os comentários.

– Cortou os cabelos? – Keira assustou-se. – Por quê? Seria um *pacto,* talvez?

– Não, não. Ela os cortou porque eram vermelhos. Por isso suspeitavam dela. Porque tinha os cabelos ruivos. Ela os cortou, e agora dizem que anda por aí irreconhecível desde então.

– Então não há bruxas aqui, veja só! Caçadores de bruxas há, e muitos! Ana deve ter sido a última!

Ângela deu de ombros:

– Bem, ninguém sabe ao certo se ela era mesmo...

– Acho que posso descobrir – respondeu Keira, pensando em Lucius. Talvez ele lhe proporcionasse acesso aos processos. – Precisamos convidar Cristine para nos acompanhar – lembrou-se.

Que história era essa agora de "nos" acompanhar? Não havia nenhum "nós".

– Não disse que vou! Ouviu? Eu não disse que vou com você – protestou.

– Você não tem curiosidade? Não quer ter o poder de esconjurar? Não tem inimigos? Nem um?

Ângela permaneceu calada.

– Pois eu os tenho! E tenho sede de justiça! – bradou Keira, enumerando, em seguida, aqueles que viviam impunemente independentemente dos danos que haviam lhe causado. O pai que a abandonara, a mãe, o gordo que a explorava desde criança. – Por que você acha que aprendi a fazer contas? – perguntou, com o dedo em riste, apontado para a estalagem. – Para que ele parasse de me enganar! Aprendi com os viajantes, com os andarilhos que por lá pernoitavam, e também com os hóspedes aprendi a ler... E que dizer das Fedora? São inimigas de todo mundo. Também elas e... – Keira hesitou; seus olhos marejaram, e ela comprimiu os lábios. Passou as mãos ao longo do vestido como se tentasse limpá-lo e desamassá-lo. – E Alexius – concluiu. – Ele, que me forçou... e que também tanto mal fez a Cristine e a tantas outras. Aquele alcoviteiro! Não passarei a vida rezando para Deus perdoar essas pessoas!

Ângela não gostava das Fedora, tampouco do estalajadeiro, o patrão de Keira a quem ela apelidara de gordo. Também não tinha simpatia alguma por Alexius, o traidor. Ainda assim, não se envolveria em algo tão perigoso apenas por vingança.

Mas poderia haver outras motivações.

– O que mais podem esses rituais? – perguntou, com maldade disfarçada de interesse.

Keira sorriu.

– Proteção! Boas colheitas! Trazer para junto de si a pessoa amada e muitas outras coisas! – elencou.

– Como pretende convencer Cristine?

– Da mesma forma que você está sendo convencida.

– E por que você precisa dela e de mim ou de uma bruxa?

– Por causa dos rituais. Preciso de quatro mulheres para representar os quatro elementos. Precisamos dar as mãos, formar um círculo e apontar as mãos aos céus para... para... Hã... Ah, eu esqueci, mas não há de ser nada. Tenho alguns dos livros comigo. Perguntarei de novo a Lucius sobre as partes que estiverem em latim. Pedirei que ele faça desenhos e...

– E se ela não se convencer?

Keira sorriu, olhou de lado e silenciou por um instante. Depois acrescentou:

– Durante o nosso falso ritual, nós *já* a convencemos.

Ângela lembrou-se.

– De que era possível recuperar a virgindade?

– Sim. Podemos usar isso de novo.

– Não! – contestou Ângela. – Nós estávamos mentindo, fazendo de conta, lembra?

– Mas talvez seja possível de verdade.

– Você não conhece nenhum encantamento desse tipo. Além disso, ela só acreditou em você porque estava disfarçada. Cristine não sabia que era você de verdade – alertou Ângela.

– Oh, céus! É verdade... – Keira resignou-se. Mordiscou a unha, tentando pensar em algo, e descobriu um meio mais persuasivo.

– Os sonhos dela! – Alexius havia lhe contado. – Os sonhos de Cristine são perigosos de se ter nestes tempos. Sonhos malignos...

Sobre Pérsio

Quanto a Pérsio, o agnóstico, o que temos a dizer é que ele era uma das pessoas mais próximas da verdade dentre aquelas a que servíamos. Ele é chamado de agnóstico apenas entre nós. Pérsio não professava o ateísmo. Mas a ninguém escondia sua descrença absoluta na Igreja, nem suas dúvidas acerca de Deus. Caso Ele realmente existisse, então pouco se importava com Sua criação em geral e nada se importava com ele em particular. Prova disso era a cicatriz em sua mão. Ela ainda o incomodava. Não por sua repulsiva aparência, mas pelo que significava.

Pérsio olhou mais uma vez para a marca, fechando a mão com força e ressentimento. Era melhor mesmo considerar que Deus não existisse. A ideia de um ser supremo que fosse capaz de permitir injustiças como as que ele ouvira do estalajadeiro na noite anterior e as que ele mesmo sofrera era algo que sua mente versada na lógica não podia conceber. A não ser, é claro, que Deus existisse, fosse justo, mas simplesmente o tivesse rejeitado. O abandono de Deus era uma possibilidade considerável; só que doía mais que a descrença.

A *marca* também o fazia se lembrar do motivo pelo qual estava ali.

Pérsio acordou com a voz do estalajadeiro ressoando pela casa.

Brigava com uma criada por ter se ausentado demoradamente, deixando tarefas por fazer. Também aparentava demonstrar preocupação. Talvez não fosse criada, mas filha ou uma parente próxima.

Ele levantou-se, enrolou o colchão de palha, depois tirou de uma pequena bolsa de couro um pedaço de sabão de ervas aromáticas, uma preciosidade ganha de um recente parceiro de viagem. Derramou água em uma tina e se lavou rapidamente. Saiu a tempo de ver a moça passando por ele, com o estalajadeiro em seu encalço repetindo as recomendações:

– Keira! – gritou. – Leve esses queijos de cabras, o vinho e os pães de centeio ao juiz Jacobus, com meus cumprimentos. Não se esqueça – alertou.

O homem fez sinal para que Pérsio descesse e tomasse o desjejum. *Pelo cheiro, algo feito com batatas*, pensava. Parecia bom.

A menção ao nome de Jacobus fez Pérsio abdicar da refeição. Cumprimentou o estalajadeiro brevemente, avisando-o que voltaria cedo. Lançou-lhe um saquitel com a paga de sua hospedagem, saindo apressadamente atrás de Keira e levando consigo um antigo e surrado hábito que usaria caso decidisse entrar no mosteiro sem levantar maiores suspeitas.

A moça já ia ao longe, e Pérsio preferia assim. Não havia planejado encontrar-se com Jacobus ou mesmo procurá-lo tão cedo; estranhava sentir-se atraído por algo que não conseguia explicar. Talvez fosse mera curiosidade aguçada pelas informações recentes obtidas com as irmãs Fedora.

Ou talvez fosse Keira. Assim como Jordana, ela era jovem, bela e, portanto, uma vítima em potencial do velho Jacobus. Seguindo a caça, Pérsio poderia flagrar o caçador no ato da captura.

A menina serpenteou por entre um pequeno aglomerado de curiosos que acompanhavam algo que Pérsio ainda não distinguira. Talvez uma luta romana ou coisa parecida. Certo é que provocava uma considerável nuvem de poeira e uma algazarra frenética dos espectadores.

Pérsio contornou o grupo e fingiu não ter visto uma das Fedora, que lhe acenara ali perto. Elas pareciam estar em todos os lugares ao mesmo tempo. Fosse outra época, teria desconfiado que fossem bruxas.

A moça desapareceu por trás de uma sebe que contornava a igreja abacial. Pérsio apressou o passo até avistar uma pessoa, aparentemente uma mulher jovem, agachada à porta do templo. Não era Keira, mas talvez a tivesse visto.

A jovem tentava se desvencilhar de algo que grudara em seu vestido.

– Olá – disse Pérsio, gesticulando, ainda distante.

A moça levantou a cabeça. Era linda.

– Olá – respondeu Cristine, levantando-se, ainda tentando se desvencilhar do besouro.

– Procuro uma jovem que entrou aqui agora. Você a viu? – perguntou Pérsio.

– Não entrou ninguém aqui. Não por agora.

Pérsio observava o cuidado de Cristine em retirar o besouro de sua roupa.

– Parece que o escaravelho gosta de você – disse o rapaz, apontando para o inseto.

Cristine sorriu.

– Sim. É o que parece.

– E você parece não ter medo algum.

– Sou bem maior do que ele – respondeu Cristine, sorrindo.

Pérsio esqueceu-se por completo de Keira e do que fora fazer ali.

– Como se chama? – perguntou.

– Cristine – respondeu, estendendo a mão direita. – E você deve ser o forasteiro tocador de realejo e professor de filosofia, não?

Pérsio sorriu espantado.

– Como soube?

– Não sou como as irmãs Fedora que você conheceu, esteja certo disso – explicou Cristine. – Mas, uma vez que elas tomam conhecimento de algo...

– E como sabe que as conheci?

– E quem não soube? Elas contaram a todos na aldeia. E, pela primeira vez desde que as conheço, não são mais vistas juntas com a mesma frequência.

– Por quê? – perguntou Pérsio, já desconfiando da resposta.

– Sua chegada as dividiu – explicou Cristine. – Agora disputam para ver quem o encontrará primeiro. E, por falar em encontrar, não estava procurando alguém?

Pérsio sorriu acabrunhado.

– Oh, sim! – respondeu, balançando a cabeça.

Cristine apontou os fundos da igreja abacial.

– Talvez a pessoa que procura tenha entrado por ali – sinalizou.

Pérsio permaneceu contemplando Cristine enquanto ela indicava a entrada.

– Então – começou –, estou indo. Adeus e obrigado.

– Até mais – respondeu Cristine.

Pérsio voltou-se.

– Já ia me esquecendo. Não me apresentei. Chamo-me...

– Pérsio – antecipou-se Cristine. – Também já soube – concluiu, sorrindo.

Ele acenou mais uma vez, despedindo-se e desejando fazer algum comentário engraçado sobre o escaravelho, mas não conseguiu pensar em nenhum a tempo.

– Então, adeus – limitou-se.

Sobre Keira e Jacobus

Quanto a Keira, o que temos a dizer é que, por anos seguidos, ela fora submetida a uma espécie de "sedução às avessas". Quanto mais ouvia na igreja sobre o pecado e seus prazeres proibidos, mais exposta e vulnerável se sentia. Por fim, estabelecera-se um amálgama de medo e desejos inconfessáveis. E como confessar poderia?

– Não me sinto uma cristã – dissera, certa vez, à Cristine.

– Ora, e por que não? Isso não depende de sentir ou não sentir. Ou você é ou não é, acho.

– E o que é ser cristão?

Cristine comprimiu os lábios e arqueou os ombros como se fosse responder que não sabia, mas seu olhar ficou distante e sombrio. Ela nada disse por um tempo. Mirava ao longe uma cabra saltando habilmente, de uma rocha a outra, na montanha. Parecia que a conversa não teria continuidade.

– Não sei bem – respondeu, enfim. – Acho que somos cristãs porque acreditamos e fomos batizadas e... e vamos à igreja... – Cristine falava pausadamente, como se a frase seguinte fosse a última, para em seguida acrescentar algo. – Bem, fazemos o que os padres ensinam... E nos confessamos... Essas coisas.

– Já ouvi um padre dizer que cristãos verdadeiros não sentem certo tipo de coisas... – disse Keira. – Coisas que eu sinto. E se é assim como ele falou, não posso ser cristã.

– Que coisas?

Keira suspirou.

– Você sabe. Aquelas coisas sobre poderes e magia. Aqueles rituais pelos quais, dizem, Ana foi presa.

– Bruxaria.

– Sim. Mas e se não fosse errado? Quero dizer, e se nós... E se nós estivéssemos servindo a Deus do jeito errado? Ou se Deus fosse o Diabo e o Diabo fosse Deus?

Cristine arregalou os olhos.

– Como assim?

– Se estivermos sendo enganadas? O Diabo era um anjo, não? Ele pode se passar por Deus para nos afastar do Deus verdadeiro.

Sentada na grama, Cristine sentiu um frêmito percorrendo seu corpo. Talvez fosse aquela manhã nublada e fria. Ou, mais provavelmente, aquela conversa.

– Hum, está friozinho... – balbuciou.

– Então, penso sobre o motivo pelo qual o pecado parece ser tão... tão atraente, enquanto a devoção e a santidade parecem tão sofridas. São sempre os mesmos exemplos de mulheres caridosas que deixaram de casar para servir Deus, que se entregaram a suplícios para purificar a alma e tudo o mais.

– Mas, no fim, elas foram para o paraíso. Essa é a recompensa.

– E por que não podemos ser felizes aqui também? Parece que as bruxas são felizes. É o que dizem. Sempre falam delas dançando e festejando. Gostaria de saber como é. – Keira abaixou a cabeça. – Por isso não me acho cristã – concluiu.

Cristine não se esqueceria dessa conversa tão cedo. Entendia o que a amiga sentia e também sofria com sentimentos confusos e inconfessáveis.

Quanto aos desejos de Keira, entretanto, depois de despertados pela curiosidade e alimentados pelo engano, o que temos a dizer é que eles se intensificaram bastante durante a simulação daquele ritual mágico.

* * *

Tendo chegado à igreja e entregue a encomenda ao velho Jacobus, como que por encanto, a memória de Keira foi avivada, e as palavras do padre ditas na missa anterior invadiram sua mente de forma incontrolável.

– O demônio seduz suas servas com promessas e tentadoras ofertas. Aproveita-se da mulher e de seu pendor para a promiscuidade, licenciosidade e paixões carnais. Ele se apresenta como distinto cavalheiro e as faz voar junto dele. Ele as faz levitar do chão.

Keira, de súbito, começou a sentir o corpo formigando. A princípio, as pontas dos dedos das mãos e dos pés, sendo seguidos de espasmos por todo corpo e tremores, como se estivesse febril.

Um homem bem-vestido se apresentou para ajudá-la. Quem seria ele? Seu sorriso era envolvente e confiável. Keira desfaleceu em seus braços, e o homem começou a levitar com ela.

– Ele as faz dançar nuas em torno de fogueiras! – continuou o padre. – E elas se entregam às mais pérfidas práticas. Abominações! – gritou.

– Cale a boca! – gritou Keira ainda mais alto.

Mas sua voz não saiu. Ela não conseguia falar.

O distinto cavalheiro agora a convidou para dançar. Ela aceitou. Eles começaram a levitar, dançando suavemente sobre a cabeça do sacerdote, que agora ficou enfurecido.

– Desça já daí! – gritou o padreco. – Não permito! Não permito!

– Tire a roupa e a lance sobre a cabeça dele – ordenou o gentil cavalheiro dançante.

Keira se livrou do vestido como em um passe de mágica. Sentia-se livre. No entanto, parecia que tinham subido demais. Seu corpo estava quente, muito quente. Talvez tivessem se aproximado demais do teto quente da igreja.

– Vamos sair daqui, meu amo – Keira suplicou ao nada.

– Você está queimando! – Uma voz soava ao longe.

Keira sorria.

– Sim! Estou queimando, mas não sinto nada! – começou a gargalhar. – Magia! Magia! Ângela, venha ver! Venha ver, Ângela. É tudo verdade!

Lucius foi o primeiro a tentar socorrer a moça. Agarrou-a pelos braços, tentando contê-la, mas Keira se desvencilhou.

– Meu Deus! Você está queimando! Está ardendo em febre! – repetiu.

Tentou segurá-la novamente, mas se deteve assim que ela começou a se movimentar freneticamente, como se praticasse alguma dança tribal.

Não tocaria em uma moça nua naquele estado e, ainda mais, dentro de um lugar sagrado. Não, pelo menos, com o risco de ser visto. O correto seria buscar ajuda de algum monge ou do próprio Jacobus. Entretanto, Keira aparentava estar possessa e Lucius não queria correr o risco de que o demônio começasse a delatar, em detalhes constrangedores, o que ele havia feito ali (na biblioteca daquele mesmo local sagrado) dias antes. Além disso, chamar Jacobus, com a moça naquelas condições, seria o mesmo que assinar a sentença de morte dela. Ou pior: caso Keira contasse sobre os livros proibidos, o próprio Lucius acabaria na estaca, condenado por incitação à bruxaria ou algo que o valha. Simplesmente não sabia o que fazer.

Keira estava possuída por seres invisíveis.

Não, não eram demônios.

Minúsculos e invisíveis fungos presentes no pão de centeio que ela levara ao monge inquisidor e que saboreara minutos antes.

O centeio fora infestado, e, embora fossem raras, as alucinações eram sintomas característicos.

Enfim, como já dissemos, Keira não foi a única moradora do condado a ignorar nosso alerta e comer daquele pão. Também não foi a única a ter alucinações.

* * *

Olhos atentos acompanhavam o transe da menina. Invisíveis e ávidos olhos amarelos a espreitavam. Se a alegria fosse sentimento possível aos demônios, diríamos que era isso que os *outros* sentiam naquele momento. Entretanto, o mais próximo disso que podiam sentir era uma mórbida satisfação de dever cumprido.

Curioso, não? Eles quase nada haviam feito. Não haviam criado fungos causadores de alucinações, não haviam feito com que o centeio fosse infectado, tampouco foram os responsáveis pela colheita e pelo armazenamento descuidado. Também não haviam criado as alucinações de Keira, nem as que seguiriam ainda naquele dia. Ainda assim, tudo o que aconteceu naqueles dias havia sido fruto de sua semeadura constante e eficaz nos corações e mentes dos filhos de Adão, cuja semente é a mentira e cuja colheita, como diz o cordeiro, é o roubo, a morte e a destruição.

Por isso, certa frustração se fazia acompanhar da sensação de dever cumprido. Pouco haviam feito, pouco podiam fazer além de observar, e nada mais havia por fazer. Sua obra já estava completa.

Mas nós iríamos desfazê-la.

* * *

Por trás das grossas paredes ou através da pesada porta de carvalho, era impossível ouvir alguma coisa. Mesmo assim, Lucius permanecia atento a qualquer som suspeito.

O jovem vira Jacobus carregando Keira envolta em um lençol acompanhado de Dominic, levando-lhe as roupas recolhidas, os dois entrando no cômodo destinado aos interrogatórios. Isso havia meia hora, pelo menos, calculava. Pouco havia a fazer a não ser esperar e rezar.

Por fim, a pesada porta rangeu, e Jacobus surgiu. Transpirava muito, apesar de manter aparente ar de tranquilidade.

Lucius não ousou fazer pergunta, mas seu semblante denunciava aflição.

– A jovem ficará bem – iniciou o monge. – Ainda está fraca e desorientada. Deixaremos que ela durma e descanse um pouco mais. Quero que providencie um animal selado para levá-la de volta à estalagem assim que ela recuperar as forças.

– Então o senhor a libertará? – perguntou, incrédulo, Lucius.

– Êh, moço, e quem disse que ela está presa? – censurou Jacobus.

Nesse instante, Dominic aproximou-se da porta e segredou rapidamente algo ao velho. O monge assentiu com a cabeça e fez sinal para que Dominic permanecesse ao lado dele.

Lucius queria se certificar de que Keira não corria perigo.

– Meu senhor, ela... – Lucius não sabia como continuar a pergunta.

– Esteve possessa? – ajudou Dominic.

– Não sabemos – respondeu Jacobus. – Se estava, acabou por vir ao lugar certo. Aqui o poder do Diabo não vigora – falou triunfalmente, tossindo, em seguida, três ou quatro vezes.

Seu rosto enrubesceu, e o monge sentiu as mãos formigarem.

– O senhor está se sentindo mal? – perguntou Dominic. – Quer uma água? Vinho? – sugeriu.

– Estou bem. Não se preocupe. Apenas tossi e fiquei um pouco tonto – respondeu o monge. – Deve ter sido a tensão – concluiu.

– O senhor se alimentou hoje? – insistiu Dominic.

– Sim, é claro – respondeu. – A jovem me trouxe pães de centeio e queijo de cabra.

O velho abriu e fechou as mãos seguidas vezes, examinando-as, ainda intrigado com a sensação de formigamento. Por fim, escondeu-as sob as mangas do hábito e prosseguiu:

– Não sabemos ainda o que ocasionou o comportamento da moça – iniciou. – Examinamos o corpo dela e não achamos marcas de picadas de nenhum animal peçonhento, mas ela parece estar enferma.

Jacobus fez sinal para que Dominic fechasse a porta e o acompanhasse. Pousou a grande mão sobre os ombros delgados de Lucius, como se quisesse tranquilizá-lo. Empurrando-o levemente, indicou que andasse pelo corredor enquanto continuava seu diagnóstico.

– Nem todo delírio ou alucinação é de origem maligna, meu jovem Lucius – disse o velho em tom professoral. – Você bem sabe que pessoas podem apresentar comportamentos semelhantes decorrentes de moléstias, pestes ou mesmo, como já dissemos, efeitos de peçonha.

Lucius, aliviado, ouvia atentamente o mestre.

– Naturalmente, um bom inquisidor deverá saber avaliar todas as possibilidades e investigar todas as prováveis causas antes de conceber a suspeita de algo espiritual. O povo ignorante e supersticioso, esse sim, sempre buscará a explicação mais fácil e, por vezes, a mais tola.

Aquilo tudo era surpreendente. Lucius sempre ouvira falar da sabedoria de Jacobus tanto quanto de sua severidade. Mas só testemunhara a última até então.

– Vá em paz e não se esqueça da jovem Keira em suas preces – aconselhou Jacobus, indicando a porta ao jovem copista. – Agora vá e providencie uma montaria como lhe pedi.

Lucius beijou a mão do monge reverentemente e saiu apressado para cumprir suas obrigações.

Dominic olhou para o velho, que manteve o sorriso cínico até Lucius cruzar a porta lateral rumo ao estábulo.

– O senhor não estava falando mesmo sério, estava? – perguntou o rapaz.

Jacobus desfez o sorriso falso, trocando-o por um verdadeiro.

– Se matarmos a cobra agora, como descobriremos onde é seu ninho?

* * *

Pérsio conseguira entrar no mosteiro sem maiores problemas. Vestira seu antigo hábito e se apresentara como peregrino recém-chegado da Terra Santa, onde estivera acompanhando as Cruzadas. Os monges, notórios bons anfitriões, de nada desconfiaram, pois ali mesmo na abadia havia a casa dos peregrinos destinada a esse fim.

Conseguira passar pelos monges e servos sem ser reconhecido. Embora Pérsio estivesse lecionando na escola que ali funcionava, nem todos o conheciam. Conversou com crianças, visitou alguns dos compartimentos do prédio abacial aos quais, na mera condição de professor, não poderia ter acesso.

Entrar, portanto, não havia sido um desafio. Dificuldades teve para deixar o local. Estava pálido, gélido e visivelmente assustado. Já tinha visto pessoas delirando, presenciado exorcismos e ouvido relatos de pessoas acometidas por alucinações causadas pelo fogo de santo Antônio, mas nunca vira nada daquilo que se apoderara de Keira.

Escondido atrás de uma coluna, Pérsio acompanhara tudo atentamente. Viu Keira entrando no largo corredor, vinda provavelmente de algum aposento onde encontrara Jacobus e lhe entregara a encomenda do estalajadeiro.

Desde o primeiro momento, Keira parecia estar falando com alguém. Ora baixinho, ora aumentando o tom de voz, até que, por fim, parou e começou a girar e a dançar freneticamente, despindo-se por completo.

Pérsio viu o desespero de Lucius. Suas vãs tentativas de conter a garota e seu desespero com a chegada de Jacobus. O velho monge apareceu acompanhado de um jovem auxiliar. Ele viu a cena, olhou para Lucius, depois para Keira, então novamente para Lucius, que, de braços abertos e balançando a cabeça, balbuciou algo que Pérsio, à distância, não pôde compreender. Mas ouviu bem quando Jacobus chamou o auxiliar pelo nome, ordenando-lhe que trouxesse rapidamente um lençol para cobrir a jovem.

– É Dominic... – Pérsio murmurou atônito.

Pérsio acompanhou o retorno de Dominic e a remoção da garota, agora aparentemente desmaiada. Também viu Lucius recolhendo as roupas e as entregando enquanto parecia explicar a Jacobus o que havia acontecido ali. O rapaz gesticulava e parecia imitar os movimentos que Keira fizera.

Então, todos se foram, levando a garota para algum dos aposentos do mosteiro de onde, Pérsio supunha, ela não sairia viva.

Saiu dali o mais depressa possível. Mesmo com medo de ser pego, considerou mais prudente evitar olhar para trás ou para os lados, para não chamar a atenção para si, embora sentisse que estava sendo seguido.

Alcançou um dos corredores do claustro e atravessou o pátio em busca de ar fresco. No belo jardim, no centro do pátio, um grupo de crianças, auxiliadas por um monge, recitavam um salmo.

"Os anjos do Senhor acampam-se ao redor dos que o temem e os livra", dizia um trecho. A cena o fez se acalmar. As palavras, embora nada mais significassem para ele, tranquilizavam-no. Agora, finalmente, olhando ao redor, sentiu-se grato por não ter sido visto por ninguém. Melhor: sentiu-se grato por ter sido visto, ainda que não reconhecido ou interpelado. Mas ele estava enganado. Cristine o seguira e também tudo testemunhara.

* * *

Cristine também sentia-se grata em passar por testemunha anônima e resolveu permanecer ali observando e ouvindo. Acompanhava o recital das crianças sem, no entanto, perder de vista Pérsio, que, do outro lado do jardim, levantando-se, dirigiu-se a um servo apressado que carregava algo em uma bandeja; talvez uma refeição. O homem, de baixa estatura, tinha passos curtos e apressados. Pérsio o deteve e lhe disse algo que Cristine não conseguiu ouvir devido à distância e ao barulho das vozes em coro das crianças ali perto. Todavia, foi capaz de entender que o jovem se oferecera para levar aquilo que o homenzinho carregava. O homenzinho entregou a bandeja e sinalizou como que indicando o destino da refeição. Virou-se, abaixou a cabeça e, curvando o corpo para frente, disparou na direção contrária, movendo-se do mesmo modo nervoso e apressado, e com os mesmos passos curtos e rápidos, como se tivesse outro urgente negócio a tratar. Segurando a bandeja e sorrindo, Pérsio agradeceu o baixinho que já ia longe e saiu na direção que o servo lhe apontara.

Cristine perguntava-se por que Pérsio estava agora usando hábito. Principalmente, aonde estaria indo e com que intenções? Fosse o que fosse, iria chegar mais rápido ao seu destino, pois Pérsio saíra ainda mais apressado que seu predecessor.

Dessa vez, porém, não o seguiu. Decidiu permanecer um pouco mais ali ouvindo.

Cristine tomou uma das pequenas pedras brancas que ornamentavam o jardim e a lançou no espelho d'água.

Cada um daqueles que testemunharam o que ocorrera a Keira pouco antes (Lucius, Pérsio, Cristine) havia tido a sensação de que observava aquele fenômeno de uma perspectiva que lhe sugeria ser a única. Mas, como os círculos concêntricos que se formaram naquele espelho de águas tranquilas no qual Cristine lançara a pedra, assim também cada um havia observado o evento recente. Cada qual observava a partir de um ponto do círculo, em torno do qual havia um círculo maior, e em torno deste outro ainda mais amplo, de forma que tanto observavam como eram observados. Todos pensando estar tendo a visão do todo; supondo que viam tudo sem estar sendo vistos por mais ninguém. Mas os únicos ali que possuíam essa prerrogativa éramos nós. Víamos todos os círculos, registrávamos tudo.

E não éramos vistos por mais ninguém.

* * *

Baseado no que ouvira de Lucius e, principalmente, em sua própria experiência, Jacobus realmente considerava a possibilidade de que Keira não estivesse possessa. Isso para ele era quase certo. Pelo que já vira, ouvira e lera, a jovem estava sob efeito de algo que comera ou bebera. Talvez algum dos chás alucinógenos que Jacobus sabia serem servidos em antigos rituais pagãos de fertilidade. E era essa possibilidade que mais despertava seu interesse.

– Adoradores de Odin – explicou – utilizam uma bebida feita com o que chamavam de dente de lobo. Não dente de verdade, mas algo como uma praga que ataca plantações de trigo e centeio.

O monge voltou-se para a jovem desfalecida, tomando-lhe o pulso, e verificando a temperatura do corpo e os batimentos cardíacos.

– E o senhor acredita que ela seja um desses adoradores? – perguntou o aprendiz.

Jacobus pousou delicadamente o braço da jovem de volta na mesa.

– Não – respondeu enfaticamente. – Isso é apenas uma maldita lenda nórdica. Mas sua influência se disseminou como se dissemina tudo aquilo que não presta e influenciou outras práticas igualmente danosas.

Jacobus sentou-se com os olhos fixos em Keira. Ansiava que ela acordasse e pudesse contar-lhe algo.

O pior parecia ter passado. A moça podia estar dormindo agora. Ou, quem sabe, apenas fingisse. O velho resolveu apostar nessa possibilidade.

– Poderia liberar essa moça – começou a dizer.

Sinalizou para que Dominic se aproximasse e continuou, em um tom baixo, porém perfeitamente claro.

– Tenho informantes confiáveis – segredou o velho. – E elas me garantiram que duas amigas dessa jovem estiveram envolvidas em uma cerimônia pagã ontem à noite. Além delas, uma velha. É possível que essa moça também estivesse envolvida ou que soubesse de algo. – Jacobus aumentou o tom de voz. – Se ela souber de algo ou se estiver envolvida... – O monge fez uma pausa, olhando detidamente para a garota deitada sobre a mesa de interrogatórios. – Ela nos contará tudo. A Igreja sabe ser bastante misericordiosa com aqueles que falam a verdade, ainda que seja uma delação ou uma confissão de pecados. Apenas os obstinados no pecado, os mentirosos e os cúmplices do erro são punidos e, como exemplo, levados à fogueira. Se essa moça quiser a misericórdia da Igreja, se quiser viver... Bem, ela nos contará tudo. E, é claro, nos dará todos os nomes – sentenciou.

Pequenas gotas de um suor gélido começaram a brotar na fronte de Keira.

* * *

As pequenas batidas na pesada porta da sala de interrogatórios não foram suficientes para chamar a atenção de Jacobus. Dessa vez, então, Lucius bateu com o punho fechado e com mais força.

O rapaz ouviu o barulho da tranca da porta sendo removida. Com vagar, abriu-se uma fresta através da qual pôde ver o rosto tenso de Dominic.

– Diga ao mestre que o cavalo já está selado – sussurrou Lucius.

– Faça-o entrar – ressoou do interior da sala a voz do monge.

A porta se abriu o suficiente para que Lucius passasse.

Keira já havia recobrado os sentidos. Estava vestida e sentava na grande mesa. Segurava uma taça de água já quase vazia. Ao seu lado, frutas e alguns bocados de pão colocados em uma travessa, ao que parecia, para que ela se alimentasse, permaneciam intactos. Ela havia chorado, Lucius pôde perceber.

A jovem lançou-lhe um olhar súplice e Lucius começou a sentir que seus temores começavam a se materializar. A tranquilidade que Jacobus lhe transmitira instantes antes desparecera por completo. O copista mordiscou os lábios ressequidos e, ao perceber o semblante carregado de Jacobus, teve certeza: Keira contaria tudo.

Sobre Lucius

Quanto a Lucius, o que temos a dizer é que ele passava a maior parte de seu tempo na biblioteca da abadia, o que o agradava bastante, pois gostava de estar só. O bibliotecário, um velho monge desdentado e quase surdo, pouco aparecia por lá, mesmo porque quase não havia o que fazer. Um servo ou dois ocupavam-se da limpeza, e Lucius oferecia-se para organizar os poucos livros que lá havia (número muito menor que o acervo da abadia de Melk, onde também estivemos em auxílio ao irmão Adso).

O bibliotecário recomendava a disposição dos exemplares nas prateleiras, mas Lucius não obedecia. Preferia usar seus critérios: cores e tamanhos. Dispunha os livros de modo que as cores e os tamanhos compusessem um todo harmônico. Dos tons mais ocres a outros mais escuros, dos maiores exemplares aos menores. O bibliotecário, pensava Lucius, ou não via ou (se via) não se importava, mas é claro que ele via. Dissemos que era meio surdo, e não "meio cego".

Quando não estava na biblioteca, a vida de Lucius seguia uma rotina de orações, jejuns e longos períodos de meditação, a exemplo dos demais. Nos últimos dias, entretanto, secreta e internamente, sua rotina havia se alterado. Não quanto à prática dos hábitos devocionais regulares, mas quanto ao conteúdo destes: Keira, a jovem ajudante do estalajadeiro, vinha se tornando objeto frequente de suas preces, jejuns e meditações. Especialmente das meditações.

– Não penso nela o tempo todo – O ouvimos dizer certa noite a um companheiro de claustro no dormitório dos noviços.

E justificava-se por não confessar ao abade sobre seus sentimentos, preferindo, em vez disso, compartilhar com um igual; alguém de mesma idade e sujeito às mesmas tentações. Não que estivesse sendo tentado, dizia. Apenas considerava-se precavido e não queria correr riscos ao guardar só para si um sentimento que poderia – ele gostava de deixar isso claro quando fazia suas preces – tornar-se algo mais forte e comprometedor. Assim, jejuando e rezando, nela pensava; e, jejuando e rezando, esforçava-se para não pensar mais do que sua consciência religiosa permitia antes que incorresse no risco de ultrapassar o plano fraterno.

Ao amigo, disse que gostava de estar na companhia dela e de acompanhar sua devoção nas missas. "Veja como seu olhar fica, ora distante, ora reflexivo", "Olhe como se interessa quando o sacerdote alerta sobre os vícios da mocidade, sobre as tentações da carne e sobre as seduções do Diabo".

Poderia com ela conversar por horas. Como faria com uma irmã ou parente próxima. "Quem disse que as mulheres nada têm a ensinar? Keira devia ter muito a dizer".

Pedia a Deus por seu futuro. Que o Senhor lhe concedesse um bom marido. Um com posses, mas também com carinho e devoção. Alguém que soubesse recitar poemas ou que, ao menos, cantasse-lhe alguma das canções dos trovadores.

Imaginava-se no lugar do estalajadeiro.

"Keira, deixe isso comigo. Carregar esse peso todo não é para jovens delicadas como você".

"Keira, vá dormir! Já é tarde, você já trabalhou demais. Não a quero doente nem fraca".

"Keira, pode comer meu pedaço de ganso assado. Hoje é dia santo e devemos compartilhar as coisas boas com as pessoas que amamos".

"Keira, eu a amo... Como Cristo, claro".

E sorriria para ela e lhe daria um abraço. E lhe desejaria boa noite e velaria seu sono. E assim faria a um filho ou filha, pensava. Assim faria aos filhos e filhas que Deus lhe daria depois que completasse seu noviciado e se tornasse responsável por um rebanho ou por uma comunidade regular.

Isso não podia ser pecado, podia? Desejar o bem ao próximo, interceder por ele.

– Até mesmo pedir por seu casamento, a Deus eu já pedi – disse.

– É. Ela é mesmo linda – respondeu o colega.

Lucius revirou-se no catre e mirou os olhos de seu interlocutor.

– Não disse nada a respeito de sua beleza, Benícius – protestou.

Benícius sorriu. Limitou-se a dizer que já estava tarde e que fossem dormir ou rezar; o que fosse melhor.

Lucius fitou as marcações da vela que assinalavam a passagem do tempo e se deu conta de que já haviam transcorrido três horas. Logo mais, teria de acordar.

Havia, entretanto, algo errado com sua imaginação, pensava. *Se eu fosse o estalajadeiro, não estaria preso ao voto de castidade. Logo...* Era melhor imaginar outra coisa.

– Santo anjo protetor, guardai-me e me livrai. Velai por meu sono. Amém.

* * *

Deus sempre livra seus servos, mesmo quando não parece haver intervenção alguma acontecendo. É que os perigos, os verdadeiros perigos, por vezes, são outros que não aqueles pelos quais pedimos livramento.

E Lucius logo aprenderia isso.

Lucius sonharia com Keira essa noite, e seria mais um sonho como os demais, cujas matérias-primas são o desejo e o medo. O desejo de estar com a jovem e o medo de Jacobus descobrir. Não se trataria de um sonho sobrenatural, de uma revelação divina, como ele chegaria a pensar depois.

A sobrenaturalidade desse sonho, em especial, não estava em seu conteúdo, mas no momento oportuno em que faríamos que dele o jovem copista se recordasse.

Sobrenaturalidade é um conceito humano.

Sobrenatural é o natural que se faz oportuno.

Sobre a confissão de Keira

Quanto à confissão de Keira, o que temos a dizer é que ela, de fato, não aconteceu. Seu breve depoimento começou assim que a garota despertou – ou aparentou despertar. Na verdade, fingira estar desacorda e ouvira algo da conversa entre os inquisidores. Em especial, a parte que lhe interessava em particular: a ameaça velada de Jacobus. "Se quiser viver, ela nos contará tudo."

* * *

– Vejo que despertou a jovem – disse o velho, apontando para uma cadeira próxima.

Dominic trouxe a cadeira e a colocou ao lado da mesa na qual Keira ainda permanecia deitada. Fez sinal para que a jovem se levantasse e se aproximou para ajudá-la a se erguer. Foi quando sua atenção foi desviada para a porta. Não ouvira ninguém chamando ou batendo, mas havia tido a estranha sensação de uma presença. Com a mão, sinalizou para que Jacobus esperasse um instante. Aproximou-se da porta e, aí sim, pôde divisar a sombra que se projetava por baixo, na soleira.

Destrancou a pesada porta de carvalho e abriu apenas o suficiente para ver quem estava ali.

– O que foi? – perguntou Jacobus, aparentando irritação. – É Lucius?

Dominic disse alguma coisa ao homem à porta e recebeu uma bandeja com alimento.

– Era só um servo trazendo comida – respondeu Dominic.

O sujeito à porta pareceu insistir para entrar, mas Jacobus percebeu que Dominic o dispensara dizendo que voltasse depois para recolher as sobras e fazer a limpeza.

O rapaz voltou-se para Keira. A menina chorava em silêncio. Fez menção de ajudá-la a descer da mesa e se sentar, mas Jacobus antecipou-se.

– Não – interveio. – A cadeira é para mim. Pode deixar a jovem deitada – disse e, olhando para ela, prosseguiu: – A não ser, é claro, que ela prefira se sentar. Ainda deve estar muito fraca... – Voltando-se para Dominic, recomendou: – Veja o que trouxeram e lhe dê algo para comer e para beber.

Keira enxugou as lágrimas e piscou seguidas vezes. A vista estava embaçada, a cabeça doía um pouco, mas ela fez careta como se estivesse sofrendo intensamente.

Jacobus sentou-se, esperando que Dominic servisse a menina, e ali ficaram observando-a, enquanto ela forçava-se a engolir alguma fruta.

– Coma, minha filha, coma – disse o velho em tom tranquilizador. – Você precisa recompor suas forças.

De súbito, o inquisidor voltou os olhos para a porta. Julgou ter ouvido alguém bater.

– Alguém está aí – apontou.

– Não ouvi nada – respondeu Dominic.

– Certifique-se! – insistiu Jacobus.

Uma batida forte desfez qualquer dúvida. Dominic voltou à porta e viu que, dessa vez, era Lucius que retornara para anunciar que a montaria já estava preparada – conforme já havíamos relatado.

Keira aprumou-se na mesa, ajeitou os cabelos molhados de suor. O rosto demonstrava uma aflição que Jacobus fingiu interpretar como preocupação com o adiantado da hora. Foi nesse instante que Lucius a viu e muito temeu, como contaremos depois.

– Não se preocupe com seu senhor, o estalajadeiro – disse o velho, mantendo o tom de calma. – Como você pôde ver, já mandamos o jovem Lucius avisá-lo que você teve um mal súbito e que está sob meus cuidados. Também ele já lhe preparou uma montaria para levá-la de volta.

Os olhos de Keira brilharam ao ouvir a menção da possibilidade de um rápido retorno. Talvez não tivesse que dizer nada, afinal.

– Você faz ideia do que lhe aconteceu?

– Tive um mal súbito – respondeu –, como o senhor falou.

Jacobus sorriu.

– Refiro-me ao que o causou.

– Sim, entendo.

Keira olhou para Dominic, que sinalizou para que a moça prosseguisse.

– Saí de casa para lhe trazer os pães e queijos, como de costume, e... – A jovem olhou para cima, em busca das imagens daquele dia, depois para baixo, então novamente para cima. Fechou os olhos, fingindo se esforçar para lembrar. – Não consigo me lembrar. É como se estivesse dormindo e acordasse aqui.

Era verdade.

– Filha, eu já sei de tudo o que ocorreu aqui. Você disse e fez coisas terríveis.

– O quê? O que eu fiz?

– Vou ajudá-la. Durante seu, digamos, "mal-estar", você disse que duas bruxas lhe apareceram, convidando-a a participar de um ritual de magia. As bruxas eram suas amigas. Como eram mesmo os nomes? Elas insistiam que você participasse de um ritual...

Não era verdade. O velho tentava induzir a jovem depoente a uma confissão ou, de preferência, a uma contradição.

Keira começou a balançar a cabeça negativamente. Jacobus continuou:

– E você dizia não querer – prosseguiu o velho, piscando para Dominic discretamente. – Não foi isso, Dominic?

O discípulo entendera o plano do inquisidor.

– Sim – concordou. – Foi o que disse.

– O que você viu, Keira? – perguntou Jacobus.

– Não. Eu não vi nada disso! – protestou Keira. – Nenhuma bruxa me apareceu nem mencionei o nome de ninguém.

Jacobus levantou-se, mirando Keira diretamente nos olhos.

– Mas você disse não se lembrar de nada. Como pode ter certeza do que disse, do que fez ou do que não fez? Você pode ter acusado pessoas, pode ter blasfemado e pronunciado nomes bestiais, rituais invocatórios... Qualquer coisa. Eu poderia dizer que você estava possessa, que estava tendo visões infernais. Simplesmente não existe o contraditório, uma vez que você de nada se lembra, não é?

– Estou me lembrando, estou me lembrando – apressou-se Keira.

Jacobus levou a mão ao queixo, passando os dedos ásperos demoradamente na cicatriz em seu lábio superior. A pontas dos dedos voltaram a formigar.

– Hum, que bom que sua memória está voltando. Devemos confiar nela? – questionou.

– Sim. Apenas me dê tempo. Posso tomar mais um pouco de água?

Sim, Keira se lembrava do que havia ocorrido. Tinha consciência do que havia visto, ouvido e sentido. Também tinha consciência de que caíra em contradição, e conhecia bem o destino dos que mentiam em juízo e se contradiziam durante um depoimento.

Lembrou-se da história que ouvira acerca do velho Cornélio, de como um assistente da Inquisição disfarçado de prisioneiro o induzira a mentir a respeito de sua ancestralidade judaica e da prática oculta dos rituais de seus antepassados.

A saída parecia ser uma só: a denúncia. Uma boa e bem fundamentada denúncia. Só não tinha certeza sobre *quem* denunciar. As irmãs Fedora com certeza ocupavam o primeiro lugar em sua lista de candidatos, mas dificilmente uma denúncia seria aceita contra elas. No tempo dos antigos inquisidores, pessoas mal vistas pela sociedade tiveram que fugir, tamanha fora a onda de denúncias, prisões e condenações. Não era bom tempo para se ter inimigos.

Talvez com Jacobus fosse diferente. Exceto pela morte de Ana, as prisões e condenações haviam diminuído bastante depois de sua chegada para substituir o antigo inquisidor Morel.

A única possível denúncia "verdadeira" seria contra as amigas Cristine e Ângela. Mas, contra Ângela, nada poderia dizer sem se incriminar. Juntas haviam praticado o ritual na floresta, que não passara de um embuste, mas que seria suficiente para levar as duas à fogueira da Inquisição. Já quanto a Cristine, ela nada sabia sobre a trama, mas sua disposição em consultar uma bruxa fora real. Por isso, para Keira, Cristine fora a única dentre as três com reais "más intenções". Mesmo que nada de pessoal tivesse contra a amiga, se alguma delas devesse ser punida, a mais culpada, sem dúvida, era Cristine. Era uma questão de justiça, pensava. E, se assim era necessário para escapar dali, se ela precisava contar tudo para viver, então não seria difícil viver. Contaria tudo o que sabia, inventaria o que não soubesse, imaginaria, acusaria, dissimularia e o que mais fosse necessário para sua libertação. Faria tudo. Tudo, menos rezar. Rezar não poderia. Não depois do que fizera com tanto gosto na noite anterior. Que Deus responderia a alguém que, tão prazerosamente, flertara com o inimigo? Deus, certamente, não. Mas e quanto a outros deuses? E quanto à deusa? Ou mesmo àquele a quem a Igreja chamava de adversário, Diabo e Satanás? Haveria de ter deus que a ajudasse. *Quem sabe?*, pensou.

Então, abriram-se seus olhos como se uma consciência houvesse sido despertada dentro dela. Se o Diabo tinha poder, se as bruxas eram suas emissárias (ou de outro deus), se elas podiam mesmo injuriar a outros, manipular e até matar, talvez Keira pudesse fazer um teste agora. Essa seria uma excelente ocasião para que Deus e o Diabo mostrassem, dos dois, qual mais se interessava em livrá-la.

Ela faria o que fosse preciso; só não morreria ali como a miserável Ana.

– Seu tempo para lembranças acabou! – sentenciou o inquisidor.

Keira se assustou, mas a intervenção de Jacobus não a pegou desprevenida. Ela já sabia o que fazer.

– Talvez, senhor, eu esteja um pouco confusa sobre o que aconteceu comigo hoje, aqui neste lugar. Mas me lembro bem do que ocorreu ontem – iniciou.

* * *

Keira olhou para o velho em busca de algum sinal de interesse, de curiosidade. Alguma pista de que ela estava no caminho certo. O que viu, todavia, foi uma aparente indiferença, que deu lugar a um olhar vago e sombrio, depois a um olhar espantado e mais sombrio ainda.

Jacobus tonteou. Sacudiu a cabeça, sentindo-se subitamente sonolento.

– Dominic!

– Sim, senhor.

– Onde está minha maçã? – perguntou Jacobus, olhando para o chão à procura de algo.

– Maçã? Que maçã? O senhor quer uma maçã? É isso?

– Que história é essa? Quero a maçã que estava comendo ainda agora! Onde ela está? – irritou-se.

Dominic olhou em volta. Não havia sinal de maçã alguma. Nem poderia. Dominic tinha certeza de que não vira o velho comendo maçã ali dentro. Olhou para o cesto de frutas pensando em pegar qualquer uma e lhe entregar. Em todo caso, parecia que o monge não estava mais se importando com isso, tendo voltado sua atenção ao depoimento de Keira.

De novo, Dominic teve a estranha sensação de uma presença e, dessa vez, por um instante muito breve, teve a nítida percepção de uma luminosidade atravessando as frestas entre a soleira, a porta e o portal. Uma luz forte e quase instantânea, como se um raio tivesse caído bem ali fora. Como não tinha ouvido nada, nem uma batida na porta, nem uma voz, e como Jacobus, que tinha excelente visão e audição, aparentemente, nada tinha percebido, Dominic julgou prudente permanecer ali ao lado dos dois e não retardar o início daquilo que ele sabia que o inquisidor estava ansioso por começar: o depoimento de Keira.

A área próxima à porta era bastante escura. Por isso, aquele breve lampejo lhe chamara tanto a atenção. Um quarto contíguo, próximo à porta, abrigava diversos rolos contendo depoimentos antigos não enviados ao tribunal civil, além de alguns velhos e pouco utilizados instrumentos de tortura. Os novos e mais requisitados ficavam em outro cômodo, mais seguro.

Dominic continuou intrigado. Queria ir àquele quarto escuro para se certificar de que não havia ninguém mais ali. Do lado de fora, era impossível ouvir o que acontecia no interior do aposento inquisitorial, mas, daquele quarto, um intruso poderia ver, ouvir e não ser visto.

As preocupações de Dominic não eram exageradas, embora ninguém estivesse ali dentro daquele aposento... *ainda*.

* * *

– Então, minha jovem, o que você tem a me contar sobre ontem? – iniciou o velho, sentando-se novamente, já totalmente esquecido da maçã.

– Eu fui à floresta – iniciou a jovem, ainda mastigando uma noz.

O inquisidor permaneceu em silêncio, esperando que ela continuasse, mas Keira fez uma pausa proposital, como se estivesse incerta ou indecisa. Deveria admitir ter participado de uma brincadeira? Jacobus acreditaria? Talvez fosse melhor dizer o que o velho queria ouvir. Uma boa denúncia, talvez.

– E os nomes? – indagou o inquisidor.

– Nomes? Que nomes?

– Eu perguntei se você estava sozinha e você disse que não. Que havia mais pessoas com você lá! – "repetiu" Jacobus com irritação.

Keira olhou aturdida para Dominic. Não se lembrava de ter ouvido essa pergunta; muito menos de tê-la respondido. Talvez estivesse tão absorta em seus pensamentos que mal tenha notado o velho falar.

– Sim. Estava acompanhada.

– Ângela e Cristine! – bradou Jacobus

O velho sabia! Como era possível? Estavam sozinhas, ninguém as viu, ninguém soube.

De acordo com a denúncia das irmãs Fedora, havia três mulheres no ritual da noite anterior. Duas haviam sido identificadas como as amigas de Keira. A terceira deveria ser a bruxa. Jacobus estava bem informado.

– Você é bruxa? – perguntou o inquisidor.

– Não – respondeu Keira de imediato.

– Você participou do Édito de Fé?

– Sim, é claro.

– E confessou algo? Era uma daquelas que admitiram desvios doutrinários?

– Não. Nunca.

– E como você explica essa situação? Vista nua, diversas vezes, em noites de Lua cheia...

"Vista nua diversas vezes em noites de Lua cheia?" Dominic franziu a testa e chegou a esboçar um resmungo de incompreensão, mas preferiu confiar na habilidade do velho. Talvez ele estivesse tentando induzir Keira à contradição.

Jacobus prosseguiu. Tonto, como se tivesse bebido vinho ruim, dizia as frases sem pensar, como se houvesse descompasso entre a língua e o senso crítico. Confundia-se com as perguntas já feitas e as por fazer, repetindo umas e omitindo outras.

O velho passou as mãos pelo rosto, para cima e para baixo, seguidas vezes, como querendo despertar de uma sonolência irritante e persistente.

– Deve ser este maldito lugar! – resmungou. – Onde está minha maçã? Onde está minha maçã?

Dominic e Keira entreolharam-se, trocando o mesmo semblante de perplexidade.

– Você! – disse Jacobus, apontando para a moça. – Você, sua bruxa, você fez sumir minha maçã e está tentando confundir meus pensamentos!

Dominic não era dado a essa prática, mas, silenciosamente, começou a rezar.

– Vista nua, diversas vezes, em noite de Lua cheia, acompanhada de um cão preto! – prosseguiu Jacobus, alterando o tom e o volume da voz.

Keira temeu que seu pacto silencioso não estivesse fazendo efeito. O velho inquisidor parecia agora estar ficando mais possesso que ela própria horas antes.

– Você me seduziu! Você me seduziu, sua vagabunda! Enviada de Satã! – gritava o velho. – Você quer me defenestrar! Justo a mim... – Jacobus abaixou a cabeça e curvou-se sobre as pernas, as mãos unidas em prece. – Senhor, tende piedade! Não podeis me perder para o Maligno! Eu sou importante, sou útil. O que será deste lugar sem mim? As pessoas entregues à própria sorte, iludindo-se. Eu sou seu pastor, seu guia. O Senhor não pode prescindir de mim.

Dominic decidiu intervir.

– Meu pai, o senhor está confuso. Acalme-se. Tome um pouco de água. Vamos deixar esse depoimento para outra hora. Depois que o senhor descansar e se recompor.

Os olhos esbugalhados de Jacobus direcionavam-se a Dominic, mas pareciam olhar além. Como se, através dele, o monge visse outro alguém.

– Você... – falou Jacobus com lábios trêmulos e o dedo indicador apontado para Dominic. – Você manchou minhas mãos de sangue inocente!

O velho olhou para as mãos. O sangue de Ana escorria por elas, queimando como se fosse chumbo derretido. Olhou para Keira e viu Ana. Depois, olhou para Dominic e viu a si mesmo.

– O senhor está tendo uma alucinação, meu pai – clamou Dominic.

Os olhos de Keira brilharam. *Está funcionando! Está funcionando!*

Sim, sou bruxa. Tu me fizeste bruxa! Se é bruxa que quereis que eu seja, então bruxa serei, e minha primeira vítima será esse velho, gordo e patético inquisidor!

Jacobus empurrou Dominic com força surpreendente para alguém que parecia debilitado.

– Pai! – disse Dominic em espanto.

– Pai? – Jacobus levantou-se. A visão turva, o corpo formigando e aquele fedelho lhe chamando de "pai", trazendo à sua memória a imagem de Jordana, a mãe, *aquela outra vadia sedutora.* – Pai? – repetiu o velho. – Quem lhe contou que sou seu pai?

– Como assim? O que o senhor está dizendo? – perguntou Dominic perplexo. – Sempre soube que o senhor é meu pai. O senhor mesmo me disse que me adotou depois da morte de minha mãe...

Jacobus esfregou as mãos no rosto e depois uma contra a outra. Fez o sinal da cruz repetidas vezes.

– Sim, é claro – Jacobus sorriu, parecendo ter recobrado a consciência. – Eu fiz isso, não fiz? Eu não o abandonei, certo?

Dominic apenas balançava as mãos e abria a boca sem, contudo, conseguir pronunciar mais que murmúrios.

– Não sou tão mal assim... – prosseguiu o velho. – Então, por que você não me obedeceu? Por que não se manteve longe dessa mulher?

Agora Dominic sacudia a cabeça sem entender mais nada. O que dera no velho?

– Nunca me aproximei dela – disse, referindo-se a Keira. – Não sei do que o senhor está falando...

– Sim, você sabe! Estou falando de Ana e de sua paixão por ela! – berrou Jacobus ainda sob efeito alucinógeno.

Keira estava impressionada. Algo ou alguém estava enlouquecendo o velho.

Agora você vai me libertar, seu velho idiota!

– Saia daqui agora – disse Dominic a Keira, ajudando-a a descer. – Depois a chamaremos.

Keira vibrou por dentro. *Ninguém tem poder sobre mim. Farei o que quiser fazer!*

Jacobus tinha o olhar perdido no vazio. Balbuciava algo e gesticulava como se estivesse vendo e dialogando com alguém.

Dominic dirigiu-se à porta e se surpreendeu ao vê-la destrancada. Aquilo não fazia sentido. Ele tinha certeza de tê-la trancado depois que Lucius retornara para avisar da montaria.

Olhou em volta à procura não sabia bem de que ou de quem. *Lucius,* pensou. Teria ele entrado ali de alguma forma? Mas como teria destrancado a porta? De qualquer jeito, não havia tempo para pensar nisso agora. Dominic precisava agir e retirar Keira dali antes que ela ouvisse Jacobus revelar, em pormenores, sua paixão por Ana. Ou pior: suas falsas acusações contra ela.

* * *

Dentro do aposento ao lado da sala de interrogatórios, protegido pela escuridão e por nós, Pérsio tentava controlar a respiração. O coração parecia fazer todo seu corpo pulsar junto em um ritmo e volume tais que, temia, pudessem denunciar sua presença ali.

Ele ouvira tudo.

Com os olhos já acostumados à escuridão do ambiente, Pérsio conseguia discernir alguns objetos que julgou serem instrumentos de tortura. Rolos empoeirados sobre uma pequena mesa ao canto pareciam ser processos e depoimentos colhidos há tempos. Podiam também ser percebidas algumas poucas ferramentas, além de chapas e madeiras presas por uma cavilha de metal.

Ele passou mais uma vez a mão pelo rosto, enxugando o suor. Ainda acocorado, moveu-se lenta e cuidadosamente até a porta. Um mínimo feixe de luz atravessando uma rachadura o fez crer que talvez fosse possível observar algo, ainda que limitadamente, do que ocorria no ambiente ao lado.

Aproximou-se e curvou-se, colocando um olho, depois o outro, então novamente o primeiro. Impossível. Melhor tentar apenas ouvir. Agachando-se um pouco mais e encostando o ouvido na estreita brecha, conseguiu ouvir Dominic ordenando que Keira fosse embora e lhe recomendando que procurasse Lucius para que a levasse embora em segurança.

Ouviu a porta de carvalho sendo fechada e o barulho característico da tranca. Keira havia saído.

Sacudiu a cabeça perplexo. O que havia acontecido a Jacobus? Que surto havia sido aquele e o que havia acontecido àquela garota da estalagem?

Também se admirava com o fato de ter conseguido entrar ali. *Sorte,* pensou.

Subitamente, lembrou-se. Jacobus havia mencionado um suposto ritual e o nome de duas pessoas suspeitas. Se a garota que conhecera pouco antes na entrada da abadia era a mesma que o inquisidor mencionara, então a vida dela corria risco.

O silêncio momentâneo talvez indicasse que Dominic estivesse cuidando de Jacobus. O velho poderia estar inconsciente ou mesmo morto – o que seria uma pena, em sua opinião. Se Dominic saísse para buscar ajuda, talvez Pérsio tivesse a chance de sair sem ser notado. Caso contrário, teria que permanecer ali até que ambos saíssem, ou pior: ficaria preso indefinidamente, caso Dominic e Jacobus saíssem e o trancassem por fora.

Tomou coragem e abriu a porta o suficiente para, pela fresta, observar Dominic debruçado sobre o corpanzil do velho caído. Não estava morto. Movia ora as pernas, ora os braços, lenta e desconexamente.

Ainda que Dominic não o visse se deslocando até a porta da sala de interrogatório, notaria sua presença ao mover a tranca.

Abriu um pouco mais a porta. Levantou-se, respirou fundo, olhou para a porta e não acreditou no que viu. Não parecia ser possível, mas a tranca havia sido removida.

Que sorte! Que sorte!

Suspiramos.

Parecia-nos que iria demorar até que ele entendesse.

Sobre Jacobus e Lucius

Quanto ao incidente com Jacobus, o que temos a dizer é que o velho recuperou-se logo e que, assim que o fez, mandou chamar Lucius. Dominic, todavia, depois de resumir os estranhos acontecimentos ocorridos instantes atrás, insistiu em vão com o inquisidor para que assim não procedesse e que descansasse o restante do dia. O velho quis saber sobre Keira.

– Eu a despedi, acompanhada de Lucius – mentiu Dominic. – Assim sendo, creio que ele não... Ele ainda não deve ter retornado – concluiu.

– Mas não é responsabilidade dele permanecer na biblioteca?

– Sim, meu pai. Mas, como o senhor já percebeu, o rapaz nutre sentimentos pela jovem Keira e não desperdiçaria a oportunidade de acompanhá-la até em casa. Eu mesmo recomendei que ele procurasse alguns dos encarregados do estábulo, mas ele não deve ter acatado minha sugestão – mentiu de novo.

Dominic ainda continuaria a falar, mas interrompeu o discurso ao perceber que Jacobus olhava fixamente para a porta.

– A porta se moveu – alertou Jacobus. – Tem alguém na porta. Verifique! – ordenou ao auxiliar e, ato contínuo, gritou: – Quem está aí?

Dominic julgou que o inquisidor estava delirando novamente. Ele trancara a maldita porta, não?

Lucius colocou a cabeça para dentro lenta e receosamente.

– Lucius! Não lhe ensinaram a bater antes de entrar? – indagou o sacerdote.

– Perdão, meu pai. Mas foi o senhor mesmo quem perguntou “Quem está aí?”. Eu não havia entrado ainda. Eu ia mesmo anunciar minha chegada quando o senhor...

– Esqueça! – pontuou o velho. – Entre e se sente aqui. É melhor mesmo que tenha retornado.

Lucius arqueou a sobrancelha.

– Mas não fui a lugar nenhum. Por isso mesmo estou aqui. Eu deveria ter levado a jovem Keira à estalagem, mas ela desapareceu.

Jacobus fulminou Dominic com um olhar e, com breve e quase imperceptível movimento da cabeça, sinalizou que o ajudante o deixasse a sós com Lucius.

Dominic juntou alguns objetos e saiu sem nada dizer. Exceto à porta:

– Maldita porta enfeitiçada! – resmungou baixinho.

* * *

– Êh, moço... Estou desapontado – principiou o juiz, sacudindo a cabeça. – Estou realmente muito desapontado com você, Lucius.

Jacobus fez sinal para que Lucius se sentasse. O rapaz estendeu o braço trêmulo em direção a uma cadeira de vime trançado que parecia frágil, mas a mais próxima de si no momento, e sentia que desfaleceria se permanecesse em pé. Keira devia ter contado sobre eles.

Quando se sentou, a cadeira rangeu, prenunciando uma queda iminente. O copista tentou se ajeitar melhor e, enxugando as mãos suadas no hábito, evitava olhar diretamente nos olhos do velho inquisidor.

Um silêncio unânime, opressor. Ainda assim, uma prece muda podia ser percebida pelo movimento trêmulo dos lábios do rapaz.

Com os olhos fechados e a cabeça baixa, Lucius teve a sensação de que não se encontrava só, apesar de saber que Keira e Dominic haviam deixado o aposento.

Ali, apenas ele e Jacobus. Não ouvira passos; tinha apenas aquela sensação estranha de alguém passando, aquele vento breve e leve que denunciava um movimento apressado atrás de si.

Lucius tentou se concentrar no que dizer.

A mentira nunca é a melhor saída. Ao contrário, é sempre a entrada em uma espiral de incertezas e contradições. Ainda assim, e mesmo sabendo do ódio que Jacobus afirmava ter de quem mentia, Lucius considerava negar.

Negaria o principal e o mais constrangedor: o sexo praticado dentro de um lugar sagrado. A profanação da biblioteca da abadia. Rápida, silenciosa, imperceptível. Ocultaria esse pecado, mas teria que revelar os outros. Não poderia negar, por exemplo, o amor por Keira. E teria que admitir quaisquer outros pelos quais fosse acusado. Seu nervosismo naquele momento deixava patente que escondia algo.

Não pôde ir adiante com seus planos de uma confissão seletiva. Eis o problema: a falta de tempo e preparação tornam o mentiroso de improviso uma presa fácil a um observador arguto.

– O que você sabe sobre Keira? – indagou o monge.

A pergunta desconcertara Lucius. Esperava um sermão, uma condenação pronta e a sentença final. Jacobus não havia dito que estava *desapontado* com ele? Que tipo de pergunta era aquela?

– Sei que ela perdeu os pais muito cedo – respondeu Lucius o mais naturalmente possível. Fez uma pausa e continuou: – Mora com um tio, um parente... Não sei. Trabalha para ele, na taverna, servindo as mesas, atendendo os hóspedes... – Parou por mais um instante e levantou o olhar pela primeira vez. Sentiu-se confiante. – Meu senhor, não acho que ela esteja envolvida em nada mal. Ou, se estiver, terá sido enganada, seduzida... Iludida, talvez.

Jacobus interveio:

– Você mente muito mal.

Lucius ia protestar, mas o monge levou o dedo em riste à boca, sinalizando para que o jovem se contivesse.

– Sei o que vai dizer – prosseguiu Jacobus. – Vai dizer que o pouco que disse até aqui é verdade. Sim, é verdade. Mas uma verdade com propósito de encobrir outras. Chamamos isso de "dissimulação".

Jacobus agachou-se em frente a Lucius, e seus dedos grandes e ásperos forçaram o queixo do rapaz o suficiente para que ele o fitasse nos olhos.

– Considero dissimulação pior do que mentira. A negação pura e simples do pecado cometido, ainda que mentirosa, é menos maligna que a dissimulação. Eu tenho a tendência de me compadecer do pobre mentiroso. Do tolo e imbecil mentiroso que, por medo, nega vezes seguidas simplesmente porque não consegue articular nada melhor.

Jacobus levantou-se. O movimento rápido o fez tontear de novo. Recostou-se na parede para recuperar o equilíbrio. Passou a mão no rosto. Transpirava além do normal. Talvez Dominic tivesse razão. Talvez devesse deixar tudo aquilo para outro dia em que estivesse se sentindo melhor.

Devo estar gripando, pensou. Aquele maldito aposento úmido! Iria recomendar ao Santo Ofício que providenciasse estabelecimento próprio como base inquisitorial. Como podia interrogar alguém em um lugar daqueles? Suores e calafrios não combinavam com um representante de Deus, um defensor da verdade! Sorte sua Lucius ter voltado a abaixar a cabeça e não ter percebido.

– Mas eu odeio o dissimulado, Lucius – prosseguiu Jacobus. – O que você respondeu não acrescenta em nada ao que eu já sei. – Jacobus voltou a andar pela sala. – Ou, melhor dizendo, acrescenta mais decepção e confirma minhas suspeitas de que você esconde algo importante. Então, vou refazer a pergunta: o que você sabe sobre Keira que eu ainda não saiba?

Lucius pensou um pouco e se surpreendeu, pois uma boa resposta parecia ter sido soprada em seus ouvidos. Teria respondido de imediato, mas, como no xadrez, conforme o próprio Jacobus ensinara, mesmo o grande e genial lance recomendava prudência antes da execução.

– Nada, meu senhor – respondeu, enfim. – Provavelmente eu não possa acrescentar nenhuma informação que o senhor já não tenha obtido por meio de Keira, por meio de vosso sábio discernimento.

Por essa, Jacobus não esperava. A verdade dita de forma tão rápida, clara e ainda elogiosa.

– Sim, é verdade. Vejo que você aprendeu bem – concordou Jacobus em um tom de voz que denotava uma sensível mudança de humor.

Com sua resposta, Lucius deu a entender que estava disposto a cooperar. Que abandonara a dissimulação e que reconhecia sua condição de inferioridade, de necessidade da graça e da misericórdia de Jacobus. E isso deixava o velho satisfeito.

– Então você poderá me confirmar o que ela fez. O que vocês fizeram... – insinuou.

Lucius percebera que Jacobus aguardava seu relato, mas esperaria que o monge fizesse as perguntas primeiro.

– Pergunte-me e responderei tudo que souber – sugeriu Lucius.

Jacobus não caiu.

– Lucius, meu jovem, você já deve saber que eu quero que *você* me relate tudo o que aconteceu entre você e Keira. Não vou fazer qualquer pergunta, *a priori*, porque isso o limitaria a responder apenas o que eu perguntei. E o que quero, claro, é que você se exponha. Que corra o risco de dizer algo que você suponha que eu não saiba. Quero que você vá me contando as coisas ao mesmo tempo em que se pergunta: "Será que devo contar isso?", "Devo omitir aquilo?", "Será que ele já sabe?". Quero vê-lo aflito, angustiado, receoso, medindo as palavras. – Jacobus sorriu pela primeira vez. Mas isso não trouxe nenhum alívio a Lucius. – Não quero que pense que faço isso por mal. Não é uma manifestação de sadismo ou coisa que o valha. É, antes, meu amor pela verdade. Para se exaltar a verdade, há que se defenestrar a mentira e também seus porta-vozes.

Jacobus sentou-se, finalmente, à mesa e dispôs alguns manuscritos à frente. Talvez fossem suas anotações sobre o depoimento de Keira, supôs.

O velho tinha razão. Lucius teria que lidar com aquelas questões sobre quanto revelar e o risco de tentar esconder algo que já fosse conhecido.

A pergunta que se avolumava em sua mente agora era simples e aterradora: por qual pecado Jacobus o mataria? Pelos livros proibidos entregues a Keira ou pelas tentações carnais a que sucumbira?

Sobre Cristine e Lucius

No pátio central da abadia, ainda sentada no jardim principal, Cristine pensava se já teria despendido tempo suficiente ali. Normalmente teria se preocupado em voltar cedo para casa. Obrigações a aguardavam, e uma delas era a de levar os pães que os abades faziam para distribuir aos mais carentes.

A mãe lhe recomendara buscá-los bem cedo e também que aproveitasse a ida para demorar na igreja, rezando ou se confessando.

– Mas não estamos tão necessitados assim, mãe – respondeu na ocasião. – E esses pães são...

– Para os pobres e desvalidos. Sim, eu sei – interrompeu Aldenora. – E para isso mesmo estou mandando que os busque. – A mãe limpou as mãos no avental antes de continuar. – Lamentavelmente, não temos nada para enviar aos inquisidores e ao prior – disse, olhando para a despensa e torcendo o nariz ao contemplar o último pedaço de toucinho ali. – Traga os pães e mande recomendações a quem encontrar por lá, especialmente ao irmão Boaventura, que está acamado. Diga-lhe que o estimamos muito e lhe desejamos uma pronta recuperação.

– Mãe, o irmão Boaventura morreu há dias.

Aldenora arregalou os olhos.

– Há dias?

– Uma semana, pelo menos.

– Ahn... Então visite os acamados que estiverem lá.

– Quais?

– Todos, ora – respondeu de pronto. Depois, recomendou casos específicos de que se lembrava no momento: – Veja como está o menino, o irmão de Lucrécia que está entrevado, e também Giovanni, pobre coitado, que teve sangramentos no nariz, náuseas, cólicas, e desde então a febre não mais o deixou. Fale-lhes sobre mim e seu pai. Diga-lhes que nossa família reza por eles e não se esqueça de trazer os pães. Oh – lembrou-se –, ao retornar, visite a casa de Guineveva, mulher do memorialista, que está sofrendo de um mal atroz: não come, não dorme, tem alucinações terríveis e se põe a dançar freneticamente. Coisa estranhíssima. Visite-a também se houver tempo – concluiu.

Pensou melhor e sinalizou para que Cristine ainda esperasse. Disse, enfim:

– Tive outra ideia. Não traga os pães. Distribua-os, você mesma, na volta. Com minhas recomendações, não esqueça! Aproveite para passar no mestre do celeiro e dizer que, a partir de agora, nós ajudaremos nas doações de pães.

A mãe bateu o punho fechado contra a palma da outra mão sorrindo satisfeita.

– Isso! Faça isso e volte rápido para casa – alertou.

Cristine esfregou os dedos, nervosa.

– Mãe, eu também tenho que me confessar...

Aldenora esfregou as mãos com contentamento. Era uma ótima ideia! Uma família trabalhadora, de pessoas devotadas e que se entregavam às boas obras. Confessar era uma ótima ideia. Confessar sempre. Não havia mal algum em sempre se confessar. Não era o que os padres diziam? Que "o pecador vil foge da confissão"? Que o devoto confessa sempre (não porque peque mais, mas porque a confissão aguça seu senso de pecado, e cada vez mais ele desejará se limpar até dos mínimos defeitos).

– Sim... Sim! Isso! Diz a Escritura: "Aquele que está na luz aproxima-se da luz para que suas obras sejam vistas" – pontificou Aldenora orgulhosa.

Todo o episódio voltou à mente de Cristine, ainda sentada, ali nos jardins da abadia. Ela sorriu ao se recordar da cena. A mãe ficaria orgulhosa de seu belo rol de boas ações. Já se confessara, ou tentara, ao menos; salvara um besouro – embora isso não parecesse valer muita coisa; fizera algumas preces, em especial por Keira; ajudara, de alguma forma, o forasteiro Pérsio e ouvira aquele belo ensaio das crianças. Faltava-lhe, todavia, a visita aos enfermos e a distribuição dos pães. Era, então, tempo de dar prosseguimento às recomendações da mãe.

Cristine levantou-se para ir aos aposentos onde os monges zelavam pelos enfermos e alguns desenganados; pessoas ou que não tinham família ou cuja própria família para ali os enviara para que passassem seus derradeiros dias junto a homens virtuosos e, assim, pudessem se arrepender de seus pecados, purificar-se e garantir uma boa entrada no Reino dos Céus.

Deu-se conta, então, de que talvez fosse melhor deixar a distribuição dos pães para uma próxima oportunidade. Demorara-se bastante ali no jardim da abadia pensando em Keira e no que testemunhara. Além disso, por essa hora, era bem provável que a maioria dos famintos da vila já tivessem tomado seu desjejum buscando, eles mesmos, o alimento que já era costumeiramente distribuído na igreja.

Ainda pensava no que seria melhor fazer quando uma mão pousada em seu ombro interrompeu seus pensamentos.

– Preciso de ajuda.

Sentada, Cristine olhou para cima em direção ao rapaz que lhe falara. O Sol brilhava forte por trás de sua cabeça e a fez levar a mão em concha acima dos olhos para amenizar a luminosidade.

– Lucius? – identificou Cristine.

– Você é amiga de Keira. Preciso que me ajude a encontrá-la. Ela desapareceu. Fui preparar-lhe uma montaria, mas, retornando para buscá-la, soube que ela tinha saído sozinha. Não a procurei ainda, mas tenho certeza de que ela saiu só porque o animal que eu havia selado também desapareceu. Preciso que você a encontre e peça a ela que venha me ver pessoalmente. A vida dela corre risco.

– Por quê? Por *aquilo*?

– Então você... também viu? – espantou-se Lucius.

Cristine percebeu a gafe um tanto tardiamente.

– Vi o quê? – fez-se desentendida.

– Do que você está falando, afinal? – impacientou-se Lucius.

– Esqueçamos isso. Acho que me confundi. Continue.

– Sinto que sua amiga corre perigo – disse Lucius.

– Você disse antes que a vida dela corre risco. O que ela fez? Como você sabe que ela está em perigo e por que está me avisando?

Para duas das três perguntas, Cristine tinha a resposta. Havia visto o transe de Keira e sua condução à sala de interrogatórios. Também sabia da paixão proibida que o religioso nutria pela amiga, mas isso não respondia tudo. Como Lucius sabia?

Enquanto o rapaz cogitava responder, Cristine aproveitou para fazer mais uma pergunta:

– O juiz Jacobus lhe contou?

– Ele não é juiz. E não, ele não me contou – respondeu Lucius. – Pelo contrário, ele me disse que não me preocupasse com Keira, pois ele sabia que não se tratava de uma possessão ou nada que valesse uma prisão ou punição severa. Ele pareceu até amável. Amável demais. Esse é o problema.

Cristine interrompeu-o:

– Só isso?

– Não. Não é só isso. Eu também tive um sonho – respondeu Lucius.

– Um sonho? Que tipo de sonho?

– Um sonho premonitório...

– O que é isso?

– Ora! Pare um pouco de fazer tantas perguntas, deixe-me responder e você entenderá tudo. Não tenho muito tempo. Preciso que você preste atenção. Ouça: tive um sonho ontem à noite e creio que foi uma revelação. No sonho... – Lucius titubeou. – Em uma parte do sonho, Jacobus descobria algo errado que Keira havia feito. E, antes que você pergunte, a outra parte não vem ao caso.

Cristine permaneceu em silêncio, ouvindo atenta. Ela já imaginava de que se tratava a outra parte.

– Jacobus agia de maneira amigável, mas, no sonho, eu sabia que ele estava fingindo. Hoje ele teve o mesmo comportamento. A princípio, eu não temi nem desconfiei de nada, mas depois... Depois eu tive algo como uma iluminação. Como se o Todo-Poderoso estivesse me guiando e me dizendo para ter cautela.

– Isso não parece razão suficiente para tanto temor – desdenhou Cristine.

– Por que não? Você não crê que Deus fala por meio dos sonhos?

– Não é isso. Só acho que você está escondendo algo mais.

Lucius olhou para os lados. Talvez estivessem sendo observados por algum dos familiares, os espiões que trabalhavam para a Inquisição, ou pelo próprio Jacobus.

– Se eu tivesse mais tempo, contaria a você tudo o que vi e ouvi, e então você me daria razão para tanto temor. Por enquanto, vou dar-lhe apenas um nome que justifica tanto temor: padre Jacobus, está bem? Jacobus. Esse é meu temor.

Lucius realmente não tinha tempo para contar a Cristine tudo o que vira, ouvira e dissera, mas não era tempo que lhe faltava apenas. Faltava-lhe coragem.

Jamais diria a outra pessoa o que relatara ao velho sob segredo de confissão. Admitira quase tudo: a queda em tentação carnal em um lugar sagrado, a oferta dos livros proibidos e até a ajuda nos textos em latim, mas negara o principal: o amor por Keira.

"Não era amor", dissera ao inquisidor. Era paixão, coisa louca, carnal, irracional. Amor ele sentia, sim, pela alma da menina.

Lucius assustou-se ouvindo o velho dizer que também a amava. "Não como mulher", ressaltou. Amava-a como já amara muitas outras. Não há nada de errado com o amor, explicou-se. Apenas não se devia confundir amor com desejo.

Segundo Jacobus, Lucius havia cometido o pecado da luxúria e, depois, por medo de ser denunciado pelo primeiro pecado, cometera também o segundo ao entregar à menina os livros proibidos.

Lucius não entregara os livros a Keira por medo. Ela não o chantageara em momento algum. Não foi medo, foi gratidão. Entregaria a própria vida naquele dia se a menina lhe pedisse, e era isso que assustava Lucius: Jacobus não estava sendo apenas afável e misericordioso. O velho chegava mesmo a minimizar a responsabilidade do jovem copista dizendo-lhe que não se culpasse tanto, que não havia razão para tanto medo e que juntos, ele e Jacobus, ajudariam a menina.

Foi quando Lucius ouviu o alerta.

"Cuidado", dissemos.

Outra coisa ainda o intrigava: a insistência do velho em saber detalhes da relação. Você a viu? Tocou suas partes pudendas? Sentiu calafrios?

Calafrios? Não! Pelo contrário: sentira intenso calor interno. Calafrios! Logo se via que o velho era casto, nada entendendo do amor carnal, pensava Lucius.

Pobre Lucius, pensamos nós. Logo se via que era inocente, nada entendendo da dissimulação sacerdotal.

Lucius puxou Cristine pelo braço, conduzindo-a pelo corredor inferior que dava acesso ao cemitério e, dali, a uma saída que, por aquela hora, deveria estar aberta e pouco frequentada. Ademais, Lucius poderia argumentar a qualquer que porventura o inquirisse que estava tratando do assunto que Jacobus lhe responsabilizara: localizar a menina Keira o mais rapidamente possível.

"Estou interrogando uma testemunha que é amiga da desaparecida", era o que diria a quem quisesse saber.

– Vamos logo! – disse ele. – Eu lhe contarei o que for possível em nosso rápido caminho, mas, antes de prosseguirmos, responda-me: você sabe onde pode estar a menina Keira?

– Não – respondeu Cristine.

Lucius socou a palma da mão com raiva.

– Então não posso seguir com você, nem podemos conversar mais.

– Ora, e por que não?

– O que direi a quem me perguntar sobre o que eu estava fazendo conversando com você? – justificou-se Lucius.

– Ora! Diga qualquer coisa – simplificou Cristine.

– Este é um ambiente de silêncio meditativo. Não é próprio para conversas, ainda mais do tipo que estamos tendo. Você não sabe, você não sabe... Isso aqui está cheio de pessoas a serviço do Santo Ofício. A bem da verdade, todos nós. Uns mais que outros.

– Diga então que você está conversando comigo porque eu posso levá-lo até Keira, como você quer.

– Era exatamente isso que eu pretendia dizer, mas você disse que não sabe onde ela está.

– E que tem isso?

– O que tem isso? Eu não posso dizer que estou perguntando algo a alguém que eu previamente soubesse se tratar de uma tal pessoa que não tinha tal informação.

– Não entendi nada.

– Eu estaria mentindo! – sussurrou Lucius irritado. – Como poderei dizer que estou perguntando a você algo que eu sei que você não sabe?

– Você não pode mentir nem um pouquinho? – provocou Cristine.

– Não, é claro que não. Sou um monge! – respondeu Lucius. – Na verdade, nem eu posso, nem você, nem ninguém. As pessoas têm essa horrenda mania de pensar que apenas os clérigos estão sob juízo. Os mandamentos são para todos! Não crer neles não faz com que eles desapareçam ou que percam a validade. Mas não temos tempo para isso.

– Façamos o seguinte – sugeriu Cristine –, se alguém perguntar o que estávamos conversando eu direi que estava lhe contando onde acho que ela está.

Lucius parou.

– Não posso permitir que você minta para que eu não tenha que mentir. Dá no mesmo pecado. Ou talvez pior!

– Mas é verdade! Eu sei onde ela deve estar – insistiu ela.

– Mas você disse que não sabia! – protestou Lucius.

– Eu menti – admitiu Cristine sem nenhum embaraço. – E não foi culpa sua – concluiu sorrindo.

Então, Lucius contou-lhe da visita de Keira à biblioteca, omitindo, é claro, a parte inconfessável de sua interação com a menina. Falou da insistência dela para que ele lhe mostrasse os livros proibidos, do ataque que Keira sofrera e de sua preocupação de que as duas coisas estivessem relacionadas.

Cristine ouviu tudo atentamente, fingindo ignorância quanto ao episódio que já conhecia: a possessão da amiga.

– Portanto, preciso que você a encontre e a traga a mim – concluiu Lucius.

De súbito, Lucius percebeu que também corria risco. E se Jacobus o detivesse antes?

– Veja isso! Talvez ela não me encontre aqui. Talvez eu não esteja mais aqui. – Lucius sacudiu a cabeça confuso. – Preste atenção! Procure se certificar de que eu, Lucius, estarei aqui antes de Keira vir. Venha, você, com ela, sim? Acompanhe-a, eu lhe peço. Por favor, traga-a até a mim, pois preciso alertá-la do grande perigo que corre.

O jovem copista balançou a cabeça de novo como se reprovasse o que acabara de dizer.

– Esqueça, esqueça! – corrigiu convicto dessa vez. – Não a traga aqui! Ela correrá mais riscos se voltar. Aguarde minhas orientações. Eu vou protegê-la. Vou fazer algo, não se preocupe.

Cristine sorriu.

– Você é que me preocupa – provocou.

– Você tem razão. Não sei o que fazer – admitiu Lucius.

Tinham chegado aos limites do cemitério. Cristine pensou dizer a Lucius que havia testemunhado o ocorrido a Keira e que inclusive o havia visto socorrê-la, mas se conteve.

– Veja só – iniciou Cristine, levando as mãos espalmadas junto aos lábios, enquanto tentava visualizar um plano. – Ela deve estar na casa de uma amiga comum, Ângela. Eu tenho certeza de que ela me procurará. Eu conversarei com ela, depois voltarei aqui e procurarei por você, então você me contará tudo o que aconteceu. Depois de pensarmos e rezarmos, decidiremos o que é melhor.

Lucius balançou a cabeça, concordando. Sem mais palavras, olhou para os lados, fez o sinal da cruz e se despediu, saindo com passadas curtas e rápidas.

Havia algo estranho ali, pensava. Não era tão inteligente e tão perspicaz, mas, como copista, era treinado a atentar para os detalhes, e

Cristine não havia agido de modo natural. Algo no seu comportamento sereno o incomodava. Como alguém, ainda mais uma mulher, poderia não se espantar, não questionar, não demonstrar alguma tensão diante do perigo que acabara de descobrir que sua amiga corria?

Cristine sabia de algo. Teria visto ou ouvido alguma coisa? Saberia do seu envolvimento com Keira? Seria ela confiável?

Sentiu que estava sendo seguido. Esse é o termo, "sentiu". Lucius não viu, não percebeu, não desconfiou. Não foi como das outras vezes que, concentrado em seus afazeres de copista, cabeça inclinada, olhos fixos no texto do livro, percebia – pois tinha visão periférica perfeita – o bibliotecário, os monges, os servos e até os ratos movendo-se ao redor.

Normalmente, não se incomodava com a solidão. Acostumara-se e até gostava, mas as impressões de estar sendo seguido e de estar sob perigo o fizeram experimentar a solidão de um jeito novo e amedrontador.

Sentiu-se só. Perseguido e só.

Lucius estava sendo seguido de fato, mas não estava só. Ninguém nunca está. Os filhos de Adão estão sempre acompanhados. Apenas as companhias são diferentes.

Às vezes somos nós, mas às vezes são os *outros.*

Sobre Pérsio e a casa de Cornélio

Pérsio teve dificuldade para deixar a abadia. Assim que alcançou o pátio externo, aspirou profundamente o ar fresco como se tivesse saído de um terrível e sufocante labirinto. O dia estava nublado, mas bonito, e mesmo aquela brisa leve trouxe-lhe efeito revigorante. Pálido, trêmulo e luzidio de suor, Pérsio, enfim, estava livre daquele sufocante aposento.

Ainda vestia o hábito sacerdotal. Enfiou, de novo, as mãos debaixo do escapulário, recolocou o capucho encobrindo-lhe parcialmente o rosto e desceu a passos rápidos um caminho, vizinho da abadia, margeado de casas alinhadas, todas com chaminés, pomares e jardins bem fechados.

Um ou outro transeunte o cumprimentava, e ele acenava em resposta, sem levantar os olhos.

Sentia-se grato por estar vivo e tolo por se sentir grato. Afinal, grato a quem? Estava tão somente aliviado e nada mais, julgava. A aparente e incômoda sensação de gratidão era apenas o reflexo de uma mente condicionada por anos e anos a atribuir todo sucesso a um Deus Todo-Poderoso e todo fracasso a si próprio.

Desfez-se do hábito pouco depois de sair da viela de casinhas iguais. Já estava a boa distância da abadia e tinha acabado de encontrar um lugar apropriado para trocar-se, um pomar abandonado de uma antiga propriedade expropriada pela Inquisição.

Pérsio surpreendeu-se que tão bela casa estivesse desabitada e julgou que fosse essa a casa de certo judeu do qual ouvira falar na estalagem. Homem consideravelmente abastado, assim soubera.

O estalajadeiro comentara que, ali na região, o sujeito tinha sido dos poucos que se dispusera a compartilhar suas economias durante a Grande Fome.

– Soube que ele mantinha provisões de trigo e azeite estocados suficientes para uns dois anos, pelos menos – ouviu do estalajadeiro na ocasião.

Pérsio admirou-se com tal precaução, mas o homem contestou:

– Precavido teria sido se não ostentasse tanto seus recursos. Sua teimosia em dividir ou em vender porções de seu estoque por preço irrisório custou-lhe a vida, além da mania de dar porcos vivos a qualquer um que lhe parecesse mais necessitado.

– Porcos? Um judeu criador de porcos? – espantou-se Pérsio.

O estalajadeiro deu de ombros. Não sabia nem lhe interessava saber sobre essas normas judaicas. Temia que surgisse alguém que denunciasse tê-lo ouvido falar do que os judeus comiam ou deixavam de comer, criavam ou deixavam de criar. Daí para a denúncia à Inquisição – por estar a "judaizar" – seria um pequeno passo.

Por insistência de Pérsio, acabou por contar-lhe, do jeito que sabia, a história de como o homem fora preso. A filha de um membro da corte inquisitorial teria se queixado de ter sido perturbada em seu sono pelo barulho estridente de um porco de propriedade do tal judeu.

– Só por isso? – espantou-se Pérsio.

– Oh, não! – respondeu-lhe o estalajadeiro.

O pior havia sido o que aconteceu depois. O homem teria ateado fogo à imagem de Cristo em uma capela durante a missa. "Provavelmente por vingança", deduzia o estalajadeiro. Os inquisidores haviam prendido o empregado que cuidava dos porcos.

– E ele fez isso? – perguntou Pérsio. – Colocou mesmo fogo na imagem?

O estalajadeiro disse que não sabia; que apenas tinha ouvido dizer que o homem colocara uma vela acesa junto ao crucifixo – ou a uma imagem, não tinha certeza – e que, se tinha se queimado ou não, disso não estava tão convicto.

– Mas a história do porco é a mais pura verdade – afirmou.

Ariel quis saber se se tratava da propriedade de certo cristão novo chamado Cornélio, um dos muitos filhos de Abraão presos e o último executado antes da chegada de Jacobus, ao que respondemos que "sim", lembrando-nos de seus brados na ocasião da execução de sua sentença: "Malech! Malech!", gritara preso à estaca da fogueira quando nos viu, antes que a fumaça e o calor o fizessem perder de vez os sentidos.

Então ali, na agora propriedade do Santo Ofício, morara um judeu que criava porcos e fora preso pela Inquisição por, supostamente, ter ateado fogo a uma imagem. Pérsio trocou-se. Tomou o hábito nas mãos com certa repugnância ao lembrar-se da máquina persecutória à qual ele estava associado e o lançou no vão escuro onde antes, provavelmente, havia existido uma porta.

Por alguns instantes, ainda dentro da abadia, Pérsio havia sentido algo como uma leve nostalgia. O canto das crianças misturado ao dos pássaros, as orações, o vaivém de servos, monges, cabreiros e despenseiros e toda aquela rotina que não mais lhe pertencia. Ao recordar-se, porém, da história passada naquela casa abandonada, sentiu-se amplamente justificado, desfazendo-se das vestes de sua antiga ordem religiosa. Todavia, paz não sentia, e sim uma ressentida sede de justiça.

Ainda não havia dedicado tempo a pensar sobre o que vira e ouvira, mas se esforçava para manter viva a cena na memória, recitando todos os detalhes como se fossem uma oração ou um salmo. Entre um detalhe e outro, lembrando e repetindo, fazia-se perguntas e especulava as possibilidades. *O que teria acontecido à ajudante do estalajadeiro? Que tipo de loucura havia se apossado de Jacobus?*

Lamentava-se por não ter como registrá-las de alguma forma. Trazia penas consigo, mas lhe faltava tinta. Talvez fosse possível que o estalajadeiro mantivesse algum chifre de tinta em casa, mesmo não sabendo escrever, para servir a algum viajante mais instruído.

Não estava sujo, mas se sentia assim. Banhara-se pela manhã antes de sair, mas sentia uma vontade incômoda de se lavar mais uma vez. Talvez fosse o suor, pensava.

Vasculhando os arredores da propriedade, descobriu um poço nos fundos. O antigo proprietário devia ser realmente homem de posses, pois um poço familiar era um luxo naquela época.

O poço era protegido por uma porta a partir da qual se tinha acesso a uma polia e ao balde, que levavam água até o pavimento superior da casa.

Pérsio empurrou a velha porta de madeira já apodrecida, que, sem muito esforço, soltou-se do batente, deixando agitados os pequenos habitantes locais, insetos e lagartas que se moveram em fuga por várias direções.

Um odor acre rescendeu, sugerindo a presença de algo podre – um animal morto, talvez.

Achou um balde velho e furado, ainda assim suficiente para tirar alguma água, com a qual pretendia lavar o rosto antes de prosseguir sua jornada.

– Ei! – Ouviu alguém gritar. – Eu não tomaria água daí! – alertou a jovem que vinha em sua direção.

Era Cristine!

– Venha comigo – Convidou ela enquanto se aproximava. – Eu o levo a um poço em que você poderá se servir.

– Eu não ia beber – defendeu-se ele. – Era apenas para me lavar.

Cristine aproximou-se, sorriu, ajeitou delicadamente os cabelos e sugeriu:

– Há banhos públicos bem ali, se você preferir – disse ela, apontando para o norte. – Esse poço não tem água.

Cristine estava curiosa quanto às vestes monacais que Pérsio usara momentos antes. Por que as estaria usando? Por que não as estava trajando agora? Entretanto, enquanto desciam juntos pela velha estrada do empório, resolveu abordar primeiro o problema principal que envolvia a amiga Keira.

– O que foi *aquilo*? – perguntou, surpreendendo Pérsio.

O movimento da mão de Cristine apontando em direção à abadia; a inflexão na voz e a forma como enfatizou a palavra "aquilo" não deixavam dúvidas sobre a que ela estava se referindo. Cristine fizera a pergunta como quem não apenas havia testemunhado o mesmo que Pérsio, mas também sabia o que ele tinha visto.

Pérsio não tinha muito tempo para pensar em uma evasiva. O melhor seria tentar parecer natural.

– Não tenho certeza do que foi, mas posso garantir o que não foi – respondeu, olhando de soslaio para Cristine na tentativa de identificar sua reação. – Não foi obra de bruxaria, isso eu garanto.

Cristine espantou-se.

– Como pode ter certeza?

Pérsio não confiava em Cristine. Para todos os efeitos, ela era uma estranha. Linda, afável, mas ainda uma estranha. A prudência recomendava moderação, embora a vontade de Pérsio fosse a de, a plenos pulmões, dizer não só a Cristine, mas a todos os habitantes daquele condado, quiçá, do mundo inteiro, que essa história de "bruxaria" não passava de uma tolice inventada pelos homens.

Pérsio passara a maior parte da vida estudando tratados religiosos sobre o assunto. Visitara universidades e bibliotecas, muito embora, como dizia Paracelso, nem todo conhecimento estivesse nas universidades. Devia-se procurar também o conhecimento junto a parteiras, ciganas, feiticeiros, andarilhos e ladrões para aprender com eles.

– E o que se pode aprender com feiticeiros, senão bruxaria? – questionou.

– E *o que é* bruxaria? Nem mesmo a Igreja sabe definir. Há crendices e costumes diferentes. Há os que invocam os espíritos das florestas, os espíritos dos ancestrais, os que fazem rituais pagãos de colheita e aqueles que simplesmente usam ervas medicinais: todos hereges, segundo os cânones religiosos. Além de que cada dia o pecado muda de forma e nome. Os boticários, antes procurados por suas habilidades com as plantas, passaram a ser perseguidos pela mesma razão. Até os monges conheciam as essências universais e sabiam manipular as ervas. Hoje são proibidos, e os renitentes, punidos sob acusação de prática de curandeirismo.

O discurso contestador de Pérsio incomodava Cristine, mas o medo quase crédulo de que as denúncias fossem verdadeiras a incomodava muito mais e a instigava a buscar mais detalhes.

– E não há de se coibir os excessos?

Pérsio balançou a cabeça, irritado.

– Os excessos de quem? Apenas dos pobres? E quantos aos excessos de decotes das mulheres da corte? E quanto aos excessos dos inquisidores? E todos os excessos de Roma?

– Eu não sei... – murmurou Cristine. – Então, talvez, ninguém possa julgar ninguém – deduziu.

Pérsio sorriu. A menina começava a entender sua indignação.

– Essa é a ideia! Não foi exatamente isso que Cristo disse? "Não julgueis para não serdes julgados".

Cristine caminhava olhando para o chão. Pensava em seus pecados.

– Então se pode tudo? – questionou.

Pérsio balançou a cabeça. Aquele tipo de apologia da virtude e da ética não lhe interessava mais.

– Não julgo ninguém. Cada um viva conforme lhe convém – disse resignado.

Christine exasperou-se:

– Isso não é verdade. Você também julga. Cada uma das afirmações que você fez é um julgamento.

Pérsio não se dignou a responder. Considerou que não havia motivo para gastar tempo e argumentos com uma adolescente.

Cristine prosseguiu:

– Em sua opinião, as atitudes da Igreja e do juiz Jacobus são condenáveis, não são?

– Sim, são – disse Pérsio lacônico.

Cristine vibrou, batendo o punho na palma da outra mão.

– Pois isso é julgar. E só Deus pode julgar – disse.

Pérsio interrompeu a caminhada. Sacudiu a cabeça. A menina não entendera nada afinal, pensava. Não havia julgado ninguém, apenas fizera uma afirmação verdadeira.

Decidira não discutir mais aquele assunto com Cristine, mas a menção a Deus fez acender uma chama de ira em seu interior.

– Pois parece que Ele anda meio distraído quanto a isso – provocou. – Onde estão seus porta-vozes? Pelo que vejo e ouço, não estão nos púlpitos ou nas cátedras ou nos tronos. A maioria do clero está corrompida. Esse é o problema com as maiorias: elas sempre se corrompem. Não lhe parece que a verdade sempre esteve com a minoria? Jesus e seus discípulos eram a minoria. Os cristãos do primeiro século eram a minoria. Hoje, não; os cristãos são maioria, e a minoria é justamente aqueles que os cristãos perseguem. Parece que tudo que cresce se corrompe. Onde está Deus nisso tudo?

Cristine apontou-lhe a direção do poço. Pérsio observou atento, mas já estava decidido a voltar à estalagem. O suor que o incomodava já havia sido mitigado pelo frescor daquela brisa matutina.

– Minha mãe sempre disse que o caminho para o céu é estreito e que são poucos os que passam por ele. A minoria, como você disse; mas vejo tantos que vão à igreja. Será que os poucos tornaram-se muitos ou o estreito tornou-se largo? – Cristine analisou.

Pérsio também já se fizera essa pergunta, e a resposta já não lhe servia, mas considerou que, talvez, servisse à moça.

– Não. O caminho sempre será estreito – afirmou. – Sempre haverá os curiosos, os interesseiros, os que seguem por seguir, os que vão com a multidão.

Então, se o caminho era estreito como a mãe lhe dizia, com poucos seguindo por ele, e se Pérsio também estivesse certo quanto aos muitos que vão à igreja, mas apenas como interesseiros e curiosos, em qual grupo ela se encontraria nesse momento?

Não queria estar entre os muitos que seguem por seguir, mas não se considerava apta para estar entre os poucos que seguiam com sinceridade.

– Mas e se muitos quiserem seguir? – perguntou. – Se muitos, realmente, de coração, quiserem seguir junto aos outros? Como uma multidão poderá andar junta em um caminho estreito?

Por estranho que pudesse parecer, Pérsio não se incomodou de estar falando como pregador. Até sentiu-se melhor.

– Jesus não disse que o caminho era curto. Disse que era estreito. Porém, um caminho estreito pode ser longo também. Em um caminho estreito, você se orienta por quem vai imediatamente à frente. O mesmo se dá com quem segue atrás de você. Você segue alguém e alguém a segue. Cabe uma multidão em um caminho estreito: um atrás do outro.

Aquela conversa havia provocado uma abstração também em Cristine. Esquecera-se, por aqueles instantes, do fenômeno que presenciara e que poderia acabar mal para Keira, para ela até. Esquecera-se até das orientações da mãe.

– Talvez nem todos queiram andar atrás – disse enquanto buscava o Sol por trás das nuvens para identificar as horas.

– Talvez seja esse o problema – concordou Pérsio.

Pérsio tornava-se cada vez mais indecifrável para Cristine.

– Você fala como alguém que sabe muito sobre Deus. Como pode não ter fé? – perguntou.

– Sei muito sobre um Deus que não existe, ou existe e não se importa.

Pérsio lembrou-se de perguntar sobre o poço. O que havia nele, afinal?

Então, Cristine contou-lhe a mesma história que o estalajadeiro havia dito sobre o judeu criador de porcos.

– Lançaram o corpo do pobre homem lá dentro, depois de queimá-lo na fogueira da Inquisição.

Pérsio arregalou os olhos.

– Há um homem morto lá? – perguntou incrédulo, apontando para trás.

– Sim. O corpo de Cornélio e de uma meia dúzia de seus porcos também.

Sobre Cornélio, Itzhak e Nuno, o Grávido

Cornélio fora homem solitário. Desde cedo percebera que não era prudente constituir família. Os tempos eram difíceis; a Inquisição investia agora, além das bruxas, contra os alumbrados e os huguenotes, os ginzburgos e os mouros, e quaisquer outros que aparentassem fé luterana, além dos de sempre: os cristãos novos chamados convertidos, judeus ou descendentes convertidos à fé católica.

Por um tempo, pensara mesmo em casar, ter filhos, descendência. Filhos que tivessem a liberdade da qual ele pouco usufruíra, mas cedo desistiu da ideia. Veio a Grande Fome, e famílias menores representavam uma vantagem relativa. Se, por um lado, havia menos mão de obra, por outro, menos bocas para alimentar.

O que herdara do pai era mais que suficiente para uma vida sem privações; uma boa e fornida casa com poço, onde vivia com os empregados: o pobre porqueiro, que fora preso e morto por causa da filha de um meirinho da Inquisição, e mais três homens que o ajudavam no campo. Todos, gente só, assim como ele. Um, pedinte; outro, um rapaz que ficara cego e peregrinara em vão em busca de cura; o último, um soldado que desertara das Cruzadas.

Fora isso, o maior patrimônio que julgava ter era a amizade. Isso, pelo menos, até ser preso e inquirido a dizer se tinha inimigos mortais.

– Não, senhor! – respondeu de pronto na sua primeira audiência.

E lhes falou dos muitos amigos, e das pessoas que se serviam à sua mesa, e dos cântaros e sacas que eram abastecidos em sua casa nos tempos difíceis.

– Com tantos amigos, espanta-me que nenhum tenha comparecido para defendê-lo das acusações pelas quais foi trazido aqui – provocou um auxiliar.

Cornélio sabia que era por medo, é claro. Soubera de uma mulher que fora forçada a desfilar nua pelas ruas da cidade, montada sobre um cavalo, apenas por ter levado uma camisa nova a seu marido que se encontrava preso pelo Santo Ofício. E, ali mesmo em Basonvil, a loucura e o denuncismo se estabeleceram depois da tempestade de granizo. Filhos contra pais, amigos contra amigos. Cornélio já havia testemunhado toda sorte de traições.

Pelo menos, parecia-lhe que a fé também aumentava. As idas à igreja, as procissões de pessoas que levavam círios, flagelando-se e cantando, tornaram-se rotina, bem como as visões santas que todos agora diziam ter. Apenas ele nada via. Até aquele dia na capela. Até que resolvera inventar.

– Você sabe por que está aqui? – perguntou-lhe o inquisidor.

Pensou em dizer que tinha sido por causa da visão da vela, embora não tivesse a menor ideia de que aspecto herético houvesse nisso. Tão somente relacionava um evento ao outro: mencionara a visão e, pouco depois, fora socado até desmaiar.

– Não senhor, eu não sei – respondeu timidamente.

E o inquisidor disse-lhe que também "não sabia". Pelo que constava na denúncia formal, ele fora detido para averiguação de ter cometido "grave ofensa à fé", mas, pelo que observava, dizia o inquisidor, não havia razões para mantê-lo preso; afinal, a visão pura e simples de uma vela não constituía uma heresia em si, a não ser que ele quisesse insinuar algo.

– Não, senhor – defendeu-se Cornélio. – Eu nunca tive a intenção de insinuar nenhuma heresia; nada, nada mesmo.

– Mas velas são símbolos judaicos – contestou o inquisidor Morel.

– Sobre isso, não posso dizer nada, senhor, pois não conheço tais símbolos – despistou Cornélio.

O inquisidor sabia que não podia condenar um réu sem que houvesse uma confissão deste ou duas testemunhas fidedignas que apresentassem denúncias fundamentadas.

Os denunciantes de Cornélio eram dois frades. Pessoas tidas como respeitáveis, mas as tentativas do inquisidor em induzir Cornélio a admitir práticas judaicas haviam falhado sucessivamente.

– O senhor é judeu? – perguntou.

– Sim, sou filho de judeus convertidos. Meus pais eram cristãos novos quando nasci. Nunca tive contato com a religião de meus antepassados – defendeu-se Cornélio, disparando a falar de sua fé cristã, das esmolas, das muitas contribuições, dos pássaros que levava a crianças acamadas. – Para alegrar os ânimos delas – disse. – O senhor deve saber, claro, que crianças gostam de pássaros, e eu mesmo faço as gaiolas deles e mando meus moços levarem-nos aos moribundos, em especial, às crianças enfermas, e com a graça divinal muitos saram – testemunhou.

E a prova de todas as provas:

– Eu crio porcos – disse Cornélio, sorrindo. – Onde já se viu judeu criar porcos?

– Mas o senhor os come?

– Não, mas apenas porque me fazem mal.

O inquisidor mordiscou a unha do indicador, levantou-se e olhou para os auxiliares, sinalizando que trouxessem os instrumentos de tortura.

Cornélio percebeu o movimento dos auxiliares e intuiu o que viria a seguir.

– Sabemos – iniciou Morel ainda em pé – que, durante outra missa, o senhor foi visto abaixando a cabeça no exato momento em que o sacerdote erguia a hóstia consagrada.

– E por que eu faria tal coisa?

– Para se negar a olhar para o Corpo de Cristo!

Os olhos de Cornélio marejaram. Ele juntou as mãos cerradas como em prece, comprimiu os lábios e, perplexo, balançou a cabeça. Não sabia mais o que dizer.

Os auxiliares acabavam de entrar trazendo os instrumentos de tortura.

Por fim, algo lhe ocorreu:

– E o que estava fazendo quem me viu abaixando a cabeça? – perguntou.

– Assistindo a missa, obviamente.

– Também ele não desviou o olhar do Corpo de Cristo? Para me ver abaixando a cabeça na hora que o sacerdote erguia a hóstia, meu denunciante certamente também não olhava para ela, não é?

Morel estendeu as mãos sobre a bancada e respirou profundamente. Seus olhos reluziram de ódio diante da provocação do réu, mas ele se conteve para não matá-lo ali mesmo com as próprias mãos nuas.

– Como lhe disse, a denúncia de que o senhor teria cometido grave ofensa à fé não se justifica, ao meu ver, apenas com base na visão de uma vela – disse o inquisidor, mantendo um tom de voz natural. – Mas seu porqueiro, antes de morrer, acusou-o de tentar judaizá-lo.

Dessa vez, foi Cornélio quem se exasperou.

– Não é verdade. Ele jamais diria isso!

– Pois disse! E acrescentou que o senhor ofereceria tantos porcos quantos fossem necessários àquele que lhe conseguisse um atestado de ancestralidade não judaica.

Cornélio negou.

O inquisidor abriu o rolo onde estavam os registros do inquérito do porqueiro e prosseguiu:

– Se o senhor é um judeu criador de porcos, por isso responderá aos da sua religião; maldita seja ela! O fato é que criar porcos não foi o melhor investimento que o senhor fez, pois seu porqueiro foi detido por matar um animal a altas horas da noite, perturbando o sono e assustando grandemente até aqueles que viviam mais distantes de sua propriedade. Quando detido, para se ver livre de maiores problemas, denunciou o senhor, justamente o senhor, que até contratou advogado por ele às suas expensas. Diga-me, senhor Cornélio, por que um homem, empregado seu, cometeria tal traição e diria tais coisas contra alguém que só lhe fez o bem?

– Por medo! – gritou Cornélio.

– Não! – gritou Morel de volta. – Por amor à verdade, à Santa Madre Igreja e por devoção à fé católica, que é maior que qualquer ser humano, seja bom ou mau!

Cornélio estava visivelmente abalado.

Morel continuou:

– Há mais uma coisa: não houve milagre algum naquela capela! Nenhuma luz divina brilhou ali, e você certamente não viu vela nenhuma! Soubemos, depois, que um homem viu que alguém, do lado de fora, portava um pedaço de espelho, e o reflexo entrou pela porta, fazendo resplandecer o crucifixo.

Dito isso, dispensou os auxiliares com os instrumentos e meteu Cornélio nas grades novamente, dando-lhe o prazo de uma semana para que confessasse "por livre e espontânea vontade".

A solidão da prisão não foi suficiente para fazer Cornélio admitir a prática de heresia ou de ser judaizante. Uma semana extra, com o acréscimo de torturas, também não. E outra, e mais uma. Semanas, meses. Nada.

Até que o tempo e as preocupações com os processos e denúncias que se avolumavam o fizeram esquecer do judeu que criava porcos e dizia ter visões.

Tempos depois, Morel decidiu, então, enviar-lhe um companheiro. Alguém que se apresentaria como condenado e que o induziria a admitir sua condição de judeu. Um colaborador do Santo Ofício. Um "familiar".

* * *

Cornélio levantou-se quando supôs ser manhã. Mais uma vez, não havia dormido e calculava que já devia estar amanhecendo. De qualquer forma, como estava escuro, era melhor orar agora a esperar que os primeiros feixes de raios de Sol penetrassem pelas escassas fendas localizadas na parte superior de sua cela, que serviam para que entrasse algum ar e alguma luz.

Levantou-se e estendeu as mãos como de costume em direção ao oeste, ou onde pensava estar o oeste, onde, diziam, estava Jerusalém. Que Deus lhe perdoasse se estivesse voltado para a direção errada.

– *Shema Izrael: Adonai Elohenu, Adonai Echad* – murmurou o mais baixo possível.

Deu uma espiada no sujeito que dormia. *Ele deve saber*, pensou. Voltou-se para a suposta localização da Cidade Santa:

– *Shalom Yerushalaim* – sussurrou em tom lamentoso e nostálgico.

Cornélio não sabia que estava preso por ser judeu. Não era praticante, mas isso pouco importava agora. Para a Inquisição, bastava o fato de possuir ascendência judaica para ser suspeito. Cornélio há muito se desfizera do antigo solidéu do avô e, com exceção do *Shema,* não se recordava das demais orações.

Já havia perdido a noção do tempo que passara na prisão. E como calcular poderia? Só conseguia ter alguma ideia por meio da troca dos cântaros de água e fezes. A cada oito dias, o pequeno cântaro de água era abastecido, e o de dejetos, esvaziado. No entanto, às vezes, demorava tanto que ele chegava a crer que o carcereiro não soubesse contar até oito, ou que, como ele, já estivesse imerso naquela rotina que tornava indistintos dias, semanas e meses.

Se a água acabava antes, azar o dele. Por isso, conferiu mais uma vez a quantidade de água restante e decidiu que seria melhor fazer seu estoque render.

Colocou-se de joelhos e inclinou o pequeno cântaro de água junto a si. Olhou para o lado para se certificar de que o companheiro de cela recém-chegado não estivesse olhando e, tomando cuidado para não fazer barulho, urinou. Levantou o cântaro, balançou-o delicadamente e, por fim, provou a mistura.

Era bem melhor que os métodos anteriores: urina pura ou sede pura. É claro que lhe ocorreu roubar a água dos cântaros dos outros encarcerados, como seus antigos companheiros de prisão fizeram com ele e, depois, também com outros, mas deixaria ser esse o último recurso. O expediente provou-se eficiente também contra furtos. Depois que Cornélio passou a urinar na água, seu cântaro tornou-se, enfim, de uso particular.

O novato negava-se a economizar. Sua água logo acabaria.

– Molhe os dedos no cântaro e chupe assim – ensinou Cornélio no dia em que o novato chegou, mostrando como se fazia. – Dura mais, e você acaba se acostumando – sorriu, um tanto sem graça.

O novato sorriu de volta, mas não lhe deu ouvidos. Virou o cântaro e deu uma, duas, três boas goladas. Limpou a boca com as costas da mão e disse que não se importava; não viveria o suficiente para beber o resto daquela água mesmo.

Pois que seja, pensou Cornélio. Se o novato vivesse o suficiente, teria que se satisfazer com o que lhe restava ou beber de sua água urinada. Chupando os dedos para economizar, é claro.

* * *

A rotina de espera, angústia, mais espera, mais angústia havia sido quebrada com a chegada do novo companheiro de cela.

O sujeito despertava-lhe pena, mas ainda não inspirava confiança e parecia ser o mais desorientado de todos que conhecera. Tinha comportamento estranho, irrequieto. Chegara ativo, tagarelando o tempo todo e fazendo todo tipo de perguntas: se Cornélio sabia por que estava preso, se tinha inimigos declarados, se tinha bens e, em um dia em que "familiares" trouxeram-lhe pão sem fermento e frutas secas, perguntou o que Cornélio gostaria de comer.

– Porco assado – mentiu.

Depois, o sujeito ficou amuado e distante. Não perguntava mais e pouco respondia quando era perguntado. Até então, ainda não tinha dito como se chamava.

Além de pena, Cornélio sentia inveja, pois o homem dormia formidavelmente bem, chegando a roncar e emitir sons guturais. Certa noite, a segunda, Cornélio acordou com o homem recitando o *Shema* dormindo. Foi depois dessa noite que o homem parou de fazer perguntas.

Para Cornélio, essa parecia ser a prova cabal de que o homem era mesmo judeu. Isso e o fato de mal conseguir mentir tentando provar o contrário.

"Sei recitar o Pai-Nosso em latim, vou sempre às missas e acendo velas", ele dissera no dia em que tinha chegado. Alegava estar preso por inveja, por ser homem de posses, dentre outras razões, mas estava claro que mentia. Errava palavras e trocava frases da oração, quando não as subtraía por completo; não sabia dizer o que o padre falara e, quando mencionava algo que supostamente ouvira na missa, era sempre alguma história do Antigo Testamento. Nada sobre o Cristo ou sobre a Virgem.

Cornélio sentou-se reclinado na parede na qual o feixezinho de Sol batia quando amanhecia e adormeceu mais uma vez.

Despertou com o som da portinhola se abrindo e o carcereiro pedindo os cântaros. Levantou-se sobressaltado, pegou o cântaro de água sem saber se a bebia, se derramava aquele líquido malcheiroso ou se o colocava ali daquele jeito mesmo para que o carcereiro o completasse.

– Água! – berrou o homem à porta.

Temendo ser punido por desperdiçar água, Cornélio viu-se forçado a entregar o cântaro quase pela metade. Pelo menos ficaria um pouco mais diluído, pensava.

* * *

Os antepassados de Cornélio haviam sido comerciantes prósperos. Ainda pequeno, ele chegara a morar em uma grande e bem arejada casa de pedra e tijolos na cidade. Com sete aposentos, três dos quais eram quartos, sendo um só para as crianças, um belo jardim no pátio interno e, no primeiro andar, de frente para a rua, uma bela fachada ornada com lanternas de ferro que iluminavam e embelezavam seu exterior.

Lembrou-se da casa e do tempo remoto em que podiam se sentar à mesa e recitar as orações das quais agora, mesmo se esforçando, não mais se recordava. O *Shema* pronunciado naquelas madrugadas era dos últimos resquícios mantidos da fé de seus antepassados. Isso, a guarda do sábado – embora não obrigasse seus empregados a fazê-la – e a abstinência do consumo de carne de porco. No mais, considerava-se "um bom cristão".

Daqueles tempos nostálgicos, guardava também a lembrança da desconfiança incipiente de alguns pouco, o que, com o tempo, tornou-

-se uma revolta generalizada de quase todos contra os judeus, o que fez muita gente se espalhar. Os que não puderam se afastar da perseguição afastaram-se da fé ancestral. Muitos se converteram. Não a família dele.

O dinheiro comprou a paz enquanto a paz esteve à venda. Depois, chegou o tempo em que as gentes da Inquisição não aceitavam mais o dinheiro, e o avô de Cornélio se envergonhou de oferecê-lo. Não lhe parecia decente que seus perseguidores fossem mais fiéis às crenças deles que ele às suas.

Então, vieram as mudanças frequentes e repentinas, as mortes frequentes e anunciadas: primeiro, o avô; depois, a velha, de tristeza; depois, um irmão; mais outro, e mais um.

O empobrecimento, a ida para o campo e para uma casa de duas peças – quarto e sala – onde, por um tempo, puderam voltar a acender velas e observar o *Shabat*. Depois, enfim, a conversão forçada, as práticas novas, as memórias velhas e o esquecimento de quase tudo.

Naquela manhã, o estranho fê-lo lembrar:

– Meu nome é Itzhak – disse o sujeito.

Cornélio arregalou os olhos. Então, *ele era mesmo judeu*, pensou. Teve vontade e quase perguntou se o sujeito sabia a direção em que estava Jerusalém. Virou-se de frente para o companheiro, agachou-se e o repreendeu, fingindo ignorância e mudando, de súbito, a abordagem inicial.

– Ora, ninguém se chama assim.

– Chamam-me de Lui, mas esse não é meu nome. Não é meu verdadeiro nome, meu nome é Itzhak – insistiu.

Cornélio ficou calado.

– O que você acha de errado com meu nome? – perguntou Lui.

– Não acho nada. Não tenho que achar nada. Acho que é estranho, é isso que acho, se quer saber. Nunca vi ninguém chamado assim – respondeu Cornélio.

– É um nome judeu.

Cornélio tentou parecer idiota.

– E por que você tem um nome desses?

Lui bateu a mão na cabeça, incrédulo.

– Porque *sou* judeu, ora! Por que haveria de ter nome judeu?

Cornélio levou o dedo em riste à boca em sinal de silêncio.

– Shhh! Cale-se ou fale baixo então – repreendeu. – Você não sabe que estão matando judeus?

– É claro que sei! Não foi por isso que eu lhe disse que vim parar aqui?

Itzhak levantou-se e começou a andar, gesticulando expressivamente:

– Não vou mais mentir! – disse em tom de desabafo. – Nunca fui cristão novo. Esperava que você me ajudasse, que me ensinasse a mentir ou algo que eu pudesse dizer para me livrar das torturas e da condenação, porque pensava que você era um cristão verdadeiro e que me ajudaria. Depois... – Olhou para Cornélio e prosseguiu: – Depois passei a achar que você fosse mesmo judeu e, então, me calei, parei de fazer perguntas.

– Não sei de nada disso – respondeu Cornélio, começando a ficar nervoso. – O que sei é que nenhum pai em sã consciência colocaria um nome judeu em um filho em um tempo desses. Isso é sandice.

– Por isso lhe disse que me chamam de Lui.

Para Cornélio, aquilo tudo não tinha sentido. Nenhum pai daria dois nomes a uma criança: um falso, pelo qual se identificaria, e um verdadeiro, porém impronunciável, inutilizável. E o risco que isso implicaria? E se o filho desse com a língua nos dentes aos colegas sobre seu nome e sua origem? Ele próprio já deixara o avô em situações constrangedoras por não saber esconder. Sorte sua que, à época, ainda não se morria por isso.

Lui-Izthak devia estar mentindo ou, quem sabe, fosse louco, julgava Cornélio.

Não mentia e louco também não era, mas Cornélio tinha razões para desacreditar. Por mais paradoxal que fosse, podemos dizer que Itzhak se valia da verdade para enganá-lo.

* * *

A pesada tranca da porta grunhiu, anunciando mais um hóspede. O homem foi lançado brutalmente no chão duro da cela.

Está ficando cheio de novo, pensou Cornélio.

Houve tempo, ele soube, em que, de tão abarrotados os calabouços das prisões, as pessoas eram feitas prisioneiras nas próprias casas, acorrentadas umas às outras. Famílias inteiras e mesmo as crianças.

Depois, veio o esvaziamento. Uns mortos, outros supliciados e depois expulsos, e outros que eram condenados a passar vários anos nas galés em serviços forçados.

Dizia-se que um novo inquisidor estava a caminho e que o Santo Ofício estaria preocupado, por um lado, com o rigor excessivo e, por outro, com as reiteradas manifestações de heresia e bruxaria. Afinal, se todo aquele rigor não produzia nada mais além de medo e ainda mais desvirtuamentos, não havia razão para mantê-lo. O novo inquisidor trazia novos métodos; libertaria aqueles que estavam injustamente presos e faria com que a justiça fosse restabelecida, era o que diziam.

Cornélio não entendia muito isso, assim como não entendia como ele ia ficando, ficando... Todos iam sendo executados, punidos, julgados, mas ele era interrogado e jogado de volta ao cárcere.

Seu último colega fora cético quanto a uma possibilidade de libertação:

– Você será executado como os demais. Não há preocupação da Igreja quanto aos excessos da Inquisição. O que eles estão percebendo é que as pessoas estão fugindo. Comerciantes, principalmente. Pessoas que têm valores, bens, posses; todos com medo de serem desapropriados. É apenas a ganância que orienta os homens, Cornélio. Se quiser viver, denuncie alguém. Melhor, denuncie vários!

Ele até tentou. Esforçou-se para se lembrar de algum comportamento suspeito, mas não conhecia nenhum herege, bruxo, mouro e não denunciaria outros cristãos novos como ele, mesmo porque não achava que fosse o caso.

Depois de muito tempo sozinho, agora, eram três: Cornélio, Itzhak e aquele amontoado de ossos e farrapos inerte ali no canto.

Cornélio e Itzhak entreolharam-se, sem trocar palavras, e juntos também olhavam o recém-chegado.

Sentado onde estava, Itzhak esticou a perna, cutucando as nádegas do novato. O homem se remexeu, resmungando algo ininteligível.

– Ei, seu asco! – chamou Itzhak, chutando, de leve, o traseiro do moribundo.

Cornélio repreendeu-o:

– Não faça isso! Deixe-o aí e não o perturbe.

– Quero saber quem é ele – justificou-se Itzhak, sorrindo, malicioso como uma criança que acaba de fazer uma traquinagem.

Itzhak voltou a fustigar os fundilhos do estranho com a ponta do pé. Por fim, o homem emitiu um som.

– Ele fala! – riu Itzhak. – Já estava pensando que estava morto. Pelo menos, fede como se estivesse – disse, voltando-se para Cornélio em busca de aprovação.

Era verdade. A vinda do estranho acrescentara um novo e desagradável odor à fétida coleção de aromas do lugar.

O homem permaneceu encolhido. Os dedos dos pés, imundos e descalços, roçavam o chão em ritmo. Parecia se coçar.

– Nuno – repetiu. Claramente, dessa vez. – Chamo-me Nuno.

Itzhak olhou para Cornélio, levando a mão à boca em gesto de espanto. Tentava conter um riso.

– Nuno? "O Grávido"? – perguntou. – Ora! Vejam só! O que está fazendo aqui?

Nuno não respondeu.

– Nuno é um simples. Um pobre coitado a quem fizeram acreditar estar grávido – explicou Itzhak. – Não faço ideia do que a Inquisição queira com ele. É inofensivo.

– Não acho que um homem grávido mereça ser preso, mas entendo que a Inquisição se interesse. Não lhe parece estranho? – questionou Cornélio.

– Não seja tolo. Já disse! Ele não está grávido! Ele é fraco da cabeça, não sabe o que faz, não sabe o que diz. Conta-se que, quando menino, roubava a hóstia das mãos dos padres – rebateu Itzhak enquanto se levantava para se aproximar de Nuno. – É isso, Nuno? Você andou roubando hóstias de novo, Nuno? Por isso o prenderam? – riu Itzhak.

Nuno esfregou os olhos. Parecia sonolento e confuso.

– Não me reconhece? – perguntou-lhe um quase ofendido Itzhak. – Sou eu, Lui! Lembra-se das brincadeiras em meio aos abetos? E quantas troças juntos, não?

– Lui... *Shin*! Lui! – reconheceu-o. – Eu não *shabia*, *vochê* aqui.

– Sim, também eu estou aqui. – Lui/Itzhak virou-se para apresentar Cornélio. – Este é meu companheiro.

– Cornélio, às ordens – apresentou-se Cornélio enquanto se levantava para saudar o novo encarcerado.

– Trago *boash novash*! – adiantou-se Nuno. – O rei! O rei *ashinou* um indulto que permite a todo judeu *ashumidamente* praticante deixar o *páish* em noventa *diash* – anunciou com um tom de digna oficialidade, como se fora um autêntico porta-voz.

– Ora, vejam só! – admirou-se Lui. – Diga-me, Nuno. Por que está nos dizendo isso? Ou é *a mim* que está dizendo? Que tenho eu a ver com isso?

Itzhak tornou a olhar para Cornélio, sinalizando que ele também fizesse alguma pergunta, mas Cornélio não fazia ideia do que Itzhak pretendia fazer.

– Não há judeus assumidamente praticantes – continuou. – Não há mais nenhum, seu tolo. Foram-se todos. Entendeu?

Dessa vez, Cornélio resolveu colaborar:

– Ele deve estar falando de judeus "não assumidos", suponho. De criptojudaísmo, de praticantes secretos, que aceitem assumir sua condição.

– Mas é claro que sim, Cornélio! Eu estava sendo irônico, não percebe? – impacientou-se Itzhak e, voltando-se para Nuno, deu início a um "quase" rito inquisitório.

Como Nuno havia conseguido tal informação? Quem lhe dissera e há quanto tempo? Por que estava preso e por que estava passando a eles essa informação se não eram judeus? Perguntava quase sem lhe dar tempo para responder.

– Você sabe que não somos judeus, não sabe? – perguntou-lhe mais enfático, dessa vez.

– Não *shei* não. *Vochês shão*? – provocou. – *She* não *shão,* deveriam *dijer* que *shão*. Afinal, *vochês eshtão prejosh* por algum motivo. *She disherem* que *shão* judeus, *sherão... Vochês recheberão...* é... *Eshquechi* a palavra.

– Indulto – auxiliou Itzhak

– *Isho!* Indulto. Eu *meshmo* vou *dije*r que *shou* "*yehudim*"! – falou Nuno, apontando o indicador para o próprio peito em gesto de confissão.

Agora, Itzhak compreendia. A princípio, apenas desconfiara que Nuno pudesse ser espião, um dos "familiares" da Inquisição, supostamente lançado ali na mesma cela que eles para instá-los a se confessarem, para arrancar-lhes uma confissão passando-se por "companheiro de injustiças", por um igual, mas agora estava certo de que tudo fazia parte do plano. Usavam a sinceridade de Nuno. Esse sempre fora, afinal, seu problema. O "Grávido" não sabia guardar segredos, não trapaceava nos jogos e delatava quem lhe induzisse a trapacear. Até mesmo confessou, sem que ninguém perguntasse, ter dormido com a viúva Domitila, o que lhe custou algumas bordoadas dos filhos da velha. Ainda assim, ele, Nuno, poderia também estar sendo enganado.

A intervenção seguinte de Cornélio somou-se aos pensamentos de Itzhak, fazendo-o concluir que aquela era mesmo uma boa oportunidade.

– Talvez seja verdadeira essa informação, Itz... Lui – titubeou Cornélio. – Dizem que haverá uma mudança de inquisidores e que o novo, do qual não me recordo ter ouvido o nome, irá revisar todos os processos. Diz-se também que os inquéritos injustos ou malconduzidos serão... Como se diz? Serão julgados. Os procedimentos serão julgados, e aqueles que mal fizeram, digo, os que mal julgaram, serão punidos. Então, talvez, os atuais inquisidores queiram se livrar dos sentenciados sobre os quais não tenham provas suficientes. Talvez por isso eu esteja aqui há tanto tempo...

Sim, fazia sentido.

Itzhak estava decidido. Fosse Nuno colaborador ou não, ele aproveitaria a situação.

– Sou judeu! – confessou com quase orgulho. – Meu nome nem é Lui, para ser sincero. Chamo-me Itzhak. Itzhak Ben-Alther. Posso provar.

Cornélio arregalou os olhos e começou a tremer.

Nuno encolheu-se ainda mais, enfiando por completo o rosto entre as pernas, e se riu a valer. Mais rápido e mais fácil do que imaginara, conseguira perdão para seus pequenos delitos, uma recompensa generosa em dinheiro e a garantia de proteção dada àqueles que colaboravam com o Santo Ofício. O inquisidor estava certo. A verdade também engana!

* * *

Não demorou para que Itzhak fosse posto em liberdade. Naquele mesmo dia, depois da refeição, pães, queijo de cabra e frutas, o carcereiro retornou acompanhado de alguém que Cornélio julgou ser um oficial da Inquisição.

– Aquele é o homem – apontou o carcereiro, indicando o prisioneiro sentado junto à coluna.

Itzhak levantou-se de pronto. Sacudiu o pó da roupa e apanhou o último pedaço de pão caído ao lado, colocando-o inteiro na boca.

– Estão me libertando? É isso? – perguntou enquanto mastigava.

O oficial adiantou-se ao carcereiro e lhe apresentou um papel.

– Desde que você assine sua confissão – disse.

– Então, Cornélio... Nós nos veremos ainda? – perguntou Itzhak já à porta.

– Não sei. Se você for assistir à minha execução no próximo Auto de Fé, talvez.

– Não precisará ser assim. Confesse. Olhe para mim! Estou indo encontrar minha família. Vou voltar à minha casa! – sorriu Itzhak.

– Não, não vai. Nuno não nos disse que seriam banidos do país aqueles que confessassem?

– Oh, sim... – Itzhak respondeu, aparentando surpresa. – É verdade, mas, seja onde for, estarei livre, não?

Ele ainda permaneceu um tempo olhando para Cornélio, esperando uma resposta positiva, mas lhe pareceu que Itzhak estava mais aflito com sua permanência ali preso do que feliz com a própria liberdade.

– Vejo que suas intenções são boas, amigo, e que está aflito por mim. Digo-lhe que pensarei no que conversamos – disse Cornélio.

Itzhak sorriu por um instante, mas, em seguida, seu semblante crispou-se.

– Veja, Cornélio. Se não nos encontrarmos novamente, quero que saiba que tudo o que fiz foi por minha família. Não se esqueça... São tempos difíceis – pediu Itzhak em tom lamentoso.

– Sim, são tempos difíceis – concordou.

Nuno acompanhou o diálogo em silêncio, até que os três – o oficial, o carcereiro e Itzhak – fizessem menção de sair.

– Ei! E quanto a mim? O que *sherá* de Nuno? Também *shou* judeu! – protestou.

O carcereiro olhou para o oficial, que sinalizou que Nuno também os acompanhasse.

O oficial olhou para Cornélio como se lhe perguntasse "E você?".

Não havia sentimentos naquele olhar. Apenas inquisição: "e você?".

Não, havia algo mais. Havia impaciência. Não era um olhar que convidava: "venha! Eis a oportunidade!". Era um olhar protocolar e impaciente: "preciso saber sua decisão, fechar a porta, conduzir os prisioneiros, ir adiante com meus deveres. Decida-se!".

Cornélio estava disposto a confessar, mas preferia esperar que a libertação de Itzhak se consumasse. Queria ter certeza de que não se tratava de embuste, armadilha. Por outro lado, talvez não tivesse nova oportunidade. Talvez não lhe fosse possível se certificar de que Itzhak tivesse sido realmente posto em liberdade ou se teria sido morto traiçoeiramente.

Incomodava-o também o comportamento de Nuno. Por que ele havia sido preso, afinal? Ele próprio havia dado a informação sobre o salvo-conduto. Por que não usara o recurso antes?

Talvez o tenham colocado aqui com a missão de transmitir a informação para que nós crêssemos. Talvez tenham considerado que não acreditaríamos se a oferta fosse feita por um inquisidor, considerou. Fazia sentido.

– Sim, sim! Eu também quero confessar! – bradou enfim.

O oficial voltou sorrindo de forma contida. Itzhak suspirou. O carcereiro abriu ainda mais a pesada porta como em um convite: "Bem-vindo à liberdade! Venha, venha rápido". Cornélio, todavia, moveu-se reticente, andando de costas até a porta, esperando estar olhando para aquele cômodo pela última vez e com a tão comum sensação de estar esquecendo algo. Costume de quem tantas vezes abandonara tantos lugares e a quem, agora, parecia estranho sair de um lugar no qual não estivesse deixando absolutamente nada.

As recordações, estas deixaria, se pudesse. Mas não; nem as recordações deixava. Não havia nada ficando para trás. Nada além daquele seu pote de água urinada.

Sobre Itzhak e o inquisidor Morel

Quanto a Itzhak, o que temos a dizer é que tudo o que dissera a Cornélio era verdade, mas, como dissemos, ainda assim, enganava-o.

– Você se fará passar por um cristão novo – orientara-lhe o inquisidor Morel. – Dirá que precisa de ajuda. Peça ajuda! Diga que precisa convencer os inquisidores.

Morel fez uma pausa para esclarecer. Não lhe pedia que mentisse.

– Note. Não peço que minta, não se pode mentir; nem mesmo por boa causa.

Ao contrário, pedia-lhe que dissesse a verdade, mas não toda. Que fosse sincero, mas não delator. Que agisse por amor ao próximo, não a Cornélio, mas aos próprios familiares.

– Peça que lhe ensine rezas, ritos, práticas cristãs... – prosseguiu. – Se ele demonstrar não saber algo, conte-nos. Extraia dele todas as informações possíveis, pergunte-lhe sobre o que gosta de comer, o que faz aos sábados, domingos. Não esqueça os dias santos também. Pergunte-lhe sobre seus antepassados e familiares. Aja naturalmente, demonstre simpatia. Por fim, se nada disso vingar, mexa com seu orgulho. Diga-lhe que você assumirá sua condição de judeu, que os judeus não devem se esconder, mas devem enfrentar a morte... Enfeite! Atice! Provoque! Você saberá como agir. Sua vida e a de sua família dependerão disso.

– E se não funcionar? E se não der certo?

Itzhak não esperava resposta. Já a intuía: "Então, você morre".

De fato, não funcionaria, mas Morel dispunha de outros meios.

* * *

Itzhak mal dormira na noite anterior. Cornélio não cedia às suas investidas, e seus recursos dramatúrgicos se esgotavam rapidamente. Adormecera fazendo preces em hebraico e despertara com o corpo sendo sacolejado. Era o carcereiro.

– O quê? Hã? O quê... – balbuciou assustado.

Era ainda alta madrugada. Toda a cela estava imersa em densa escuridão. O carcereiro, propositalmente, não trazia nenhum tipo de luz consigo. Não queria despertar Cornélio.

– Não faça ruído. Levante-se e verifique se o outro está dormindo – sussurrou o carcereiro sem se identificar. Desnecessário. Tão inconfundível era seu mau hálito que Itzhak o reconheceu de imediato.

– Cornélio – chamou baixinho, repetindo um pouco mais alto duas outras vezes.

Nenhuma resposta.

Melhor acostumado com a escuridão, Itzhak engatinhou tateando até onde Cornélio dormia encolhido. Aproximou-se de onde supôs ser a cabeça e o chamou mais três vezes.

O carcereiro protestou:

– Não é para acordá-lo, idiota! Apenas certifique-se de que está dormindo.

– Está dormindo, mas se estiver acordado terá ouvido tudo o que você acabou de dizer e que, suponho, ele não deveria saber... – provocou Itzhak em tom ríspido.

– Venha logo! – chamou o carcereiro. – O inquisidor quer falar com você.

* * *

O inquisidor não parecia surpreso com a insuficiência de informações de seu prisioneiro-espião. Tampouco pareceu desapontado ou ameaçador.

– Já contávamos com isso. Cornélio não acreditará em você. A princípio, não. Mas enviaremos outro prisioneiro.

– Quem?

– Não podemos dizer. Você saberá quando ele chegar e também saberá o que fazer. Você não mentirá a Cornélio. Dirá a verdade. Que é judeu, que tentou se passar por cristão, essas coisas. O que você não dirá é o que vou lhe dizer agora: o rei proclamou um decreto facultando a todo judeu que assuma ser praticante que deixe o país com sua família. Não poderão levar nada consigo, mas estarão livres.

– Por que não deverei dizer isso? Porque é mentira?

– Não. É verdade, mas caberá a outra pessoa dar essa informação. Cornélio não acreditaria se lhe disséssemos nós mesmos, mas acreditará quando ouvir e, principalmente, quando vir que você está sendo posto em liberdade por conta do decreto. Assim será, a não ser que você nos surpreenda e consiga tirar dele uma confissão rápida.

– Terei minha clemência?

– Claro. Como lhe disse, tem minha palavra – assegurou Morel.

Sobre Cornélio e o inquisidor Morel

Após uma confissão assinada de prática de criptojudaísmo, Cornélio foi executado no dia seguinte.

Sua execução foi rápida e despida dos adereços costumeiros. O rito sumário era a última tarefa oficial do inquisidor Morel, e ele não queria desperdiçar tempo e recursos com desfiles de condenados, avisos e proclames de um Auto de Fé que não tinha razão para ser diferente do que tinha sido: barato, rápido, discreto.

Os Autos de Fé, bem como todos os procedimentos inquisitoriais e o sustento de oficiais do Santo Ofício, eram expedientes caros, e os recursos escasseavam com rapidez. Cada representação da Inquisição devia ser capaz de se autossustentar. Taxas, multas e desapropriações vinham se tornando cada vez menos rentáveis, à medida que o patrimônio dos moradores ia sendo dilapidado ou, por precaução, transferido a parentes distantes. E não apenas investigados fugiam, mas também pessoas insuspeitas, levando consigo o que pudessem carregar e deixando para trás propriedades abandonadas, terras produtivas, colheitas perdidas.

O inquisidor Morel espantara-se com o registro de bens que o notário lhe trouxera da última vez: "Um colchão, quatro cadeiras de cedro com os assentos quebrados, dois lenços, tecidos de Rouen, guardanapos puídos, travesseiros mofados, um paletó de seda preta e um guarda-sol velho".

Dadas as circunstâncias, "economizar" tornara-se palavra de ordem. Apenas duas execuções dessa vez: a de Cornélio e de seu companheiro de cela, Itzhak. Sem festejos, sem ostentações, sem desperdícios.

Morel conseguira seu intento. Cornélio confessara ser judeu e Itzhak já havia feito o mesmo na expectativa de ser posto em liberdade, e isso encerrava uma questão que poderia lhe trazer problemas junto ao Santo Ofício.

Quanto à clemência prometida por Morel a Itzhak, ela foi concedida, mas não conforme o esperado.

– O que eu disse foi que você receberia a clemência, não a absolvição – justificou-se Morel. – Você terá sua pena comutada de "morte por vivicombustão" para "morte por decapitação". Indolor e misericordiosa.

Itzhak apertava as mãos, incrédulo.

– Vivicombustão?

– Morte na fogueira – explicitou o inquisidor.

Ao fim daquele breve e último encontro com o inquisidor, Cornélio a tudo compreendera. Bastou-lhe observar em retrospectiva e visualizar o desdobramento dos últimos acontecimentos. A chegada de Itzhak, depois Nuno e aquela história de perdão real, então a breve sensação de liberdade até o depoimento final e a confissão dita e assinada: "Sim, sou judeu como meus pais antes de mim". Por fim, o sorriso triunfal de Morel e a ansiosa expectativa de Itzhak pelo anúncio da libertação que não viria. Não nessa vida.

Itzhak, concluíra Cornélio, tivera sua ancestralidade judaica descoberta de alguma forma pela Inquisição. Fora transferido de sua cela anterior para a cela de Cornélio com a promessa de receber a misericórdia do Tribunal Inquisitorial desde que conseguisse tirar de seu companheiro de cela uma confissão de prática de criptojudaísmo.

A princípio, isso não lhe parecia uma medida muito eficaz. Como não havia mais ninguém na cela além dos dois, Itzhak poderia mentir aos inquisidores dizendo ter ouvido de Cornélio tantas confissões quantas pudesse inventar. Entretanto, como pôde perceber ouvindo Itzhak e Morel discutindo agora, o plano do inquisidor incluía Nuno, "o Grávido". Este, sim, devidamente recompensado, deveria estar a milhas de distância naquele instante.

– E quanto ao nosso plano? – protestou Itzhak.

– Nunca houve "nosso plano" – replicou Morel, sentando-se para fazer a leitura da ata de condenação que o notário acabara de lavrar.

– Mas eu agi conforme o senhor mandou, como um "familiar" do Santo Ofício – insistiu Itzhak.

Cornélio rompeu o silêncio:

– Você foi apenas uma isca, amigo. Instado a agir como alguém que tenta se livrar da acusação de prática de judaísmo, depois agiu como alguém que pouco se importa com tais acusações. Tudo isso para ganhar minha confiança e para que, ao fim e ao cabo, eu acreditasse em você quando, após a chegada do Grávido, você me instigasse a crer no indulto real. Você foi usado, e não o culpo por isso. Uma isca, como eu disse.

– Não o culpe nem culpe a ninguém além de si mesmo – recomendou-lhe Morel.

– Sinto muitíssimo! – lamentou-se Itzhak, voltando-se para Cornélio, mas lhe evitando o olhar direto. E, dirigindo-se para o inquisidor, perguntou-lhe sobre o que aconteceria à sua família. Seria poupada? – O senhor disse que eu a veria se colaborasse...

– E você a verá... – respondeu Morel maliciosamente.

O semblante de Itzhak enlutou-se. Cornélio teve pena do companheiro de cela. A morte não favorece ninguém, pensava. Não havia consolo em se encontrar com mulher e filhos no além.

E o que dizer da misericórdia? Não devia a Igreja demonstrar misericórdia?

– Qual é o limite para a clemência e a misericórdia? – perguntou Cornélio.

– Como assim? – retorquiu Morel. – Limite?

– O senhor disse que a pena de Itzhak seria comutada e que isso é clemência.

– Sim, e é! – Morel interrompeu a conferência da ata para dar atenção à questão levantada pelo condenado.

Não lhe agradava a execução de gente que pensasse estar sendo vítima de injustiça, o que não o impedia de executá-los mesmo assim.

– A decapitação é indolor – prosseguiu. – A morte iguala todos os sentenciados, mas o modo como a ela chega é o que os diferencia. A decapitação por espada, por exemplo, é reservada apenas a nobres. O verdugo, em tais casos, deve ser magistral na arte de manejar a espada, para que não seja necessário mais do que um golpe. Itzhak receberá a decapitação por machado e cepo. Não é tão comum, nem temos um carrasco tão hábil, mas será, sim, ato de clemência – pontificou.

– E o que seria mais misericordioso do que isso? Haverá limite para a misericórdia? Não se deve perdoar, segundo o Divino Mestre, setenta vezes sete?

– "Divino Mestre"? Ora, ora! Para um judeu que faz tal asseveração acerca de Jesus, penso que o senhor deveria ser punido duas vezes: uma por seus irmãos e outra pela Santa Igreja. Se não se pode servir a dois senhores, o senhor prova que se pode contrariar ambos – riu Morel, voltando-se para o documento posto sobre a mesa.

Cornélio não havia terminado.

– Até onde pode ir a misericórdia da Igreja, padre?

– Até onde ela se transforme em impunidade e injustiça! Terei eu misericórdia apenas dos réus e não terei das ovelhas que por ele foram afetadas? Não terei misericórdia dos fiéis que são enganados pelos hereges? Que são seduzidos por suas mentiras? Deus é misericordioso, e ainda assim enviará pessoas ao inferno. Deus não perdoará para sempre todos.

– O perdão de Deus é para todos os que se permitem ser perdoados. Ao inferno só vão os que recusam essa oferta. Não divisamos o fim do céu quando olhamos para o firmamento. Assim é a misericórdia de Deus, não se pode ver seu fim.

– Purgação canônica! – bradou Morel. – Eis um dos sentidos das execuções! A execução em si é um ato de misericórdia pois, por meio dele, o sentenciado, "caso se permita ser perdoado", como você mesmo disse, será purgado pela dor e pelo sofrimento de sua penitência e terá a oportunidade do arrependimento e do perdão, caso abjure.

O inquisidor tomou as confissões assinadas de Itzhak e Cornélio, juntou-as aos demais depoimentos e autos do processo, ordenou-os e se pôs a ler:

> Eu, Morel, inquisidor-geral de Basonvil e regiões, no território do soberano Carlos, o Sábio, considerando devidamente que tu, Cornélio de Matra, da diocese desta cidade, foste acusado de prática de criptojudaísmo, o que nós comprovamos pelo exame de testemunhas, intimando-o e o interrogando sob juramento e por todos os meios convenientes em nosso poder, agindo e procedendo como cabia. Depois de sua confissão assinada e da inspeção diligente de todos os fatos, concluímos:
>
> – Que você, no dia de são Patrício, deste ano de Nosso Senhor, foi visto por diversas testemunhas desviando o olhar da hóstia consagrada durante a missa, e que isso fez por se recusar a crer na presença de Cristo na Eucaristia;
>
> – Que, no dia de são Conrado, deste mesmo ano, alegou ter visto uma visão de velas sobrepondo-se à cruz de Cristo, deturpando o sentido desse símbolo maior da fé

ao se valer de simbologia judaica, no caso as velas, para indicar a proeminência da fé judaica sobre a fé cristã;

– Que duvidou das visões que outros alegaram ter recebido da Virgem, de santos e do próprio Senhor; que confessou ter inventado a visão para ser tido em mais alta conta que os demais, o que caracteriza o grave pecado do orgulho, conforme ensinado pelo Santo Padre Gregório I;

– Que mentiu à corte, negando a prática de ritos judaicos;

– Que induziu um servidor seu à prática de judaísmo e, sobretudo, que é praticante de criptojudaísmo, conforme confissão assinada e datada de próprio punho, e de livre e espontânea vontade.

Portanto, diante de tais fatores, não podendo, de forma alguma, tolerar o que fez, sou compelido pela justiça a abominá-lo e enviá-lo ao juiz do Tribunal Civil desta cidade, para que dê a sentença final, a qual recomendamos que seja nos seguintes termos: que deverá receber a oportunidade de abjuração, pela qual terá a possibilidade de confessar com os próprios lábios os crimes perante a congregação da Igreja; que, assim procedendo, será retirada sua excomunhão, e retornará ao seio da Igreja para o recebimento da absolvição dos pecados; que, depois da confissão ou não, deverá ser amarrado ao poste sobre o lenho, ao qual deverá ser ateado fogo, para que seja queimado até a morte e que Deus tenha misericórdia de sua alma.

* * *

Quanto à execução de Cornélio, a última antes da chegada do novo inquisidor, isso é tudo o que temos a dizer.

Sobre o novo inquisidor e os inimigos de sempre

Quanto à chegada do novo inquisidor Jacobus, acompanhado de Dominic e também de seus auxiliares, o que temos a dizer é que sua recepção foi como a da chegada de seu antecessor: calorosa e inescrupulosamente interesseira.

Pregadores locais, membros do que restara da nobreza, magistrados e camponeses; todos intentando conquistar a simpatia dos homens do Santo Ofício.

As irmãs Fedora, é claro, estavam lá no dia da chegada, segurando a cruz de São Salvador à porta do condado. Outros, mais dispostos, viajaram caminho de um dia até Habi, onde os inquisidores fizeram sua última pousada, para antecipar a oferta de presentes, alimentos e hospedagem.

– Vossa chegada por todos é aguardada e desejada. Cá estamos para adiantar quaisquer procedimentos de que vossas santidades necessitem em Basonvil – disse um deles.

O novo inquisidor agradeceu, contudo os advertiu de que, ao contrário de seu antecessor, ele não orientava seus julgamentos por posição social, parentescos importantes ou por barganhas interesseiras e presentes de qualquer tipo.

Como antes, nem todos se animaram com a chegada dos novos inquisidores. Anteriormente, quando da vinda dos primeiros representantes do Santo Ofício, a parte mais abastada da população dividiu-se: metade julgou que poderia comprar seus favores e outra metade considerou que a Inquisição não tinha necessidade de vender favor algum, podendo, simplesmente, apossar-se dos bens de qualquer que fosse condenado. Temendo isso, fugiram.

O tempo provou que estavam certos. Os demais que permaneceram empobreceram tanto que, mesmo que o novo inquisidor Jacobus fosse corrupto, não haveriam de poder comprá-lo. Os que fugiram levaram consigo parte dos poucos empregos que restaram depois da tempestade de granizo. Reduziram os investimentos e a renda, e o pagamento de impostos da cidade caiu muitíssimo.

Alguns credores dos fugitivos eram membros influentes da Igreja. Com a fuga de seus devedores, muitos desses membros reduziram suas contribuições à paróquia sob a alegação de que a chegada do Tribunal Inquisitorial minara seus rendimentos e comprometera seus negócios.

A manutenção de um tribunal inquisitorial era expediente caro, e a Inquisição saberia de onde tirar recursos necessários.

Os primeiros sentenciados que tiveram os bens confiscados eram, em sua maioria, membros da metade rica que havia permanecido.

Dizia-se entre o povo que a chegada dos novos inquisidores tinha por objetivo corrigir os excessos de seus antecessores, e era bom que assim fosse. Pouco ou quase nada havia para ainda ser consumido pela volúpia inquisitorial.

* * *

Mesmo cioso das reais intenções, Jacobus e sua equipe apreciaram a recepção e até chegaram, ali mesmo em Habi, a escolher e designar "familiares", os temidos espiões locais, que estariam a serviço do Santo Ofício para, infiltrados no meio do povo, colher informações, depoimentos e, sobretudo, denúncias de heresias, que iam da prática velada de rituais judaicos ou muçulmanos a quaisquer manifestações minimamente semelhantes ao protestantismo. Todavia, os objetivos principais de Jacobus eram interromper a onda de denúncias, libertar pessoas presas injustamente e entregar aos tribunais civis os casos que não fossem estritamente relacionados a questões heréticas, bem como os muitos delatores que levantaram falsos testemunhos contra vizinhos, irmãos, pais e filhos. Afinal, Jacobus era conhecido entre os demais inquisidores como "o Abutre" e estava faminto por limpar toda aquela carniça.

* * *

Quanto aos inimigos de Jacobus, o que temos a dizer é que não eram poucos, e os piores estavam entre os seus próprios pares.

– A Inquisição não pode lançar mão dos procedimentos bondosos como o senhor apregoa e emprega para lidar com o criptojudaísmo, os mouros e, especialmente, com as bruxas – disse o frade Manoel ao novo inquisidor recém-chegado a Basonvil.

Jacobus deu mais uma mordida na maçã. O clima estava ficando tenso, e, por alguma razão, comer maçãs sempre o ajudava a manter o autocontrole. Talvez porque seus opositores sempre enrubescessem de raiva ou vergonha quando com eles discutia, e Jacobus gostava de imaginá-los como aquelas maçãs: vermelhos de raiva e sendo triturados por ele.

– Êh, irmão frade, a bondade não está em questão aqui. O que está em questão é a justiça. Ou, no caso específico, a *falta* dela – respondeu Jacobus, depois de mais um pedaço de fruta demoradamente mastigado, enquanto ouvia frei Manoel.

Postou-se em frente ao rolo, em cima da mesa que continha os processos sobre os quais se debruçara por toda manhã, estudando e fazendo anotações diversas: incoerências, inconsistências, falhas processuais no colhimento de depoimentos, execuções sumárias. Um pequeno caos.

– Minha chegada aqui foi determinada pelo Santo Ofício em reconhecimento aos critérios com os quais conduzo os processos inquisitoriais. Critérios de justiça.

Passou o dedo pelo texto até se deter no ponto que queria.

– Este aqui! – disse, apontando para o último registro. – Pelo que soube, esse homem chamado Cornélio foi condenado por heresia.

Os dois frades dominicanos presentes na reunião responderam em uníssono:

– Sim!

Jacobus fitou-os, aguardando alguma informação adicional, mas eles se entreolharam sem nada acrescentar.

– Por ter duvidado de um milagre? – continuou Jacobus.

– Sim! – respondeu frei Bernardo. – Ele desacreditou em um milagre genuíno.

Jacobus conhecia a história. Na última primavera, na capela do monastério dominicano, uma luz fora vista refulgir sobre um dos crucifixos. Alguns creram tratar-se de milagre, outros não estavam bem certos. Talvez tivesse sido um raio de Sol, disse um; o reflexo de um espelho de alguém passando do lado de fora, disse outro. O convertido Cornélio disse que a luz parecia uma vela acesa. Ato contínuo arrastaram-no para fora da capela e começaram a espancá-lo. O linchamento prosseguiria até a morte não fosse a intervenção de um certo Guilherme, que se apressou a avisar o bailio.

– É verdade que nem todos creram se tratar de um milagre? – indagou o inquisidor.

– É o que está escrito – disse frei Bernardo.

– E por que, então, não foram detidos com Cornélio?

O semblante do frade descaiu. Baixou o olhar e respondeu em tom consternado:

– Porque se provou que não fora milagre.

Jacobus sorriu e gesticulou para que o religioso prosseguisse. Bernardo cutucou o companheiro de fraternidade, que continuou o relato:

– Um dos presentes julgou ter visto um reflexo de luz, como que saído de um espelho; foi ao lado de fora e constatou que uma criança brincava com um caco de vidro espelhado. E, ao retornar à capela, encontrou os demais já em êxtase, compartilhando a experiência e inquirindo se todos haviam visto a manifestação sobrenatural. Com a balbúrdia instalada, o homem, a única testemunha da real causa do fenômeno, temeu dizer o que sabia. Não correria o risco de ser tido como incrédulo tal como acontecera a Cornélio.

Cornélio, todavia, não duvidara. Ele também vira o brilho repentino e a reação ruidosa dos demais.

"Milagre! Milagre!" gritaram todos, Cornélio inclusive. Mas nada havia visto além dos demais. Nada além do repentino clarão sobre o crucifixo. Não havia vela alguma acima do crucifixo. Cornélio a havia inventado. Fora a primeira coisa que lhe ocorrera dizer.

Cornélio havia sido traído por sua memória afetiva. A imagem de uma vela queimando ocupava suas mais remotas lembranças, remetendo-o ao tempo em que seus ancestrais podiam acender e ostentar majestosas menorás, os candelabros rituais do judaísmo.

Cornélio não duvidou. Cornélio mentiu.

* * *

Quanto à mentira contada por Cornélio sobre a visão da vela, o que ainda temos a dizer é que ele a admitiu diante de seu colega de cárcere, Itzhak, pouco antes de seu falso indulto e de sua sumária execução.

– Por que você mentiu?

– Porque tive medo e quis acrescentar algo que me desse alguma credibilidade diante dos demais. Se eu tivesse visto algo que ninguém mais vira, talvez, eu pensava, pudessem crer que eu fosse um cristão genuíno. A vela foi a primeira imagem que me ocorreu.

– E por que quis se diferenciar?

Cornélio sacudiu a cabeça.

– Não quis me diferenciar. Quis ser igual...

– Um cristão novo. Você é um convertido, não é?

– Não! – respondeu com firmeza. – Sou nascido de pais cristãos novos. Eles se converteram e se batizaram quando receberam a mensagem da Graça.

– E o que o fazia se sentir diferente, então?

– Porque pessoas como eu, com ancestrais judaicos, começaram a ser presas, expulsas de suas casas e mortas.

– E o que disseram contra você? Pelo que foi acusado?

Cornélio explicou-lhe que, no momento da visão, todos afirmavam ter visto uma luz e perguntavam uns aos outros se também haviam visto. Depois, alguns saíram e outros passaram a acrescentar detalhes à visão, dizendo ter visto a Virgem; outros, uma mão perfurada, e um outro disse ter visto uma pomba branca. Quando perguntado, Cornélio disse ter visto uma vela acesa sobre o crucifixo.

– Teve gente que até me parabenizou – contou.

Depois houve um grito: "Heresia!". Um dos frades entrou afastando todos que se aglomeravam em volta do crucifixo iluminado, bufando e perguntando quem dissera ter visto a vela. Ao descobrir, arrancou Cornélio dentre os demais e o arrastou, com a ajuda de outro frade, para fora.

Depois disso, Cornélio não se lembrava mais de nada.

* * *

– Basta! – disse Jacobus. – Então... Cornélio foi o único indiciado por duvidar de um milagre.

– Não. Ele foi detido por ter sugerido uma heresia. A vela, como o senhor sabe, é um símbolo judaico. A vela acesa acima do crucifixo representa ou representaria a ascendência do judaísmo sobre o cristianismo.

– Mas o milagre provou-se falso.

– Sim. E isso comprometeu Cornélio ainda mais, pois estava claro que ele havia mentido. Ele havia se aproveitado de uma situação de comoção geral para induzir nas frágeis testemunhas ali presentes que o Cristo ocupa uma posição inferior à sua religião.

– Jesus era um judeu – contestou Jacobus.

– Que absurdo! – protestou o frade.

Bernardo golpeou-o com o cotovelo.

– Não seja estúpido! – grunhiu. – É claro que era judeu – disse e, voltando-se para Jacobus, continuou: – Era judeu, mas converteu-se. Até mesmo se batizou – concluiu.

– E no que se transformou depois de batizado? Em um cristão? – perguntou Jacobus, sem pretensões de que eles tivessem resposta. – E se a vela que Cornélio disse ter visto estivesse abaixo da imagem de Cristo?

Bernardo entortou a boca.

– Que diferença isso faria?

– Êh, homem! Diga-me você – respondeu Jacobus, apontando o frade. – Eu não sei. Foi você quem enfatizou isso. Foi você quem disse que Cornélio vira a vela acima. Pois bem: se a vela estivesse embaixo, e não em cima, isso seria problema?

– Mas estava em cima e ponto!

– Pois eu lhes digo: se estivesse embaixo, vocês não suporiam que ele quisesse dizer que o cristianismo estava acima do judaísmo, suporiam? Não! Vocês diriam que ele assim via porque seu desejo era que Cristo fosse queimado na fogueira, queimado pela luz da vela judaica. E vocês diriam isso porque pouco lhes importa o que, de fato, tenha acontecido.

Sobre Alexius

Conquanto houvesse inicial boa intenção da parte de Jacobus, seus primeiros passos o conduziriam pela direção oposta à que pretendia seguir. Um dos familiares escolhidos naquela noite no vestíbulo malcheiroso de uma antiga mesquita transformada em igreja pela Inquisição fora o jovem Alexius. E, quanto a Alexius, o que temos a dizer é que suas intenções em se integrar à missão inquisitorial estavam longe de ser cristãs.

Nos dias que antecederam a chegada dos inquisidores, Alexius consumia-se em medo. Temia ser delatado pelo estupro da virgem que desposara.

Estupro para os outros, justificava-se em pensamento. *Não dei nada a ela além do que ela demonstrava querer de mim. Ainda que tenha relinchado como uma égua no cio e se debatido como uma porca sangrando, não passava de uma puta fingida.*

A esposa, ainda que apaixonada, guardara ressentimento de Alexius pela forma como fora deflorada. Dizia prezar sua castidade e sonhava ser desposada da forma com a Igreja ensinava: virgem.

Casar-se com ela não fora sacrifício algum. Suportar a convivência com a sogra, sim, era um fardo que Alexius não estava disposto a carregar. Por isso se aproveitou da jovem mais algumas vezes durante as núpcias. Afinal, agora a menina carregava o anel de noivado que lhe dera; era sua mulher, e ele tinha, dessa vez, o direito cristão.

Deixou-a no dia seguinte, alegando que a sogra lhe entregara uma filha que não era virgem.

– Ela não sangrou? – perguntou a mãe aturdida. – Nem um pouco?

– Não – respondeu Alexius na ocasião, levando-a para mostrar-lhe os lençóis.

– Limpos como a cama de uma freira – desdenhou Alexius. – E eu fiz *várias* tentativas. Garanto-lhe: não era virgem – sentenciou.

Ficaria sabendo tempos depois que a mãe havia espalhado aos quatro ventos que a filha havia perdido a virgindade por obra de bruxaria; que o próprio demônio aparecera e a desvirginara.

Alexius sumiu por uns dias. A mãe da rejeitada disse ao povo que ele havia sentido um "chamamento divino" para se dedicar à vida religiosa e, por isso, abdicara do casamento.

Quando soube da história, Alexius achou graça. Depois, achou que era mesmo uma boa ideia. A garota podia dar com a língua nos dentes e denunciá-lo. Mesmo que o risco de que alguém lhe desse crédito fosse mínimo, não custava se precaver. Alexius soubera que os inquisidores recrutavam moradores locais para trabalhar como espiões a serviço do Santo Ofício, e isso viria a calhar. Isso e o fato de que Alexius sabia, em detalhes, dos sonhos sensuais que a esposa contara ter com bestas que habitavam as florestas; homens com chifres de gamo que se apresentavam nus em cerimônias de bruxaria e outras *invencionices*, julgava ele. Isso seria suficiente para uma fundamentada denúncia de bruxaria e ainda lhe garantiria proteção contra qualquer denúncia de estupro, fosse desse ou dos demais.

"Perseguição", diria ele em defesa.

Lembrou-se da confissão da esposa:

– Escuto pessoas que dizem conhecer pessoas que dizem ter ouvido de outras pessoas relatos de coisas desse tipo. Coisas que acontecem nos sabás, dizem elas. Por isso eu sonho, acho. Mas não desejo nada disso. Agora que você me honrará com o matrimônio, quero honrá-lo compartilhando com você algo que nunca disse e nunca direi a mais ninguém. Você entende, não entende?

– Claro! Sim, entendo – respondeu.

– Prometa que não contará a ninguém sobre isso – pediu ela.

– Eu juro solenemente! – respondeu, levantando a mão espalmada e fazendo o sinal da cruz em seguida. – E você, por favor, jure não dizer nada sobre... sobre *aquilo* – barganhou Alexius, referindo ao que bem sabia a esposa.

– Nunca! – tranquilizou-o.

Alexius sorriu e acariciou a face da moça.

– Eu a amo, Cristine.

Sobre Cristine e Theodora, a Mística

Quanto ao encontro de Cristine com Theodora, o que temos a dizer é que se tratou de mais uma frustrante experiência. Não como a tentativa de confissão ao padre Aurélio, que fora um tanto pior. Dessa vez, conseguira falar um pouco mais; todavia, não lhe trouxe consolo o que ouviu. Ao contrário, voltou para casa com mais angústia e tristeza.

Em um tempo em que as avós não viviam o suficiente para conhecer os próprios netos, chegar aos sessenta anos era uma excepcionalidade que não trazia a Theodora nenhuma realização.

– Se meus filhos adotivos fossem vivos, eu teria uma neta com sua idade. Você tem o quê? Vinte anos? – perguntou Theodora.

– Dezoito, acho – respondeu Cristine, acabrunhada ao ter os cabelos, o rosto e o corpo tocados pela velha em admiração.

– Você poderia ser minha neta – disse Theodora, ainda sorrindo. – Eu conheci sua avó, você sabe. Você teria gostado muito dela, a sua avó, mãe de sua mãe. Era uma mulher saudável acima de tudo. Gorda e de riso franco.

– Não era gordura, era inchaço – contestou Cristine, ao que Theodora pareceu não ouvir. Cristine prosseguiu: – E eu quase não sorrio.

– Mas costumava sorrir – retrucou a mística. – E era o mesmo riso da velha Adelaide – comparou. – Seus pais sabem que você está aqui?

Cristine sentou-se em um tamborete que Theodora trouxera da cozinha. Parecia ser o único que a velha possuía, posto que permanecia em pé.

– Não exatamente. Eles sabem que saí para ir à casa de uma amiga.

– E você foi? À casa da amiga?

Cristine sorriu, não como a avó. Sorriso torto, nervoso. Sem graça.

– Fui – respondeu. – Digo: vim.

Theodora sentiu-se agraciada.

– Ora, então me considera uma amiga? – espantou-se.

– Espero que possamos ser. Como, no passado, a senhora e a minha avó – explicou Cristine.

– Mas você não disse a seus pais que era à casa de sua amiga Theodora que estava indo. Disse? – insistiu a velha.

Cristine ajeitou-se no banquinho, olhou para baixo e respondeu:

– Não.

Theodora permaneceu em silêncio, esperando que ela se explicasse, mas, diante da mudez da menina, falou por ela:

– Seus pais, por certo, pensaram que você estava na casa de uma amiga próxima e, uma vez que você não lhes disse o nome, deduziram que fosse a órfã Keira ou a menina Ângela; estou correta?

– Não sei o que pensaram.

– Sim, você sabe, e foi exatamente por isso que disse que iria à casa de uma amiga sem especificar o nome. Vejo algo interessante em você, Cristine. Você tem receio de mentir, não é?

Cristine balançou a cabeça afirmativamente.

– Teve o cuidado de dizer algo pelo qual não pudesse ser acusada por mentir, mas, se seus pais a procurarem, não será em minha casa que virão. Disso eu sei e lhe digo: é mentira.

– Não! – protestou Cristine. – Não menti. Disse que ia à casa de uma amiga e fui.

– Sim, é mentira! A mentira não é tanto o que se diz, mas o que se pretende que se entenda, e sua pretensão, minha jovem, era a de dissuadir, de enganar, de burlar. Disso eu sei. Só não sei de uma coisa: por que você não disse que vinha à minha casa, à casa de Theodora?

– Meus pais... – iniciou Cristine.

– Acham-me doida – deduziu Theodora.

– Só um pouco...

Theodora sorriu, chegando mesmo a gargalhar. Depois tossiu, pigarreou e se abanou com as mãos.

– Mas você veio, mesmo assim – disse, apontando para o centro de sua sala, cômodo único de sua modesta moradia. – Por quê?

Cristine passou as mãos pelo vestido, esticando-o.

– Tenho sonhos... ruins. Não todos. Alguns...

Theodora arqueou as sobrancelhas com visível interesse.

– Sabemos que a senhora tem muitos sonhos, visões, revelações e experiências místicas, e também que é muito sábia – disse Cristine.

– Que tipo de sonhos tem tido?

Cristine baixou a cabeça. Seus olhos correram pelo piso de chão batido da casa até parar nos pés da anciã.

– A senhora já sonhou com o Diabo? Já o viu?

Theodora benzeu-se três vezes.

– Não, jamais! O Diabo não se aproxima de cristãos verdadeiros nem de crianças batizadas. – Theodora fez uma pausa e uma cara de despeito. – Já de muitos dos sacerdotes, parece não se apartar – acusou.

– Nem nos sonhos? – insistiu Cristine.

– Bem... Se lhe serve, já sonhei com serpentes. Serpentes que falavam como que encantadas por arte mágica.

– Então, se o Diabo não aparece, como tenta as pessoas?

– Você é muito esperta, menina – elogiou Theodora. – As tentações habitam em nosso interior, e apenas pela contemplação de Nosso Senhor podemos nos livrar delas. As Sagradas Escrituras dizem que Satanás será aprisionado por mil anos, e ainda assim haverá quem peque. Por mil anos Cristo reinará e o Diabo estará preso, e, contudo, haverá uma grande rebelião contra o Seu Reino. Não precisamos do Diabo para pecar.

Cristine nunca ouvira falar sobre aquilo.

– E se revoltarão contra Nosso Senhor? – questionou espantada.

– E não se revoltam hoje? – devolveu Theodora.

– Não vejo ninguém falando contra Cristo – observou Cristine.

– E eu não lhe disse antes que a mentira não é tanto o que se *fala?* Nem toda revolta contra Cristo se dá com a boca e com as palavras. "Com os lábios o louvam, mas seus corações estão longe d'Ele".

Então Cristine era uma mentirosa dissimulada que enganava os próprios pais, que tinha sonhos com o Coisa Ruim – logo, cristã não era – e que nem sequer o podia culpar por seus pecados porque, afinal, o mal habitava dentro dela.

Se viver tempo suficiente para ver os mil anos de reinado do Cristo, provavelmente serei uma das que se levantará contra Ele em rebelião, pensou com tristeza e resignação.

– E quanto a seus sonhos, querida? – perguntou Theodora.

Cristine pensou que, como já estava tão distante de Deus, uma mentira a mais, uma a menos...

– São com a morta Ana – inventou.

O semblante de Theodora ficou sombrio.

– A jovem Ana – disse, balançando a cabeça. – Se ela tivesse cuidado daquela gripe como lhe recomendei...

Cristine não entendeu.

– Mas ela não morreu de gripe.

Theodora riu de novo.

– Sim, querida. Eu sei. Deixe-me explicar...

Então lhe contou das recomendações a Ana para que pudesse engravidar, como tanto sonhavam ela e o marido.

"Cuide dessa gripe para que não aconteça que espirre enquanto seu marido estiver sobre você", aconselhou na época.

"E por quê?", admirou-se Ana.

"Para que não aconteça de você lançar fora pelo espirro as sementes de seu marido, ora! Tudo no corpo são fluídos. Espirros são fluídos expelidos pelo nariz e pela boca. Se espirra, lança fora também as sementes."

Cristine não entendeu a relação com a morte de Ana.

– E o que teria acontecido, então?

– Ana não teria morrido. Pois morreu por ter sido pega colhendo mandrágoras para uma poção mágica de fertilidade – explicou. – Se tivesse conseguido engravidar antes, por meios naturais, talvez estivesse viva ainda hoje.

O semblante de Theodora ficou subitamente sombrio.

– A infeliz Ana parecia ser uma pessoa muito querida à senhora, não? – perguntou Cristine. – É por isso que a senhora se entristeceu de repente?

– Tive uma visão com a pobre Ana... – revelou a Mística.

Theodora olhou para Cristine. Talvez, pensou Cristine, esperando que ela perguntasse algo ou demonstrasse algum interesse ou curiosidade, mas a menina permaneceu calada.

– Uma visão que, pela primeira vez, não se cumpriu – prosseguiu Theodora.

– O que a senhora viu? – interessou-se Cristine.

– Eu a vi grávida – respondeu a velha.

Cristine levantou-se, agradeceu e se despediu.

– Voltarei depois para lhe contar dos sonhos – prometeu. – Em um momento mais oportuno. Agradecida.

– Estarei à sua espera, minha filha – limitou-se Theodora. A Mística achou melhor não insistir no assunto já que os pais da menina não sabiam de seu real paradeiro e ela não queria problemas. – Recomendações a Abelardo e Aldenora! – saudou.

Cristine ficou preocupada com a história dos espirros. Depois considerou que, talvez, esta tivesse sido a única coisa realmente relevante que aprendera naquela tarde com a mística Theodora: não espirre naquela hora.

Sobre Ângela e Keira

Quanto a Ângela, o que temos a dizer é que ela já aguardava na estalagem quando Keira chegou. Não parecia bem, mas estava viva e havia regressado, o que não era pouco, considerando-se que fosse verdade tudo o que Lucius lhe contara.

A dança frenética, os suores, as frases desconexas. Ângela não sabia exatamente, mas, de alguma forma, tudo aquilo sugeria que o transcorrido naquele mosteiro fora reflexo do que haviam feito na noite anterior na floresta. Tal possibilidade não era nada reconfortante.

Haviam escolhido brincar com fogo em uma época extremamente imprópria.

– Precisamos voltar ao local do ritual – disse Keira com excitação e urgência, a primeira coisa que disse depois de chegar e justificar sua ausência prolongada ao estalajadeiro.

O homem não demonstrara muito convencimento e lhe resmungara algo que Ângela, distante, não pôde entender. Todavia, a motivação da amiga por trás da intenção de retornar ao maldito lugar Ângela compreendera muito bem.

– Você deve é estar ainda sob o efeito de seja lá o que for que a tenha desorientado – protestou.

– Como assim? Quem lhe disse o que aconteceu? – perguntou Keira.

– Lucius. Ele veio trazer a notícia de que você havia passado mal, mas que já estava se recuperando, mas eu insisti em saber os detalhes... – explicou Ângela.

Keira fez sinal para que a amiga falasse baixo, olhou para o estalajadeiro, que se ocupava consertando a perna de uma mesa, e disse:

– Preciso trabalhar e recuperar o tempo perdido aqui. Depois conversaremos mais.

– O que ele lhe disse? – perguntou Ângela, referindo-se ao patrão.

– Ele também soube por Lucius, mas não sabe do que realmente aconteceu.

Keira aparentava, ao mesmo tempo, cansaço e euforia. Pediu tempo e voltou com uma tina de água. Sorria.

– Precisamos voltar ao local do ritual – repetiu baixinho.

Ângela balançou a cabeça negativamente.

– Não comigo. Não depois do que eu ouvi Lucius contar.

– E como conseguiu que contasse?

– Não foi difícil. Disse-lhe que sabia de segredos seus e de como você apreciaria estar com ele em outra oportunidade.

– Ora! Quem a autorizou a falar por mim nesses termos? – brincou Keira.

– A necessidade – respondeu Ângela.

Keira segurou Ângela pelos ombros, fitando-a nos olhos:

– Temos que voltar ao local! Temos que fazer outro ritual! Você não imagina o que eu descobri! Tenho poderes, tenho sensações... – O olhar de Keira perdeu-se por um instante, contemplando o vazio, depois se fez para Ângela, agora, cheio de indescritível malícia. – Você não vai acreditar no poder que eu descobri. O poder que nós descobrimos! Pude descobrir segredos. Coisas sobre Dominic, segredos do velho e também sobre Ana... Por isso lhe digo: temos que fazer outro ritual. Um de verdade desta vez!

* * *

Quanto às demais ações da jovem Keira, o que temos a acrescentar é que foram intensas, rápidas, desmesuradas e que acabaram muito, muito mal.

A jovem voltou à biblioteca da abadia, ignorando os conselhos iniciais de Ângela e de Lucius, que também ignoraram seus temores iniciais, cedendo aos apelos da menina.

Keira agiu como se tivesse o controle de tudo. Não tinha medo e não se importava com as consequências. Seu caminho não tinha retorno. Não mais.

Aprendeu rituais diversos. Misturou relatos testemunhais, mitos, contos fantásticos, dizeres populares e generosas doses de imaginação fértil, induzida pela sutil influência dos *outros* em sua mente perturbada. Cedeu, de bom grado, seu corpo ao estalajadeiro, em paga de suas horas de ausência do serviço rotineiro. Descobriu – ou, na verdade, acreditou ter descoberto – como as bruxas se transformavam em ratos, esquilos, gatos e outros animais pequenos e como saíam às noites de sexta-feira para se juntar a outras bruxas nas clareiras das florestas, onde, juntas, realizavam encantamentos, operavam curas, lançavam injúrias e controlavam as estações.

Controlar as estações!

Lançar injúrias!

Era tudo tão fascinante...

Então era verdade!

Sairia nas quintas-feiras de quadrante para se juntar às outras bruxas em procissões e rituais de fertilidade para que a colheita fosse boa.

Ei! Mas não havia *outras*, havia?

Falava-se da mística Theodora, mas não passava de uma velha e suas visões amalucadas. Alguns contavam de mulheres que se reuniam na floresta em torno de fogueiras para orações, enquanto outros sugeriam que era para rituais. Não estava certa quanto a Ana. Ela morrera acusada de prática de heresia e feitiçaria, mas, se assim era, estava morta agora, o que significava que Keira tinha caminho livre para se tornar, quem sabe, a primeira bruxa "de verdade" da região.

Na biblioteca, aprendia. Em casa, descansando no colchão de palha, fazia planos. Não faria o mal aleatoriamente. Só às pessoas que merecessem. Buscaria o bem e a prosperidade do vilarejo, quiçá do condado inteiro.

Ou, quem sabe, pudesse ser mais seletiva. Talvez pedisse algo em troca, uma compensação justa. Talvez exigisse algo em troca.

Lucius, em vão, tentava explicar-lhe que a bruxaria tal qual ela imaginava não era tão comum. Alguns rituais não passavam de versões de rituais pagãos de fertilidade.

– Algumas bruxas até invocam ou dizem invocar o nome de Deus e dos santos também durante os rituais. Dizem elas que assim fazem para que as colheitas sejam boas, para que não haja intempéries nem perdas de safras. Saem por entre os campos com plantas nas mãos, chacoalhando-as sobre as plantações, dançando e dizendo coisas. Coisas que nem sei ao certo. Coisas que você também não deveria saber.

Era em vão. Keira queria ir mais fundo.

– O que há aí sobre bruxas de verdade? Bruxas que invocam... você sabe, o poder do demônio – perguntou com voz trêmula.

Lucius aproximou-se, olhou-a nos olhos e perguntou:

– Por Deus! Por que você quer saber essas coisas?

E tentava dissuadi-la. Cedia um pouco, recuava um pouco. Dizia-lhe que não iriam adiante com aquilo, que era arriscado. O que era aquilo, afinal? O que ela pretendia fazer?

Melhor era não saber daquelas coisas, porque ele havia tido um sonho a respeito. Sonho perturbador. Aquilo era coisa perigosa, dizia. Perigosa para ambos. Mas a garota não o ouviu. Mesmo com sua irritante teimosia e seus toscos argumentos, ela o convencia, dizendo-lhe que já não havia tanto perigo assim, que Jacobus era homem bom e que, exceto por Ana, as execuções e prisões haviam cessado desde que ele chegara. Que nada havia a se temer. Além disso, se o assunto era tão perigoso de se ouvir e de se saber, por que os padres não paravam de falar sobre ele?

– Mas os sacerdotes não ensinam a prática do mal. Falam das bruxas e dos hereges com a intenção de esclarecer e alertar – argumentou Lucius.

– É isso que quero! Não estou me envolvendo. Apenas quero saber mais a respeito. Você sabe muito sobre isso e não parece ter sido afetado por mal algum. Você não se tornou bruxo, pelo que sei. Tornou-se? – defendeu-se Keira, tocando nas mãos frias e suadas dele, acariciando-as. – O pecado habita na ignorância – continuou. – A verdade liberta. Quanto mais eu souber, menos estarei exposta a coisas como aquelas que aconteceram comigo.

Lucius fez o sinal da cruz e lhe trouxe mais livros. Não estava convencido, mas, pelo menos, a jovem oferecera-lhe algo com que se enganar.

O copista sussurrou trechos, mostrou-lhe figuras, sinais e desenhos de corpos femininos, apontando para os locais onde mais se verificava a ocorrência de símbolos e marcas de pactos: embaixo dos braços, nos pulsos, na nuca sob os cabelos, nas virilhas, bem como nas partes íntimas nas quais as bruxas escondiam objetos supostamente mágicos ou com poderes maléficos.

"Assim se oculta um objeto mágico, assim se disfarça um sinal, assim se descobre se tal marca é de nascença, ou provinda de pacto bruxo ou da consagração quando criança". E tudo lhe dizia, alimentando-se de seu crescente entusiasmo.

– Você já viu uma? – perguntou-lhe Keira, levando a mão à boca para roer a unha do polegar.

Não, ele nunca havia conhecido uma. Apenas testemunhara em outras cidades a execução de algumas.

– Uma bruxa? Uma, de verdade? – Lucius roçou os lábios com a ponta do dedo, pensativo. – Sim – mentiu.

Não vira, mas tanto ouvira e tanto lera que se sentia apto a dizer que "sim". Era como se as tivesse visto. Como se as conhecesse tão bem quanto qualquer inquisidor que lhes tivesse tomado o depoimento.

Um frêmito de antecipação tomou a garota.

– Conte-me! Vamos! – empolgou-se Keira.

Lucius contou-lhe do caso da Bruxa de Insburgo e de como ninguém conseguia executá-la.

A Bruxa de Insburgo fora condenada pela própria confissão. "Sem tortura", ressaltara Lucius para enfatizar a impenitência e perfídia da condenada que, levada à fogueira, aconteceu de permanecer ilesa sob as chamas. Foi, então, modificada a sentença dela para morte por afogamento, com resultado igualmente frustrante e espetacular.

– Como assim? Isso é possível? – espantou-se Keira.

Lucius, com ar severo, sinalizou para que a moça esperasse o fim da história.

– O bispo ficou temeroso de que as pessoas mais impressionáveis começassem a tomar aquela heresia por verdadeira, e mesmo eu ainda fico impressionado, enfim... O bispo jejuou por três dias seguidos. Não. Na verdade, ele *decretou* três dias de jejum para todos. Todos nós jejuamos por três dias. Eu, eu também jejuei.

– E o que houve, então?

– Depois do cumprimento do decreto de três dias, chegou ao conhecimento dos inquisidores que a bruxa guardava um objeto mágico costurado sob a pele, debaixo de um dos braços, bem aqui – disse ele, apontando para a figura no livro aberto. – Depois de descoberto e removido o objeto mágico, ela foi levada mais uma vez à fogueira e morreu imediatamente.

Poder sobre a morte! Incrível!

– O que elas faziam? Digo: o que elas faziam na "última hora"? Choravam? – perguntou Keira.

Lucius disse que sim; que algumas choravam e negavam seus pecados, mas que outras, como a Bruxa de Insburgo, esconjuravam os presentes, enquanto as chamas lambiam as pernas delas.

– Ouvi dizer que bruxas não choram – disse a moça.

– A lágrima é uma graça divina. A graça do arrependimento, a graça da contrição. As bruxas não podem chorar porque não têm essa graça, porque estão pactuadas com o Coisa Ruim. Mesmo assim, algumas choravam.

– Como é possível? – insistiu Keira.

Lucius sacudiu a cabeça. Não sabia. Ele mesmo também não tinha certeza. Jacobus dizia que a bruxa tinha o poder diabólico de fingir que chorava, mas sem derramar nem uma lágrima. Por isso pareciam chorar.

– Algumas se arrependem e confessam seus pecados. Talvez, depois da confissão, sejam capazes de chorar de verdade novamente, mas isso é o que *eu* acho. Os cânones não concordam sobre isso. Jacobus acha que sim, é possível que haja contrição no coração de uma bruxa arrependida.

– Como vocês podem saber, então, quais choram de verdade ou não? – indagou a jovem.

– Não podemos. Talvez alguém mais consagrado consiga, não sei, mas isso não faz diferença para nós, apenas para as bruxas.

– Como assim? Por que não faz diferença?

– Porque executamos todas, quer chorem sinceramente ou não. Se seu arrependimento for honesto, elas serão perdoadas por Deus Todo-Poderoso no julgamento final.

Isso não lhe parecia justo, mas Keira estava interessada na defesa que as bruxas possuíam. Defesa que não passava pelos advogados, pelos rogos dos parentes ou pela justiça dos tribunais. Defesa que lhes possibilitava sobreviver às chamas, ao afogamento, quem sabe, a qualquer tentativa de execução. Além, é claro, dos esconjuros, das imprecações, das vinganças.

– E quanto às maldições... Elas acontecem?

Lucius piscou. Não havia entendido.

– As maldições – repetiu Keira. – Você disse que algumas bruxas amaldiçoavam seus executores enquanto eram queimadas. As maldições se cumpriam?

O copista mordiscou os lábios, ajeitou-se na cadeira e respondeu:

– Umas sim, outras não. Eu soube de um caso em que uma bruxa teve de ser desenterrada e queimada de novo para que cessasse uma maldição que havia lançado sobre um inquisidor.

– Pois, então, conte-me sobre ela. Conte-me sobre todas! – disse Keira, acariciando a mão trêmula do rapaz.

Não havia engano algum. Keira não estava tentando aprender sobre bruxaria para se proteger, nem por vil curiosidade. Lucius bem sabia. Sempre soube. A menininha sorria, mordiscava os lábios e fazia aquela carinha doce e irresistível, que o fazia sentir o calor de mil sóis dentro de si. Calor que fogueira alguma da Inquisição poderia extinguir e que, de uma forma estranha, fazia com que ele concluísse que o risco de ser punido por apologia à bruxaria não representava nada. Afinal, de algum modo, já morria aos poucos consumido que era por outro fogo. A paixão incandescente que queimava o interior e esfumaçava o juízo, fazendo-o saber que o tempo era efêmero e que suas lamúrias não passavam de histerias vãs. Para ele, mais valiam os sorrisos da menina que os urros incontidos de sua tristeza e temor.

Sobre o prazer da transgressão

Serena nasceu pelos pés. O pai sugeriu abandoná-la.

– Posso colocá-la em um cesto e deixá-la descer o rio. Deus cuidará dela – sugeriu ele à mãe.

A mulher balançou a cabeça negativamente e esfregou as mãos, aflita. Talvez a filha não fosse amaldiçoada ou quem sabe houvesse uma forma de livrá-la por meio de algum encantamento.

– Não podemos criá-la – insistiu o pai. – Você sabe.

Crianças que nasciam pelos pés, especialmente do sexo feminino, eram tidas sob terrível suspeita. Muitas se tornavam bruxas, diziam. A não ser que fosse desfeito o encantamento.

– Podemos procurar um boticário – falou a mãe. – Ou, ao menos, poderíamos entregá-la aos frades franciscanos. Eles sempre vêm e vão. Podem cuidar dela, encontrar uma família.

O pai balançou a cabeça descrente.

– Os boticários se foram. Não há mais deles. Nem sequer na cidade há algum. E custam caro... – O homem andou pela sala contemplando a menina envolta em panos. – Os frades, eles não podem saber. Perguntariam por que não a criamos. Se dissermos que ela nasceu de ponta-cabeça, eles poderão desconfiar de nós, podem achar que fizemos algo errado, que estamos sob alguma maldição. Melhor será dizermos que o bebê morreu ao nascer.

– A parteira a viu nascer viva – lembrou a mãe.

– Então diremos que morreu em seguida. Diremos...

A conversa foi interrompida. Leves batidas na porta indicavam a presença de uma visita inoportuna.

– Sou eu, Ângela, filha da parteira. – A visita identificou-se. – Minha mãe esqueceu alguns pertences aqui. Vim buscá-los.

O homem olhou para a porta, depois para a esposa, então para a criança.

– Deixe-a entrar – pediu a mãe.

Ângela entrou. A mulher ofereceu-lhe água e pediu que se sentasse. Marido e mulher olhavam-na de forma incômoda sem nada dizer.

– Como está a criança? – perguntou Ângela, quebrando o silêncio.

O homem apressou-se a responder que a menina não estava bem, que achavam que ela morreria logo. "Pálida, fraca... recusa o peito da mãe".

A mulher interrompeu-o.

– Ângela... sua mãe. Preciso de ajuda. Sua mãe viu como minha filha nasceu. Eu percebi que ela ficou preocupada, mas nada disse. "Bonita, sua filha", foi o que disse e a abençoou, fez o sinal da cruz sobre ela e saiu apressada. Nem levou todas as coisas.

– O que a senhora deseja?

– Não quero... Não queremos que nossa filha se torne uma devassa, uma bruxa. Ela não tem culpa de ter nascido assim. Não conhecemos ninguém que possa...

– Lamento, senhora. Minha mãe não sabe nada sobre encantamentos ou poções. Não podemos ajudá-la. Acho que não há mais mulheres sábias. Ninguém que conheça tal ciência.

O olhar da mulher perdeu-se no vazio. O homem trouxe à Ângela as coisas de sua mãe.

– É só isso? – perguntou-lhe.

Ângela mal olhou para o que o homem lhe entregava. Havia alguém. Alguém que poderia ajudar, alguém que havia estudado, dissera. Que havia conhecido diversas obras de magia, de encantamentos e de sortilégios.

– Espere! Acho que conheço alguém que pode ajudá-la, senhora.

Keira! Ela devia saber.

Foi assim que começou.

* * *

Carmela e Constance, as irmãs Fedora, apresentaram-se diante do juiz Jacobus tão logo souberam de seu interesse em vê-las de novo.

Jacobus aguardava-as em seu *scriptorium*.

Dominic introduziu-as na sala, mostrando-lhes as cadeiras para que se sentassem. Antes, porém, elas se curvaram diante do inquisidor e se aproximaram para beijar a mão dele.

Ele as abençoou e se levantou, esperando até que as gêmeas se sentassem.

O cheiro forte de alho e de toucinho que recendia da mão do velho fez Constance levar a mão aos lábios em reação a uma inesperada sensação de enjoo. A súbita ânsia de vômito a fez tontear por um instante antes de se sentar.

Era manhã e não haviam comido nada ainda. Observavam o primeiro dos três dias de jejum do calendário eclesiástico. *Deve ser a fome*, pensou. *Estou fraca.*

Também lhe incomodava a ideia daquilo que aqueles odores na mão de Jacobus pareciam indicar. Seria possível que o velho padre não estivesse respeitando a abstinência sagrada? Ou comera há pouco ou não lavara as mãos desde a última refeição.

Sorrimos.

Jacobus iniciou perguntando-lhes sobre a mãe e os familiares. Teceu breves comentários sobre o mal-estar que tivera recentemente, mas que agora tudo ia bem, "Graças a Deus", e que se sentia quase recuperado.

– Tenho conhecimento de que a jovem Keira, criada do estalajadeiro, tem demonstrado interesse em, digamos, 'prosseguir em sua jornada de busca do fantástico e do sobrenatural, e isso muito me preocupa... – disse em tom introdutório para, em seguida, descortinar os detalhes de seu plano.

A jovem Keira estava envolvida em algo muito errado, dizia. Estava envolvida em um grupo ou seita, como as próprias Fedora já haviam testemunhado. Pois agora chegara a hora da ação, e as irmãs deveriam se unir à essa cruzada junto a Jacobus.

Eis o que deveriam fazer: uma delas deveria procurar Keira em busca de um encantamento que a fizesse encontrar marido.

– A outra também deve buscar da menina um encantamento para curar algum mal. Se não estiver sofrendo de qualquer moléstia, invente uma, mas cuidado para que não seja algo perceptível, a fim de evitar que ela queira ver ou tocar.

– Mas isso não seria mentira, padre? Não estamos doentes – pontificou Carmela.

– Não estamos – ratificou a irmã, quase automaticamente, para depois se lembrar de que, deveras, sentia-se mal há algum tempo. Enjoos constantes nos últimos três dias, como aquele que sentira ao tomar a benção ao inquisidor.

– Êh, mulheres! Sempre a questionar, sempre a discordar! – irritou-se o inquisidor. – É mentira, mas não é pecado quando praticada excepcionalmente, com finalidade nobre, como a mãe de Moisés, que mentiu para preservar a vida do filho, ou quando se mente na guerra. Na guerra também se mente, também se pode mentir. E estamos em guerra. Guerra contra o pecado, contra o mal!

E lhes explicou que, em guerra, os adversários agem de forma dissimulada, com o intuito de enganar seus contendores. O que é uma emboscada senão uma mentira em forma de armadilha? O próprio Deus ordenara a Israel uma estratégia que incluía o engano ao exército inimigo.

Dessa vez, Jacobus esperava que suas ouvintes não o questionassem como da última vez em que se justificara por mentir.

Fora diante de seu antigo pupilo, Etienne.

Usara, então, o mesmo argumento: a mentira estratégica em uma guerra não seria pecado.

– De fato, não é – dissera Etienne à época. – Pois, na guerra, a dissimulação e o engodo fazem parte das "regras do jogo". Qualquer general saberá que sua estratégia deverá contemplar a possibilidade de o adversário estar blefando, despistando, mentindo. O engano, nesse caso, não será tido por pecado. É o mesmo que os animais de diversas espécies fazem, como o gato, que eriça seus pelos, põe-se sobre as patas e pernas retesadas e arqueia a coluna para parecer maior a quem quer que o ameace. Isso também é um tipo de mentira que está nas essências da Criação e não é pecado.

O noviço mostrou a seu mestre o tabuleiro de xadrez no qual já haviam travado memoráveis batalhas.

– Como no xadrez, meu mestre. – Etienne tomou um cavalo do tabuleiro e o segurou na mão fechada. – Posso mover uma peça específica com a intenção de induzi-lo a pensar que estou seguindo uma linha de raciocínio para, logo em seguida, surpreendê-lo com um xeque-mate. Mal não haverá nisso, pois é do jogo blefar. A verdade, meu mestre, é tão poderosa que faz a mentira perder seu aspecto pecaminoso. Quando jogamos ou guerreamos conforme as regras, de acordo com a verdade que se encontra nas regras, de fato, não pecamos, não transgredimos contra Deus... – Etienne levou a mão que segurava o cavalo preto diante dos olhos de Jacobus e a abriu.

Estava vazia. O cavalo havia desparecido.

– Entretanto, quando saímos das regras – prosseguiu com a mão direita vazia espalmada diante do velho professor –, não é estratégia. É trapaça.

Etienne juntou as mãos, movendo-as rapidamente. Das mangas do hábito o jovem fez ressurgir a peça.

– Se eu me aproveito de sua distração para tomar-lhe, à surdina, uma peça, então, aí sim, estou pecando. Porque meu oponente espera que eu aja segundo as regras, e é por isso que julgo perigosa a comparação com a mentira usada em um tribunal do Santo Ofício ou para colher depoimentos por meios fraudulentos.

Embaraçado e sem resposta, Jacobus resignara-se, concordando com o discípulo na ocasião e chegando mesmo a utilizar toda a linha de raciocínio de Etienne em debates posteriores com colegas sobre o assunto. Valendo-se, inclusive, da analogia do xadrez, embora sem a mesma maestria, uma vez que suas mãos grandes e desajeitadas não lhe permitiam a execução do número ilusionista do noviço.

Agora, diante das gêmeas colaboracionistas, fragmentos daquela conversa antiga ecoaram em sua mente por um breve momento.

Não dessa vez!

Com as Fedora seria diferente. Elas não haveriam de questionar. Não deveriam. Ele, afinal, era o inquisidor, o braço divino na Terra para executar seu juízo e sua justiça.

Mas qual nada! Ei-las questionando. "Não é mentira, meu senhor?", "Não estamos doentes, que saibamos".

Ao menos haviam se calado ante sua explicação, ao contrário do antigo discípulo.

– Como ela saberá o que nos ensinar? Ela conhece tais encantamentos? – perguntou Constance.

Jacobus garantiu-lhe que sim. Ela teria o que ensinar. Tinha aprendido muita coisa e até mesmo conservava consigo exemplares de livros proibidos concedidos por Lucius em seus tolos acessos de paixão juvenil.

– Ela está sendo investigada. Sabemos quase tudo, exceto os nomes das pessoas que também estão envolvidas, e também não conhecemos ainda a fonte na qual ela está a beber. Se é dos sujos protestantes, ou dos cátaros, ou de bruxas, ou de erveiros, ou de quem quer que seja. Precisamos chegar à raiz, ao covil da raposa.

O velho monge acrescentou que as irmãs deveriam, mui discretamente, fazer chegar ao conhecimento de Keira a existência de certo moleiro friulano, chamado Venocchio, o qual dizia ter o poder de falar com os mortos, que saía do corpo e que, em espírito, ia a procissões de bruxas nas noites das quintas-feiras dos Quatro Tempos.

– Ele fala mesmo com os mortos? – espantou-se Constance. – Ou é essa mais uma das... como se diz? *Artimanhas* que devemos usar?

– Ele não fala com mortos, ninguém fala com os mortos! – impacientou-se Jacobus. – Ninguém pode tal coisa. Quem pensa estar falando com mortos fala, na verdade, com demônios! Com espíritos que se passam por entes queridos.

– Oh! – disseram ambas em uníssono.

– Então... A Santa Madre Igreja poderá contar com a participação de suas fiéis servidoras? – instigou Jacobus.

– Sim, sim! Oh, sim! – responderam juntas e sorridentes.

As gêmeas tinham razão, e o inquisidor sabia disso. Era mentira. Era engodo. Um subterfúgio. Uma trapaça. O fato de se valer dela para fins nobres não enobrecia o ato. Sequer o expurgava de sua malignidade.

Ainda assim, havia prazer. Uma satisfação irresistível. Havia tanta beleza em ludibriar! Em se levar o inimigo à armadilha. Em saber que, uma vez pego, o adversário se poria a tentar identificar a estratégia bem-sucedida do oponente. E não apenas isso: se poria a admirá-la também.

Jacobus lembrou-se da oração de santo Agostinho. Era apropriada ao momento.

"Senhor, dai-me castidade e a continência... Mas não agora".

* * *

Escorada na janela, Cristine observava o movimento na rua.

Mendigos; um sem-número deles e de seus cães. Deus! Por que cães acompanham mendigos que mal têm com o que se alimentar? –, pensava.

Seresteiros e seus instrumentos. Crianças, muitas. Também trabalhadores, para lá e para cá. Meeiros transportando seus produtos aos celeiros (ou destes para outro canto). Cem ou mais idas e vindas de asnos carregando homens e cargas.

Galanteadores, uns recitando poemas e trovas, outros fazendo gracejos às moças que também passavam. Algumas nos olhavam, outras acenavam de volta ou apenas sorriam. Cristine também sorria, mas os galanteadores não viam. As moças não a viam. Tampouco as crianças.

Assobiou. Um cachorro parou, olhou, abanou a cauda alegremente e continuou seguindo o dono.

Um comerciante ambulante exibe seu tabuleiro e sua lábia à vizinha. Um barbeiro entra na casa de outro vizinho para fazer seu serviço. Devia ser homem distinto o cliente, um cavaleiro talvez. Barbeiros não vinham da cidade para prestar serviços particulares a aldeões simples. Devia ser cavaleiro.

Todas as agitações agora pareciam ter se concentrado e se avolumavam aos olhos de Cristine.

O médico entrava na casa para acompanhar o enfermo, homens entabulavam conversas e faziam acertos sobre o casamento de seus filhos.

Bem poderia ser Abelardo um deles tratando de novo casamento para ela, pensou Cristine.

– Pai? – gritou a menina. – É você? – insistiu. – Diga ao homem que o moço pode ser pobre. Conte-lhe do dote. Uma cama com colchão de palha novo e um par de lençóis usados com fronha, travesseiros e almofadas novas com a promessa de uma colcha nova, que Alexius vai devolver. Pai? Pai!

O homem não se virava, e Cristine não tinha certeza se era Abelardo realmente.

Aproximou-se. Os homens estavam de costas e assim permaneceram. Surdos.

– Pai? – tentou mais uma vez.

De costas e surdos.

– Pai? Pai, é o senhor?

Deu a volta. Olhou-os de frente. Não tinham rostos. Os homens não tinham rostos. Seus cabelos tomavam toda a cabeça.

Alguém tocou seu ombro. Virou-se. Percebeu que não estava mais na rua, mas em um castelo. Um lindo castelo normando.

O homem olhou-a, sorriu, e ela percebeu o desejo. Nele. Nela.

– Esse não é o comportamento de uma jovem donzela.

Era a voz da mãe. Onde estava Aldenora?

– Mãe?

– Sua indolente! Saia da janela. O tempo todo na janela. Espiando. Exibindo-se. Sentada o dia inteiro, os cotovelos no apoio da janela e alguma coisa na mão, um trabalho que nunca é concluído. Desculpa para se demorar.

Sim. Era a voz da mãe.

– Mãe, o rapaz veio para me fazer a corte. É um homem distinto. É alto, belo, educado e tem lindos...

Chifres??

De súbito surgiram, como que do nada, chifres como os de um gamo.

– Quem é você? – perguntou Cristine.

– Você sabe – respondeu o homem-gamo.

Cristine teve medo, muito medo. Depois, veio o desejo. Desejo dolorido, aflito, conflituoso e irresistível; então, temeu o que sentia, e assim acordou.

E desejava voltar a sonhar.

Sobre Venocchio e as Fedora

O Sol já declinava no horizonte, deixando o céu tingido de múltiplos tons. Venocchio parou mais uma vez para observar. Gostava de olhar o céu de fim de tarde.

Ao seu lado, também contemplativo, Sensato tinha os olhos fixos nos restos de perdiz assada na mão de seu dono.

Venocchio percebeu a agonia do perdigueiro e lhe lançou os restos da caça. O cão abocanhou a carcaça no ar. O dono sorriu, chupou os dedos e acariciou o animal. Subiram juntos a colina, rumo, de volta, à sua morada.

Logo perceberam que tinham visitas. Quem primeiro viu foi Sensato. Levantou a cabeça, rufou e olhou para o dono.

Venocchio seguia caminhando devagar e no mesmo compasso se manteve. Sensato adiantou-se, parou; latiu de novo. Olhou para Venocchio; mais um latido. Quase resmungo. Queria avançar e aproximar-se das duas figuras que avizinhavam a casa do dono, e aguardava o comando de Venocchio, mas este não percebeu até que o cão decidiu por imprimir ritmo mais veloz à sua marcha e um latido mais confiante e intimidador.

– Alto! – bradou Venocchio ao perceber a intenção de Sensato.

O cão estacou. Emitiu outro resmungo e, abanando o rabo, aguardou a aproximação do dono.

– Ele não morde – disse Venocchio ao identificar as duas figuras femininas junto à porta de sua residência.

As Fedora acenaram juntas. Carmela sorriu candidamente, Constance abaixou-se e fez sinais amistosos para o cão.

Não estavam ali a mando de Jacobus. Todavia, consideravam-se “a serviço” dele: uma visita a Venocchio, o homem que dizia falar com mortos e combater as bruxas, não havia sido solicitada, mas à curiosidade das irmãs somou-se certo senso de oportunidade. Já que deviam incitar a menina Keira a se encontrar com o homem, por que não conhecê-lo melhor?

– Senhor Venocchio, soubemos que o senhor consegue ver os mortos.

Por um instante, a testa do friulano franziu-se. Arqueou as sobrancelhas, e então o semblante anuviou-se. Depois franziu a testa de novo para, em seguida, relaxar mais uma vez. Questão de segundos.

– Sim, é verdade. Sempre estou na... Não há um que eu não tenha... Isso é engraçado. Digo, vocês aqui. É engraçado. Não sei quem vocês... Mas também não me importo. Não tenho nada a... Não devo. Está tudo bem. Sempre falo... Falo com todos. Não me oponho a contar minhas... Bem, eu não tenho visto muitos mortos ultimamente. Não tenho... De todos os que por aqui passaram – refiro-me aos mortos –, de todos eles – os que viveram por essas bandas –, tenho notícias – respondeu com orgulho.

As gêmeas entreolharam-se admiradas, sem nada dizer. O homem falava mais que as duas irmãs juntas! Tanto parecia ter a dizer que entrecortava frases, entremeava sentenças e deixava palavras pela metade, sem concluí-las.

Como elas nada dissessem, ele resolveu prosseguir:

– E vocês devem estar se perguntando... Espere um pouco, espere aí! Vocês não são... Oh, não. Entendo, entendo... Eu não tenho me... Vocês acham? Acham que eu tenho medo? Que demonstro medo? Porque eu não demonstro medo. Aposto que vocês querem... Oh, céus, devo convidá-las a entrar. – Venocchio dirigiu-se à porta, abriu-a e se voltou para as irmãs: – Oh, Deus. Eu me chamo Venocchio. Às suas ordens!

– Sim, nós sabemos. Estávamos aguardando o senhor. Eu sou Carmela e essa é minha irmã Constance Fedora.

Venocchio convidou-as a entrar.

– Eu estava a caçar... Eu não... Vocês gostariam de... – O homem colocou uma sacola sobre a mesa com o produto de sua caça e dela tirou uma perdiz.

– Vocês gostariam... Não, não... Vocês não parecem do tipo que... Eu, já ao contrário, gosto muito de... Não é sempre que tenho, mas gosto muito. De perdizes. Eu e... Oh, não lhes apresentei meu cão. Sensato! – gritou para o cachorro. – Cumprimente as senhoritas.

O cachorro sentou-se e ergueu solenemente a pata direita.

Constance sorriu e fez menção de tocar no bicho, mas Carmela repeliu-a.

– Oh, não há com o que se... Não se preocupem... Ele é... Eu mesmo o adestrei. Ele era muito pequeno quando... eu mesmo... Eu o crio há muitos anos. Ele é... Não morde. Não morde, não. Apenas perdizes... Só perdizes! Vocês não são per... Uma vez ele até... – Venocchio fez uma pausa um tanto maior dessa vez. Pareceu lembrar-se de algo importante. – Onde estão meus... Onde eu pus? – Bateu as mãos nos bolsos, olhou o chão e meteu a mão no alforje, vasculhando-o nervoso. Tirou dele mais uma perdiz assada. – Oh, ainda há mais! – animou-se com a ave assada e se esqueceu do que o preocupava. Lembrou-se, então, de outra coisa. – Por que eu não lhes perguntei de onde são e quais são suas intenções? Eu perguntei? Não, não creio.

– Sim, é verdade. Nem o senhor perguntou, nem nós lhe dissemos – confirmou Carmela. – Esperávamos que o senhor se inquietasse com nossa repentina visita, que nos reportasse por emissárias do Santo Ofício ou coisa parecida. Não somos nada disso, posso lhe garantir.

Constance teria feito algum dos acréscimos de sempre às falas da irmã, "Sim, não somos espiãs. Não somos nada, podemos garantir", mas se nauseou ao ver e sentir o cheiro da perdiz assada pendendo da mão do homem.

– E o que são, afinal?

– O senhor vê mesmo todos os mortos? Fala com eles? – perguntou Constance com a mão cobrindo o nariz.

Carmela gesticulou para que a irmã não se antecipasse.

– Nós somos de Basonvil. Nosso pai é morto. Silvério Colmador, nossa mãe é Berenice.

– Silvério... – repetiu Venocchio. – Silvério, o Colmador. Silvério e Berenice Fedora. Eles... Sim, os conheço. Sim, já precisei dos préstimos de seu pai. E quanto à pergunta da outra jovem, digo: sim, oh, sim. Vejo os mortos e converso com eles, mas não os invoco. Isso é importante. Se vocês querem... Talvez estejam pensando... Oh, não... Não posso invocar seu pai. Não sou praticante da necromancia. Por isso não fui preso. O inquisidor, padre Jacobus, homem probo, muito decente mesmo... Como gosta de comer! Sempre mastigando, sempre com... Ele, o inquisidor, ele não me condenou. Ele viu meu proces... Ele leu tudo, sabem? Prestou atenção aos deta... a tudo. Tudo mesmo. Não viu culpa, só umas reprimen... Nada sério. Ao contrário, percebeu as contradições que compunham a denúncia de meus detratores e concluiu que se tratava de atos de vingança de meus inimigos.

– Oh... Então o senhor não pode chamá-los? – lamentou-se Constance.

– Não, mas posso... "aquilo", sabe? Conversar... Posso ouvir e falar com qualquer deles, enquanto meu corpo passeia pelos campos de trigo nas noites dos Quatro Tempos.

– Não estamos aqui por nosso pai nem por outro morto em especial – explicou Carmela. – Temos uma amiga, Keira, criada do estalajadeiro. Ela diz andar entre os mortos e conversar com eles.

– Oh, é mesmo? Ela faz coisas... Como ela...? Ela disse isso?

– Ela está tendo problemas com a Inquisição. Já a interrogaram, mas ela é boa moça.

– Muito trabalhadora – emendou Constance.

– Sim, muito trabalhadora e muito sofrida. Coitada. Está em apuros. Não sabe o que dizer. Talvez o senhor pudesse ajudá-la, uma vez que o senhor não ficou preso.

– Fiquei preso por um... Eu estive lá, eu sei. Eu tenho a palavra certa... Quando eu era criança... Eu, olha só. Eu não vou fazer nenhuma invocação, mas conversar com ela... Não vejo problema. Não é errado, mas pode ser... Não sei... Perigoso. Se ao menos... Desde que... Ela não pode... Sabe... Ela precisa ser verdadeira, e é só dizer o que o juiz quer ouvir. Tem pessoas que mentem e então... Eu não gosto. Eu sei. Eu sei o que dizer... Eu leio muito. Não é fácil... Livros são caros, então eu pego emprestado... Até quem me emprestou também teve que ser... Chamaram-nos. Foram colhidos os depoimentos... Oh, meu Deus! Será que foi um deles? Um deles mentiu?

O olhar de Venocchio perdeu-se no vazio insondável.

Constance aproveitou a oportunidade:

– Como estão os corpos daqueles que foram queimados nos Autos de Fé? – perguntou, sentindo um frêmito percorrendo a espinha.

Venocchio voltou a si.

– Oh... Isso não é coisa... Vocês vão ter... Nada que vocês devam saber. Hão de ficar impressionadas, perder o sono... Ou ter sonhos ruins. Pesadelos.

– O senhor viu Ana? O senhor já ouviu falar dela? – insistiu Constance.

Carmela não parecia muito satisfeita com o rumo da conversa, mas não interrompeu. Talvez a curiosidade mórbida da irmã ajudasse a dar àquele encontro tom mais informal, de curiosidade pueril, sem quaisquer suspeições de caráter inquisitorial. Eram tão somente duas irmãs em busca de ajuda para uma amiga aflita junto a um homem considerado reconciliado perante a Santa Igreja. Era o que queriam que ele pensasse e, em parte, era verdade. Precisavam vencer qualquer relutância de Venocchio em se encontrar com Keira. Estavam ali com essa missão. Preparar o caminho.

– Ana, a ruiva? – perguntou Venocchio.

– Não, Ana de Guilherme. Não a conhece?

– Sim, sim, a conheço. Inclusive, a vi esses dias. Estava apressada. Assustada...

– Então o senhor a viu? – animou-se Constance. – Entendo... Mas o senhor a viu "depois" da execução?

– Execução? Que execução? Execução de quem? Não há mais execuções aqui, criança. Depois do honorável juiz Jacobus, ninguém mais foi executado.

Carmela interveio:

– Sim, claro. Na verdade, ela não foi executada. Morreu durante um suplício. Durante um interrogatório no qual se negava a admitir ser praticante de bruxaria.

Venocchio empalideceu, engoliu seco e adquiriu a aparência dos mortos que o visitavam.

– Ana? Morta? Quando?

– Há coisa de dias.

– Dias? Quantos dias? Não é possível. Eu a vi... Ela... Foi... ontem. Ontem? Sim, ontem. Eu e Sensato estávamos... Não, Sensato não estava. Era só eu... Eu e quem? Era um vivo, eu sei... Eu e ele – ou ela – ... vimos.

Carmela sorriu gostosamente.

– Ora! Qual é a causa do espanto? O senhor não vê mortos?

Venocchio não achou graça.

– Vejo mortos "mortos". Vejo-os em seu mundo, não no nosso. Não vejo mortos andando pelas ruas em meio a outras pessoas como vi essa Ana.

– Está claro para mim que o senhor viu a defunta Ana. Ou isso ou viu alguém que se parecia com ela – contestou Carmela.

Venocchio mordeu o polegar. Parecia coçá-lo nervosamente com as pontas dos dentes.

– O que sabem sobre a essa... O que... Como sabem que ela está mesmo morta?

– Nós não sabemos muito... – Constance principiou.

Os olhos de Carmela brilharam ante uma súbita e promissora oportunidade.

– Sabemos pouco, mas conhecemos alguém que pode dizer tudo. Alguém que tem contatos dentro do escritório da Inquisição.

– Quem? – perguntou Venocchio.

– Quem? – perguntou Constance.

Carmela sorriu-lhes.

– Keira, ora. Nossa amiga necessitada.

– Preciso falar com ela, então – disse Venocchio aflito. – Façam-na vir o mais rápido possível. Se eu vi mesmo o espírito de Ana, então... Como vou saber... Como posso ter certeza... Antes tudo era simples. Eu dormia, eu saía de meu corpo e ia ao encontro do exército deles e... eu sabia. Era sonho, era visão... Agora, com isso... Nada mais sei... Mortos andando por aí? Vocês, vocês, por exemplo, são vivas ou mortas? Como vou saber? Como vou saber?

Sobre Venocchio e Keira

Quanto ao encontro de Keira e Venocchio, o que temos a dizer é que ambas as partes se deram por satisfeitas.

Venocchio teve mais informações sobre o inquérito de Ana e a promessa de que Keira buscaria maiores detalhes junto a Lucius. "Um copista que é meu íntimo amigo", disse.

Quanto a Keira, ela também teve as informações de que necessitava.

– Não sou feiticeiro. Sou um ginzburgo! – esclareceu Venocchio com voz firme.

– Pelo que eu ouvi dizer, os ginzburgos andam com bruxas. Lucius me falou sobre vocês.

– Os ginzburgos combatem as bruxas. Durante o ano... quatro vezes... As bruxas, elas... Você não entende. Não somos como... Na verdade... Olhe, menina, nós não recebemos *stigmatas*... Você vê alguma marca em meu corpo? Feiticeiros têm partes do corpo marcadas que lhes são dadas no... Eles, sim. Eles, os feiticeiros e as strigthas, recebem marcas durante os sabás.

– Mas vocês também participam dos Sabás... – insistiu Keira.

– Não... você... Nós vamos ao Sabá, mas não participamos das homenagens, das sujidades, das insanidades que lá cometem. Pelo contrário... *ire noctu...* nós vamos, durante as quintas-feiras dos Quatro Tempos, ao *Prado de Habi.* Lá... *ad preliandum vel ad huiusmondi alias actiones...* Combatemos... Veja isso. – Venocchio tira de um alforje ramos secos de erva-doce, bem amarrados, como se formassem um pequeno buquê. – Nós vamos para *preliandum* contra elas... as bruxas... Nós lutamos contra elas usando... Veja aqui. Nós usamos os ramos de erva-doce, e elas nos batem... com... Elas nos atacam. Elas se munem de sorgos e nos atacam... Mas isso faz muito tempo... Não fazemos... Não faço mais isso.

– É pelas colheitas – acrescentou Keira.

– Como? Como você sabe?

– Antigos ritos pagãos de fertilidade. Quando os ginzburgos vencem a batalha, a colheita seguinte será próspera. Quando as bruxas vencem, a colheita é amaldiçoada.

– Sim. É isso. Todavia, não são ritos pagãos. Combatemos por Nosso Senhor Jesus Cristo, pela Santíssima Virgem, pela Santíssima Trindade, pela Santa Igreja e pelo povo... *propter ipsius paupertatem.*

E Venocchio explicou-lhe de suas "batalhas noturnas" pelas colheitas, e não apenas isso. Também tinha dons de cura e a muitos – mais de quarenta – livrou da morte. Não como os demais que cobravam. Muitos de seus companheiros, em sua opinião, faziam mau uso de talentos sobrenaturais. Se visitavam um enfermo, cobravam; se o tal não podia pagar, solicitavam de seus parentes; se estes não tinham recursos, eram obrigados a trabalhos ou pagavam com uma não onerosa porção da colheita. Contou-lhe que outros, ainda, não cobravam, mas aceitavam de bom grado presentes, e, se não lhes era dado nada, diversas vezes, o mal outrora curado retornava e acometia de novo a pessoa.

– Então por que foi você condenado e preso? – questionou Keira.

– Porque... Por causa dessas coisas que você... Eles também pensavam o mesmo que... Eles achavam que éramos bruxos... Mas isso não é... Essa não era a razão. A razão verdadeira. No fundo, o que... Quero dizer... Havia algo por trás. Os exorcistas, eles não gostavam de nós, curandeiros. Tinham inveja de... Porque eles sabiam que nós... Que as curas eram reais... Nos chamavam... Me chamaram de fanfarrão. E também as bruxas... e também algumas pessoas que se deixavam influenciar por elas... Elas nos detestavam... *Mulieres* strigthas *et maleficas!* Sabíamos seus nomes, e eu sabia quais eram as *strigthas* bruxas.

E lhe contou, então, sobre elas. Que existem por toda parte.

– Mas no Friul, de onde vim, há mais do que em qualquer outro lugar. Mais de cem.

Por isso o haviam banido de lá depois de seus anos na prisão. Teria denunciado todas. "Seria um caos", diziam.

Bruxas andam por toda parte. Podem estar na igreja, participando da comunhão em uma hora, e em outra renegando a fé em suas reuniões. Circulam por todo lugar que desejam sem serem vistas. Fazem encantamentos e feitiços. Consomem criaturas, especialmente crianças – comem-nas vagarosamente até fazê-las morrer. Assumem as mais diversas formas – gatos pretos, ratos, esquilos. Untam-se com pomadas feitas de fetos humanos. Abrem entranhas de animais e fazem prognósticos. Consultam estrelas e astros.

Tudo aquilo, todas aquelas informações, todos os detalhes vívidos descritos, era surpreendente. Era muito mais do que Lucius lhe contara. E como poderia esperar descrições minuciosas de magias e rituais vindas de um inocente copista cheio de pudores? Certamente, o pobre tentava protegê-la do perigo.

"Você está correndo perigo", "Cuidado com Jacobus", "Não posso lhe dizer tudo", advertia Lucius. "Há coisas perigosas demais para se saber, e certas coisas eu nem mesmo sei se são verdadeiras. Os processos são controversos, os depoimentos, muitas vezes, contraditórios. Muitos livros são textos fantásticos sobre seres mitológicos e viagens da imaginação".

Quando ela lhe pedira que contasse sobre algum dos rituais, o tolo lhe dissera dos tais círculos elementais, dos conventículos, dos ritos de fertilidade e outras coisas de menor importância. Ele mesmo admitira: "Não são coisas assustadoras. Nada demais. Apenas rituais para garantir a fertilidade dos campos. Não eram praticados por bruxas ou feiticeiros, mas os inquisidores os tinham como tais. Antigos rituais pagãos de povos bárbaros e celtas".

Agora Keira estava diante de alguém que testemunhara os fatos. Alguém que também dizia "batalhar contra as bruxas pela fertilidade dos campos". Uma questão de justiça. Padres se negavam a fazê-lo, contara--lhe Venocchio. Deviam ter coisas mais importantes a fazer, pensava.

– O pároco ia e abençoava os campos – dissera ele. – Abençoava e depois de um tempo não vinha... Mandava o vigário. Depois... penso que a última vez... Não sei. Há muitos anos deixaram de ir.

Então os ginzburgos passaram a ocupar a lacuna deixada pelos padres.

À Keira tudo parecia, a um só tempo, confuso e esclarecedor.

Ritos inofensivos de povos pagãos. Fertilidade, comida, fartura. *Que mal há?* Padres que se negam a abençoar os campos. *Como podem?* Camponeses que misturam a fé cristã, que perfazem ritos pagãos em nome da fé católica. Camponeses que são presos por combater bruxas. Bruxas que causam malefícios, temporais que destroem as plantações. *Isso é mal.* Ginzburgos que aprendiam a desfazer o mal.

– Nem sempre... Não era todo feitiço que conseguíamos desfazer. As strigthas sabiam muito mais do que nós... Tínhamos que pedir...

Não sempre, sabe? Tínhamos que pedir-lhes que desfizessem o mal – dizia Venocchio.

Bruxas que desfaziam o mal. *Sabiam muito mais do que nós.* Isso era bom.

– Como as pessoas se tornam ginzburgos?

Elas não se tornavam. Elas nasciam. Venocchio explicou-lhe que um ginzburgo já nascia predestinado. Os pais assim decidiam. Se queriam que o filho ou filha fosse um ginzburgo, guardavam a placenta, deixavam-na secar e a levavam para ser consagrada durante a missa. Mas o sacerdote não podia saber, senão não consagraria.

– Oh, eu tenho... Minha mãe guarda o pelico de meu nascimento! – mentiu Keira.

– Mesmo? Mas as gêmeas... Suas amigas, as Fedora, disseram-me... Você não mora com o estalajadeiro?

– Sim, é verdade. Minha mãe já é morta, mas sei onde ela guardou meu pelico.

– Ele precisa ser consagrado.

– Sim, eu sei. Entendi. Eu farei... Alguém fará isso. Apenas me diga como devo proceder para ser uma servidora, uma ginzburgo.

– Não creio que possa dizer mais do que... Eu não posso falar mais... Problemas. Muitos. Já tive que ser banido do Friul... Queria voltar e rever... Não posso voltar. O padre Jacobus... Devo ficar quieto. Ele não iria gostar... Eu gosto dele.

– Por que ele o absolveu?

– Sim. Ele reviu o processo... Os procedimentos estavam errados. Disse que *"videns quod in dicto processu non sint neque hereses neque hereticalia, apostasia, nec res apostatice, neque abusus sacramentorum"* – repetiu Venocchio de cor. – Entende? Nem heresia, nem apostasia, nem abusos dos sacramentos.

– Viu? Não há mal. O juiz Jacobus é justo – argumentou Keira. – Quero saber tudo sobre as bruxas.

– Para combatê-las? – perguntou o friulano.

– Para fazer *justiça* – dissimulou Keira.

– Penso que isso é bom... – aquiesceu Venocchio. – Não se esqueça...

– De Ana – completou Keira. – Não me esquecerei.

Também não me esquecerei das Fedora. Elas me foram úteis, afinal.

* * *

– Não precisamos disso! – protestou Constance à irmã.

De volta, após o encontro com Venocchio, no quarto, as irmãs preparavam-se para o encontro com Keira. Carmela balançou a cabeça e continuou a ajeitar os cabelos. Suspendendo-os acima do pescoço, pediu que a irmã a ajudasse com os botões do vestido.

– O que as pessoas vão dizer? – insistiu Constance.

– Não seja tola! – repreendeu Carmela. – Não dirão nada, pois não saberão de nada. A menina Keira não terá tempo para contar a ninguém. Lembre-se, somos colaboradoras do Santo Ofício. É serviço que estamos prestando a Deus. O padre Jacobus agirá rapidamente. Keira não terá tempo de nos expor.

Seguindo as orientações do inquisidor, Carmela e Constance Fedora deveriam se aproximar novamente de Keira para buscar dela um encantamento, um sortilégio que as fizesse encontrar um marido.

Haviam sido bem-sucedidas na primeira empreitada.

Keira, não obstante a desconfiança inicial, aceitara a sugestão das irmãs em se encontrar com o moleiro friulano, conhecido como Venocchio, e com ele conversara várias vezes.

Sentadas na cama, de mãos dadas, as gêmeas repassavam suas falas.

Diriam acreditar que Keira tivesse poderes sobrenaturais, dons especiais – esse seria um termo melhor – e que elas gostariam de saber se Keira conhecia algo – não usariam o termo "encantamento" – para ajudá-las a encontrar um bom marido. No caso, dois bons maridos, ou até mesmo dois maridos nem tão bons assim.

Diriam ter conhecimento de que corria à boca pequena a notícia de que Keira havia curado uma menina que nascera sob o signo da feitiçaria, que tinha o poder de ler a mente e controlar os pensamentos de quem quisesse, e que tão poderosa era que nem a Inquisição a perturbava.

O inquisidor estava convicto de que havia mais pessoas envolvidas e desejava confirmar os nomes. Acima de tudo, desejava estar munido de informações que lhe dessem o poder de surpreender os suspeitos, levando-os à contradição durante os interrogatórios.

– Não preciso disso – repetiu Constance. – Não preciso desses artifícios.

– Não será de verdade. Não estaremos buscando um... – Carmela interrompeu sua fala. Subitamente, ocorrera-lhe uma suspeita, em um primeiro momento considerada tolice. – Oh, não... Não seria possível... – Soltou as mãos da irmã. – Constance Fedora – falou em tom solene. – Não me diga que você já tem alguém. Que já encontrou alguém e não me contou...

Não. Constance não diria. Não por ela.

Tantas e tantas idas à abadia, tantos encontros com Jacobus e quantos encontros com seu jovem pupilo Dominic.

Carmela não percebeu quando a irmã levou as mãos ao ventre, enquanto o semblante crivava-se de pânico.

– Virgem Santíssima... – murmurou, quase sem fôlego

Os encontros com Dominic, os recentes e constantes enjoos... Constance sentiu que iria desmaiar.

Sobre Cristine e o falso confessor

Os dois sacerdotes se levantaram e trocaram um aperto de mão mais uma vez, encerrando o encontro.

– O senhor pode sempre contar comigo, seja concernente às questões do Santo Ofício, seja a quaisquer outras, padre Jacobus – disse Aurélio.

– Padre... não precisa me chamar de padre Jacobus. Chame-me apenas de Jacobus ou irmão; afinal, pertencemos à mesma ordem. Além de que não exerço a função de pároco há tempos. E quanta falta sinto...

– Do que mais sente falta? De qual ofício gostava mais? – perguntou Aurélio.

Jacobus sorriu. Seu olhar vagueou.

– Sempre amei o rito da confissão auricular – respondeu após um suspiro. – Não somos apenas porta-vozes de Deus, padre. Somos porta-vozes dos homens também. Portamos suas confissões, suas vozes interiores. Penetramos em suas mentes perturbadas pela culpa e as aliviamos de seus fardos por meio do rito penitencial. Partilhamos de suas fraquezas e nos apercebemos quão pequenos e carentes também nós somos.

Batidas na porta interromperam o colóquio. Padre Aurélio pediu licença a seu convidado e se apressou a atender.

À porta, foi informado que a jovem Cristine o aguardava no confessionário.

– Oh, sim! Deus, eu já devia estar lá... Um instante e já descerei – avisou o padre, despedindo o jovem que lhe trouxera o recado.

Padre Aurélio voltou-se cabisbaixo, dirigindo ao colega um muxoxo.

– Oh, irmão Jacobus... Perdoe-me, mas devo me incumbir de uma tarefa excruciante. Tão belas palavras o irmão disse sobre o rito confessório, mas tão sobrecarregado me sinto com essa jovem.

– Qual o problema com ela? – interessou-se Jacobus.

– Ela simplesmente não confessa! Ela começa a contar um caso e então muda o assunto, parece temer e se põe a falar de outras coisas – lamentou-se. – Ah, se eu pudesse me omitir dessa obrigação... – suspirou Aurélio.

Que oportunidade!

– Lamento muitíssimo, padre Aurélio. Vou rezar pelo senhor – disse Jacobus, dissimulando o interesse.

Padre Aurélio ajeitou a batina e, com saliva, ajeitou os parcos e teimosos fios de cabelo sobre a testa. Abriu a porta, oferecendo que Jacobus saísse primeiro.

– Eu poderia alegremente substituí-lo, padre, se pudesse... – sugeriu Jacobus.

– E não pode? – animou-se Aurélio. – É claro que pode! A não ser que o irmão não queira.

– Eu adoraria, se não se importa.

– Se me importo? Se me importo? Oh, Deus, obrigado! Não vejo problema algum, e o senhor ainda pode saciar sua saudade.

– Será ótimo, então! – vibrou Jacobus.

* * *

A portinhola do confessionário se abriu.

– Padre, eu pequei... – principiou Cristine hesitante.

– Sim, minha filha, o que você fez? – respondeu uma voz grave do outro lado.

– Padre Aurélio? – estranhou Cristine.

– Não, minha filha – respondeu a voz misteriosa. – Sou um substituto. Padre Aurélio não está se sentindo bem. Também sou sacerdote e humilde vigário de Cristo a seu favor. Qual foi ou quais foram seus pecados?

A voz do confessor era hipnótica e trazia à Cristine um conforto e confiança capazes de fazê-la aceitar o imprevisto sem problemas.

– De fato, padre, ainda não pequei. Eu... poderia confessar e ser absolvida por antecipação?

Jacobus sorriu diante da sugestão. Não era a primeira vez que a ouvia. Era o recurso típico de quem buscava um salvo-conduto para o pecado. Todavia, o monge inquisidor conteve-se em dar uma pronta negativa.

– O que você fará? Qual será seu pecado?

– Recebi um convite para participar de uma coisa muito errada. Muito errada.

– E você o aceitará?

– Sim... Esse é o pecado.

– Êh, filha... Mas isso é evitável. Diga não.

– Não posso dizer não.

– E por quê?

– Minha amiga ameaçou contar meus segredos se eu não for...

– Sua *amiga?*

– Sim, é. Ou costumava ser. Estou tão confusa. Terei que ir. Não tenho alternativa.

– E, por isso, precisa de absolvição prévia?

– Sim... É possível?

Jacobus sabia que não era.

– Depende... – respondeu.

– Depende?

– Depende do que vai fazer, de onde e com quem. Confesse tudo. Confesse como se já houvesse praticado. Então, recomendarei sua penitência.

E assim Cristine fez.

Contou-lhe tudo: de sua primeira e, fez questão de ressaltar, "única" ida a uma clareira no meio do bosque onde se consultara com uma suposta bruxa. De seus sonhos e fantasias com homens de chifres e pés de cervos e com cães que falavam. De seu desejo de recuperar a virgindade, perdida, segundo a mãe, por obra de bruxaria, e de como, na manhã daquele mesmo dia, as amigas Ângela e Keira haviam visitado sua casa, mais uma vez, para insistir (Keira mais que Ângela, achou por bem destacar) que ela tomasse parte em uma cerimônia de bruxaria.

– Bruxaria?

– Eu que penso, mas Keira diz que não. Que é ritual inofensivo. Para proteção.

– Proteção contra o quê? Ou contra quem?

– Keira disse que descobriu "poderes". Ela tem lido livros e até se encontrou com um homem que vê mortos. E... – titubeou Cristine.

– Fale tudo, filha... Até agora não tenho encontrado pecado algum em seu comportamento – sussurrou Jacobus insinuando-a a prosseguir. – Tudo o que fez até agora foi agir movida por boas intenções. Não há penitência para recomendar, exceto pelo pecado que cometerá. E, se você seguir minhas orientações, até mesmo indo a esse encontro, você poderá se proteger contra qualquer dano e receber absolvição.

Keira descobrira poderes, contou-lhe, enfim, Cristine. Poderes "para o bem", dizia ela. Contara-lhe que havia visitado uma mulher que estava muito aflita, pois a filha nascera pelos pés, e a mãe temia que se tornasse bruxa. Keira recomendara-lhe que pusesse a criança amarrada junto ao fogo. "Não tão perto que chegue a se queimar, nem tão longe que o calor sequer lhe alcance", recomendou então. E também que a virasse "de tempos em tempos". Disse que, se assim fizesse, a menina não viraria bruxa. "Penso que, por isso, não seja bruxa", acrescentou. Afinal, por que faria algo que impedisse o surgimento de uma outra que fosse da mesma espécie?

E isso não era tudo. Keira dissera ter se livrado de um interrogatório manipulando o comportamento do inquisidor. Em meio à aflição e ao medo, Keira invocara poderes que fizeram com que, subitamente, o inquisidor começasse a ter um comportamento estranho e a falar coisas sem sentido, e até mesmo a quase desmaiar, tendo sido necessária a intervenção de um de seus auxiliares e a consequente dispensa da interrogada.

Jacobus, em êxtase contido, exaltava a Divina Providência, que lhe permitira ter uma descrição tão pormenorizada de fatos que, de outra forma, poderiam ter-lhe escapado ao escrutínio. De fato, ele não poderia revelar o que ouvia. A moça estava protegida pelo sigilo confessional, o que não significava que ele, enquanto inquisidor, não poderia fazer uso das informações para conduzir futuros inquéritos.

O velho sacerdote desejava explorar mais informações sobre Keira, mas temia se exceder em sua curiosidade, o que poderia soar, para Cristine, atitude injustificável ou suspeita. Afinal, estava ali na condição de "confessor", e não na de "inquisidor"; cabia ao confessor ouvir mais que falar. Decidiu-se por manter suas inquirições mais diretamente relacionadas à confidente.

– E você supunha conseguir sua virgindade de volta pelo mesmo meio que lhe fora tirada? Pela bruxaria?

– Não, não... Eu, então, ainda não sabia se tratar de uma bruxa... A mulher com quem iríamos nos encontrar... Ângela me dissera que era uma velha erveira, que ela tinha o poder da regeneração por meio de unguentos e manipulações e eu pensei que fosse uma conhecida.

– Você conhece bruxas?

– Não... Não uma bruxa, padre. Uma mulher sábia que manipula ervas, mas ela não faz encantamentos. É uma cristã devota. Eu pensava que fosse ela que iríamos encontrar. Por isso fui.

– Que mulher é essa? Qual o nome? – interessou-se Jacobus

– Oh, temo que não possa dizer isso.

– E por que não?

– Ela vive reclusa, no meio da floresta. Não quer contato. Ela tem medo da Inquisição.

– Ela não precisa temer a Inquisição se é, como diz, uma "cristã devota" e se não estiver fazendo nada de errado. Já você deveria temer carregar os pecados dos outros. Como eu poderei determinar sua penitência se não souber quais pecados lhe dizem respeito e quais você cometeu por más influências?

Cristine cerrou os lábios. Teve medo.

Do outro lado, Jacobus percebera a insegurança da jovem.

– Não tema, filha. Você está protegida pelo segredo da confissão – tranquilizou-a.

Cristine esticou o pescoço para fora do confessionário, tentando visualizar algum penitente que pudesse, do outro lado, ouvir seu relato ou se alguma pessoa próxima poderia escutar.

Não era comum uma alta assistência à igreja àquela hora do dia. Por isso o templo encontrava-se quase vazio.

Duas mulheres passaram ao lado do confessionário. Eram conhecidas beatas da vila. Não pareceram perceber a presença de Cristine ali, e, dessas, Cristine julgava não ter o que temer. Ela já as observara por diversas vezes levando as mãos aos ouvidos para tampá-los em atitude de respeito à privacidade dos confidentes que ali se encontravam – hábito tão arraigado que tampavam os ouvidos sempre quando passavam ao lado dos confessionários, mesmo quando nenhum penitente havia.

Cristine endireitou-se em frente a seu confessor e beijou o crucifixo pendurado na tela.

"Walpurga", esse era o nome da mulher, revelou-lhe enfim.

Fez questão, todavia, de acrescentar que a velha era estranha, mas não era bruxa, disso tinha certeza. A mulher fizera uma poção para Cristine depois de tê-la livrado de se afogar no rio e também dizia que urina humana era ótimo remédio contra picaduras de insetos, ou coisa parecida, mas não era uma bruxa. Pelo contrário, Cristine reputava-a por sua salvadora. A mulher a resgatara e a levara em segurança para sua casa ajudada, segundo ela, por dois anjos.

– E qual era o nome da outra? Daquela que você julgava ser Walpurga.

– Não sei. Nunca a tinha visto.

Jacobus também quis saber como chegar lá, mas Cristine não fazia ideia. Até gostaria. Tinha vontade de rever sua salvadora, mas estava desacordada quando fora resgatada. "Só sei que fica do outro lado do rio", acrescentou. Também não se recordava do caminho de volta. Apenas que se tratava de uma trilha pouco usada e que dava a uma clareira que Cristine julgava ser a mesma onde, depois, encontrara-se na companhia de Ângela com a velha bruxa. Também, segundo Walpurga lhe dissera, parecia ser ali que se reuniam algumas mulheres devotas para orações e rogos.

– E quanto ao local das reuniões? Você sabe como chegar lá?

– Não sei se saberia retornar lá sozinha. Foi Ângela quem me levou. A floresta é muito densa e estava escura naquela parte. Em alguns momentos, chegamos a errar o percurso.

– E será nesse mesmo lugar a reunião para a qual você foi convidada?

– Sim, será – respondeu Cristine. – Quantos Padres-Nossos deverei rezar, padre? – perguntou aflita.

Dentro do confessionário, Jacobus esfregou suas grandes mãos em extrema satisfação.

– Nenhum, minha filha – respondeu. – Sua penitência será diferente. Eis o que quero que faça...

* * *

Fora do confessionário, bem distantes, as duas beatas trocavam informações entre uma e outra oração.

– Viu quem estava ali? – perguntou uma.

– Isso não é de sua conta – respondeu a segunda.

– Era a filha de Aldenora – insistiu a primeira. – Que terá feito agora? Não são quatro dias desde sua última confissão? Que tantos pecados há para confessar que se tenham cometido em tão pouco tempo? – escandalizou-se.

– Em quatro dias, você diz. Pois sei de um que pode ser cometido até mesmo dentro da igreja e no curto espaço que há da porta do templo até o altar – sugeriu a primeira.

– Oh! E qual pecado será esse?

– Bisbilhotice! – censurou.

SOBRE APRENDIZES DE FEITICEIRA E REUNIÕES DE ORAÇÃO

Rebeca perguntou pela enésima vez o que, afinal, elas estavam indo fazer na floresta; que tipo de grupo era aquele? Eram como os valenses ou como os negrescos? Se fosse, ela não aceitaria juntar-se a elas, mesmo que Ângela, a irmã mais velha, estivesse envolvida. "Minha mãe não permitiria. Nem eu gostaria".

– Sua irmã disse que você tem curiosidade sobre bruxas – disse Keira.

– Sim... Mas não conte a ninguém que eu o disse – pediu Rebeca.

– Nem todas as bruxas são más – continuou Keira. – Não vê Ana de Guilherme? Ela não era má, era?

– Mas também não era bruxa – protestou Cristine.

– Não foi o que os inquisidores disseram – sustentou Keira. – Eu vi seu processo. Ela fazia magia e ainda tentou seduzir o protegido do inquisidor Jacobus. Queria engravidar dele às escondidas para dizer ao marido que conseguira engravidar. Pedia a ele que a tocasse e lhe dizia que não seria pecado se ele depositasse sua semente em... vocês sabem... em seus vasos naturais.

– Não sabia que ela havia feito isso – espantou-se Ângela.

– Então ela *era* má! – observou Rebeca. – E Ana, a ruiva, ela é uma bruxa boa ou má?

– Ela não era bruxa. Diziam isso por causa de seus cabelos ruivos e porque andava com um gato preto. Diziam que ela se transformava em uma gata e que ia junto do outro gato, o que possuía. Diziam que iam juntos, os dois, em forma de gatos, ao Sabá.

– Se eu me transformasse em um gato, não comeria ratos de jeito nenhum! – disse Rebeca. – Comeria biscoitos ou bolinhos que roubaria dos vizinhos. Isso sim!

– Ana não era bruxa e vejam o que lhe sucedeu! – alertou Cristine.

– Ela era, sim! E ela só foi pega porque foi uma tola, uma tonta – insistiu Keira. – Nada lhe teria acontecido se não ficasse perambulando para cima e para baixo acompanhada daquele cão preto.

E, olhando para Rebeca, respondeu sua pergunta inicial:

– Vamos criar um *conventículo*. Eu serei a rainha. Será para nossa proteção. Não vamos fazer malefícios a ninguém. – Keira fez uma pausa. – A não ser que mereçam...

– O que é um conventículo? – perguntou Rebeca.

– Você saberá – respondeu Keira. E, dirigindo-se a todas, perguntou: – Qual de vocês nunca teve vontade de dizer uma coisa proibida?

– Como uma blasfêmia? – deduziu Cristine.

– Sim! Como uma blasfêmia! Qual de vocês nunca teve vontade de dizer uma?

Cristine balançou a cabeça.

– Eu nunca falei – defendeu-se.

As demais também negaram. Keira insistiu:

– Mas já pensaram... – provocou. – Já pensaram e tiveram vontade, não foi? Ficaram pensando "O que acontecerá se eu falar? Cairá um raio sobre minha cabeça? Ficarei muda? Morrerei?". – Keira lançou-lhes um olhar agudo e provocante. – Pois eu lhes digo. Nada! Vejam só o que vou fazer. – Keira colocou-se em pé e começou a andar por entre as amigas, que permaneceram sentadas. Olhos fixos na líder. – A Virgem é tão virgem quanto... Quanto Mona Savazza! – disparou irreverentemente.

– A Mãe de Deus? – espantou-se Cristine.

– Sim!

– Como Mona? A prostituta? – questionou Rebeca.

– Sim, sim!

Cristine fez o sinal da cruz. Rebeca levou a mão aos lábios. Ângela sorriu.

– O Santo Padre é um bufão! – continuou Keira. – Não! Melhor: ele é um velho gordo e rodeado de putas! Um velho tarado cheio de putas ao redor de seu trono papal! – Os olhos de Keira brilhavam e ela gargalhava entre uma e outra provocação. – Padres dormem uns com os outros, exorcistas batem nos traseiros nus das possuídas e lhes tocam as partes, a Bíblia é livro de fábulas e invencionices, a igreja é uma casa de insanidades, as beatas besuntam-se de óleo e se esfregam umas nas outras, a hóstia é um pedaço de farinha inútil e insosso, e os frades são adoradores de Lúcifer e lhe beijam o rabo e os cornos!

– Digam! Digam! – Keira apontava para cada uma. – Digam o que está passando por suas mentes! Viram? Nada acontecerá! Vamos, digam!

Um momento de silêncio. Expectativa.

– Inferno! – gritou Ângela. – Os santos fedem como macacos e dançam ciranda no oco do mundo!

– Sim! Viva! – gritou Keira em resposta.

Cristine balançou a cabeça repetidamente.

– Não vou dizer nada disso.

Keira olhou para Rebeca. Ela comprimia os lábios entre os dedos. Os olhinhos brilhavam como sinal de que algo brotava em seus pensamentos.

– Jesus era um judeu! – gritou, enfim.

Um silêncio breve interrompeu as palmas, sorrisos e gritos de Keira. Aquilo era uma ofensa?

– Sim! – gritou Ângela. – Um maldito judeu judaizante e anabatista! E luterano e valdense também! – acrescentou Ângela, às gargalhadas.

Cristine balançou a cabeça. O que era aquilo, afinal?

– É claro que Jesus era judeu! – corrigiu.

Rebeca não se convenceu.

– Não era não. Era cristão! – respondeu. – Como pode? Se nossa mãe, nosso pai, o padre e todos dizem que os judeus são maus e têm que se converter... Por que nós? Por que eles são mortos e presos, então?

– Ora, porque eles mataram Cristo, sua tonta! – impacientou-se Cristine.

Rebeca assustou-se com a informação.

– Todos eles? Até Frau? – perguntou.

– Não, não todos. Apenas os que viviam na época – corrigiu Cristine.

– Então por que matam os demais?

– Ora, isso eu não sei. Penso que é porque eles não seguem os ensinamentos da igreja e porque... Não sei. Porque eles ensinam que Jesus não é o Filho de Deus, e porque tomam banho toda semana e também porque eles não comem todo tipo de comida, e porque dizem também que eles ensinam os filhos a cuspir na hóstia consagrada.

– Frau ia à igreja sempre – interveio Ângela.

A ela, a vizinha não parecia uma cristã diferente dos demais.

– O velho Cornélio também – acrescentou Cristine.

– Viram? – perguntou Keira. – A Igreja não sabe nem quem são seus inimigos! Judeus ou filhos de judeus, como Cornélio, ou netos, como Frau, Emanuele e os outros. Também os mouros, e os bárbaros, e também os seguidores da heresia luterana. Todos estão em perigo.

– Então precisamos ter cuidado – alertou Cristine. – Cuidado com o que falamos ou fazemos, porque Deus pode nos punir e a Igreja pode nos excomungar e...

– Não, não precisamos! – interrompeu Keira. – Deus não castiga! É a Igreja que persegue e pune, mas Deus não faz nada. Talvez Ele nem se importe. Vocês viram? Deus não fez nada. Nada aconteceu! Deus é como o ar. Ele está em tudo. Ele é os quatro elementos e tudo o que existe. Deus é tudo.

– E o Diabo? Ele também é Deus? – perguntou Rebeca.

Keira não estava certa, mas não titubeou.

– Sim, ele também.

– Mas... ele é mau – contestou Rebeca.

– Quem disse? – retorquiu Keira. – Quem viu? Vocês já o viram fazendo o mal? Alguém já o viu? Dizem que está nas Escrituras, mas quem de nós já leu a Bíblia inteira? O que sabemos é o que os padres nos dizem.

– Como é que você sabe tantas coisas, Keira? – espantou-se Rebeca.

– Por que eu leio. Os livros secretos. O conhecimento escondido que a Igreja quer ter só pra ela.

– Ninguém dirá nada sobre nada, não é? – interveio Ângela.

Todas as presentes assentiram com a cabeça.

– Vocês juram? – insistiu. – Juram por suas mães?

Ângela lembrou-se da amiga órfã.

– E Keira, você jura por... jura... Por quem você jura, afinal?

– Por minha vida.

Ângela pediu que todas levantassem a mão direita e jurassem por suas mães e por suas vidas que nada contariam daquilo que tinham ouvido até então e do que estavam por ver e ouvir.

Cristine levantou a mão direita e, por trás do vestido, cruzou os dedos da esquerda. Jurou com os lábios, mas negou com o coração.

O Senhor sabe que eu só estou jurando por fora. Por dentro eu não juro, eu juro que não juro! Eu abjuro! Em nome do Pai, do Filho e do Espírito Santo. Amém.

* * *

Era uma noite clara e agradável. O estreito caminho estava perfeitamente visível à luz do brilho opaco da Lua nova que reinava absoluta no céu. Keira, no entanto, conduzia o grupo portando uma lamparina acesa. Precisariam de fogo quando chegassem ao local, e a luz natural pouco serviria na mata fechada que estavam por atravessar.

As amigas pularam a cancela enlameada de uma propriedade abandonada. A partir dali, o caminho acabava. Teriam que seguir por uma trilha estreita em fila indiana.

Continuaram resolutas, até que a mata se fechou em torno delas. Então, mesmo já tendo atravessado a floresta inúmeras vezes – fosse para brincar, para colher frutos ou para alcançar a margem do rio, sentiram um misto de expectativa e de medo. Ansiavam chegar ao local da cerimônia; todavia, quase lhes faltava ousadia para prosseguir.

Keira seguia na frente com a lamparina. Ângela vinha atrás, seguida de Cristine e de Rebeca. Keira fizera questão de trazer a irmã mais nova de Ângela. Não havia conseguido outra que se dispusesse a ir e não podia sair anunciando aos quatro cantos um convite para participar de um ritual secreto. Então, após a segunda negativa, decidiu-se por aceitar a pequena irritante.

– Keira, Keira! – uma vozinha irritante veio de trás. Era ela.

– O que foi? O que houve agora? – Keira parou e lançou luz para trás, na direção da menina.

– Não quero vir atrás de todo mundo – resmungou Rebeca. – Parece que alguém está me seguindo... Deixa-me ir na frente com você?

Cristine antecipou-se:

– Vocês lembram quando nós íamos colher figos no pomar do velho Cornélio? Andávamos por uma trilha como esta no campo – relembrou.

Ângela sorriu ao também recordar.

– Sim, e uma de nós gritava e saía correndo em disparada sem razão aparente.

Keira também se recordou:

– E as outras desandavam a vir correndo e gritando atrás!

Por um instante todas se descontraíram. Exceto Rebeca.

– Viu só, Rebeca? Sempre sentimos isso – Cristine tentou acalmá-la. – Essa sensação de que alguém está nos seguindo, mas não é nada demais. Aconteceu conosco e não era nada. Não era ninguém.

De fato. Não costuma ser alguém. Costuma ser *algo.*

* * *

Nenhuma delas admitiria, mas, à medida que penetravam no interior da floresta, sentiam seus corações acelerados e prosseguiam sem certeza de que deviam prosseguir, carregando consigo aquela mesma e estranha sensação de presença.

Seguiram um pouco mais em silêncio. A pequena Rebeca à frente de Cristine dessa vez.

Keira parou. Baixou a luz e examinou o chão. A grama alta estava amassada. Dava para ver que alguém havia passado ali recentemente.

– Keira, por que paramos?

– Shhh... – censurou Keira, pedindo silêncio. – Vocês ouviram isso? Ouviram isso?

Todas permaneceram em silêncio por angustiantes segundos.

– Eu ouvi! – acusou Rebeca em um sussurro. – É uma risada. Parece uma risada.

– Eu também. Eu também ouvi – acrescentou Ângela.

Quem poderia ser? O que estaria fazendo alguém ali? E do que estaria rindo?

– Penso que devemos voltar – falou Cristine.

Uma luz, provavelmente uma tocha, movia-se longe, ao fundo.

– Eia! Quem vem lá? – gritou uma voz feminina.

Haviam sido identificadas. Estava escuro e a dona da voz também não as via, assim como elas não a conseguiam discernir.

– Estamos aqui. São vocês? São vocês, irmãs? – gritou a voz de novo.

Quem quer que fossem, aguardavam companhia. Keira estava ciente de que, se prosseguissem, poderiam não gostar do que encontrariam, mas, se retornassem, poderiam se ver diante das tais "irmãs" que eram aguardadas, e a surpresa poderia ser igualmente desagradável. A curiosidade e a sensação de inatingibilidade a fizeram prosseguir.

– Vamos em frente! – afirmou resoluta. – Sim! Somos nós – gritou de volta.

O grupo era pequeno. Seis ou sete pessoas, todas cobertas de mantos e capuzes. Ao que parecia, homens e mulheres. Pelo menos foi uma mulher quem as recebeu alegremente.

– Bem-vindas, irmãs! – disse, aproximando-se de Keira e das demais. – Ainda não começamos nossas orações. Que bom que vocês chegaram em tempo.

A mulher parecia não ter estranhado a chegada não anunciada de Keira e de suas companheiras. Talvez até estivesse esperando quatro moças ou talvez não soubesse o número exato das supostas convidadas. Entretanto, Keira sabia que não poderia se arriscar a manter a farsa, sob pena de ser descoberta se as verdadeiras irmãs chegassem.

– Estamos felizes em estar aqui – principiou-se a confessar. – Mas lamento dizer que não somos quem vocês estavam esperando. Minhas amigas e eu caminhávamos por uma trilha da floresta, quando nos perdemos. Descobrimos uma trilha recentemente utilizada e tivemos a esperança de encontrar uma viva alma que nos ajudasse a retornar a nossos lares. Foi quando vimos a luz e ouvimos sua voz, mas não...

A mulher interrompeu-a:

– Pelo contrário, minha querida – disse suave, mas firme. – Era exatamente *vocês* que estávamos esperando!

Keira balançou a cabeça sorrindo.

– Deve haver algum engano. Eu não conheço a senhora...

– Não há engano algum – contestou a anfitriã. – Foi a Divina Providência que as conduziu até aqui, e eu, Walpurga, serva do Senhor, recebi a revelação de que vocês viriam. Vocês quatro!

"Walpurga!"

Cristine saiu por detrás das demais, arriou o capuz com o qual escondia parcialmente o rosto e se aproximou da luz da tocha que Walpurga segurava.

– Walpurga! Sou eu, Cristine, a moça que você salvou!

– Cristine! Oh, Deus! – emocionou-se a anciã. – Cristine! Você veio! Eu sabia que viria... Sabia que a reencontraria um dia, só não esperava que fosse hoje!

Ora, ora, pensou Keira, *que raio de revelação era aquela, então?* Se a velha sabia que elas viriam, como podia estar dizendo agora que não esperava encontrar Cristine hoje?

– Temos que ir – disse, tomando Cristine pelo braço.

– Oh, não, Keira! – protestou Rebeca. – Eu gosto de orações. Quero ficar. A mulher disse que haverá orações. Vamos ficar, por favor...

Ângela puxou a manga do vestido da irmã mais nova por baixo e gesticulou para que ela ficasse calada.

Rebeca fez cara de choro.

– Oh, não, vocês devem ficar. Devem ficar, sim, e participar conosco – insistiu Walpurga. – Vocês deixaram suas casas dizendo às suas famílias que iriam participar de uma vigília de oração, não foi?

"Sim, era verdade". Então a mulher tinha mesmo o poder de prestidigitação? Devia ser uma bruxa! Keira apostaria todos seus bens, se algum tivesse. Devia ser uma bruxa. Talvez devessem mesmo ficar.

– Ficaremos, então – decidiu em nome de todas.

Sobre confissões verdadeiras e confessores falsos

A portinhola do confessionário abriu-se. Por trás da tela, uma voz grave anunciou-se. Cristine identificou-a. Era a mesma voz. O mesmo confessor do dia anterior.

– Cristine, você demorou.

– Padre, eu... não pequei – iniciou Cristine de forma não usual.

Jacobus sorriu diante do inusitado.

– Como pode ser isso?

– Não aconteceu o que eu esperava – respondeu Cristine. – Não aconteceu o ritual.

– E o que ocorreu? Por que não houve?

Cristine deu-se conta de que não precisava contar. Afinal, o combinado no dia anterior era sua absolvição por antecipação, caso aceitasse a penitência sugerida por Jacobus: contar tudo o que acontecesse no ritual. Mas, como não houvera ritual algum, nada havia a contar. Ao menos ela não tinha nada a confessar. Não cometera pecado algum.

– Padre, penso que não... Talvez eu não precisasse ter vindo aqui hoje, pois não tenho nada a confessar. Não cometi nenhum pecado porque não houve aquilo que eu esperava. Não houve o ritual. Graças a Deus...

Jacobus não estava nada satisfeito. Cristine escondia algo.

– Então por que veio?

– Porque eu sabia que o senhor estaria esperando e... Eu não queria que o senhor pensasse que me omiti de minha penitência. Então vim lhe explicar o ocorrido, ou, no caso, o *não ocorrido.*

– Então sua amiga contará seus segredos... – provocou Jacobus.

– Não. Ela não vai contar... Ela considerou que eu cumpri minha parte do acordo.

Cristine ansiava parar de falar, mas tudo o que conseguia era deixar sempre uma ponta solta que o inquisidor não se abstinha de puxar.

– Filha, preciso que você seja mais específica – reclamou Jacobus. – Vocês se reuniram? Foram ao local? Alguém as impediu? Houve algum contratempo, algum imprevisto?

– Oh... Não sei como dizer isso. Bem, nós nos reunimos.

– Você e quem mais? Ângela e Keira?

O confessor não sabia de Rebeca. Tampouco precisava saber. Afinal, pensou, omitir não era o mesmo que mentir, e o padre nada lhe perguntara sobre haver mais alguém.

Foi como se o confessor lesse seus pensamentos. Muito embora nenhum dos dois tivesse ciência disso, foi, de fato, o que aconteceu.

– Havia mais alguém?

– Sim... – Cristine deteve-se.

Não mencionaria o nome de Rebeca, a menos que o padre perguntasse. Tentou pensar em algo para continuar a dizer antes que o confessor fizesse a próxima pergunta, mas não conseguiu articular nada a tempo.

Jacobus percebeu a hesitação de Cristine.

– Quem? Quem mais?

Embora nunca tivesse estado em um, Cristine sentiu-se como em um inquisitório. Como se fosse uma denunciante. Pior: uma cúmplice em desatinada obstinação por salvar a própria pele.

– Tenho mesmo que dizer?

Maldição! É claro que tem que dizer!

– Não, minha filha, não tem – mentiu Jacobus. – Apenas seja sincera e diga o que lhe aflige a alma.

– O que me aflige a alma... Oh, tantas e tantas coisas, padre.

Então lhe contou da noite anterior. A reunião na casa de Ângela, suas tentativas de impedir o grupo de prosseguir em sua jornada. "Vejam o que aconteceu a Ana", alertara. A resistência de Keira, sempre Keira. Tão segura de si, tão confiante. Impossível resistir a ela. "Vou contar seus segredos", ela disse. Não tinha escolha. Devia ir.

Fizeram-na jurar não contar nada a ninguém. Jurou, mas "por dentro não jurei, padre. Cruzei os dedos por trás e jurei ao contrário". Nem precisava, tranquilizou-a o padre:

– Quem ao padre confessa, a Deus confessava. Não havia delação, nem quebra do juramento.

Cristine prosseguiu.

A noite clara, agradável. A floresta densa, escura e aquela estranha sensação de presença. A descoberta da trilha recém-percorrida, o barulho de risos. De que riam? Não sabia.

Aproximaram-se, identificaram-se. "Estávamos perdidas", disse Keira. Sempre Keira. À frente de tudo. Mentindo em nome de todas. Como não segui-la? Como contestá-la, ali, diante do imponderável, do imprevisível?

Por isso não houve nem rito nem reunião. Exceto aquela reunião. A mulher dissera que era a "providência divina"; que não estavam ali por acaso. Devia ser mesmo. Cristine havia pedido a Deus uma oportunidade de se reencontrar com sua salvadora.

– Walpurga? – Jacobus perguntou, pausando a até então ininterrupta confissão de Cristine.

Sim, Walpurga, Cristine confirmou. Não mais se sentia acuada, temerosa. Não temeu mencionar o nome da amiga. Já o houvera feito antes. Isso nada acrescentaria ao que o padre já sabia, embora o que Walpurga fizera naquela noite fosse passível de punição. Talvez prisão, talvez até execução. Mas Cristine não estava diante de um inquisidor. O bom homem do outro lado da tela era seu confessor espiritual. Um sacerdote sem nome, sem rosto. Nem mesmo era seu confessor regular. Melhor assim, pensava.

– Ela me tocou – falou Cristine.

– Walpurga? Onde? Como?

Depois das orações, dos rogos e dos cânticos. Tão bonitos os cânticos; Cristine gostara. Mas, depois... Depois as chamas da fogueira diminuíram. Sono, torpor. Haviam bebido algo, mas Cristine não tinha certeza do quê... "Vocês verão anjos. Sentirão a presença do Senhor", Walpurga dissera. Dormiram. Cristine não ouviu nem viu mais nada. Tampouco anjos.

Então, passou a confessar a Jacobus não o que vira ou ouvira, mas o que *sentira.* O que lhe afligiu a alma.

* * *

Cristine sentia-se melhor. De fato, não estava, mas era o que sentia. Saindo do confessionário, parou na entrada principal do templo, deu meia-volta e lançou um olhar por toda nave central. Sorriu de leve.

Aquilo tudo era muito inusitado e curioso. Fora ao confessionário para confessar um pecado que ainda não havia cometido. Recebeu uma absolvição prévia mediante a penitência de testemunhar um ritual pagão – e depois relatá-lo em detalhes no confessionário. Ao fim, confessou o não cometimento do pecado previsto, e agora saía absolvida da delação de confessar o pecado de outrem. Podia não fazer sentido, mas – como dissemos – a fazia "sentir-se bem".

Em todo aquele tempo despendido na presença do confessor, Cristine pouquíssimo falou de si mesma, e quase tudo o que dissera e fizera na noite anterior teve aprovação do padre.

Pela primeira vez, sentia que sua confissão despertara interesse do outro lado e, pela primeira vez, saía do confessionário sem nenhuma penitência. Se nenhuma confissão havia feito, como podia se sentir tão bem?

Diante de Jacobus, Cristine só confessara *pecados alheios*.

Pensava nessas coisas enquanto contemplava algumas mulheres confessando-se ou aguardando para se confessarem.

Graças vos dou, Senhor, orou em silêncio, *porque não sou como essas pobres pecadoras nem como minhas amigas. Jejuo, e oro, e dou esmolas, e visito os enfermos. E nem mais de penitências preciso!*

Sobre os efeitos das gotas de chuva

O princípio das denúncias foi como o princípio de uma chuva forte. O cheiro de umidade no ar, a força do vento aumentando, os grossos e esparsos pingos. Primeiro, grossas e isoladas gotas de acusações pingando aqui e acolá; depois, o cheiro de insegurança e os ventos de maledicência juntaram-se a elas para prenunciar uma tempestade iminente.

– Mona Savazza vive como uma prostituta? – perguntou Jacobus mais uma vez.

– De uma janela que dá para a moradia dela, eu a vi cem vezes ou mais pondo-se na cama nua com homens inteiramente nus e a praticar todas as torpezas que são próprias das prostitutas.

– Isso não diz respeito ao Santo Ofício – retrucou Jacobus. – Farei saber... Ou melhor, faça você mesma a comunicação ao padre Aurélio! Êh, gente ignóbil! Quantas vezes terei que repetir: hereges, hereges, hereges! Pessoas desviadas da sã doutrina. É com esses que o Santo Ofício deve se ocupar.

– Mas quem dorme com tantos assim não se desviou da sã doutrina? A mim pareceu...

– Tal pessoa comete pecado gravíssimo, mas ainda assim pode manter intacta sua fé católica. Cometer tal pecado não significa apostasia. Garanto-lhe que ela não ficará impune.

– Será queimada?

– Não, é claro que não.

– Levada ao garrote?

– Não.

– Terá os bens confiscados?

– Não! Não! Não! Será penitenciada conforme decida o padre. Excomungada, se muito for. Por que essa insistência? Por que essa histeria?

Outras denúncias se seguiram, desde então.

– Frei Georges é bruxo e se reúne com outros feiticeiros.

Jacobus investigara.

Frei Georges – soubera depois de colher meia dúzia de depoimentos – dormia em sua cama todas as noites na mesma hora das supostas reuniões de feiticeiros.

– Ora, reverendíssimo inquisidor, o senhor não vê o que acontece? Está claro que se trata de outro corpo, idêntico ao de frei Georges, colocado ali pelo Diabo para lhe servir de álibi.

"Umberto tem pacto com o demônio", dizia outro. Afinal, como explicar que ele conseguisse controlar uma manada de cavalos e éguas? Serviço para dez homens!

Matilde tomava banhos demais. "Só pode ser judia!"

Nicanor estava "exportando dinheiro". Isso só podia ser sinal de que algo escondia. Estaria protegendo o patrimônio do espólio legal, promovido pela Inquisição daqueles que eram condenados. "Óbvio", dizia o acusador, "só o senhor não percebe".

As cheias do rio e o vento forte que fez quebrar uma das pás do moinho. "Obra de bruxaria", segundo Marcel Carpinteiro e seus auxiliares que trabalharam no conserto.

Emanuele não se envergonhava de usar "roupas de seda, anéis suntuosos e franjas douradas nos vestidos", nem de sua alegria e jovialidade, apesar de ser neta de condenado; suas roupas chamativas e coloridas seriam "sinal inequívoco de sua desavergonhada despreocupação com o passado pecaminoso do avô".

Paulette tem "mau-olhado" e "faz secar o leite das mulheres que amamentam", e, por isso, "só pode ser bruxa".

Anabelle sentia-se vítima de algum sortilégio, pois, estando enferma, aconselhada por uma comadre, vasculhou a própria cama à procura de feitiços escondidos e qual não foi sua surpresa ao descobrir "coisas estranhas, como pregos e agulhas espetadas em damascos, lenços, ossos, unhas e cabelos estranhamente trançados" embaixo do colchão.

Quando perguntada se tinha desconfiança de alguém, Anabelle não teve dúvidas em apontar: "Aldenora de Abelardo", que tinha muita inveja por sua vaca que sempre dava crias e de muitas outras coisas mais.

Aldenora, lançando suspeitas sobre a vizinha Anabelle, dizia que sabia que a mulher guardava embaixo da cama "muitas e estranhas coisas".

Perguntada se sabia que estranhas coisas eram essas, enumerou-as: "coisas estranhas, como pregos, agulhas espetadas em frutas secas, lenços velhos, ossos, pedaços de unhas e fios de cabelos trançados como pequenas guirlandas".

Elene tinha "colhido em uma cabaça" a urina de duas irmãs "odiosas e fofoqueiras" para fazer feitiço, e delas exigiu "dois alqueires de trigo e duas jarras de vinho" para não lhes fazer o mal que intentava. E, feito o pagamento, restituiu-lhes a urina – a qual, recomendou mui enfaticamente, deveria ser bebida pelas gêmeas para que nenhum encantamento lhes apegasse. Feito isso, riu muito e saiu a dizer a todos que fizera Constance e Carmela Fedora beberem a própria urina, mentindo-lhes que se assim não fizessem o encantamento não seria desfeito.

Keira andava para cima e para baixo, enlouquecendo o estalajadeiro com suas ausências cada vez mais frequentes. Ainda dizia ver mortos, falar com eles e ter "poderes" tanto para curar quanto para injuriar a quem lhe pagasse bem.

Hildiarde Fedora, a mãe das gêmeas, não poderia faltar. Contou a Jacobus, como contara anteriormente ao seu antecessor, que testemunhara, diversas vezes, a parteira Helga indo a uma reunião, um baile, de uma tal "companhia secreta", da qual ela não revelava o nome, e que, certa vez, levou os filhos e voltou com a menina com o vestidinho branco "manchado em sangue".

– E o que fez o inquisidor Morel na ocasião? – Jacobus perguntou-lhe protocolarmente.

– Essa é a pior parte – respondeu a anciã, aproximando-se do inquisidor como se quisesse sussurrar-lhe gravíssima denúncia. – Helga e a filha foram intimadas, mas nada lhes aconteceu. Ela me disse que um dos maiorais de sua companhia secreta era gente influente na corte, mas tenho para mim que ela deu a menina a Morel para satisfazê-lo. O senhor sabe... como *mulher.*

– Isso é uma denúncia grave contra um sacerdote. Por que acha isso?

– Porque a menina dizia terríveis obscenidades. Não a mim. Disse a uma amiga minha, a finada Caterine, que Deus a tenha, e ela me contou. Por isso digo essas coisas.

Os depoimentos eram tantos! Eram muitos. Como os pingos da chuva.

Os pingos que caíam diretamente do céu misturavam-se com os pingos que caíam das calhas, e estes, com os que caíam das árvores. E os que escorriam do telhado com os que se juntavam aos milhões e faziam transbordar o rio. Então, não eram mais pingos isolados, mas uma única massa líquida suja e fétida. Uma inundação.

Os pingos e os depoimentos confundiam-se, misturavam-se, contradiziam-se.

Eram muitos. Eram demais!

* * *

O depoimento de Aldenora, mãe de Cristine, foi uma dessas gotas.

Sobre Jacobus e Alexius

A pesada porta da sala particular do inquisidor Jacobus foi aberta. Dominic entrou para anunciar que a visita convocada por Jacobus acabara de chegar.

– Muito bem! Mande entrar e permaneça aqui conosco – autorizou o inquisidor.

Alexius entrou. Era a primeira vez que estava ali. Apesar de todos os seus préstimos na condição de "familiar" da Inquisição, nunca fora convidado para uma audiência particular com o velho e nunca antes entrara em seu gabinete particular.

A sala não era nada excepcional. Uma mesa simples, com cadeiras (duas apenas, a do inquisidor e a do notário), e as paredes nuas, exceto pela presença de um espelho quebrado sustentado por uma antiga moldura de carvalho.

Sonhava, um dia, sentar-se naquela cadeira. Estava indo bem. Desde a chegada de Jacobus, passara de "familiar" a comissário inquisitorial em menos de dois anos e agora tinha outros "familiares" sob seu comando. Em mais alguns anos, quem sabe, chegasse a inquisidor. No dia em que isso acontecesse (ou antes, de preferência), faria uma reforma naquele gabinete. Colocaria um mapa da região, um crucifixo grande no lugar daquela reles cruz, de pintura já gasta, e acrescentaria um estandarte da inquisição, um bem grande. *Que tipo de inquisidor era esse que não tinha um estandarte?*

Seus olhos percorreram a sala até se deterem em Jacobus. Sentado, o velho inquisidor tinha um ar sombrio e segurava na mão uma folha.

Era bom estar ali. Tinha novidades para o inquisidor. Subitamente, relatos de estranhas visões somaram-se a ocorrências de mortes misteriosas. Comum a todos os episódios, a sintomatologia tanto dos que tiveram visões como dos que morreram ou adoeceram gravemente naqueles três últimos dias era de espasmos musculares, tremores, suores, frases fragmentadas e desconexas ou diálogos incompreensíveis. A ele parecia claro que se tratava de atividades ligadas à feitiçaria.

Alexius estava ansioso para contar a Jacobus de seus feitos. O inquisidor gostaria de saber. Não falaria, porém, sem que o velho lhe dirigisse a palavra primeiro e lhe dissesse o que desejava com sua presença ali naquele dia.

Todos aqueles episódios eram tão mais intrigantes que Alexius vira-se constrangido a remover de seu relatório as menções de atividades suspeitas que descrevera até então. Eram ninharia, coisa pouca perto das últimas descobertas. Dois livros contendo trechos suspeitos; imagens, moedas, retratos, medalhas e estátuas com símbolos suspeitos, e alguns com inscrições e citações de autores proibidos pelo *Gran Indice Prohibitorio.*

Deteve-se um instante. Resolveu que manteria o registro daquela canção protestante que descobrira um morador entoando. O aldeão defendeu-se, alegando que a canção nada mais era que um trecho de uma passagem bíblica, mas, para Alexius, tal passagem soava excessivamente luterana.

Quanto a Camile, a doce adolescente judia que resistia às suas investidas, seria poupada. Não porque fosse irrelevante, mas porque ela lhe pagara uma considerável soma para que não relatasse que ela tinha se recusado a comer um ensopado com linguiças. A justificativa fora de que aquela comida podia lhe fazer mal, mas Alexius sabia que a causa mais provável fosse de que Camile, uma cristã nova, ainda estivesse guardando práticas da sua antiga religião.

Jacobus permanecia calado. Dominic, postado em pé ao seu lado, tinha uma expressão mal disfarçada de contentamento. Não estava nos lábios, não estava nos olhos... Sua face, de um modo quase místico, revelava-lhe que o bastardo sabia de algo. Algo, talvez, contido naquele papel que o inquisidor continuava a olhar, como se pensasse no que fazer a partir dali.

Dominic, o oficial da Inquisição; Dominic, o galanteador por quem metade das mulheres de Basonvil suspirava. A pedra em seu caminho.

Dominic sentou-se na cadeira do notário. Tomou uma pena e papéis, molhou a pena no tinteiro e pousou a mão sobre a folha virgem, como se aguardasse o pronunciamento de Jacobus. Melhor... Como se soubesse o pronunciamento de Jacobus. Como se fosse capaz de começar a escrever antes mesmo que o inquisidor falasse. Era isso que ele tentava lhe dizer, era o que buscava demonstrar por meio daquele semblante carregado de canhestra satisfação.

Silêncio.

– Sente-se! – ordenou Jacobus, sem dirigir-lhe o olhar.

Alexius olhou à volta. Não havia cadeira.

– Dominic! Busque uma... Dominic, por favor, você poderia buscar uma cadeira para mim? – pediu com esforço.

Jacobus estendeu a mão espalmada, indicando que Dominic permanecesse onde estava.

– No chão – Jacobus apontou. – Sente-se no chão.

* * *

Alexius não era um coletor comum de fofocas e boatos, e aqueles eram tempos em que coletores de boatos proliferavam. De meros observadores da vida alheia a invasores de propriedades que se imiscuíam nos jardins, escondiam-se nos pomares, pulavam cercas, postavam-se atrás de portas e observavam por entre suas brechas, ou travestiam-se de visitantes bem-intencionados para adentrar os aposentos de seus vigiados, havia de tudo.

Jacobus, não obstante sua condição de inquisidor, incomodava-se com a obsessiva preocupação que o populacho dispensava à vida alheia. "A Inquisição", dizia ele, "não existe para chafurdar no lodaçal de querelas e disputas passionais". O "bom inquisidor" deveria se ater aos *fatos*. Jacobus odiava fofoqueiros e falseadores da verdade tanto quanto hereges. Nutria a esperança (vã, sabemos) de que o futuro reservaria tempos em que as pessoas evoluiriam e se ocupariam menos da vida do próximo. Tempos em que a privacidade seria mais respeitada. "Daqui a quinhentos anos, quem sabe", dizia, pensando estar exagerando.

Por isso, até algum tempo atrás, admirara o trabalho de Alexius e o tornara comissário inquisitorial, uma função remunerada, pela qual Alexius fazia a triagem das denúncias e investigações apresentadas pelos "familiares", os espiões inquisitoriais, trazendo a Jacobus o que houvesse de mais relevante e consubstanciado.

Meticuloso, atento a detalhes suspeitos, mas não limitado a eles. Não se satisfazia em receber relatórios baseados no que os "familiares" viam na rua, no que ouviam pelos caminhos. Era capaz de engendrar astutos expedientes para obter material de alta qualidade, de modo que, mais cedo ou mais tarde, conseguisse o que desejava.

Todavia, recentemente, Alexius permitira-se uma queda no nível de suas investigações. A fim de compensar a redução das suspeitas investigadas, Alexius fazia constar de seus relatórios questões menores ou não tão bem apuradas como antes.

Jacobus sabia que, em parte, não era dele a culpa pela diminuição da quantidade de relatos. Esse era um mérito que o inquisidor tomava para si. Era por ele que a coisa toda havia tomado uma proporção bem menor. As pessoas não gostavam do desdém com que o inquisidor recebia as denúncias mal fundamentadas; os depoimentos provenientes de pessoas mal-afamadas ou que possuíam rixas pessoais ou negócios mal resolvidos com credores ou devedores. Então, uma momentânea calmaria se estabeleceu. Cedo, as fofocas deixaram de ocupar as páginas dos relatórios inquisitoriais, limitando-se a circular, à boca pequena, nas conversas informais, nos "sabes e vistes" das tavernas e estalagens.

E assim vinha sendo até a morte acidental de Ana. A inoportuna morte de Ana!

– Alexius – disse finalmente o inquisidor ao homem sentado sobre o chão frio de pedra do gabinete inquisitorial. – Você está, a partir de hoje, destituído de suas funções de colaborador do Santo Ofício.

– Não sou mais um comissário? – espantou-se Alexius.

– Não.

– E por quê? Por quê? O que fiz? – balbuciou o destituído. – Tenho aqui... Trouxe um relatório com severos... – Alexius começou a folhear seus manuscritos nervosamente. – Veja! São relatos de alucinações, visões diabólicas e possessões... aparentes possessões. Tudo muito bem detalhado, senhor.

– Já tenho conhecimento desses episódios – antecipou-se Jacobus.

– Já? Como? – espantou-se Alexius. – Oh, sim, claro. Eu sei que o senhor é muitíssimo bem informado e que ainda restam uns poucos familiares a serviço e...

– Olharei seus relatórios posteriormente. Tenho interesse em suas informações.

– Então... – Alexius esperançou-se.

– Então, esse foi seu último relatório – completou o inquisidor.

Alexius olhou para Dominic atordoado.

– Você deflorou a jovem Cristine! – acusou Jacobus. Alexius enrubesceu. – Você a desvirginou! Você a seduziu e a desvirginou, prometendo que se casaria com ela, que não faria caso de suas poucas posses ou de seu humilde dote – prosseguiu Jacobus.

Alexius fez menção de se levantar, apoiando-se no tampo da mesa à sua frente, mas Jacobus o desencorajou, lançando sobre ele um olhar de reprovação, e prosseguiu no *desnudamento* do até então combativo oficial da Santa Inquisição Católica.

Cristine! Só pode ter sido ela, pensou. A maldita devia ter dado com a língua nos dentes. Como era possível? Ela lhe prometera segredo!

Deus, que mundo é este? Onde foi parar a honra das mulheres?

– Cristine! Foi Cristine! Ela me denunciou, não foi? – berrou Alexius sem cerimônia. Dedo em riste, rosto transfigurado. – Ela é uma vadia mentirosa!

Jacobus não se sensibilizou.

– Você a desvirginou e, depois de abusar dela seguidas vezes nas núpcias, você a abandonou, alegando que ela não era mais virgem, que ela não havia sangrado. A minha dúvida... – O inquisidor fez uma pausa. – É se você fez isso de forma premeditada ou se, estúpido como um turco, só depois de ter saído de cima dela se deu conta de que não haveria sangue nos lençóis para apresentar à família.

– Não acredite no que ela disse, Reverendíssimo – suplicou Alexius.

– Não foi ela! – respondeu Jacobus. – Foi Aldenora, sua mãe.

De fato, Aldenora o havia procurado dizendo possuir graves denúncias. Dizia-se vítima de inimigas, que teriam enfeitiçado a filha fazendo com que ela perdesse a virgindade, e pôs-se a contar, com certo exagero – supôs Jacobus –, os mesmos sonhos que Cristine havia lhe detalhado no confessionário.

Alegando ser portador de revelações dadas a ele pelo Espírito Santo, Jacobus fez desmoronar a tese de Aldenora, levando-a, envergonhada, a admitir que sabia que a filha não havia casado virgem.

"Eu soube no mesmo dia que a vi, padre. Uma mãe sabe quando sua filha se tornou mulher. Há algo nos olhos... Há algo no cheiro", ela confessara.

Mas como poderia ela assumir isso? Depois que a filha fora abandonada, acusada de não ser mais virgem, como a mãe poderia lançar tal acusação contra Alexius? Não tinha provas, e a própria vítima, Cristine, preferiria a morte à delação de seu amado. Apelar para o sobrenatural foi a escolha da mãe. Tinha os sonhos fantásticos de Cristine, que contribuíam com a farsa.

Para Jacobus, era o suficiente. Para Dominic, já não era sem tempo. Ele já havia feito inúmeras denúncias contra Alexius: prevaricação, calúnia, difamação, exploração de suspeitos mediante extorsão, abuso sexual, entre outras.

Jacobus fazia-se de surdo. Não tomava as denúncias por críveis. Sabia da disputa entre os dois. Dominic poderia estar exagerando ou inventando. Ademais, havia uma questão pragmática que se sobrepunha: não havia ninguém que fizesse tão bem o serviço que Alexius fazia. Agora, porém, as denúncias do filho comprovavam-se verdadeiras; talvez não todas, mas em quantidade suficiente para que o colaborador fosse, no mínimo, destituído de seus encargos.

Sobre pães, fungos e alucinações

Cristine deu orientações a Sara para que cuidasse dos irmãos enquanto estivesse fora levando alimento ao pai no campo.

– Não demorarei – prometeu, fechando a porta atrás de si.

Do lado de fora, um Sol gostoso e uma boa companhia a esperavam.

Pérsio estivera desde bem cedo andando pelos arredores. Prestando pequenos serviços aqui e acolá, auxiliando mulheres com suas cargas, oferecendo ajuda a trabalhadores "em troca de algum bocado de pão", dizia ele, para não levantar suspeitas. Aproveitando cada contato para, discreta e pacientemente, colher o máximo de informações.

– Bom dia, senhor Pérsio – cumprimentou Cristine, com um esboço de sorriso e o semblante carregado.

– Não parece ter começado muito bom para você, suponho – respondeu, sorrindo cordialmente. – Aceita um pedaço de pão?

– Oh, não. Obrigada – respondeu. – Cuide para que não seja um dos "pães contaminados"

– Pães contaminados?.

– Sim. Alguém andou dizendo... Acho que foi Theodora..., que há pães estragados. Mofados, acho. Ela disse para ter cuidado.

Pérsio cheirou os pães.

– Estes parecem bons – observou, mordiscando um.

Foram pela rua conversando.

– Deverei comparecer diante do padre inquisidor para depor – contou Cristine. – Um oficial esteve em minha casa bem cedo. Minha mãe já esteve lá ontem. Não estou com medo. Minha mãe disse que o padre inquisidor é homem bom, que o Espírito lhe revela coisas e não adianta mentir.

Pérsio riu debochadamente.

– Vou lhe dizer o que sei sobre padres, inquisidores e exorcistas. Eu vi mulheres, freiras, inclusive, sendo exorcizadas da maneira mais vil e repugnante, com exorcistas que metiam as mãos por entre suas vestes...

Cristine arregalou os olhos.

– Até seus "vasos naturais"? – perguntou perplexa.

Pérsio não se admirou com a ingenuidade da moça.

– Não seja tola. É claro que a tocou nas partes íntimas. Essa sempre foi a intenção – desdenhou.

Cristine sacudiu a cabeça, incrédula.

– A intenção do exorcista? – perguntou.

– De ambos! – respondeu Pérsio. – De outra forma, como explicar que as freiras ficassem "possuídas" somente após a chegada do cônego que as exorcizava? À época, eu pensava que isso se devia à manifestação do mal em oposição à chegada de um homem *santo,* como as baratas que ficam quietinhas em seus cantos até que sejam removidos os objetos que as recobrem, então elas se põem a ziguezaguear e a sair em disparada por todas as direções, como que surpreendidas pela súbita supressão da escuridão que as protegia. Assim eu pensava e assim eu dizia, até que...

– Até... – repetiu Cristine.

– Até que eu mesmo fui incentivado a expulsar o demônio de uma delas.

– E o que houve, então?

– Quando procedi ao ritual de exorcismo, disse as palavras... Segurei a vela benta, mas ela queria... Ela pedia que eu a tocasse – confessou Pérsio.

E contou-lhe como repetira as palavras ritualísticas de exorcismo: "Eu a exorcizo, Fulana, que se acha debilitada, pelo Deus verdadeiro, pelo Deus que a redimiu com o seu sangue precioso, para que seja exorcizada, para que todas as ilusões e perversidades das falácias do demônio possam de você se afastar e desaparecer, junto de todos os espíritos imundos, adjurados por Ele, que há de vir para julgar os vivos e os mortos, e que há de purgar a terra com fogo. Amém".

A freira, todavia, continuou a se contorcer e a rejeitar a Santa Comunhão, pedindo-lhe que a exorcizasse "como o cônego faz", tocando-a, deitando sobre ela, pois só de tal maneira o demônio a deixaria em paz.

– E você fez? – perguntou Cristine.

Pérsio sacudiu a cabeça, rosto enrubescido; baixou os olhos.

– A princípio, eu julgava que fosse o demônio falando em suas bocas e me tentando, mas, quando fui incentivado por meus líderes a fazer tal coisa, vi que o demônio falava na boca de todos! E agora vejo que o demônio eram eles próprios!

– O que mais? O que mais você viu?

Pérsio levantou a cabeça. O semblante carregado, lábios comprimidos, olhos marejados.

– Vi párocos que se deitavam com mulheres possessas e se justificavam, alegando a necessidade de vigiá-las durante a noite para que não fizessem mal a si mesmas; vi uma mãe entregar a filha ao convento apenas para lhe usurpar a herança que uma tia havia deixado depois de morrer; vi pessoas suportarem dores indizíveis enquanto mantinham as próprias mãos sobre a chama de velas para assim expiar pecados e meditar na agonia que seria o fogo eterno do inferno.

Cristine olhou para a mão marcada de Pérsio.

– Foi assim que você queimou sua mão? – indagou.

Pérsio abriu a mão e a contemplou por uns instantes.

– Não. Isso foi o pior – respondeu. – A pior coisa que vi. Vi o Deus a quem servi dar-me as costas. Ou melhor, como entendo agora, não vi Deus algum se manifestar a meu favor, porque nenhum Deus há. E, se há, não merece minha devoção.

– Então Deus foi injusto?

– Sim.

– Por que você não O perdoa? Ele nos perdoa vezes sem conta.

– Perdoar Deus? O que você quer dizer com isso? Não faz sentido.

– Ora, por quê?

– Porque Ele é perfeito. A perfeição é uma condição inata da Divindade. Ele só pode ser perfeito. Se não for perfeito, não é Deus. Não pode existir um Deus imperfeito.

– Mas foi você mesmo que disse que Ele foi injusto.

– Sim. *Se* Ele existisse, teria sido uma injustiça o que aconteceu comigo naquele dia. Por isso prefiro acreditar que Ele não exista a crer que exista e tenha permitido aquilo acontecer a um inocente.

– Mas foi só essa vez?

– Como assim?

– O que aconteceu a você naquele dia foi a única injustiça de Deus? Ou Ele foi *injusto* outras vezes? Digo isso porque você falou que foi a partir disso que deixou de crer, mas, se essa foi a primeira vez que Deus foi injusto, por que não Lhe dar outra chance? E, se Ele já foi injusto em todas essas situações que você contou, como você pôde ver tanta coisa acontecendo de errado e continuar crendo? As injustiças feitas aos outros não foram tão diferentes das cometidas contra você, entende?

Cristine estendeu a mão para pegar um naco do pão que Pérsio lhe oferecera. De fato, não parecia haver nada de errado com ele. Ao menos Pérsio o comia desde que haviam deixado a casa de Cristine sem nenhum malefício aparente.

– Pois eu penso que, se Deus fizesse alguma injustiça comigo, eu O perdoaria. Afinal, na maior parte do tempo, Ele só me tem feito o bem.

Pérsio observou Cristine mastigando. Tudo para ela parecia simples. Não estava atemorizada em ir ao Tribunal Inquisitorial, não se importava que Deus errasse – até conseguia acreditar que isso fosse possível – e, naquela outra manhã em que ambos haviam testemunhado a possessão de Keira, manteve-se incólume mesmo diante da...

Espere um pouco! Subitamente, uma imagem começou a se formar.

– Como ela soube? A mulher que lhe avisou sobre os pães... Como é mesmo o nome dela?

– Ahn... sobre os pães? – Cristine não dera muita importância na ocasião. Precisou se esforçar um pouco para recordar. – Não, não foi Theodora. Foram as Fedora! – lembrou-se.

– As gêmeas?

– Sim. Elas me pararam... Pensei que fariam alguma troça como de costume, mas elas me avisaram sobre o centeio ter se estragado, por causa... Penso que foi por causa da umidade. Disseram que o moinho seria fechado por causa disso e, depois... Sim! Agora lembro bem: Sara, minha irmã, deu-me o recado de que Keira havia ido à nossa casa também para avisar sobre os pães. Você não ouviu nada sobre isso?

– E quanto a Theodora? Você disse que pensava que Theodora havia dado o alerta sobre os pães.

– É verdade... Penso que me confundi, ora! Na verdade, as gêmeas disseram que dois viajantes as tinham alertado sobre o centeio contaminado e que depois se foram para a casa de Theodora – explicou Cristine. – Theodora é uma beata que diz ter visões e se põe a falar com anjos, aparições e não sei mais o quê. Por isso pensei que fosse ela. Ela e suas "revelações". O "pão está contaminado! Cuidado" – falou com voz zombeteira, gesticulando para simular gravidade. – Mas não tinha sido ela, dessa vez. Foram as gêmeas.

– E quem eram esses viajantes?

– Desconhecidos. "Desconhecidos e lindos", segundo as Fedora – riu Cristine.

– E por que as teriam avisado? Por que a *elas?*

Cristine riu de novo.

– Não sei, mas, se eles queriam que todos na região soubessem, penso que avisaram as pessoas certas!

Pérsio começava a ficar intrigado. Umidade, bolor, contaminação do centeio. Conhecia relatos e chegara mesmo a testemunhar um episódio de alucinações por consumo de centeio contaminado por fungos. "Fogo de santo Antônio", esse era o nome dado a tal moléstia.

– E Keira? Você disse que ela também se preocupou em avisá-la.

– Ela é minha amiga. Quis me alertar. Além do mais, ela sempre leva pães, queijo e salame do estalajadeiro para o juiz Jacobus ou para o prior.

Sim! Era verdade! Recordou-se. A menina Keira saíra na fatídica manhã da manifestação, levando alimentos à abadia, seguindo as recomendações do estalajadeiro. Pérsio a seguira, ele a vira comendo o pão pelo caminho.

O pão. O centeio. Os fungos. A possessão de Keira...

Meu Deus!

O pão contaminado. A orientação do estalajadeiro: "Leve estes pães e estes queijos à abadia", dissera. A alucinação de Jacobus...

Meu Deus, meu Deus!

Sobre os outros

Quanto aos *outros,* o que temos a dizer é que eles são muitos, são poderosos e estão em muitos lugares. Em quase todos. Agem de forma dissimulada; promovem a mentira e a discórdia; vêm para matar, roubar e destruir, e, muitas vezes, estão onde o homem menos espera.

E, quase sempre, aparecem se são convidados.

* * *

– Pai dos outros que não estás no céu – iniciou Keira –, não seja santificado o teu nome, não venha a nós o teu reino, não seja feita a tua vontade, nem na terra nem no céu. O pão nosso de cada dia não nos dês hoje e não perdoes as nossas ofensas, assim como não perdoamos a nossos ofensores. Deixe que caiamos em tentação e não nos livres do mal. Não amém! – Keira terminou, perguntando logo em seguida: – Então, o que você achou?

Ângela balançou a cabeça incrédula, mas impressionada.

– Não acredito que você dirá isso... Essas coisas. É verdade mesmo que se reza o Pai-Nosso ao contrário na reunião das bruxas?

– Não estou certa se é do mesmo jeito que mostrei, se falam palavra por palavra de trás para frente ou se dizem as palavras ao contrário letra por letra.

– O que mais fazem?

– Ora, é como eu já lhe disse – respondeu Keira. – Pisam ou urinam sobre o crucifixo, rezam o Pai-Nosso ao contrário, pisam sobre a hóstia consagrada, dançam em volta da fogueira e, segundo Lucius, entregam-se a todo tipo de infâmia e de torpeza.

Ângela levou as mãos juntas sobre os lábios.

– Infâmia – repetiu.

– E torpeza! – completou Keira sorridente.

– E o que são "infâmia e torpeza"?

– Tudo o que os padres e os pregadores dizem que são. Tudo o que nos mandam não fazer.

– É verdade que o próprio Diabo aparece nessas reuniões? – perguntou Ângela, fazendo o sinal da cruz.

– Por que você se benzeu ao dizer "Diabo"? Veja só – provocou Keira. – Diabo! Diabo! Diabos! – Keira olhou para cima e ao redor, simulando procurar algum sinal ou manifestação sobrenatural. – Viu? Nada aconteceu.

Nada visível.

– Sim, é o que dizem – continuou Keira. – Ele, às vezes, aparece como uma mula, outras vezes como um gamo e outras como um homem muito bem vestido.

Ângela mantinha os olhos fitos em Keira. A amiga aproximou-se, olhou-a de frente e prosseguiu:

– Uma mulher, presa pela Inquisição, disse tê-lo visto como um fidalgo alto, com um grande penacho, todo vestido de veludo negro, com mangas compridas também de veludo.

O riso que Keira mantinha constante apagou-se. Ela se virou de lado, e Ângela pôde observar que o olhar da amiga perdera-se no vazio.

– Prefiro o "homem muito bem vestido" – brincou Ângela, tentando trazer o riso de volta. O sorriso de Keira a fazia sentir-se mais segura.

– Assim eu o vi naquele dia na abadia... – disse Keira.

– Sim, eu sei. E como fazemos para...? Como faremos?

– Para ele aparecer? – completou Keira.

Ângela engoliu em seco.

– Sim... – murmurou.

– Ele é um anjo, certo? – observou Keira. – Talvez possamos fazer do mesmo jeito que aquela velha erveira, amiga da Cristine, fez ontem conosco – sugeriu. – Ela mandou que nos deitássemos.

– E esvaziássemos nossos pensamentos – prosseguiu Ângela.

– E nos concentrássemos na imagem do anjo até que o víssemos, por meio do nosso espírito, e sentíssemos seu toque.

– Você sentiu? O toque, você sentiu? – perguntou Ângela.

– Não – respondeu Keira. – E você?

– Não...

Mas Cristine, sim, recordou Ângela.

Mesmo de olhos semicerrados, sob a luz das chamas da fogueira, Ângela discernira o deslocamento de Walpurga entre os participantes. Orava e recitava frases em latim; curvava-se e tocava os frades deitados. "Sinta o toque do anjo", dizia. E tornava a andar. Passou por Keira, mas não a tocou. E por ela, mas também não a tocou. Então chegou a Cristine, abaixou-se e a tocou. Primeiro, por sobre os vestidos. Depois – Ângela não tinha certeza, mas tinha quase certeza –, a tocara por baixo dos panos. Demoradamente.

– Chamaremos Cristine novamente? – perguntou.

– Não – respondeu Keira de imediato, reconsiderando em seguida. – Sim, podemos chamá-la, mas tenho certeza de que ela não vai mais.

– Então... Voltaremos à floresta?

– Não. Creio que não será necessário. – Os olhos de Keira iluminaram-se ante uma súbita ideia. – Ouviu o que Walpurga nos disse? – lembrou. – Que os nossos espíritos podem "sair do corpo", lembra?

– Sim, lembro-me.

– Podemos fazer assim. Se formos bem-sucedidas, será mais seguro. Podemos nos deitar em nossas casas, e nossos espíritos irão em nosso lugar. Então, ninguém nos perseguirá ou nos denunciará... – Keira sorriu ao imaginar. – Vamos, Ângela! Vamos fazer isso?

Ângela levou a mão aos lábios, disfarçando o sorriso.

– Você não deve dizer "não amém" – recomendou.

– Como? – Keira não entendeu.

– No Pai-Nosso ao contrário – especificou Ângela. – Não deve dizer "não amém" no final.

– Mas é um Pai-Nosso ao contrário.

– Por isso mesmo – insistiu Ângela. – "Amém" significa "assim seja". Se você rezar ao contrário e depois disser "não amém", estará invalidando o que acabou de pedir. É uma questão de lógica. Você tem que dizer "Amém" – observou.

Keira refletiu por alguns segundos.

– É verdade, você tem razão – concordou. – Então, assim faremos. Em nossas casas, rezaremos o Pai-Nosso, faremos os rituais: a hóstia, o crucifixo, tudo. De madrugada, juntas. Em nossos espíritos. Sem empecilhos, sem imprevistos.

– Amém! – troçou Ângela.

– Sim! Amém – concordou Keira, rindo.

* * *

No plano da realidade percebida e concreta dos arredores de Basonvil, essa era uma madrugada comum, marcada, como sempre, pelo silêncio noturno. Mas, através das portas entreabertas que comunicam dimensões invisíveis desse mesmo universo, costumam ocorrer "vazamentos" perceptíveis aos sentidos. Nessa noite, alguém havia descoberto como provocá-los.

Por isso, o farfalhar de dezenas de asas, bem como o movimento rítmico e apressado de minúsculas luzes amarelas cruzando o céu escuro, poderia ter sido percebido por qualquer pessoa atenta que estivesse acordada.

Deitadas em seus quartos, separadas pela distância, mas unidas em seu propósito, Keira e Ângela observavam sua vigília ritual. Elas não ouviriam o agito das asas, tampouco veriam o brilho amarelo dos olhos, mas logo sentiriam o odor acre e perceberiam a presença insidiosa dos *outros.* Eles haviam chegado; a nós, por enquanto, só cabia observar.

* * *

Keira observou o movimento do vestido sobre o seu peito pulsando ao ritmo de seus batimentos cardíacos. Respirava com dificuldade, sentia a boca seca e um frêmito percorria o corpo. Tornou a fechar os olhos para se concentrar.

Conforme o combinado com Ângela, deitara-se na hora marcada. Exceto pelos sons da noite e pelos roncos dos hóspedes da estalagem, tudo era silêncio ao derredor.

Ao mesmo tempo, mas a alguma distância e com um pouco mais de medo, Ângela também começava seu ritual invocatório.

Decidira não envolver Rebeca dessa vez. Não sem antes ter a experiência de... de fosse lá o que fosse.

Sentirei meu espírito sair do meu corpo. Respire, respire...

Olhinhos amarelos e nervosos piscavam como vaga-lumes no cômodo escuro.

Flutue, flutue.

Os olhos de Keira se fecharam.

Meu espírito flutua. Atravesso a porta como se porta não houvesse ali.

Os *outros* aproximam-se. Invisíveis, insinuantes, sugestivos.

Ângela deixa cair, ao lado da cama, o crucifixo que pendia de sua mão.

Devo fazer como Keira disse. Relaxar, imaginar, sentir...

Keira não discernia mais os sons à sua volta. Ouvia somente os próprios pensamentos...

Saio andando... Que forma assumi? O que sou?

E as *sugestões* sussurradas em sua mente.

Um gato. Um gato preto.

Sim... Uma gata preta. Miau. Saio de meu corpo. Atravesso a porta e saio. A noite é fria, mas meu corpo está quente. Corro sem me cansar, subo pelos telhados, desço hábil e elegantemente. Salto por sobre o mato alto e me vou deixando levar para o prado próximo às colinas de Nubem, junto às macieiras.

Em seu delírio, Keira chega ao distante Prado de Habi, junto ao lado oriental das Colinas de Nubem, onde, segundo Venocchio, ocorriam as batalhas dos ginzburgos contra as bruxas.

Há mais pessoas lá. *Assim como o moleiro me contou! É verdade! É verdade!*

Keira se aproxima.

Dois bandos se distinguem. De um lado, mulheres dançam festivamente. Estão felizes. São felizes e livres.

Do outro, homens brandindo ramos de erva-doce. Enxotam as mulheres, saltitam nervosos, gritam palavras de ordem. São enfezados, turrões. São os ginzburgos. Venocchio entre eles.

Se me vir, me denunciará, teme Keira. *Se me denunciar, arranco sua língua, seu porco ignóbil!*, ameaça.

Mas não havia o que temer. *Estou disfarçada. Estou em forma de gato. Não me reconhecerá.*

Uma fogueira. As mulheres dançam ao redor. Por trás delas, um trono.

Um trono? Será que estou na reunião errada? Não será Walpurga e seu grupo a honrar o rei deles?

As mulheres pareciam felizes demais para ser cristãs.

Não devem ser cristãs. Então quem estará no trono?

Um homem sai por detrás das mulheres felizes. Tem porte de cavalheiro e se aproxima de Keira.

– Tu deves vir comigo porque tens algo que me pertence.

Keira percebe que reassumiu a forma humana. Em torno de seu pescoço, um colar. Era dele que o homem distinto falava.

Por trás do cavalheiro, as feiticeiras (agora Keira tinha certeza de quem eram) faziam orações e reverências a seu mestre, o cavalheiro, o qual vestia um manto negro e tinha uma corrente ornamentada em torno do pescoço.

– Você será uma boa servidora? – perguntou-lhe o mestre.

– Sim, sim. Oh, sim. O que devo fazer?

– Deve ajudar as pessoas.

– Como farei isso, mestre?

– Traga mais pessoas consigo. Conte das coisas que viu e ouviu. Mostre os benefícios de seu poder.

– É o senhor que se senta naquele trono?

– Não. Não sou quem está pensando. Ele virá... depois.

– Depois? Quando?

– Quer vê-lo?

– Sim.

– Então trará o sangue de um inocente. Uma criança.

Uma criança? Não poderia ser o próprio sangue? Por que uma criança? Teria que matá-la ou poderia apenas tirar-lhe o sangue? Talvez um alfinete fosse suficiente.

O mestre leu seus pensamentos.

– Terá que sacrificá-la.

Keira tentou pensar em alguma das crianças que a importunavam.

– Um recém-nascido.

Oh, céus! Um recém-nascido?

– Quem?

– Você saberá.

– Sacrificar uma criança? Não, não posso fazê-lo.

– Depois apresente-se ao inquisidor. Não o tema. Ele se deixará envolver por seus relatos, saberá que deve detê-la, mas não conseguirá, porque se alimentará de suas histórias. Você o terá nas mãos. Agora, volte.

O que foi imaginação, o que foi delírio e o que foi real? O que veio da mente de Keira e o que veio à mente de Keira?

Nem mesmo *nós* sabemos. As mentes dos filhos de Eva e as mentes dos *outros* são mundos intercambiáveis e, por vezes, insondáveis.

* * *

Na manhã seguinte, Keira não encontrou Ângela no lugar combinado. Apeou da mula e olhou ao redor. A amiga não estava por ali. Também não vinha descendo a colina. Nenhum sinal. Talvez tivesse dormido até tarde, talvez ainda estivesse dormindo.

Keira olhou para o Sol, que já ia alto no céu. Ela não podia demorar mais. Conseguira adiantar suas tarefas na estalagem para que pudesse sair e buscar mantimentos na cidade mais cedo, de modo que lhe sobrasse o tempo necessário para o encontro com a amiga, combinado no dia anterior. Conversariam sobre suas experiências na noite passada, mas Keira não estava certa sobre quanto deveria compartilhar com Ângela. Havia um misto de excitação e desapontamento, euforia e medo.

Ela não havia recebido as *stighmatas,* as marcas que caracterizavam aqueles que participavam do Sabá. "Eles, os feiticeiros e as strigthas, recebem marcas em seus corpos, mas nós, não", foi o que Venocchio lhe falara.

Seria ela uma rejeitada? Teria ela a sina de ser uma ginzburgo, e não uma feiticeira? E Ângela? Teria a amiga recebido a marca?

Ângela.

O que diria a Ângela? Estava ansiosa por contar sua transformação em gato, falar de sua saída – em espírito –, de seu encontro com as outras e com aquele misterioso cavalheiro, mas não poderia falar sobre o sacrifício.

Teria sido por isso que não recebera a marca? Por ter titubeado ante o pedido?

– Keira? – alguém a chamou.

Keira virou-se rapidamente. Era Ângela!

– Ângela! Pensei que você não viria – comemorou e, então, percebeu o semblante transfigurado da amiga. Olhos fundos, uma palidez cadavérica e visíveis sinais de choro prolongado e recente. – O que houve? O que aconteceu? – espantou-se.

Ângela levou a mão ao rosto, apertou o nariz, fechou os olhos e se forçou a não derramar nem uma lágrima a mais.

– Não funcionou – iniciou ainda sem saber como continuar. Suspirou mais uma vez e prosseguiu: – Fiz tudo como combinamos. Pisei na hóstia consagrada, fiz as orações ao inverso... Meu coração batia tão forte que parecia que todo o meu corpo havia se tornado um só músculo pulsante.

– Também senti isso, amiga – Keira tentou animar-se.

Ângela balançou a cabeça.

– Não foi bom, mas, de qualquer forma, imagens começaram a se formar dentro de própria cabeça, sabe? Não visões, mas, como em sonhos, só que acordada.

– Sim, sim! Eu entendo. Eu também... vi coisas. Coisas fantásticas! Será que estivemos no mesmo lugar?

Ângela passou a mão nervosamente sobre o rosto, olhou ao redor. Sempre tinha a sensação de que as Fedora eram onipresentes, e que a tudo viam e ouviam. Como podiam saber tantas coisas sobre tanta gente?

– Vamos andando – disse enquanto puxava Keira pelo braço. – Não é bom ficarmos conversando assim, paradas, como se estivéssemos... Enfim, é melhor irmos andando, que você e eu temos muitos afazeres nos aguardando.

Keira puxou a mula pelas rédeas e seguiu, caminhando e conversando com a amiga.

– Não há o que temer. Estamos protegidas. Nem mesmo o juiz Jacobus nos fará mal algum e eu...

– Keira, eu não mais participarei disso – interrompeu Ângela.

– O que houve? Você teve algum pesadelo?

– Foi muito pior – corrigiu Ângela e, então, contou-lhe tudo o que sentira.

Sua mente fora tomada por imagens e sons. Primeiro, as vozes. Uma conversa entre duas mulheres ressoava apenas em sua mente, sem que houvesse som externo algum. Não eram pessoas conversando na casa ou do lado de fora. Era na mente, dentro da cabeça dela, mas tão reais eram e soavam tão... familiares.

Em sua mente, Ângela ouvia as mulheres conversando sobre uma outra pessoa. Falavam de uma criança. Uma menina de sete ou oito anos. Uma linda menina de cabelinhos loiros cacheados.

– Essa menina me parece muito licenciosa.

– Oh, Deus, Caterina. Mas é só uma criança – respondeu a outra.

Ângela as ouvia como se estivessem separadas apenas por uma cortina ou um lençol estendido. Chegava mesmo a quase distinguir seus semblantes.

As mulheres continuaram a falar da menininha que fora encontrada perdida, andando sozinha pela estrada. Estava com seu vestido rasgado, sujo de sangue. Os cabelos desalinhados, mas não chorava. Ângela conseguia visualizá-la. Tão linda era...

– Se lhe fizeram algum mal, por que não chorava? Se estava perdida dos pais, por que não chorava? Por isso penso que é licenciosa. Porque me contou coisas terríveis e não pareceu nem um pouco incomodada. Nem sequer corou – disse a que se chamava Caterina a dona da casa onde a menininha descansava.

Mas a menininha não dormia. Fingia apenas. Mantinha fechados os olhinhos, e os ouvidos, bem atentos. Como Ângela.

– O que ela lhe contou? Como se perdeu? – elas falavam.

– Ela me disse que foi com a mãe a certo baile que ocorre nas noites de quinta-feira. Não todas, apenas em noites especiais. Perguntei-lhe quais, mas ela não soube me responder. Então, disse-me que a mãe também se fez acompanhar de seu irmão menor e que, ao chegarem ao lugar, foram recebidos por muitas outras pessoas que participavam daquela companhia. E que havia um violinista tão belo e que tão bem tocava que fazia dormir aqueles que o escutavam. O violinista disse a elas que o mestre as esperava. A mãe subiu a um outro pavimento e lá se demorou por algum tempo. Ela e o mestre.

– E as crianças? E os outros?

– As crianças, disse-me ela, ficaram brincando e se divertindo. Um homem havia lhes prometido toda sorte de guloseimas se elas se comportassem. Os outros, os convidados, também ficavam se abraçando e dançando, subiam uns por cima dos outros e se envolviam em *jogos* só de adultos. Assim me disse a menina. Ela queria tomar parte. Uns queriam deixá-la, mas outros, não.

– O que aconteceu, então?

– Como a mãe demorava, logo o pequeno quis estar com ela, e a menininha o levou escada acima. Lá chegando, viu a mãe e o chamado mestre se divertindo muitíssimo. Um homem, que também estava com eles, aproximou-se da menininha, dizendo que queria ficar com ela, pois por ela se havia enamorado, mas o mestre não o permitiu. Então, o mestre se aproximou, olhou bem para a menininha e disse ao homem que não lhe permitiria porque ele a queria para si mesmo. Então ele a tomou e...

– O quê? O que, Caterine? O que ele fez?

– Ele a beijou e a tocou. E tudo isso na frente da mãe, e a mãe se punha a rir. Veja se pode tal coisa? Mãe nenhuma faria coisa dessa!

– É verdade! Bem deve ter essa menininha feito coisa errada, e talvez a mãe tenha ralhado com ela. Ela embruteceu-se, fugiu e agora se saiu com essa lorota... O que acha?

– Bem pode ser isso.

– Que sonho horrível – disse Keira, ao terminar de ouvir o relato de Ângela.

– Não foi sonho, garanto-lhe – contestou Ângela. – E não foi o pior.

– O que houve mais?

– Ainda de madrugada, assim que ouvi que minha mãe se levantava, chamei-a e lhe perguntei se ela conhecia alguma Caterine.

– O quê? Então você acha que foi real? Que isso realmente aconteceu a essa me... Oh, Deus! Você acha que é você?

– Minha mãe não respondeu de imediato. Pelo contrário, perguntou-me por que eu lhe estava perguntando isso. Eu lhe disse que havia tido um sonho no qual uma mulher por nome Caterine me ajudava e tomava conta de mim. Disse isso para que ela não tivesse medo de me contar algo. Não lhe contei sobre os diálogos que essa Caterine teve com a vizinha.

– E o que ela lhe respondeu, então?

– Sim. Ela disse que sim. Que conheceu uma Caterine, já falecida. – Ângela levou a mão ao rosto mais uma vez para conter o choro. – Então me chamou e me abraçou forte, dizendo que dona Caterine havia cuidado de mim depois que eu me perdera... em um baile. No maldito baile, Keira! A menininha, Keira... A menininha era eu!

Sobre falsas revelações e descobertas verdadeiras

Diante de Dominic estavam dispostas as folhas do interrogatório contendo as "possíveis respostas" de Cristine e as perguntas que o auxiliar deveria fazer em cada circunstância. O garoto repassou mais uma vez as anotações. Citando-as, repetindo-as, experimentando diferentes inflexões na voz, ensaiando gestos, pausas, olhares. Jacobus o preparara bem e ainda o supervisionaria pessoalmente durante a coleta do depoimento da filha de Aldenora.

O inquisidor julgava já possuir todas as informações de que necessitava, mas o incomodava o fato de não poder dispor delas de modo legal. A confissão de Cristine estava protegida pelo voto sacramental de silêncio. Jacobus as conhecia, mas não podia mencioná-las enquanto não as obtivesse por meio convencional.

Uma possibilidade seria usar a desculpa da revelação espiritual, o mesmo expediente que usara no depoimento de Aldenora. Não era uma verdade absoluta. Também não era mentira completa. De certo ponto de vista – do ponto de vista dele –, não era mentira considerar as secretas confissões de Cristine como divina revelação. Fora a Santa Providência que o guiara a estar ali naquele dia e, com a anuência de padre Aurélio, a ministrar o divino sacramento.

Ainda assim, uma voz interior, distante, porém contundente e teimosa, repetia: "Mentiste, mentiste, mentiste".

Pois, então, que Deus o ajudasse novamente. Que Cristine desse as informações necessárias e que Dominic o substituísse à altura de suas funções, pois conduzir, ele mesmo, o interrogatório não poderia. Seria deveras arriscado se expor à possibilidade do reconhecimento de sua voz pela menina.

Assim, acompanharia o discípulo fazendo intervenções pontuais no que julgasse necessário, falando baixo, como convém a religiosos, e rezando pelo melhor.

* * *

Dominic deu início aos trabalhos apresentando a si e a Jacobus. Tomou o juramento de Cristine, advertindo-a a dizer a verdade e registrando as informações iniciais: o nome da depoente, de seus pais, sua condição em relação à frequência e à comunhão na igreja.

– Você sabe por que recebeu intimação para comparecer aqui? – perguntou Dominic.

– Não, senhor. Por quê?

Dominic não respondeu.

– Você conhece ou teve contato com hereges?

– Não, senhor. Por quê?

Dominic consultou as anotações de Jacobus.

– Você tem ou já teve contatos com uma bruxa?

– Não, senhor... Nunca – titubeou.

Dominic percebeu a hesitação na resposta da jovem. Coçou o queixo e deixou escapar um muxoxo de insatisfação.

Cristine achou melhor remendar a resposta.

– É verdade que conheci uma certa mulher erveira, mas penso que ela não seja bruxa – acrescentou.

– O nome dessa erveira é Walpurga? – interrogou Dominic.

Jacobus sorriu. Cristine percebeu. *Por que ele sorria daquele jeito? Por que não participava do inquérito? Não era ele o inquisidor?*

– Como sabe, senhor? – perguntou Cristine de volta.

– O nome é Walpurga? – repetiu Dominic.

– Sim, senhor. Mas insisto que não é bruxa.

– Além dessa Walpurga, você conhece ou teve contato com outra bruxa ou herege?

– Perdoai-me, senhor. Walpurga não é bruxa.

Dominic refez a pergunta:

– Você teve contato ou conheceu alguma bruxa ou herege, qualquer que seja?

– Não, senhor.

– Mas sabemos que você e sua amiga Ângela encontraram-se em uma clareira na floresta com uma bruxa. É verdade?

Cristine não conseguiu disfarçar a surpresa. Encolheu-se, enrubesceu.

– Não sabia que era bruxa, mas se diz...

Pensou estar segura. Agora já não tinha tanta certeza. Os inquisidores demonstravam saber detalhes de suas recentes atividades. Teria sido aquele estranho padre confessor? Teria sido a mãe? Seria possível? Como teria ela lhe garantido que não havia o que temer?

Teria sido a própria Walpurga? Talvez eles já a tivessem detido, talvez a tivessem forçado a confessar. A contar detalhes de seu salvamento no rio ou da recente reunião de oração na floresta; mas isso não era tudo. Walpurga sabia até sobre coisas que não havia testemunhado.

Cristine lembrou-se das palavras da anciã durante a reunião de oração na floresta: "Alguém esteve aqui em nosso lugar de intercessão e o profanou."

Aquele lugar. O mesmo lugar onde Cristine, Ângela e a amalucada Keira haviam se reunido para simular o ritual pagão.

Naquela noite, segundo lhe dissera, Walpurga chegara antes dos demais e encontrara o lugar adulterado. Símbolos desenhados no chão, tocos de velas; a carcaça da cobra queimada. Alguém tinha estado ali, afirmava.

E não se tratava apenas de dedução. "O Espírito me revelou", contara. "Ele me fez saber que estiveram aqui cinco pessoas. Cinco pessoas estiveram aqui neste lugar sagrado para fazer algo muito, muito errado", dissera na ocasião.

Teria ela contado-lhes também sobre isso? Saberia ela sobre a identidade de tais pessoas? E a pergunta principal: cinco pessoas? Não havia na ocasião ninguém além de Cristine, Ângela e Keira, disfarçada de bruxa.

Ou teria havido?

– Quando você soube que era bruxa a mulher que vocês consultavam? – perguntou Dominic, interrompendo os pensamentos da menina.

O que dizer agora?

Cristine tinha a opção de contar a história de acordo com a sequência dos fatos – como ela *acreditava* ter sido a sequência dos fatos: primeiro, Ângela a procurando na floresta; depois, encontrando uma bruxa. A conversa com ela, a descoberta de seus poderes. "Virgem de novo", ela disse. *Poderia ser Walpurga,* Cristine pensou. *Poderia ser uma bruxa boazinha. Poderia dar certo.* O fim de seu opróbrio, de sua vergonha pública. Um reinício.

Como contar isso? O que fariam a uma jovem que admitia ter se consultado com uma bruxa para voltar a ser virgem?

Havia, ainda, a opção de contar os fatos não como lhe pareceram acontecer, não como a fizeram crer, mas como realmente aconteceram. Os fatos ocultos, como tristemente veio a saber depois: Ângela na floresta, o local onde teria ocorrido um encontro de feiticeiras – mas que, agora, sabia Cristine, havia abrigado tão somente a reunião de Walpurga. A cobra descarnada; a planta que deixou a mão de Ângela com aparência ressecada; a conversa com Keira e, finalmente, a ideia de lhe darem bom susto.

Expor-se sustentando uma mentira ou expor as amigas revelando a verdade?

– Eu não sabia até ver e ouvir. Eu pensava que era Walpurga – respondeu, ainda sem saber qual direção seguir.

– Por que pensava que era Walpurga a mulher que estava lá?

Cristine respirava com dificuldade. Começava a transpirar.

– Porque Ângela me dissera que havia uma mulher curandeira que podia curar muitos males e livrar aqueles que haviam sido injuriados.

– Então você admite que Walpurga é curandeira?

– Eu... Eu não disse isso, senhor.

Jacobus estava orgulhoso do desempenho do filho, mas doía ver as tentativas escapistas e mentirosas que Cristine insistia em seguir.

– Você disse que pensava que a bruxa era Walpurga porque Ângela lhe disse que era curandeira.

– Não sei disso, senhor. Não lembro de dizer isso – mentiu de novo.

– Você recebeu, ou viu, ou soube de alguma prática de curandeirismo de Walpurga?

– O que sei é que ela me resgatou de morrer afogada no rio, levou-me para a casa dela, deu-me algo para beber e comer e cuidou de meus ferimentos. Se faz curandeirismo, parece que não sei.

– Durante o tempo em que esteve com Walpurga, você a viu ministrar ou ela lhe contou de alguém a quem tenha ministrado seus unguentos e beberagens?

– Não, senhor. Parece que ela não me disse nada.

Dominic olhou para Jacobus. Buscava algum sinal do inquisidor para que desse início aos procedimentos de tortura. O velho meneou a cabeça negativamente. Dominic prosseguiu, imprimindo tom mais ameno à voz:

– Você parece não estar muito certa. Quer pensar um pouco melhor? Gostaria de tomar um copo de água?

Jacobus sorriu, orgulhoso. *Bravo!*

* * *

Cristine suspirou aliviada. Sim, ela aceitava a água. Sim, ela queria pensar um pouco mais. Tempo para pensar era o que mais queria. Poderiam lhe dar o dia inteiro? A semana toda, quem sabe?

– Muito grata. – Cristine deu o último gole e devolveu o copo.

Um serviçal, vindo não sabia de onde, surgiu com uma bandeja, recolheu o copo de Cristine, reabasteceu a jarra de Dominic e saiu sem dizer uma palavra.

Jacobus sinalizou para que Dominic observasse os registros seguintes. Neles constavam perguntas muito específicas. O velho nada lhe tinha dito, mas estava claro que ele obtivera informações com antecedência. Normalmente isso ocorria por meio da comparação das similaridades ou das discrepâncias contidas nos depoimentos relacionados ao processo, mas Dominic lera os depoimentos das gêmeas Fedora e de Aldenora e nada encontrara que sugerisse tantas informações sobre as atividades dessa tal Walpurga.

Tudo o que Dominic sabia fora-lhe passado por Jacobus ou por suas anotações.

– O que acontecerá a Walpurga? – perguntou Cristine.

Dominic olhou para Jacobus. O inquisidor assentiu e o discípulo voltou-se para a depoente.

– É exatamente isso que decidiremos a partir do que você nos contar. As atividades dessa Walpurga limitavam-se ao curandeirismo? Ou ela exercia alguma outra prática como consulta aos astros ou aos mortos? Ou demonstrava ser contra tais procedimentos?

– Parece que ela me disse que curava os doentes com orações e com pão bento, alho e erva-doce, também com viburno, do tipo que se carrega com as cruzes – enumerou Cristine, em princípio, hesitante.

– E o que mais?

Cristine esforçou-se em relembrar. Coçou a cabeça.

– Parece que ela me disse algo sobre "ovos cozidos em urina humana". Ou seria urina de cavalo? Parece que não sei ao certo.

Dominic projetou o corpo por sobre a mesa em direção à Cristine.

A memória de Cristine oscilou.

– Mas não me lembro se ela disse que fazia isso, ou se disse que condenava quem fazia.

Jacobus moveu-se em direção aos dois. Aquela informação era nova e vital. Cristine não a mencionara na confissão.

– É fundamental que você se recorde exatamente – alertou-a Jacobus, assumindo o risco de ser identificado.

Cristine levantou os olhos em direção ao homenzarrão ao seu lado. Fechou os olhos, crispou os dedos sobre o vestido. Esforçou-se.

Parecia que os inquisidores ficariam mais felizes se ela lhes dissesse que Walpurga condenava tais práticas, mas ela não tinha certeza do que usar em defesa de sua salvadora. Dizer que a mulher havia ficado muito desgostosa ao descobrir que seu lugar de oração fora utilizado por pessoas estranhas para práticas ainda mais estranhas estava fora de cogitação. Isso a exporia ainda mais.

Precisava de algo que provasse que Walpurga era apenas uma *erveira;* uma das chamadas "mulheres sábias"; aquelas que detinham o poder e o conhecimento das ervas e de suas propriedades curativas. Mas a memória teimava em lhe faltar.

Lembrava-se de uma tal "pomada feita de sêmen de cavalo".

De cavalo mesmo? Ou seria de asno?

Não! Não fora Walpurga que lhe falara da pomada, fora Ângela!

Ângela? Fora Ângela?

Não! Ângela lhe falara de pomada feita de crianças cozidas! Sim! Isso mesmo! Mas era mentira, era invenção de Ângela. Ovos, alho, viburno, espirros, Lua... Espirros são perigosos... Perigosos para quem? Gatos? Não. Aranhas? Não, aranhas não. Vidros nas prateleiras? Sim, Cristine vira vidros, potes com... Com o quê? Cristo! Com o quê? O que havia nos potes?

– Cristine! – chamou Dominic.

Cristine esforçava-se. As imagens se misturavam, confundiam-na. Verdade, mentira; orações verdadeiras, ritos falsos; sensações verdadeiras, sentimentos falsos. "O anjo vai lhe tocar". A mão fria da mulher, tocando-a, tateando seu peito...

Seria anjo? Era a mão do anjo na mão da mulher? Era bom...

Cão, cão, cão preto... Havia algo sobre um cão. Walpurga não tinha cães. Walpurga comia cobra? Não! Ela preferia comer ovos.

– Lembrei! Parece que me lembro, agora – respondeu.

Jacobus aproximou-se. Dominic tomou de novo a pena.

– Ela *não* cozinhava ovos em urina – esclareceu. – Ela dizia que preferia "comê-los a desperdiçá-los". E havia o cão... Ela falou de um cão. Ela não gostava de... – Cristine fez uma nova pausa e a cena voltou à mente dela, claramente.

Não era possível ter se esquecido. Não havia se passado tanto tempo. De fato, tudo ocorrera muito recentemente. Mas eram tantas coisas!

– Parece que eu sei agora. Walpurga não era bruxa mesmo. Eu até pensei que pudesse ser. Uma das boas, não uma má, mas ela disse que não. Ela disse que Ana não devia ter usado um cão. Que Ana, ela disse "pobre Ana"... Ela disse que havia dito para Ana não usar o cachorro porque era perigoso e desnecessário. É isso! "Perigoso e desnecessário".

Ana! Só podia ser Ana! Ana e seu cão preto.

Jacobus percebeu certo desconforto em Dominic.

– Ana? Que Ana? Que cão? – perguntou o discípulo.

– Ana de Guilherme, penso – respondeu Cristine.

– Ela lhe falou de Ana? Ana a conhecia? O que você sabe sobre Ana?

Aquilo não estava no roteiro. Seu discípulo estava perdendo o controle. Jacobus teria que intervir. *Maldição!*

– Certo, certo – disse Jacobus, assumindo o lugar ao lado de Dominic. – Então já sabemos que Walpurga não era bruxa. Ela fez muito bem em orientar Ana. Há cerimônias, minha filha, com cães pretos. Cerimônias malignas, rituais pérfidos.

– Para engravidar. Ela queria engravidar – Cristine acrescentou.

Como a menina sabia disso? Como sabia?

– Não funcionam – disse Jacobus amistosamente.

– Sim, padre, eu sei – concordou Cristine. – Porque Ana estava gripada. – Jacobus e Dominic entreolharam-se. – E, quando se está gripada, a mulher não pode espirrar. Se espirrar, a semente sai pelas narinas, não é?

Jacobus não sabia o que dizer. Nunca ouvira falar dessa tolice.

– Mas ela conseguiu. Ela não espirrou...

– Quem? Quem lhe disse essas coisas? Foi Walpurga?

Cristine sentia-se mais à vontade agora. Parecia que tinha conseguido afastar as suspeitas deles sobre Walpurga. Além disso, seu encontro com a falsa feiticeira, por quem Keira fingira se passar, parecia ser assunto encerrado. Talvez, por precaução, Cristine devesse criar e manter algum assunto de outra natureza.

– Meu casamento foi simples – desconversou. – Não teve belos e preciosos móveis ou tapeçarias finas. Os convidados que não se acomodaram dentro da casa tampouco tiveram um toldo de lã para protegê-los das intempéries do lado de fora. Forramos o piso da sala com folhagem, e minha mãe tirou das arcas algumas tapeçarias, alguns tecidos e lãs, para estendê-los nas paredes e decorar as janelas.

– Quem lhe disse sobre a gravidez de Ana e sobre os espirros? – insistiu Jacobus.

Não estava funcionando.

– Theodora – rendeu-se Cristine.

Talvez não fosse perigoso fornecer essa informação. Theodora era inofensiva. Tinham-na por maluca, por causa das visões. Às vezes, Cristine acreditava nela. Ela lhe tinha dito que Deus havia lhe revelado que Ana tinha conseguido engravidar. Talvez ela estivesse enganada... Talvez, não.

– Theodora – repetiu. – Uma senhora que vive solitária. Ela é uma boa cristã e é caridosa. Tem visões e revelações.

– Theodora – Jacobus repetiu, quase sem perceber, e as imagens vieram em um turbilhão de lembranças.

Presente de Deus.

Theodora significa "presente de Deus". Você usará esse nome. Eu a encontrarei. Fuja! Vá para onde não haja postos inquisitoriais por perto. Mude de nome. Theodora. Eu a encontrarei. Agnes.

Então Agnes estava viva, viva!

– Agnes... – balbuciou Jacobus.

– O quê? – perguntou Dominic.

– Quem? – perguntou Cristine.

Jacobus recompôs-se. *Deus! O que estou fazendo?*

– Êh, filha... não é nada, não é nada. Vamos encerrar por agora, e depois você me contará de seu casamento e também dessa boa alma que vê anjos. Conte-me dela depois. Não há o que temer.

Anjos? Cristine não havia falado nada sobre anjos. Sua memória costumava traí-la, mas não tão rapidamente assim. Ela sabia que Theodora via anjos, mas não dissera isso. Como o inquisidor... *Como?*

Dominic fechou o livro e recolheu as anotações. O interrogatório estava encerrado. Jacobus saiu caminhando pesada e apressadamente.

Cristine apoiou-se no tampo da mesa. Sentiu que ia desfalecer. Não havia reconhecido a voz de imediato, mas aquela expressão, aquela expressão era inconfundível.

Êh, filha...

O inquisidor grandalhão, Jacobus. *Era ele!* Era o padre a quem Cristine confessara!

* * *

Como havia lhe prometido, Pérsio esperava Cristine do lado de fora.

Desceram pela mesma estrada de dias atrás. Tudo parecia igual. O mesmo caminho, as mesmas pessoas à porta, as moças recostadas nas janelas observando o movimento, crianças correndo, pessoas conversando, homens fazendo negócios e, de novo, gente o reconhecendo. Alunos de suas aulas de filosofia reclamaram de sua ausência.

– Ei, moço! Toque seu realejo para nos divertir! – pediam-lhe as mesmas pessoas.

Tudo como antes. Exceto a fisionomia de Cristine e sua costumeira tranquilidade.

Para ela, tudo era diferente agora. Uma sensação de descoberta. De ter testemunhado algo maior do que ela podia imaginar. Primeiro, Keira e suas alucinações. Agora, sua própria agonia naquela sala de interrogatórios, o medo, a sensação de súbito alívio, quase de *controle* da situação.

Lembrou-se de Keira e de sua alegada influência sobre o comportamento do inquisidor. Ela, ao contrário, havia recorrido à fé e visto Jacobus parecer perder o controle.

O rosto de Cristine, lívido e perturbado assim que ela deixou os aposentos inquisitoriais na abadia, aos poucos ia recuperando a cor natural.

– Queria que você tivesse estado lá... – declarou Cristine.

A despeito do pouco tempo, sentia-se à vontade com Pérsio.

– Eu estive.

O serviçal com a água!

– Oh, céus! Era você? – Cristine espantou-se. – Como conseguiu?

Pérsio contou-lhe do hábito monacal que mantinha consigo desde a época de seu serviço religioso; de como o usara para adentrar a abadia e por ela circular sem ser incomodado ou levantar suspeitas, e de como, depois, o escondera em um pomar junto a uma antiga residência abandonada.

– A casa daquele judeu onde você me salvou a vida impedindo-me de beber da água daquele poço – riu Pérsio ao lembrar.

– Oh, sim... eu me lembro. Então era você na abadia que eu vi, carregando uma bandeja, naquele mesmo dia – recordou.

– Você me viu? Reconheceu-me? – espantou-se Pérsio. – Então terei que matá-la, senhorita. Ou meu segredo estará em risco – brincou, tentando aliviar a tensão.

– E onde está agora? Onde o escondeu?

– Está aqui comigo.

– O que você estava fazendo lá naquele dia?

O semblante de Pérsio decaiu.

– Conte-me primeiro de sua experiência – sugeriu ele. – Foi Jacobus quem a interrogou?

– Não, foi o outro – respondeu.

Seu olhar ficou distante.

– Dominic – disse Pérsio.

Cristine balançou a cabeça afirmativamente.

– E por que não Jacobus? Não o vi falando e quase não ouvi a voz dele. Ele esteve o tempo todo lá?

– Ahn... Sim, Jacobus...

Sim, Jacobus. O *inquisidor* Jacobus, o *confessor* Jacobus.

Pérsio fez duas ou mais perguntas simples, que Cristine respondeu laconicamente, quase sem perceber. Então, o homem pôs-se a contar sobre como correra o risco de se manter ali atrás da porta entreaberta. Poderia ter ido embora e perguntado a Cristine depois sobre o que havia acontecido, mas resolvera permanecer. Não sabia o que podia acontecer. Ou melhor, sabia! Era isso que o preocupava. "Temia por sua segurança", disse ele.

– Pediram-lhe que tirasse a roupa? – perguntou-lhe e, de súbito, arrependeu-se. *Como podia ser tão indiscreto?* – Desculpe minha indelicadeza, mas é que, quando pedem – adiantou-se a responder –, é porque vão dar início ao procedimento de tortura – explicou.

Assim faziam sob o pretexto de "examinar as condições do suspeito ou réu" de suportar os suplícios, mas, de fato, o rito servia como uma espécie de terror introdutório que produzia na mente do interrogado imagens do que estava por vir. Aos mais sensíveis era o bastante para que confessassem a verdade. Qualquer verdade.

A mente de Cristine desligou-se por completo. Estava completamente absorta.

– Cristine – chamou Pérsio. – O que houve?

– Sei porque Jacobus permaneceu calado, é claro! – falou, enfim. A conclusão emersa daqueles minutos em que deixara Pérsio a falar sozinho.

Todavia, havia pensado em voz alta e não refletira se era prudente compartilhar isso com o amigo recém-conhecido. Se Pérsio era mesmo tão cético quanto às coisas da religião, tão avesso a tudo o que havia de ruim da parte da Igreja, talvez ele fosse a pessoa ideal.

Talvez fosse também o menos adepto das duas práticas mais comuns entre os cristãos que Cristine conhecia: o juízo e a fofoca.

De qualquer modo, não lhe exporia tudo, apenas o necessário.

– Sei porque Jacobus permaneceu calado – disse. – Ele não quis que eu ouvisse a voz dele.

Pérsio não deu tempo para que ela continuasse.

– Oh, e por quê? Como você acha isso? – impacientou-se.

Cristine fez sinal para que ele esperasse e não a interrompesse.

– Escute apenas – repreendeu-o de leve.

Então, contou-lhe de como se confessara, mas optou por não revelar "quando", exatamente; e de como percebera, na ocasião, que o confessor não era, como de costume, o padre Aurélio, mas outro e desconhecido sacerdote. Um substituto.

– Jacobus! – deduziu Pérsio. – Por isso ele não queria que você o ouvisse. Para que não fosse identificado, mas ele não ficou em silêncio o tempo todo.

– Não – continuou Cristine. – Ele orientou o outro, Dominic, a fazer perguntas que... Como direi? Perguntas que ele só...

– Eu sei! Perguntas que ele só poderia formular a partir do que sabia a respeito de sua confissão. – Pérsio bateu com o punho fechado na mão. – Isso é gravíssimo! – denunciou. – Jacobus tomou sua confissão e depois a usou em um processo de interrogatório. E, pior: ele quebrou o voto de silêncio!

Pérsio demonstrava ser mesmo diferente. Em nenhum momento da conversa que prosseguia ele demonstrava alguma curiosidade sobre o conteúdo das confissões de Cristine. Não era indiscreto ou invasivo. Um pouco apressado, talvez. Também enigmático e sombrio, mas, acima de tudo, Pérsio parecia-lhe confiável.

Aproximavam-se da casa de Cristine. Não teriam tempo de conversar tudo o que queriam.

– Diga-me, então, o que você fazia lá da primeira vez e agora? Por que entrou disfarçado na abadia? Por que está sempre a andar para um lado e para outro, perguntando e investigando? – perguntou Cristine.

– Temo que não possa lhe dizer tudo, agora. Para sua segurança, é melhor que você não saiba. Talvez, Cristine, você seja a pessoa mais confiável que conheci, mas não posso lhe dizer nada além disso: que tenho dedicado os últimos anos de minha vida a seguir os passos do inquisidor Jacobus e de seu desvairado discípulo Dominic.

– E por quê?

Pérsio esfregou os dedos nervosamente.

– Em uma só palavra: vingança.

* * *

Cristine não sabia bem se o que sentia agora em relação ao inquisidor Jacobus era desejo de vingança, como Pérsio. Mesmo assim, a resposta dele inspirou-lhe mais confiança e também um desejo, certo senso de justiça, de que algum reparo devia ser feito. Jacobus traíra sua confiança. Primeiro, induzindo-a a tomar parte em um ritual suspeito e, depois, valendo-se de suas confissões para delas beneficiar-se no interrogatório.

Haviam chegado. Pararam à porta da casa de Cristine, que pôde perceber, de imediato, os olhares enviesados dos passantes. Também algumas janelas vizinhas que se entreabriam para dar vazão à curiosidade.

Uma moça decente não passaria tanto tempo conversando sozinha com homem que não fosse seu irmão, pai ou parente próximo. Tampouco o convidaria para entrar se não houvesse algum homem da família – o irmão mais velho ou o pai – em casa.

Sara abriu a porta um tantinho só para ver quem acompanhava a irmã. Lucas, o caçula, aproveitou a oportunidade, esgueirando-se por debaixo das pernas da irmã e disparando para fora.

– Ei! Volte aqui! – gritou Sara.

Cristine capturou o irmão, segurando-o pelas mangas compridas da camisola de dormir.

– Eia! Onde vai apressado assim?

Sara abriu por completo a porta e se colocou à entrada.

– Cristine, nosso pai não está – advertiu-a.

Moças honestas não recebiam homens desacompanhadas de algum parente masculino, Cristine sabia.

Para os diabos com a vizinhança! Há muito tempo que não sou mais uma moça honesta.

– Entre, Pérsio – decidiu Cristine. – Há algo que preciso lhe perguntar.

* * *

Pérsio levantou-se e agradeceu o chá que Sara acabara de preparar-lhe.

– Isso é terrível e fantástico também! – espantou-se, depois de ouvir tudo o que Cristine lhe contara do ocorrido em seu interrogatório e também, em parte, de suas duas confissões ao padre Jacobus.

Algo daquilo tudo o próprio Pérsio havia visto no pouco tempo em que permanecera no local do interrogatório e algo ouvira, confusa e incompletamente, na sala ao lado, a sufocante, úmida e malcheirosa câmara de torturas; provável local dos suplícios de Ana.

– Foi por isso que Jacobus mandou Dominic interrogá-la! – deduziu.

– Como? – Cristine não entendeu.

– Você havia me perguntado anteriormente sobre o motivo de Jacobus usar Dominic para interrogá-la se ele já tinha as informações que desejava, se ele já as tinha obtido no confessionário quando se fez passar por um padre substituto – lembrou Pérsio.

– Sim, é verdade.

– Jacobus é um legalista, um ritualista. Ele soube de muitas coisas por meio de um meio ilícito: sua confissão. Então, ele precisava usar tais informações para chegar a Walpurga e a outras pessoas suspeitas, mas não poderia quebrar o voto do silêncio. Por isso armou seu discípulo Dominic das perguntas que a levariam a dizer exatamente o que ele precisava ouvir, só que, dessa vez, de modo legal. E ele fez o mesmo em relação à sua mãe. Por isso sua mãe falou que Jacobus recebia informações que o Espírito lhe "revelava" – deduziu Pérsio. – Ele as ouviu de você, durante a confissão, depois fez uso delas para retirar informações de sua mãe. O que não entendo é a razão de sua mãe ter ido espontaneamente ao Tribunal Inquisitorial...

Cristine abaixou a cabeça. Esfregou as mãos no vestido, nervosa.

– Ela fez isso para nos proteger. Ela tem medo que a denunciem. Que nos denunciem.

– Denunciar? Pelo quê?

– Ora, por nada. Por qualquer coisa. Há muitos que não gostam de nossa mãe. Ela quis adiantar-se e procurar o inquisidor antes que alguém o fizesse e assim pudesse ela dizer que... Na verdade, nós somos vítimas.

– Vítimas de quê? De quem?

– Vítimas de bruxaria. O que mais seria? – impacientou-se Cristine.

– O que fizeram a vocês?

Cristine não respondeu. Entretinha-se com um grosso fio de lã que desprendia-se de seu vestido.

– Cristine! – Sara chamou a atenção da irmã. – O moço lhe fez uma pergunta.

Cristine levantou a cabeça, aprumou-se e respirou fundo.

– Você conhece alguma Agnes? – desconversou.

– Não... Não me lembro de ninguém com esse nome – respondeu, de fato, ainda sem se lembrar. – Mas me pareceu mui claro que o que fez Jacobus interromper o interrogatório abruptamente foi a menção que você fez a essa mulher... Theodora, a quem ele se referiu por "Agnes".

– E você tem alguma ideia de por que Dominic pareceu tão ansioso quando mencionei o nome de Ana? – retornou Cristine. – Ele pareceu muito interessado.

Pérsio ajeitou-se na cadeira, esfregou as mãos e teorizou:

– Bem, conhecendo-o como o conheço e sabendo de... Sabendo muito a respeito dele, eu diria que ele se envolveu ou desejava se envolver com a finada Ana Carrero. Ouvi dizer que era mulher muito vistosa.

– Sim, era linda – admitiu Sara.

– Cuide se suas coisas! – interferiu Cristine, desautorizando as interrupções da irmã.

Sara era confiável e Cristine sabia que nada do que conversassem ali seria compartilhado fora daquelas quatro paredes, mas a irmã era nova demais para se intrometer na conversa de adultos.

Sara voltou-se, obedientemente, para seus afazeres.

– Ela era mesmo muito bela – concordou Cristine. – Mas era fiel. Jamais trairia o marido. Estavam tentando ter um filho, um menino.

– Sim, sim, você me disse – respondeu Pérsio. – Então quase posso garantir que Dominic tinha intenções pouco católicas em relação a ela. Pelo que eu soube, ele foi...

Não diga.

Pérsio interrompeu e redirecionou a fala:

– Você sabe ou ouviu algo sobre quem a teria denunciado, afinal?

Cristine deu de ombros.

– Ninguém sabe. Keira nos disse que Lucius... Lucius é o copista – explicou. – Keira nos disse que Lucius lhe mostrou os arquivos do inquérito de Ana. Keira sabe ler e fazer contas. Ela não tem medo das coisas, não tem medo de nada, mas é meio amalucada, a coitada. Não sem razão, penso.

– O que ela disse? – interrompeu Pérsio ansioso.

– Ela disse que leu o inquérito e que Ana foi denunciada por depoente "da mais alta confiança", um oficial da Inquisição, mas que não havia nome. Que o nome devia ser mantido em segredo por questões de segurança.

Havia algo errado, muito errado, pensou Pérsio. Por um lado, esse não parecia ser o procedimento padrão de Jacobus. O antigo mestre era fiel seguidor do rito processual. Havia, é certo, inquisidores que aceitavam denúncias de pessoas de má índole e chegavam a lhes recomendar que não informassem seus nomes, fazendo-as constar nos processos apenas como informantes, e não na qualidade de testemunhas. Em uma tomada de testemunho de acusação, era necessária a presença de, ao menos, cinco pessoas: o juiz, o escrivão ou um notário, a testemunha, o réu e seu advogado designado. Alguém, além de Jacobus e, provavelmente, Dominic, deve ou deveria ter acompanhado o depoimento de Ana. Seu delator, obrigatoriamente, deveria estar presente.

Por outro lado, havia uma contradição evidente: se o processo omitia o nome do delator, como as irmãs Fedora sabiam ser Dominic o autor das denúncias?

Ou elas mentiam, por alguma obscura razão, ou sabiam de alguma forma extraoficial.

Jacobus estava protegendo alguém próximo. Não torceria seus princípios por alguém que não fosse querido a ele. Isso se aplicava perfeitamente a Dominic. Entretanto, havia uma "ponta solta". Se Dominic era o delator, e Jacobus, o único a saber disso, a única possibilidade era a de que Dominic tivesse contado a uma das irmãs, ou a ambas, o que equivaleria a contar ao condado inteiro e lançar por terra o esforço do pai em protegê-lo.

Não faz sentido.

Pérsio esforçava-se para raciocinar e, ao mesmo tempo, acompanhar o que Cristine falava. Precisa se concentrar em uma coisa ou em outra, ou perderia ambas.

– Isso eu não sei, mas algumas pessoas pensam que as Fedora são bruxas – continuou Cristine, sem que Pérsio conseguisse identificar em que ponto exato da conversa ele se perdera.

– Ahn, entendo – respondia laconicamente.

Faria sentido se uma das Fedora – ou ambas – fosse a denunciante verdadeira. Por isso Constance... Ou teria sido Carmela? Por isso haviam lhe contado sobre Dominic.

Elas não param um instante... Andam por todo lado... Onipresentes... E dizem... São devotas... Você acha que elas se importam? Pérsio, você é tão inocente.

As palavras de Cristine constituíam um fluxo ininterrupto. Todavia, na mente de Pérsio, o processo se dava de modo intermitente.

Seja lá quem for, uma das gêmeas, ou ambas, maldição! Elas foram as denunciantes e disseram ter sido Dominic para... Não... Não pode ter sido.

Por que as Fedora diriam a Pérsio – então recém-chegado ao condado, forasteiro desconhecido e, em um primeiro momento, indiferente ao que acontecia nos tribunais dali? Por que diriam a ele? A troco de quê? Além disso, por que Jacobus as protegeria? Seriam elas colaboradoras preciosas? Pérsio riu. Certamente eram informantes inigualáveis!

– Por isso, estão sempre rindo de mim – prosseguia Cristine. – Ângela acha mesmo que elas são bruxas. Parecem estar em todos os lugares e parecem estar a seguir a todos. O que lhes falta é marido, um que lhes dê modos. Seguem os homens bonitos... Metem-se pela floresta adentro... Matronas... Penso que são bruxas.

Então, as palavras de Cristine acerca das Fedora, finalmente, começaram a reverberar em sua cabeça. "Estão em todos os lugares. Parecem seguir a todos... Metem-se floresta adentro..."

– Pérsio? O que houve? Parece que viu uma aparição – advertiu-o Cristine.

Pérsio permanecera alguns segundos com a boca aberta e o olhar vago. Deixara de responder Cristine há tempos.

Uma delicada e alva mão passou vagarosamente em frente ao rosto do homem. Pérsio piscou, assustado.

Sara deu um pulinho para trás, recolhendo a mão junto ao peito, embaraçada.

– Pensamos que você tivesse sofrido um mal "súbido" – desculpou-se Sara.

– É "súbito", sua tonta! – corrigiu a irmã. – E o que eu lhe disse sobre suas tarefas? Não vê que já é quase hora de buscar o bebê na casa de Lourdes?

– O que você sabe sobre a morte de Ana?

Apesar de um breve e leve descontentamento com Pérsio, Cristine esforçou-se para lembrar os detalhes de tudo o que ouvira da mãe, dos vizinhos, das Fedora, de Theodora e, principalmente, de Walpurga. Ana havia sido surpreendida por seu delator em meio a um ritual bruxo, "mas não era. Era apenas uma simpatia para engravidar", defendeu Cristine.

Um cão preto acompanhava Ana. Ela teria sido encontrada em estado deplorável. Estava nua, ofegante. O cão "era desnecessário", dissera Walpurga. Tudo era desnecessário, afinal. Ela já "estava grávida", dissera Theodora. "Theodora sabe das coisas. Tem visões".

Então, Cristine pôs-se a falar animadamente sobre os perigos dos espirros na hora do coito e outras coisas de igual falta de importância a Pérsio.

– Quem viu todas essas coisas? – perguntou, mais para interromper a fala de Cristine do que para acrescentar alguma informação.

Cristine balançou a cabeça.

– Não sabemos. Ninguém sabe – imiscuiu-se Sara outra vez. – Deve ter sido o "denunciador".

– O "denunciante" – corrigiu Pérsio, dessa vez –, ou, talvez, outra pessoa que também tivesse testemunhado.

– Ou o denunciante pode ter contado a alguém, que contou a alguém, que, você sabe, contou a outro alguém – sugeriu Cristine.

Pérsio meneou a cabeça em negação.

– Se assim fosse, não haveria razão para o inquisidor ou o relator do processo ter omitido o seu nome dos autos. Se era tão importante para os inquisidores protegê-lo, por que ele se exporia?

Havia, porém, outra possibilidade. Pérsio conseguia se lembrar daquela primeira conversa com as irmãs Fedora.

"Encontram marcas em seu corpo... Seu delator foi um noviço... Dominic é seu nome... E nós... Nós também a vimos... indo a uma reunião secreta... Uma seita herética".

Então fora isso!

– Cristine, você disse que as Fedora embrenham-se na floresta... Por quê? – perguntou Pérsio

– Atrás de homens, eu disse. Você não ouviu?

– Sim, claro – mentiu Pérsio. – Mas por quê?

Sara aproximou-se.

– Elas seguem homens distintos. Fingem que se perdem na floresta para serem "resgatadas" – falou Sara, sentindo ter vencido a resistência da irmã, finalmente. – Elas seguiram os forasteiros que foram à casa da Mística, devem tê-lo seguido, e... Constance, a mais feia, gosta de seguir o menino do inquisidor.

Cristine espantou-se.

– Como sabe disso?

– Ora, você não vê nas missas? Constance só olha para Dominic o tempo inteiro. Mal reza. É apaixonada por ele – revelou.

Agora Pérsio tinha a visão completa em mente. Pelo que Cristine lhe dissera, Ana havia feito um ritual para engravidar. Dominic, o delator, a teria seguido ou talvez já estivesse, por coincidência, no local antes que ela chegasse. Certo é que testemunhara o ocorrido. Devido a seus antecedentes, era possível que Dominic tenha tentado chantagear Ana, como já havia feito antes com outras mulheres detidas por suspeita de heresia. Mas Dominic não esteve só. Alguém o teria visto. Dessa vez, apenas uma das Fedora. Aquela que o seguia e não desviava os olhos dele durante as missas: Constance.

* * *

Carmela sentou-se na cama, ao lado da irmã. Serviu-lhe o chá e acariciou os cabelos de Constance.

– Como está se sentindo?

Constance fez uma careta, sem nada responder. Naquela manhã, a irmã mal conseguira se levantar da cama. Permanecera calada e Carmela a ouviu chorando baixinho. Só falava em se encontrar com Keira, mas Carmela recomendara-lhe repouso. Repouso e um pouco mais de continência quanto às palavras.

– Estive pensando... Acho que precisamos ser mais cuidadosas sobre "o que" falamos e, principalmente, "a quem" falamos. Você, por exemplo. Acho que você não devia ter dito aquilo sobre Dominic ao tocador de realejo. Aquilo sobre ele ter sido o denunciante da finada Ana.

– Pérsio. O nome dele é Pérsio – corrigiu Constance.

– Sim, Pérsio, eu sei. Não devia ter dito aquilo – repetiu.

– E por que não? É a verdade.

– Por que você disse? Por que contou? Era segredo. Você me disse que Dominic lhe contou fazendo-a jurar que não diria a ninguém, mas você disse a mim e, depois, a um estranho.

– Ele parecia tão interessado no que eu dizia. Quis manter o interesse. E, além do mais, que mal pode haver? Ele nem é daqui. Logo vai embora – minimizou Constance.

– Mas era um segredo que poderíamos usar a nosso favor – resmungou Carmela.

Constance fez cara de choro.

– O que houve? – perguntou Carmela aflita.

– Eu já o usei... E eu menti. Dominic não me contou nada. Eu descobri. Eu o vi com Ana na floresta.

* * *

Dominic fechou a porta, atentando cuidadosamente para que ninguém o visse entrando nos aposentos do inquisidor acompanhado apenas de uma mulher.

A precaução de Dominic era exagerada. A mulher em questão era colaboradora do Santo Ofício; visitava os aposentos inquisitoriais com frequência. Não havia motivo para temores. Todavia, naquele instante, Dominic carregava consigo uma consciência atormentada e o medo, quase pavor, de que sua acompanhante o denunciasse. O que ela havia lhe dito era grave, gravíssimo. Se não fosse blefe, poderia custar muito caro convencê-la a manter silêncio.

Em situações como aquela, em que a consciência humana é sensibilizada quanto aos pecados ocultos que abriga, até a mais convencional rotina pode parecer ameaçadora.

Dominic escorou-se na porta fechada. Levou as mãos ao rosto, comprimindo e esfregando os olhos até que doessem. Suspirou profundamente. Lembrou-se de Voldívio. *Deus, por que ele me olhou daquela maneira no corredor?* Estaria sabendo de alguma coisa? Constance já teria lhe contado algo?

O auxiliar mostrou a cadeira a Constance, que se sentou. A Fedora ajeitou-se, passou as mãos pelo vestido, desamassando-o, arrumou os cabelos.

Dominic permaneceu em pé.

– O que você sabe? O que viu? – perguntou impaciente.

– É como eu lhe disse – respondeu Constance. – Eu vi tudo. Vi que seguiu a Ana. Confesso que me perdi por um tempo, mas eu sabia para onde ela ia. Ela andava rápido, como os que se apressam para fazer o mal, e você também, correndo atrás dela. A mulher que não cedeu a seus encantos.

– Diga logo o que você quer...

Constance exalava autoconfiança. Mesmo que se percebesse suas mãos trêmulas e sua respiração entrecortada, demonstrava ser senhora da situação.

– Quero que me desvirgine!

Dominic ficou surpreso. A recatada Constance Fedora queria ser desvirginada por um sacerdote?

Constance não era bela, mas ele estava disposto a fazer uma concessão. *Desvirginar Constance Fedora, quem diria?* A solteirona tinha péssimo conceito a respeito dele e também devia ter uma péssima autoestima. Relações à custa de chantagem? Dominic dormiria com ela de graça se ela pedisse.

– Quanta insolência! – protestou. – Que tipo de sacerdote pensa que eu sou?

Constance sorriu.

– Eu lhe digo o "tipo de sacerdote" que você é: o "típico". Aquele que não observa seus votos de castidade.

– E se eu não aceitar? – provocou.

– Eu conto tudo o que vi naquela clareira. Você atacando a pobre mulher, rasgando suas roupas, forçando-a, chantageando-a. O cão atacando-o e você gritando como uma garotinha.

* * *

Carmela Fedora levou as duas mãos ao rosto em espanto.

– Oh, Deus! Oh, céus!

A irmã, Constance, havia acabado de vomitar e parecia que iria vomitar de novo.

– Você está grávida? De Dominic? E quer a ajuda daquela enviada de Satã, a Keira, para abortar?

Constance não parecia estar incomodada.

– Ora, não faça tanto drama – protestou.

– Como? Você testemunhou Dominic, um sacerdote, um inquisidor, forçando Ana... chantageando-a! Ela negou-se, e por isso a guarda inquisitorial apareceu para prendê-la. Dominic devia... deve, ele deve ser punido!

– Mas ele não disse nenhuma mentira! Ele ofereceu a Ana uma chance de se proteger. Se ela tivesse aceitado, não teria morrido. Talvez tivesse conseguido engravidar e estaria vivendo feliz ao lado de seu marido e suas filhas. A família perfeita!

– Não somos esse tipo de gente – disse Carmela, balançando a cabeça. – Não fazemos esse tipo de coisas.

– Ana estava fazendo um ritual pagão para engravidar! Morreu por isso, maldição! – berrou Constance.

Carmela gritou de volta.

– E você quer fazer um para matar uma criança inocente! O que você acha pior? O que você merece, irmã?

Constance sentiu que ia desfalecer. Suas pálpebras pesaram e a última coisa que viu foi o borrão da imagem da irmã se aproximando para ampará-la.

Sobre Walpurga e Jacobus

Não tardaria para que Walpurga comparecesse ao Tribunal Inquisitorial na condição de acusada.

Não seria difícil encontrá-la. A máquina inquisitorial de coleta de informações era generosamente abastecida. Nem tudo, claro, era aproveitável, mas, a partir dos depoimentos colhidos, os oficiais focaram suas investigações sobre as pessoas que mais eram vistas indo à floresta onde, segundo Cristine, Walpurga a acolhera após salvar sua vida.

Coletas de frutos, ervas e madeira, bem como caçadas noturnas e pescaria, faziam com que o universo de frequentadores da floresta fosse bastante considerável. Todavia, dentre as pessoas cujos afazeres pouca relação tinham com frequentes idas à floresta, logo emergiu, dentre outros, o nome de Simão.

Que razões levariam um agiota que não sabia pescar, nadar ou caçar a se embrenhar tantas e seguidas vezes naquele ambiente?

* * *

Simão encontrou a pequena embarcação perfeitamente camuflada, tal como a deixara na última vez que viera trazer um pouco mais de leite de cabra e suprimentos para Walpurga.

Desfez rapidamente a armação de folhas, galhos e arbustos que encobriam o barco, empurrou-o barranco abaixo e saltou dentro. As pernas tortas o traíram dessa vez e Simão desequilibrou-se, batendo o queixo na proa. O gosto de sangue tomou sua boca de imediato. Cortara a língua no impacto.

Desprendeu o remo e se pôs a remar desajeitadamente o mais rápido que pôde. Não tinha estado em um barco mais que uma meia dúzia de vezes – metade das quais na companhia de algum condutor experiente. Agora, mais uma vez, teve que se virar sozinho.

Chegou à cabana de Walpurga totalmente exaurido.

– Simão, o que houve? – perguntou a anciã, aflita ao abrir a porta. – Céus! Sua boca... O que houve?

– Não temos muito tempo. Os inquisidores estão atrás de você – advertiu, enquanto adentrava a morada da amiga.

Walpurga indicou a cadeira para Simão se sentar, ofereceu-lhe um pedaço de pano para limpar o sangue da boca. O agiota tomou água e uma bebida que a anciã lhe disse ser analgésica. Então, contou-lhe como fora intimado a comparecer ao Tribunal do Santo Ofício e como suas frequentes incursões pela floresta haviam despertado desconfiança dos inquisidores. Era provável que o tivessem seguido alguma vez. Talvez estivessem em seu encalço naquele exato instante.

– Acharam que eu fosse participante da seita que dizem que você está dirigindo.

Walpurga colocou um preparado de ervas sobre a língua do agiota.

– Não fale, por enquanto. Responda por sinais – orientou.

Simão resmungou algum palavrão e balançou a cabeça concordando.

– Você lhes contou onde moro?

Dessa vez, o agiota abaixou o olhar ao indicar sua confissão. "Sim".

– Perguntaram-lhe se você veio com mais alguém? Perguntaram--lhe como você sabia o caminho?

"Sim", indicou Simão com a cabeça.

Walpurga tirou-lhe o emplastro acenando para que falasse:

– O que lhes disse? – perguntou.

– Disse o que era possível dizer, ora! Que a defunta Ana me ensinara o caminho uma vez e que eu vinha trazer-lhe víveres e coisas da cidade. Também disse que fazia isso por caridade, e não porque estivesse seguindo alguma heresia ou outra coisa.

– A "defunta Ana" – repetiu Walpurga pensativa. – Boa ideia! Afinal, nada podem fazer contra quem já morreu, não é?

– Alguém que a conhece deve ter dado com a língua nos dentes – teorizou Simão. – Os inquisidores sabiam de suas reuniões e que você vive na floresta. Você sabe que conheço Jacobus. Ele é hipócrita legalista, mas não é de todo mau. Falava de justiça com tanto vigor que até me vi concordando com ele. Chego mesmo a achar que você devia abjurar dessa sua fé, dessas suas... práticas.

– A fé que tenho é a fé no Cristo de Deus, e essa fé não consegue sobreviver dentro das igrejas dos homens. Mercadores. É tudo o que são, mercadores.

– Jacobus acha que você parece um cátaro. Penso que ele tem razão. Digo-lhe, Walpurga: você deve fugir. – Simão passou a ponta do dedo no lábio inchado enquanto formulava uma hipótese. – Acho que o velho sabia que eu viria a seu encontro. Tenho para mim que ele quis me assustar para que eu a procurasse e a alertasse. Assim, você teria tempo para fugir, ou para se entregar e se reconciliar.

– Por que pensa tal coisa? Por que ele faria isso?

– Ora! Depois da chegada do novo inquisidor Jacobus, não houve mais execuções. Ele parece ser mais severo com mentirosos e caluniadores do que com hereges. Algumas pessoas até dizem que ele é "frouxo" e que sentem falta do antigo inquisidor Morel. Há até uma moça, Keira, enteada do estalajadeiro, que anda por aí fazendo e desfazendo feitiços, e dizendo ter poder de ver e falar com os mortos, bem como de abençoar as colheitas e as crias dos animais, e nada lhe acontece. Acho até que foi por isso que Jacobus supliciou Ana: para que o populacho lhe mostrasse um pouco mais de respeito. Por isso, penso que ele quer que você fuja. Eu aproveitaria a oportunidade. Ele pode estar se cansando de ser misericordioso...

Keira. Então a jovem que estivera acompanhada de Cristine e daquelas duas filhas de Helga na última reunião de oração estava se tornando uma feiticeira? Isso não a surpreendia, mas Walpurga decidiu não expor suas impressões sobre a garota a Simão. Poderia ser perigoso municiar o amigo com informações que a Inquisição estava ansiosa por obter. Além do mais, se o Santo Ofício soubesse que uma praticante de feitiçaria participara de uma das reuniões de Walpurga, não só ela, mas os frades, Theodora e todos os demais estariam em risco, mesmo sob o risco do "moderado" inquisidor Jacobus.

– Não fugirei nem me reconciliarei – retorquiu a anciã. – Você tem razão. Minha fé parece a dos cátaros e a fé luterana também. E não acho que estas sejam distintas da fé dos apóstolos e da Santa Igreja fundada por Nosso Senhor. Mas, quanto a essa Igreja que está aí, cheia de sujidades, essa não é a verdadeira Igreja nem a verdadeira fé. Não temo a morte. Já morri para este mundo e nada mais tenho aqui... Só lamento por Cristine – suspirou Walpurga.

– A filha de Aldenora? O que tem ela?

– Aldenora? – Walpurga agora se lembrava mais do nome da mulher a quem fizera o parto da primeira filha. – É isso mesmo! Aldenora de Abelardo... Fiz o parto de sua filha, Cristine. Não foi há tanto tempo assim, mas já não mais me recordava. Nunca mais havia visto a menina desde então. Até nosso repentino e recente reencontro.

– Não temos tempo para reminiscências – interrompeu Simão. – Você pode me ajudar a atravessar o rio de volta? Já que não vai fugir, creio que seria melhor que, ao menos, não nos vissem juntos.

– Cristine... Soube que era ela assim que a vi, mas queria ter certeza.

– Como pode se recordar de um bebê, dezesseis, dezessete anos depois? Nem sequer se lembrava do nome da mãe dela.

– Eu suspeitei. Durante a reunião de oração na floresta da qual ela participou, eu a toquei e pude confirmar que ela trazia no peito uma marca de nascença. A mesma marca que me motivou a sugerir o nome dela. Por causa da chaga de Cristo no peito, sugeri que lhe dessem o nome de Cristine.

– Por que não lhe perguntou simplesmente? – questionou Simão, já sentindo dificuldade para articular as palavras. A língua começava a adormecer.

– Oh, temo que fosse perigoso – respondeu a velha. – Se eu lhe perguntasse, teria que lhe dizer a razão, e isso levaria a mais perguntas. E logo ela ficaria sabendo que eu já havia servido sua mãe anteriormente com outros serviços não muito aceitáveis nestes tempos sombrios. E penso que é melhor que ela continue sem saber.

– *...inha ...íngua eá ...icando dor...ente* – resmungou Simão.

Era o efeito das ervas anestésicas e anti-inflamatórias de Walpurga.

Walpurga moveu-se pelo pequeno aposento de forma nervosa e um tanto atabalhoada. Moveu potes de conservas e tinas de água, derrubou alguns vasilhames com ervas e unguentos, vasculhou cestos e caixas, abriu um pequeno baú empoeirado; colheu aqui e acolá peças de prata, moedas e alguns objetos de valor. Juntou-os em um saquitel e o entregou a Simão.

– Leve isto! A Inquisição virá aqui rapinar meus poucos bens. Prefiro que fiquem com você e com sua família. Dê esse colar a Gherda. – Walpurga olhou para o cajado. – Fique também com meu cajado e leve isto para pôr em sua língua. Aliviará as dores e diminuirá o inchaço. Você terá dificuldade em falar, mas, por enquanto, isso será uma benção.

Simão concordou, resignado.

– Você sabe ler, não é, Simão?

O agiota balançou positivamente a cabeça.

– *E ãm-ém ei...con...ar.*

– E também sabe contar, é claro. Como seria um agiota se não soubesse, não é mesmo?

Simão assentiu.

– Isso pode ser um problema se lhe pedirem uma confissão escrita – temeu a anciã. – Não deixe que saibam que você sabe escrever.

Walpurga tomou a vela e a aproximou bem do rosto de Simão. A velha tinha um olhar ameaçador.

– Onde você esteve na última noite, Simão Agiota? – perguntou Walpurga, como se fosse um inquisidor, com a voz empostada. – Diga-me ou derramarei a cera quente desta vela em teus bagos!

– *Eu ...into ...uito ...enhor ...in...i...i...or, ..ão ...osso ...alar. Corrrr... ei ...inha ...íngua ...e...*

– Cale-se, agiota estúpido! Não vê que desse jeito não entendo nada do que diz? Volte para sua casa! Está dispensado deste inquérito! – disse e, voltando a ser ela mesma, acrescentou: – Vamos, que já é tarde.

Walpurga conseguiu fazer o agiota sorrir. Sua fé e desprendimento diante do perigo também o tranquilizaram.

* * *

De fato, conforme esperado, no dia seguinte, um homem a serviço do Santo Ofício bateu à porta do agiota. Constatada a impossibilidade ou, no caso específico, a inutilidade de seu comparecimento ao tribunal eclesiástico por motivo de "mudez temporária", assim registrou e apresentou o caso a Jacobus.

> "Eu, Tobias Scelga, pregoeiro público de Ambergres, sob a fé do juramento, tendo sido escolhido e a mim confiada a tarefa de ir ao condado de Basonvil citar o referido Simão, popularmente conhecido como 'Simão Agiota', para comparecer no domingo diante do Reverendíssimo Padre-Inquisidor, D. Ignácio Jacobus, assim procedi e, tendo-o encontrado bem cedo em sua casa, ainda em trajes de baixo, citei-o nos termos acima, mas constatei impossibilidade de seu comparecimento, uma vez que ele encontra-se impedido de articular qualquer palavra

inteligível por ter se acidentado e cortado severamente a língua em uma queda, conforme ficou provado após exame, no local, do referido órgão comprometido. A esposa do citado Simão, Gherda, foi quem explicou as circunstâncias do acidente do marido, tendo ela mesma admitido que teve dificuldades em compreender o ocorrido na noite anterior e que o marido amanhecera ainda mais incapacitado de falar. Nestes termos, foi o citado dispensado de seu comparecimento e cientificado de sua responsabilidade de comparecer a este tribunal assim que se encontre recuperado e em condições para dar prosseguimento a este inquérito."

Tobias temeu a reação de Jacobus, mas se surpreendeu com a calma e, ao seu ver, com o descaso com que o inquisidor leu seu relato.

Com voz baixa e tom monocórdio, Jacobus finalizou a leitura do relatório, juntou-o à citação, selou-os, enrolou-os em silêncio e, como se disso despendesse enorme esforço, manteve os documentos em sua mão estendida, até que, também sem dizer palavra alguma, seu auxiliar Dominic recolheu-os e os colocou em lugar apropriado.

Tobias permaneceu em pé, em frente à mesa do inquisidor, aguardando alguma nova diretriz ou orientação, mas, como o homem permaneceu mudo, com as duas mãos cobrindo parcialmente a face, decidiu antecipar-se:

– Vossa Reverendíssima – chamou baixinho.

O inquisidor tirou as mãos do rosto e levantou os olhos.

– Senhor, devo aguardar alguma nova incumbência ou haveria alguma outra citação para hoje? – perguntou.

– Sim. Agnes – murmurou Jacobus.

– Perdão, senhor... – Tobias não ouvira.

– Theodora, digo – corrigiu o inquisidor. – Aqui conhecida como Theodora, a Mística. Necessito falar com ela.

– Sim, senhor. Eu a conheço – respondeu Tobias. – Devo apresentar algum documento oficial? O senhor tem uma data específica? O que lhe direi?

– Não é necessária uma intimação. Diga-lhe que o inquisidor necessita encontrá-la, mas não deixe de dizer meu nome. Diga a ela que Ignácio Jacobus é o inquisidor. Não é uma citação, é apenas...

Dominic achou prudente intervir.

– Não há necessidade, no momento. Você está dispensado por hoje. Depois lhe diremos como proceder em relação a essa... essa depoente.

Tobias curvou-se reverentemente e pediu licença. Acompanhado por Dominic até a porta, deixou o escritório inquisitorial.

De volta, Dominic queria perguntar a Jacobus que tipo de reação fora aquela e por que o inquisidor mencionara, de novo, o nome Agnes. Também queria saber sobre Theodora. Quem ela era e qual sua relação com a situação?

Algumas explicações tardariam. O inquisidor dormia. Sentado, cabeça baixa, o queixo pousado sobre o peito. Outras explicações, entretanto, já estavam dadas. Ao lado de sua mão, sobre a mesa, uma grande taça suja de vinho indicava o motivo de seu torpor e sua aparente confusão mental. Jacobus estava completamente embriagado.

PROCESSO DE HERESIA CONTRA WALPURGA NEAUSTEN (1557)

Arquivo da Cúria Arquiepiscopal de Ambergres (ACAA), Santo Ofício.

No ano de 1557, em Basonvil de Ambergres. Suma dos inquéritos de 21 de março a 19 de abril – Processo de heresia contra alguns bruxos.

Diante do Reverendíssimo D. Ignácio Jacobus, Inquisidor da heresia na diocese de Basonvil e dos comissários abaixo assinados, comparece na condição de ré a senhora Walpurga Neausten, curandeira e erveira de domicílio desconhecido, que, após ter prestado juramento ao Reverendíssimo Senhor Inquisidor, advertida, examinada e interrogada, respondeu:

Quando perguntada se sabia por que havia sido levada ao Tribunal do Santo Ofício, respondeu que "não". Quando perguntada se sabia quem podia tê-la delatado – se um inimigo mortal, ou um credor, ou outro, – respondeu que "sim"; que sabia que fora "Cristine, filha de Aldenora", e que disso sabia porque seu anjo lhe revelara e que a perdoava, pois "sabia que ela tinha sido enganada".

Quando perguntada sobre os acontecimentos da noite em que Cristine esteve com ela em uma reunião noturna na floresta, respondeu que fizeram o mesmo que faziam todas as outras noites.

Quando perguntada se havia tocado Cristine indevidamente, respondeu que "não". Todavia, depois de persuasivo sermão do Reverendíssimo Inquisidor, ela confessou que havia tocado Cristine por baixo de suas roupas de baixo. Perguntada sobre "onde" a havia tocado, respondeu "nos seios".

Perguntada sobre por que a havia tocado nos seios, respondeu que assim o fizera porque queria descobrir se a moça possuía uma marca de nascença, pois se recordava de ter feito o parto de uma criança; que a criança nascera com uma marca no peito; que a marca lembrava a chaga de Cristo e que, por isso, sugerira à mãe que pusesse na filha o nome de Cristine; que isso fizera (tocá-la nos seios) para se certificar de que era a mesma. Perguntada sobre por que não havia perguntado a Cristine se esta carregava uma marca ou cicatriz no peito, a depoente não soube responder; perguntada se havia se aproveitado da situação para cometer atos libidinosos com a vítima, respondeu "não"; perguntada se sentira alguma forte emoção, respondeu que "sim, sentira uma forte emoção ao descobrir que a menina era a mesma cujo parto fizera"; questionada se havia sentido algum prazer ilícito, não soube ou não quis responder. Após vigorosa insistência do Reverendíssimo Inquisidor, a depoente admitiu que a havia ungido com um unguento especial; que isso fizera porque lhe fora revelado que o pecado não habita no corpo "da cintura para cima", porque ali se encontra o coração, que é a morada do Espírito; que seu toque não teve nenhum apelo carnal.

Quando perguntada se já havia feito tal coisa antes, com outras pessoas, primeiro negou, depois, de igual modo, confessou que já havia tocado e sido tocada pelos frades que a seguiam; que, com um deles, queria ter um filho; que estava esperando a "revelação" de qual seria o "escolhido"; que o filho seria um "homem de Deus que pregaria o Evangelho aos quatro cantos"; que teria o filho depois de avançada idade por obra "do Espírito Santo".

Quando perguntada sobre por que fazia tais e tais coisas, primeiro disse que era por "revelação", depois, novamente, arrependeu-se e declarou que assim agia por "tentação e obra do demônio"; que jejuava e orava e se penitenciava, mas o demônio não lhe deixava de fustigar a carne e de tentá-la nisso.

(...)

Sobre o princípio de suas atividades de curandeirismo e prestidigitação, quando perguntada, a ré declarou que, procurada por um tal Pietro, cujo sobrenome desconhece ou não lembra, disse ser capaz de identificar pessoas mantidas sob feitiço, ao que o tal Pietro informou-lhe que possuía um filho que padecia de mal desconhecido e que, tendo levado-o aos médicos e gasto considerável fortuna, deles tão somente ouviu que o menino tinha "prostração crônica" e "definhamento agudo".

Que, a pedido de Pietro, preparou uma beberagem de ervas, seixos e raízes, e, com orações, expurgou o mal do menino, que ficou são.

Que, desde então, dedicou-se a operar exorcismos e curandeirismo de enfermidades reais ou causadas por feitiçarias.

Que nada fez por dinheiro, mas, perguntada se aceitara alguma vez dinheiros por gratidão (sem que tivesse pedido ou combinado tal e tal quantia), respondeu que "sim", que havia recebido alguns soldos e também recebia alegremente alimentos e roupas que usava para si e para alguns despossuídos que ia conhecendo.

Que isolara-se na floresta por medo, depois da Grande Fome e da perseguição, mas que ia à missa; que confessava e comungava regularmente; que não conhecia heréticos; que, quando se encontrava na floresta, fazia o sinal da cruz ao ouvir soar o sino, interrompia qualquer trabalho que estivesse fazendo por um instante e fazia uma prece, também que benzia o pão sempre, carregava o terço consigo e fazia tudo como fazem os bons cristãos.

Quando perguntada por que não era vista na igreja há anos, disse que o padre Aurélio ficara descontente com ela depois que ela passou a se confessar com outro padre em outra paróquia.

Quando perguntada sobre o motivo de ter deixado de se confessar com seu confessor espiritual regular, o padre Aurélio, ela negou-se a responder. Após insistente esforço, ela se manteve resoluta em seu teimoso silêncio.

Diante da obstinação da ré e depoente, ela foi despida, examinada e considerada apta à aplicação do recurso da tortura, o qual foi aplicado de forma moderada e teve bom termo.

A ré declarou, mesmo diante das advertências do Reverendíssimo Inquisidor do perigo de levantar falso testemunho, que deixara de comungar e confessar com o padre Aurélio porque este, segundo a ré, atormentava, querendo tocar-lhe as partes para tirar de seu corpo todo "espírito imundo"; que o padre untava o corpo com óleo, e com o corpo dela se juntava para tirar todo mal; que faziam isso nus ou seminus; que o padre exigia-lhe que levantasse a saia por trás, pois queria açoitá-la, ao que ela resistia, mas que, percebendo que tanto mais era açoitada, mais lia as Escrituras – pois sabia ler, escrever e somar –, e tanto mais rezava o terço, permitiu que assim fosse por um tempo; que, depois dessas coisas, arrependeu-se do que fazia e pediu ao padre que apenas pudesse confessar, pois acreditava que o "mal já se tinha ido do corpo dela", mas, como o padre insistia, ela partiu e nunca mais foi vista desde então.

Perguntada, a ré declarou que passou a seguir a Cristo sozinha na floresta. Quando perguntada se havia mais gente com ela, negou-se a responder. Após um período de jejuns forçados, prescritos pelo Reverendíssimo Inquisidor, dispôs-se a confessar e assim o fez, relatando que se reuniam com ela algumas mulheres devotas e também alguns frades; que nada faziam além de se reunir em torno da fogueira para cânticos, rogos e muitas preces, e também meditações e jejuns; que nessas reuniões via anjos e com eles se comunicava, os quais a alertavam sobre muitas coisas, que ela negou-se a revelar, mesmo depois de instada e submetida à moderada tortura.

Perguntada pelos nomes dos que a acompanhavam às reuniões, negou-se a dizer. Quando perguntada sobre por que escondia os nomes das pessoas se a própria ré havia dito não fazer em tais reuniões "nada de errado e nada contra a fé católica, os sacramentos e a Santa Madre Igreja", a ré afirmou não saber por que assim agia. Depois afirmou que era por "medo".

Levada à tortura moderada e diante da ameaça de tortura severa, a ré declarou os nomes de algumas mulheres e homens que com ela se reuniam.

Ao perceber que os nomes delatados pela ré eram apenas de pessoas mortas ou evadidas, como a finada Ana Carrero (vulgo "Ana de Guilherme"), a desaparecida e excomungada prostituta Mona Savazza, e a desaparecida e excomungada Ana Kramer (vulgo "Ana, a ruiva"), o venerável inquisidor, a contragosto, submeteu a ré à tortura severa, depois da qual lhe ministrou ele mesmo o sacramento da extrema-unção para união da ré à paixão de Cristo, para o seu bem e de toda Igreja.

Diante da iminência da morte, a ré pediu e lhe foi concedido o sacramento da confissão.

Diante do acima exposto e ainda por afirmar que o Espírito Santo pode "habitar em prostitutas", bem como "em qualquer um, pois Deus é como o ar" e por outras afirmações tais como essas, que estão registradas nos depoimentos colhidos anexos, e por viver como luterana, foi a ré considerada altamente suspeita de heresia.

Por se negar a abjurar da maior parte de suas práticas e afirmações, foi a ré considerada culpada post morten *e determinado como pena o seu queimamento em efígie no próximo Auto de Fé.*

A sentença final contra a ré, em sua íntegra, bem como toda a haereticalia, *minuciosamente inventariada, estão transcritas no Livro Primeiro das Sentenças Contra Os Acusados do Santo Ofício, ff. 06v-13r.*

Sobre encontros significativos

Quanto aos últimos encontros, quanto às últimas palavras, atitudes e intenções que nos competem revelar, resta-nos falar daqueles que buscaram a vingança, a justiça, o mal, a redenção, a verdade.

Pouco ou quase nada acontece ao homem fora de sua relação com seu próximo.

São os encontros que definem os seres humanos.

* * *

Cristine levantou-se ao primeiro canto do galo. A mãe estranhou tamanha disposição. A menina antecipou-se às ordens e adiantou todo serviço doméstico. Depois, lavou-se, mascou cardamomo e alcaçuz para o hálito, penteou os cabelos e acordou Sara, que, a contragosto, fez nela uma bela trança. Saiu dizendo que ia à primeira missa.

– Está chovendo – alertou Aldenora.

– Chuvisco de nada – minimizou Cristine e saiu.

Ao lado da paliçada que cercava a propriedade de Umberto, sentado debaixo de uma aveleira, Pérsio a aguardava. Haviam combinado o encontro para, juntos, irem à casa da mística Theodora.

Pérsio estava preocupado com a segurança de Cristine.

"Assim como estive no dia de seu depoimento a Dominic e Jacobus dentro da sala de interrogatórios, disfarçado de copeiro, também estive no dia em que Keira foi detida após sua suposta possessão. Por isso você me viu vestindo o hábito. E, ali, escondido, ouvi o depoimento de sua amiga Keira. Ela mencionou seu nome e o de outra amiga comum, Ângela. Creio que vocês correm risco, mas também creio ter descoberto a razão do mal-estar de Keira e também de seus alegados poderes sobre Jacobus durante o interrogatório. Para confirmar minhas suposições, precisamos encontrar Theodora e saber em detalhes o que lhe disseram os tais dois viajantes misteriosos que avisaram as irmãs Fedora sobre o centeio contaminado e que, posteriormente, alojaram-se na casa da Mística. Gostaria de ter sua ajuda. Você a conhece. É mais provável que ela se disponha a falar sobre o assunto a mim se estiver acompanhado de uma pessoa confiável como você, Cristine."

Pérsio tinha consigo uma capa para se proteger da chuva. Ofereceu-a a Cristine, que agradeceu, mas disse ter ideia melhor.

– Por que não a dividimos? – sugeriu, para alegria de ambos.

* * *

Quantas visões são mais relaxantes do que as produzidas pela chuva?, pensou Theodora enquanto, contemplativamente, observava a corrida dos pingos, escorrendo pelo toldo estendido do lado de fora, o balançar das folhas, que quase dançavam ao ritmo das gotas pesadas que as atingiam, o barulho tranquilizador, que convidava ao repouso, e, ao findar a chuva, a algazarra dos pássaros, que convidava à vida.

Da janela, viu se aproximar um casal. Partilhavam uma proteção contra a chuva e vinham abraçados em direção à sua casa. Tomara que alguém trazendo provisões. A Mística vivia da caridade dos vizinhos e dos frades que lhe traziam donativos; de Walpurga, que sempre tinha alguma carne de caça ou peixe seco; de alguns dos que a visitavam em busca de conselhos e visões e que compartilhavam sempre que podiam.

O casal se aproximou. Theodora distinguiu a figura de Cristine, mas não sabia dizer quem era o homem. Pareceu-lhe o tocador de realejo de que tanto se falava. "Bonito, comunicativo, educado, instruído", diziam. E, o principal, para moças casadoiras, solteiro.

* * *

O cavalo parou como por encantamento. Como se soubesse que havia chegado ao destino, como se fosse ele o condutor, e não quem o cavalgava.

O recém-destituído inquisidor Morel apeou da montaria. Olhou adiante. O caminho, como os anteriores, parecia seguir para lugar nenhum. O céu nublado antecipava a escuridão de fim de tarde e era pouco provável que Morel encontrasse pouso adiante antes que escurecesse por completo.

Seu cavalo não parecia disposto a continuar e Morel tendia a concordar com ele. Talvez o animal já estivesse exausto e tivesse percebido que o local fosse propício à alimentação e ao descanso.

A construção à frente não aparentava abrigar um mosteiro. Não pela forma, mas pelo zelo que ela ostentava. Dois torreões erguiam-se ao lado do portão principal, o qual dava vista para um espetacular jardim à francesa. Morel aproximou-se do portão e pôde ver mais acuradamente o interior.

As casas dos monges, dispostas em dois níveis, o jardim, a fonte, o pátio e outras dependências dali visíveis, ofereciam ao observador um quadro de vida decente que beirava o confortável.

Morel retirou do bolso novamente a carta do inquisidor-geral e o pedaço de papel com suas anotações sobre a localização da abadia de Valpar, recentemente transformada em mais um posto inquisitorial. Não havia dúvida. Era ali mesmo.

Segundo apurara, fora ali que Jacobus, seu sucessor em Basonvil, servira anteriormente. Fora ali que Jacobus, o usurpador Jacobus, fora, anos antes, acusado de muitos e graves delitos por um discípulo que se revoltara com seus supostos excessos alimentares e sexuais. O sacerdote teria engravidado uma paroquiana chamada Jordana. Além disso, comia como condenado. Desrespeitava os jejuns e furtava alimentos dos colegas.

A infeliz que abrigara um filho seu no ventre morrera no parto, disseram, muito embora Morel desconfiasse que, se a história fosse mesmo verdadeira, bem poderia ser que Jacobus tivesse mandado dar cabo dela. *Tão preocupado com a imagem, com a reputação*, pensou Morel sobre o sucessor. Ele, Morel, preferia manter suas amantes vivas. Era promíscuo, não assassino.

O inquisidor-geral recomendara-lhe que procurasse o recém-nomeado inspetor inquisitorial local, homem "reto, íntegro, de boa índole", embora um tanto rabugento. Havia se formado aos pés de Jacobus, mas não herdara seus vícios e tortuosidades. Pelo contrário, assumidamente os repudiava. Auxiliara o abade na administração dos recursos da abadia, recuperara a biblioteca e, com sua habilidade para gestão das finanças, promovera uma considerável mudança na fachada e nas instalações do local.

– Transformou-o no paraíso em Terra – disse-lhe o inquisidor-geral e acrescentou: – Você logo o identificará... Manca de uma perna. Sofre dores indizíveis por conta disso. Talvez daí venha sua rabugice.

Aproximando-se daquele local, de fato, tão aprazível, Morel via se confirmar aquilo que suspeitava ser a razão de seu envio a Valpar. O inquisidor-geral tencionava "amansá-lo", tirar-lhe o ímpeto excessivo.

– O abade o ajudará nisso – avisou-lhe e, principalmente, o inspetor, o homem de quem tanto o inquisidor-geral falara.

"Mathias" era seu nome e Morel estava ansioso para conhecê-lo. Não para ficar "manso", mas para descobrir a verdade sobre Jacobus e fazer com que "o Abutre" pagasse caro por lhe tomar o posto que conquistara com tanto esforço.

* * *

A ausência das Fedora nas ruas causou certa comoção local. As irmãs deixaram de ser porta-vozes das notícias para se tornarem o assunto.

A justificativa disseminada por Carmela em suas idas à igreja de que Constance estava acamada serviria para evitar especulações, mas logo suscitaria visitas.

– Constance não pode receber visitas – explicava. – Padece de enfermidade contagiosa.

Carmela estava preocupada com a irmã. Constance andava abatida, chorando o tempo inteiro e perguntando o que fariam quando a barriga começasse a crescer.

Para Constance, a solução era única, eficaz e começava por levar a informação a Dominic. Aproveitar-se de sua melhora naquela manhã e de uma ausência mais prolongada da irmã era uma oportunidade imperdível. Quanto a encontrar e confrontar o jovem inquisidor, esse seria seu menor esforço. O pior seria percorrer a distância até a abadia a pé, expondo-se aos olhares enviesados e às perguntas inevitáveis.

Alguns confundiam-na e se aproximavam pensando se tratar de Carmela:

– Como está sua irmã? Vai bem? Estimo melhoras! – Afastavam-se quando sabiam ser a irmã enferma e contagiosa.

* * *

Uma vez acomodado em seus aposentos, banhado, alimentado e de barba feita, o inquisidor Morel sentia-se duplamente revigorado. Não apenas as forças físicas eram recobradas, mas, principalmente, o ânimo espiritual. A conversa com o abade e com o inspetor provaram-se uma justa recompensa ao sacrifício que fizera para chegar até ali.

– O que o irmão achou de nossas instalações, inquisidor Morel? – perguntara-lhe Mathias em um dado momento.

– Superam em muito as descrições que ouvi – respondeu Morel para alegria do inspetor Mathias.

Todavia, pareceu-lhe que seu anfitrião, em virtude das belezas de seu mosteiro, nutria um envaidecimento exagerado. Por isso Morel não se conteve em lhe dar uma discreta reprimenda moral:

– Mas me preocupa, caro irmão – continuou –, que tanta beleza, conforto e comodidade comprometam os ideais ascéticos dos monges, facilitando-lhes a vida, mas minando o aspecto sacrificial da clausura – disse.

Mathias sorriu candidamente.

– Entendo sua preocupação, mas a ascese não reside na qualidade do alojamento, mas no confinamento de livre escolha de cada um e no rigor da reclusão. No fim das contas, é tudo uma questão de escolha. Veja Nosso Senhor, por exemplo. Que tipo de tentação pode ocorrer no deserto? Não parece ser o melhor lugar para uma vida ascética? Será o santo seduzido por escorpiões ou tentado por cactos? Todavia, foi Nosso Senhor tentado por quarenta dias! E não o foi a transformar pedras em joias ou em mulheres, mas em "pães". Que mal pode haver em um pão? Por outro lado, recordemo-nos de Adão no paraíso do Éden. Não havia no mundo lugar mais acolhedor e provido. E não foi justamente ali, em meio à beleza e à comodidade, que veio o mundo a conhecer o pecado?

Morel aproveitou o fato de ter emudecido diante da argumentação do colega e entrou no assunto que o levara até ali: a vida pregressa de Jacobus. Quanto a isso, o inspetor Mathias não lhe disse muito, mas o suficiente para levar adiante seus planos de vingança.

– Não há muito que eu possa fazer. Legalmente, digo – iniciou, cioso, o inspetor. – Jacobus e seu acusador, o noviço Etienne, foram submetidos ao *judicium Dei*. O inquisidor foi considerado absolvido, e o noviço, culpado. Os juízes assim deliberaram porque se tratava da palavra de um contra a do outro.

– E o irmão crê na eficiência desse método? Ele não foi banido?

– Sim, é claro. A *ordália* não é aceita como prova há mais de três séculos; entretanto, o prior, à época, desejando encerrar o mais rapidamente possível a questão, apelou para esse método, no que foi acompanhado por todo tribunal. Quanto a mim, entendo que Deus não julga como nós, irmão Morel. Conheci o noviço Etienne e sei que era boa pessoa. Também sei dos defeitos de padre Jacobus, mas Deus vê além. Etienne era meu amigo, mas, diante do resultado do julgamento, ele não se convenceu. Apostatou da fé, decepcionou-se com Deus, enquanto o padre Jacobus continuou militando na causa apologética. A mim me parece que, embora eu tenha questionado a validade do julgamento na época, o tempo mostrou a verdade. Além disso, o padre Jacobus demonstrou humildade ao reconhecer muitos de seus pecados, quase todos, exceto a fornicação com a paroquiana Jordana. Quanto a Etienne, ele ministrou indevidamente o sacramento da confissão auricular e, pecado dos pecados, quebrou o voto de silêncio expondo o confidente, no caso o padre Jacobus. Pelo que ouvimos de sua conduta em Amberges e região, a normalidade voltou ao lugar.

Então isso era tudo? Nada mais havia contra o inquisidor Jacobus?

– Entretanto – retomou Mathias –, contando com a confidencialidade que tal situação recomenda, eu posso lhe oferecer um caminho...

* * *

Apesar do cansaço, o medo de salteadores, as intempéries da natureza ou o desarranjo intestinal no caminho de volta – que o fez recordar-se desgostosamente do flatulento Jacobus –, nada disso fora capaz de tirar de Morel a satisfação por sua empreitada em busca da verdade acerca do velho rival e sucessor. As informações de Mathias compensavam cada esforço. Morel estava ansioso para partilhar as novas denúncias contra Jacobus e Dominic, mas se resguardava de ser ele o responsável por disseminá-las. Para isso, havia gente mais qualificada.

– Segundo me foi confidenciado por gente de alta estirpe, a mulher com quem Jacobus, supostamente, teria se relacionado teve um filho. A mãe morreu ao dar à luz. A parteira, há muito falecida, deixou o bebê aos cuidados de Jacobus, e o inquisidor, até onde sei, cuida dele até hoje.

– E a criança saiu parecida com...

– Com Jacobus? Oh, não. Todos pensaram o mesmo, mas a criança nasceu toda a mãe, dizem, mas agora percebo algumas semelhanças... – provocou Morel.

– Sim, eu também. Por favor, continue.

– Sabemos que não são permitidos convertidos entre os oficiais da Inquisição. Descendentes de judeus, por mais católicos que tenham se tornado, carregam sangue impuro. Gosto da citação de um irmão sacerdote que diz: "trazem os lábios ainda úmidos das perversões dos antepassados".

– Sim, eu sei. Prossiga.

– Pois, depois da saída de Jacobus de lá, descobriu-se que a mãe do menino era uma convertida. Eu apurei e, depois de extensa pesquisa que correu às minhas expensas, descobri que a mulher era neta de judeus, o que torna Dominic um impuro. Sua permanência no Santo Ofício é mais do que irregular, é irresponsável. Ainda mais agora que ele sabe de suas origens! Poderá ocorrer o que se deu com Moisés quando soube ser filho de hebreia. Matou um irmão egípcio. O mesmo pode se dar agora com Dominic, voltando-se contra Cristo e contra todos nós.

– Não ficarei satisfeito em ver Dominic destituído. Há mais pecados além da impureza de seu sangue. Pecados que foram desconsiderados até agora, mas agora não são mais os pecados de um cristão, mas de um judeu. Agora me darão ouvidos! – vibrou Alexius.

* * *

Sentada à roca, do lado de fora da casa, no frescor do pomar, Helga cantava uma canção de fiar quando a filha mais velha se aproximou e se sentou no chão, ao seu lado. Chorava. Também parecia doente. Cobria-se de panos como se o frio de mil invernos tivesse se abatido sobre Basonvil.

Helga fingiu não perceber. Continuou cantando – um pouco mais baixo, apenas – e esperava que Ângela tomasse a iniciativa. A jovem padecia de uma tristeza profunda e silenciosa, mas a mãe não se preocupava. Sabia que eram tempos difíceis os anos da adolescência. Já fora jovem e chorava à toa também.

Não era tão simples assim, mas ela perceberia tarde demais.

Ângela não mais sentia nem frio, nem calor; nem fome, nem fastio. Não mais via as pessoas quando andava pelas ruas, nem mais as ouvia. Respondia sem saber o que lhe perguntavam, acenava sem saber a quem. Seus sentidos, uma vez amordaçados pela tristeza, só lhe serviam para fazê-la encontrar a solidão em tudo que fazia, em toda comida, em toda prece, em todos os momentos e em todos os lugares.

* * *

– Isso não me diz respeito. Não significa nada para mim.

Foram com essas palavras que Dominic reagiu à informação de que seria pai de um bebê de Constance Fedora.

Os choros, os dramas, os rogos e até mesmo os vômitos de Constance diante do jovem sacerdote não lhe valeram um mísero olhar de compaixão.

Já acontecera antes. Aconteceria novamente. Não era a primeira vez que Dominic recebia a notícia. Nunca se importara. Em suas inúmeras viagens e mudanças, havia tomado conhecimento de sacerdotes que não apenas tinham filhos, mas os mantinham dentro das casas paroquiais. Havia também inquisidores e até bispos. Ora essa, havia até papas!

Os meses passariam, o bebê nasceria, Constance acusaria Dominic de ser o pai e ele negaria peremptoriamente. Ele cresceria e, talvez, viesse a se parecer com o pai. Isso poderia lhe trazer algum problema. Como dissemos, Dominic nunca se importunava, mas Jacobus sempre ficava furioso.

"Talvez ele se pareça comigo... ou, talvez..."

Ou talvez viesse a se parecer com o pai que Dominic julgava nunca ter conhecido.

"O rosto de meu pai. De meu verdadeiro pai... Talvez seja menino homem, talvez tenha os olhos do avô..."

Dominic levantou-se, aproximou-se da janela que dava para fora, abriu-a e esperou que Constance ainda estivesse à vista. Ela já se tinha ido.

Pela primeira vez, sentia algo diferente. Sentiu vontade de ver a face do filho. Nunca tivera a oportunidade e, mesmo que quisesse, Jacobus o impediria. Uma vez, quando o inquisidor descobriu que uma jovem carregava um filho de Dominic, partiram antes que o bebê nascesse. Da outra, a moça, jovem demais, não suportou o parto e morreu. Jacobus não soube.

* * *

Dominic já devia saber que não adiantava tentar mentir para o velho.

– Você quer mesmo que eu acredite nessa sandice? – bradou Jacobus quando Dominic terminou de lhe contar a história.

Uma jovem grávida o havia procurado aos prantos. A moça havia se entregado ao pérfido Alexius – *Ele outra vez!* – e, desesperada, pedia que Dominic pudesse fazer algo a seu favor. Ele, então, compadecendo-se, prontificou-se a tentar levá-la para o convento, onde as irmãs a abrigariam. Sua reputação estaria assegurada, e, quando o filho nascesse, ele, Dominic, o tomaria aos seus cuidados assim como Jacobus antes fizera com ele.

– Eu me inspirei no senhor – disse ao velho inquisidor.

Jacobus estava surpreso com o ineditismo da situação, mas não estava disposto a fazer concessões. A sorte não lhe sorriria duas vezes. A criança, fosse menino ou menina, poderia ser parecida demais com ele. Embora sabendo que a intenção de Dominic era quase "nobre", esse era risco que não queria correr. Não podia.

– É claro que você é o pai! – acusou-o Jacobus.

– O que a moça fará? – perguntou Dominic

– Terá seu filho e que Deus tenha misericórdia de ambos. Quanto a nós... Quanto a nós, teremos que partir novamente.

* * *

O rapaz, limpando as mesas, interrompeu o serviço e olhou para Constance como quem vê um fantasma. Estaria ela tão assustadora assim?

– Moça, a senhora está passando mal? Quer beber algo? – perguntou solícito.

Sim, Constance carregava o semblante dos enlutados. Rosto vazado pela dor e pela desesperança.

– Procuro Keira – informou Constance.

– Ela não mora mais aqui – respondeu o rapaz, voltando-se à limpeza das mesas da estalagem. – O estalajadeiro a dispensou. Ela dormia demais, acho...

Constance levou a mão à testa, sentindo faltarem as forças. Estava febril.

O garoto aproximou-se rapidamente para auxiliá-la. Ofereceu uma cadeira. Constance apoiou-se na cadeira sem, no entanto, sentar-se. Tinha pressa.

– Ouvi o estalajadeiro conversando com ela hoje – acrescentou o rapaz. – Não sei onde ela vai viver, mas a ouvi dizer que ia à casa de uma mulher que teve bebê há pouco tempo. – Pensou por uns instantes. – Emanuelle de Umberto! – lembrou-se.

* * *

– Emanuelle! – gritou uma voz feminina do lado de fora.

A pequenina Serena, todavia, não se assustou. Dormia tranquilamente no colo da mãe.

Emanuelle moveu a trava da porta, abrindo-a em seguida.

– Keira! – surpreendeu-se Emanuelle. – Queira entrar, por favor.

Keira tinha os olhos vermelhos. Carregava uma pequena trouxa que Emanuelle julgou ser de roupas.

– Não tenho onde ficar – disse a visitante. – Fui expulsa da estalagem. Vocês poderiam me abrigar aqui até amanhã? Não tenho parente nenhum a quem recorrer – suplicou.

* * *

Keira olhou para o bebê dormindo. Não conseguiria, constatou.

A mãe de Serena a recebera alegremente.

– Umberto ficará feliz quando vê-la. Sempre quisemos recompensá-la pelo que fez por nossa filha – disse-lhe mais de uma vez.

A mulher não era de falar muito. Agradeceu mais uma vez, pediu a Keira que vigiasse o sono de Serena e nada mais falou depois disso.

Keira teve vontade de perguntar por que Emanuelle já não andava adornada como de costume, mas ela já sabia a resposta. Por causa da maldita Inquisição! Por causa de um antepassado seu – avô, bisavô, não tinha certeza – que era judeu e fora morto na fogueira. Descendentes de condenados eram privados de inúmeras coisas, dentre elas o adorno e as vestes festivas. Para sempre.

É contra isso que luto, pensou Keira, tentando encontrar justificativa para o que tencionava fazer.

Emanuelle trabalhava em silêncio. E debulhava e remendava e limpava e consertava e não parava um só instante. Falar, nada.

Keira, invejou. Tinha casa, marido, filha, algumas joias e vestidos bonitos que não podia usar – mas os tinha e podia vendê-los. E tinha fé.

– Vamos muito bem, minha família e eu – disse finalmente. – Meu esposo e eu gostamos de ver os pregadores que passam por aqui. Temos aprendido muito sobre como agradar Deus e como fazer para não nos associar ao que praticam o mal...

A mulher parou subitamente. Talvez seu estoque de palavras diárias tivesse esgotado ou talvez ela tivesse percebido o desinteresse de Keira. Talvez voltasse a falar dali a mais umas oito horas. Melhor assim, pensava Keira.

A menina moveu-se em meio aos panos. Choramingou.

Keira estendeu a mão. Balançou-a.

Estava tão fácil. O Diabo pedira-lhe uma criança inocente. Estava ali uma. Poderia sufocá-la em questão de minutos. Depois sairia dizendo que iria procurar algum lugar e que voltaria se não encontrasse.

Não era assassinato, era um sacrifício.

Que coisa. Livrei uma criança de se tornar uma feiticeira para, em vez disso, fazer dela um sacrifício de uma.

Trêmula, Keira sentou-se ao lado de Serena. Levou a mão ao seu delicado nariz e o comprimiu.

* * *

A falta de assentos era problema que Theodora considerava que morreria sem ver solucionado.

– Recebo tantas visitas e não tenho onde fazê-las sentar – desculpou-se com Pérsio e Cristine, depois que os dois entraram e secaram-se com panos que a Mística lhes trouxera. – Não recebo tantas. Não mais... E quanto a seus sonhos, Cristine? Continua sonhando com a falecida Ana?

Cristine não se lembrava. Eis o problema da mentira. É difícil recordar aquilo que não fizemos.

– Ana? Que sonhos?

– Sim, Ana. Você havia me dito que se sentia perturbada por sonhar com a defunta Ana. Lembra-se?

Cristine engoliu em seco.

– Ah, sim, é verdade – "lembrou-se". Em seu encontro anterior com Theodora, mentira sobre o conteúdo dos sonhos. Não tivera coragem de contar a verdade. – Sinto-me melhor, agora... Os sonhos... diminuíram.

Pérsio interveio, voltando ao assunto inicial:

– Senhora, gostaríamos de lhe falar exatamente sobre isso. Sobre algumas de suas visitas recentes.

Theodora sentou-se sobre sua arca de objetos pessoais e indicou que Cristine se sentasse no tamborete.

– Que visitas?

– Ouvimos dizer que a senhora recebeu dois viajantes, dois peregrinos – respondeu Pérsio.

– E ficamos sabendo que eles alertaram algumas pessoas sobre um problema com os pães de centeio. Estariam contaminados ou estragados – acrescentou Cristine.

A Mística sorriu.

– Sim, é verdade. Já faz algum tempo. Eles avisaram, não foi?

– Avisaram às irmãs Fedora, e elas disseram a Keira, que disse a mim – respondeu Cristine.

Theodora olhou para Pérsio.

– Não lhes deram ouvidos, não foi? – perguntou.

– Bem, o que sei é que Keira disse que não tinha medo de comer pão estragado e que já tinha passado fome, mas penso que ela comeu – respondeu Cristine.

– Não só ela – revelou Theodora. – Mas outros como Guineveva, mulher do memorialista que padeceu de terríveis males e dizia estar vendo coisas que só ela via e ouvia... E também o inquisidor. Ele também comeu.

Pérsio estava impressionado. Como a velha podia saber?

– A senhora conhece o inquisidor Jacobus? – perguntou-lhe

– Ora, se conheço! – respondeu ela. – A bem da verdade, eu o conheci há muitos anos. Hoje, eu desconheço. Foi ontem mesmo que esteve aqui, neste mesmo lugar em que está o senhor – disse a Pérsio, apontando para o local –, o moço que leva as intimações. Esteve aqui e me disse que Jacobus queria falar comigo, mas que eu não me preocupasse que era coisa de pouca monta. Nada envolvendo denúncias ou processos – Theodora riu. – Como se eu temesse.

– De onde a senhora o conhece? Como sabe, como pode saber que ele foi... Como sabe que ele comeu do pão contaminado?

Theodora abriu ainda mais o sorriso.

– Você crê em anjos, meu filho?

* * *

Carmela desesperou-se ao não encontrar a irmã em casa. Deixou-a aos cuidados da mãe, o que era quase o mesmo que nada.

Ao menos, Hildiarde lhe dera a informação.

– Disse que ia se encontrar com você na igreja.

Nada disso. Devia ter ido, sim, à abadia, mas ao encontro de Dominic. Saiu às pressas. Talvez encontrasse a irmã no caminho de volta.

* * *

– Isso é grave. É gravíssimo! – observou Voldívio, o novo comissário inquisitorial, diante das denúncias que lhe traziam Alexius e Morel. – Precisamos comunicar ao inquisidor-geral para sabermos quais providências tomar.

Morel sorriu. Estava esperando essa hora. Voldívio era ridiculamente previsível, o que era uma vantagem. Também era altamente influenciável, o que era outra.

– Já fizemos isso – revelou.

Voldívio sentia-se confortável em sua nova condição. E, agora, para sua suprema alegria, veria o glutão inquisidor ter o desprazer de saber que o filho adotivo era impuro.

– Então aguardaremos as instruções dele – proclamou.

Morel e Alexius sorriram juntos dessa vez.

– Ele já as emitiu – disse, retirando de sob o hábito um documento selado e o entregando ao comissário.

"Futuro ex-comissário", esperançava-se Alexius.

Voldívio abriu o documento e o leu.

Era terrível. Dominic devia ser imediatamente destituído. Não poderia viver mais às expensas do Santo Ofício e deveria restituir tudo o que consumira até então. Isso, ou ser preso, ou condenado a trabalhos forçados até que sua dívida fosse quitada.

A acusação formal não era a de que fosse descendente de judeus, embora Morel lhe tivesse apresentado em seguida documentos que comprovavam a ascendência da mãe, uma tal Jordana.

De fato, as acusações eram de cunho sexual e iam de fornicação à sodomia.

Alexius pegou de volta o documento da mão de Voldívio.

– É claro que já sabíamos de todas essas práticas de nosso irmão. Eu mesmo sempre alertei o eminente inquisidor sobre os excessos de seu protegido – falou com satisfação.

Voldívio sorriu.

– Sim, é verdade – concordou. – Mas, até então, ele era apenas mais um sacerdote promíscuo... E não era judeu. Agora, já não goza mais das prerrogativas que o protegeram.

* * *

Um ateu? Alguém com quem Deus compartilha o ceticismo em relação às falsas divindades.

A religião quase sempre mascara a verdade. Ateus não temem as mentiras da religião. Seu quase não intencional desrespeito a dogmas, ritos e tradições os livra dos engodos dos homens. Estão mais próximos da verdade do que supõem os crédulos.

– Judas buscou os líderes religiosos de sua época depois de ter traído Jesus e de lá saiu para a morte. Sua única motivação após um encontro de confissão diante de autoridades religiosas foi o suicídio! – disse Pérsio em resposta aos questionamentos da mística Theodora sobre sua incredulidade e sua desilusão com a Igreja. Por que não se juntava, então, aos reformadores?

A Igreja de hoje não parecia a Pérsio diferente da comunidade religiosa à que o apóstolo traidor recorrera, tomado de remorso. Era mercenária, soberba, arcaica e inútil para qualquer fim proveitoso, e pouco lhe importava que, por toda a Europa, reformadores levantassem a voz contra seus delitos em uma presunçosa esperança de que pudessem edificar uma Igreja melhor.

Pérsio deixou para trás a casa da Mística, suas visões e suas profecias. Levava consigo o que lhe interessava: informação.

E também a companhia de Cristine.

– Ainda que você não acredite, Deus o está ajudando – provocou ela enquanto voltavam.

Cristine lamentava-se por não ter mais tempo para conversar com Pérsio. Cada vez mais sentia-se segura de compartilhar com ele seus segredos, de lhe confessar os pecados, mesmo que ele não pudesse lhe oferecer algo com que se penitenciar.

Pérsio perguntava-se para onde iriam então. Não haviam discutido sobre o que fazer em seguida. Talvez Cristine devesse voltar para casa. Tinha suas obrigações. Quanto a ele, sentia que o tempo se ia esgotando. Se não agisse logo, mais pessoas inocentes morreriam nas mãos dos inquisidores.

Pérsio estava certo quanto a mais mortes inocentes, mas estava atrasado – a Inquisição de Basonvil fizera mais uma vítima – e estava equivocado também. Não poderia salvar ninguém.

* * *

Os monges correram para conter a louca que berrava em frente à igreja. Palavrões, imprecações, expressões em latim e todo tipo de ofensas contra a Igreja e o Santo Ofício saíam de seus lábios em profusão.

A mulher clamava por um inquisidor e dizia que queria ser presa. Tentava rasgar as próprias roupas, mas seus braços delgados pouco podiam contra o rústico tecido que a recobria. Então, ela se pôs a arrancar as flores e a grama que ornamentava a entrada da abadia.

Lucius percebeu a agitação e correu em direção ao grupo que cercava a mulher. Seria Keira em outro ataque?

De súbito, Theodora emergiu do grupo de atônitos monges que a circundava, tentando inutilmente acalmá-la, e disparou em desatada correria em direção aos compartimentos inquisitoriais.

A mulher estacou e apontou o dedo na direção de Lucius.

– Por quê? – urrou. – Por que, Ignácio?

Lucius olhou atrás de si. A figura corpulenta do inquisidor aproximava-se. Parou ao lado do noviço. Era como se Lucius fosse invisível. O velho não tomara conhecimento de sua presença.

– Agnes? – ouviu-o dizer.

* * *

Carmela encontrou Dominic descendo a pequena colina que dava para a abadia.

– Constance! – gritou, visivelmente confundindo-a.

Carmela esperou que ele se aproximasse.

– Sinto muito – disse ele ainda distante.

– Não. Sou Carmela – advertiu-o enquanto apontava para as roupas, diferentes das que a irmã usava, como se os homens percebessem.

– Onde está ela? – perguntou ele.

– Também é o que quero saber. Ela não veio aqui?

– Temos que ir atrás dela. Ela me contou sobre... – Dominic começou a chorar. – Ela poderia ter contado a Jacobus, ela poderia ter me denunciado, poderia ter dito o que ela viu na floresta, mas não... Ela só queria minha ajuda.

Carmela estava surpresa. A reação de Dominic provocava nela uma absurda e incômoda sensação de ira e de compaixão, como se tais sentimentos não fossem mutuamente excludentes.

Não são. Deus o sabe muito bem.

* * *

Lucius estava exausto. Procurara Keira na estalagem, na praça, no mercado; perguntou por ela a passantes, conhecidos e desconhecidos.

Ela havia ido embora. Levava consigo uma pequena trouxa de roupas. Era tudo o que sabia.

Só restava um lugar: a floresta, mas Lucius não sabia onde eram feitas as reuniões. Talvez nem ocorressem sempre no mesmo lugar. Jamais a acharia sem ajuda.

"Oh, Deus, tende misericórdia", clamava ele em prece silenciosa.

Acordara aquela manhã agradecido pelo sonho que tivera na noite anterior. Keira, de branco, voava ao seu lado por entre as nuvens. Apenas isso. Sorriam e voavam juntos de mãos dadas.

Depois, a preocupação. Keira não mais o procurava. Não precisava mais de sua ajuda. Descobrira que ele mentia a ela. Não o perdoaria por isso. Era para sua proteção que o fazia, mas ela queria saber coisas perigosas demais, perigosas demais.

Ele mentia, ensinava ritos errados, trocava nomes, inventava coisas, omitia tanto quanto podia, mas esse era o único ponto de contato entre eles, e por isso ele a mantinha cativa de seus ensinamentos. Não durou. Ela encontrou outros meios. Descobriu-se.

Agora Lucius estava aflito. Não a via, não tinha boas notícias e a tensão aumentava. Muitas denúncias, muitos depoimentos. A morte de Walpurga, a prisão da enlouquecida Theodora, o comportamento de Jacobus, o choro de Dominic e seu súbito desaparecimento.

Lucius prenunciava algo mau, embora seu sonho o provesse de alguma esperança.

Decidiu entrar na floresta. Avançou pela trilha dos pescadores. Parou quando se deu conta de que precisava marcar o caminho de retorno ou se perderia por completo. Quebrou uma galha e avançou. Olhou para os lados.

Avante.

Seguiu em frente, quebrou mais um galho. A trilha se bifurcava.

Direita.

Titubeou. Esfregou os olhos e tentou ouvir. Nada. Pássaros; a própria respiração ofegante. O barulho do rio, próximo.

Virou à direita, quebrou mais uma galha. Avançava seguindo o instinto, pensava.

Que horas seriam? Tinha fome. Já devia passar do meio-dia.

Então ouviu. Um choro, depois um grito.

Correu. Esqueceu-se de quebrar as galhas. Avançou.

– Keira! – chamava. Corria e gritava o nome da moça.

Então a viu.

Oh, Deus, obrigado.

Keira estava ajoelhada junto a uma pequena fogueira. Parcialmente despida, tinha as mãos e o colo sujos de sangue, muito sangue.

– Keira! Keira! – gritou, correndo ao encontro dela. – Você está ferida? Que sangue é esse? O que houve?

– Eu não consegui, eu não consegui... – Keira falava em meio aos soluços.

Lucius ajoelhou-se ao lado dela. Olhou ao redor, procurando algo com que cobrir a moça. Tirou o próprio hábito, ficando apenas com a camisola de baixo.

Cobriu-a e a abraçou.

– Você está ferida. Temos que sair daqui. Você pode andar?

– Não é o meu sangue. É de Constance...

– Oh, Deus, Keira! O que você fez? Você a matou? Você matou Constance?

Keira enxugou as lágrimas e tentou se recompor. Limpou as mãos no hábito de Lucius e começou a lhe contar. Havia sido expulsa da casa do estalajadeiro. Não tinha para onde ir. Andou em círculos, perambulou até chegar à casa de Emanuelle.

– Emanuelle de Umberto? – quis se certificar Lucius.

Keira afirmou com a cabeça.

– O Diabo me pediu o sangue de um inocente.

– Meu Deus, Keira. Você matou o bebê deles?

– Era uma menina, Serena... Eu não pude. Não tive coragem. Tentei, mas não pude. Ela sorriu para mim, Lucius.

Keira apontou para a trouxa de roupas ao lado da fogueira. Lucius buscou-a, tirou um vestido e entregou à moça, que se despiu do hábito e o vestiu em seguida.

– Saí da casa de Emanuelle. Deixei a filhinha intacta, mas...

– O quê?

– Encontrei Constance. Ela chorava muito. Parecia devastada. Contou-me que estava grávida.

– Grávida? Constance Fedora, grávida?

– De Dominic...

– *Pater Nostro!*

Lucius pegou a tina de água que levava consigo e ofereceu a Keira. Ela aceitou, sorrindo.

– Oh, Lucius... – Abraçou-o com força.

Constance desejava uma bebida forte, um chá abortivo, uma planta, um rito, qualquer coisa que tirasse dela aquele fruto proibido. Não podia tê-lo. Procurara Dominic, mas ele lhe dera as costas. O que poderia esperar? Fora uma tola, ela sabia. Teria que agir por conta própria, mas não tinha conhecimento. Não sabia a quem recorrer. Encontrou Keira e decidiu pedir-lhe ajuda.

Era a oportunidade que Keira buscava. Ela não era capaz de matar um bebê recém-nascido, mas um filho bastardo, ainda informe, dentro do ventre da inimiga ali entregue diante dela? Disso ela se sentia capaz. Não poderia haver sacrifício melhor, mais puro. O filho de um sacerdote!

Keira conhecia os meios. Só não sabia que seria tão rápido e mortal.

A jovem apontou para um pouco mais adiante. Lucius levantou-se, andou até um imenso tronco deitado. Ao lado, no chão, repousava, inerte, o corpo de Constance.

– Eu não sou isso... Não sou isso! – repetia Keira, com as mãos ainda sujas estendidas.

– Sim, você é – respondeu Lucius. – Apenas não é tudo o que você é. Você é mais do que isso, mas é impossível negar o que você fez, Keira. E essa é a hora de você começar a emergir das sombras e assumir as consequências dos seus atos.

Keira levantou-se.

– Tem razão – admitiu. – Não me importo de morrer. Fui enganada. Fiz o sacrifício, entoei os cânticos. Não aconteceu nada. Sei que não me perdoarão, mas você... Você pode me absolver. Ouça minha confissão, Lucius, e me dê, ao menos, o seu perdão.

* * *

A algazarra do lado de fora logo chamou a atenção de Voldívio, que voltava de seu encontro às escondidas com Alexius e Morel. De posse de anotações copiadas dos documentos trazidos pelos ex-servidores inquisitoriais, buscava ansiosamente encontrar-se com Dominic ou Jacobus para lhes dar a nova.

– Que se passa aqui? – perguntou ao primeiro monge que encontrou, ainda do lado de fora.

Theodora já havia sido removida e a pequena multidão começava a se dispersar, formando grupos menores, nos quais a discussão sobre o ocorrido continuava.

– Também não sei. Apenas ouvi o barulho e os gritos terríveis de uma mulher – respondeu.

– Uma mulher? O que gritava ela?

– Blasfêmias e acusações contra o inquisidor Jacobus, pareceu-me. – O monge interrompeu a resposta para chamar a atenção para um irmão que parecia estar mais inteirado, uma vez que lhe cercavam cada vez mais pessoas, aparentemente, tão curiosas quanto Voldívio.

Voldívio seguiu a indicação do monge desinformado e aproximou-se do grupo.

– E dizia que queria ser presa, que participava de reuniões proibidas, que havia visto um anjo de fogo e muitas outras coisas – explicava o rapaz, um noviço.

Voldívio moveu-se por entre alguns irmãos e alcançou o rapaz, que continuava respondendo perguntas.

– Benicius! – interrompeu-o Voldívio, reconhecendo-o. – Onde está a mulher? Quem ela era? – perguntou.

– Oh, irmão Voldívio. Não a conheço, mas o irmão Jacobus parecia conhecê-la. Chamou-a pelo nome, Theodora, e a levou consigo, amarrada e amordaçada – respondeu o rapaz.

– Amordaçada? – espantou-se.

Se a mulher dizia heresias e confessava culpas espontaneamente, por que Jacobus a teria impedido de falar?

Benicius voltara a conversar com o grupo. Voldívio puxou-o pela manga.

– Ela dizia algum tipo de obscenidade? Algo que atentasse contra ouvidos mais sensíveis?

– Bem, ela dizia coisas terríveis, mas nada obsceno ou vulgar. Pelo menos, não me pareceu que ninguém se incomodasse. Apenas buscávamos acalmá-la e conduzi-la para dentro – respondeu o noviço.

Ninguém se incomodou? Alguém parecia incomodado.

– O que fez Jacobus ao encontrá-la?

– Assim como nós, tentou acalmá-la.

– E ela se acalmou?

– Parou de se agitar. Apenas chorava e perguntava por uma tal Walpurga. Foi então que o inquisidor enfiou um lenço na boca da mulher e mandou que a manietassem com as mãos às costas. Depois, carregou-a sozinho no colo, dizendo que ela seria posta a ferros até que se acalmasse e não oferecesse perigo a ninguém.

A coincidência parecia sugerir um sinal divino. Mais cedo, quando ia se encontrar com os emissários do inquisidor-geral, Voldívio cruzara com

Dominic, que parecia assustado e tentava conter uma das gêmeas Fedora – ele não tinha certeza de qual delas; agora, Jacobus também demonstrava uma suspeita afetação diante das declarações de outra mulher.

Em uma mesma manhã, em um mesmo lugar, dois sacerdotes incomodados com a verborragia de duas mulheres. Voldívio considerou que esse poderia ser, para os dois religiosos, um ótimo dia para péssimas notícias.

* * *

Helga incomodou-se com o cheiro forte.

– Ângela, você estava mexendo com a candeia? – perguntou.

– Eu me lembro de tudo, mãe – Ângela iniciou. – Das idas ao baile, da minha fuga e da velha Catarina tomando conta de mim e conversando... Como a senhora pôde fazer isso conosco? – perguntou com voz embargada.

Helga estava ciente de que não havia como negar. Imaginara cem vezes esse momento e cem vezes repetira a si mesma o que responderia então. Até que anos de silêncio e aparente esquecimento a fizeram se despreocupar. Tudo não passara de um sonho de menina, de uma imaginação fértil influenciada pelas estórias assombradas que a pequena Ângela ouvia. Assim Helga a doutrinou e assim havia sido. Até agora.

Diante da certeza impregnada na voz e nos olhos da filha, Helga decidiu por abdicar de qualquer tentativa de perpetuar o engodo. Melhor seria dizer que havia sido tola, que se tinha deixado levar por más influências, que era viúva, solitária, carente, mas que agora se tornaria uma boa cristã.

Helga levantou-se para abraçar a filha, mas Ângela levantou-se, afastando-se da mãe, o que fez aparecer uma pequena vela acesa no chão.

– Ontem eu vi o ex-inquisidor Morel – revelou. – Ele passou por mim a cavalo, sorriu, e então eu me lembrei também de seu rosto maldito. Você me entregou também a ele, não foi? Para que não fosse presa, não é?

Ângela sacou de sob as vestes uma adaga e cortou os pulsos diante dos olhos vitrificados da mãe.

Helga caiu de joelhos.

– Não! Deus, não! Não, filha... Não! – gritou tomada de terror.

Ângela manteve a adaga apontada para a mãe, garantindo que ela não se aproximasse.

– Agora, você e eu seremos purificadas pela chama – sentenciou. – Não as chamas da imunda Inquisição. Chamas puras. Você me entregou ao demônio, mas eu espero que, após consumido meu corpo de pecado, Deus me receba em sua grande misericórdia.

Ângela tirou de si o manto que a cobria, revelando o odor forte que Helga sentira anteriormente. Seu corpo estava encharcado de óleo para candeia.

– Se quiser o meu perdão, conte a verdade sobre o inquisidor Morel – disse enquanto se aproximava da vela ao chão.

A moça encostou a barra do vestido na chama da vela, que a acendeu como a uma pira. O fogo subiu pelo vestido. As chamas espalharam-se rapidamente, envolvendo todo o corpo.

* * *

Voldívio aproximou-se da porta que dava acesso à ala na qual ficavam detidos os suspeitos de heresia. Era um espaço menos lúgubre e assustador que os calabouços inquisitoriais. A medida era uma questão menos de justiça e mais de pragmático terrorismo psíquico. Os suspeitos eram diferenciados dos condenados não porque suas condições fossem distintas, mas porque passar uma noite em um lugar ruim com a expectativa de ir para um lugar pior podia ser motivação suficiente para uma confissão espontânea.

– O inquisidor Jacobus ordenou que ninguém acesse esta ala – disse um monge posto à frente da porta.

– Tenho ordens expressas do inquisidor-geral para comunicar ao irmão Jacobus a destituição de seu auxiliar, Dominic, das funções que exerce – exagerou Voldívio.

– E quanto a Jacobus? Pode ser que também saia? – entusiasmou-se o monge porteiro.

– Sim, pode ser que sim.

Como dissemos, Jacobus tinha muitos inimigos, e os piores eram os mais próximos.

Sobre as últimas execuções

Quanto à primeira execução pública local depois da chegada de Jacobus, o que temos a dizer é que ela não foi conduzida por ele e foi injusta como todas as demais.

Não por se tratar de uma execução de inocentes – o que já seria o bastante em termos de injustiça. Os réus não eram inocentes; todavia, suas condenações foram injustas. Uma execução de réus culpados, conduzida por juízes culpados. Injusta, vil.

Nesse, como em muitos outros casos, não havia inquérito, ou julgamento, ou condenação, ou execução justas. Não havia justiça; não havia justos. Nem um justo sequer.

Mais uma vez, lembramo-nos do Cordeiro: "Aquele que não tiver pecado atire a primeira pedra".

* * *

O recém-reconduzido inquisidor Morel sentia-se plenamente legitimado ao seguir o manual para inquisidores que o desobrigava de seguir todos os trâmites da ordem judicial, fazendo com que a omissão de uma ou diversas formalidades legais não tornasse o procedimento inteiro inválido.

O que temos a dizer sobre isso é que, quando todo o sistema está corrompido, quando as condições não são oferecidas, quando não há exemplos dos líderes, quando o "procedimento é considerado legítimo", mesmo em face a omissões, até mesmo a condenação de réus confessos deve ser considerada injusta.

A injustiça sistêmica faz com que sejam injustos todos os que carregam pedras nas mãos.

* * *

Uma vez alcançado o consenso após dias de discussões e debates, a Suprema havia chegado a uma posição sobre o caso da Inquisição em Basonvil e Amberges e suas implicações.

O inquisidor Jacobus deveria ser destituído de sua condição e um parecer formal seria emitido pelos inquisidores, comissários e inspetores ali reunidos, recomendando que Ignácio Jacobus fosse entregue a um tribunal eclesiástico para que fosse julgado por seus superiores.

– O inquisidor Jacobus provou-se um dissoluto, glutão e beberrão – disse o relator. – Conduziu procedimentos embriagado, violou regras da abadia, tomou, de acordo com o padre Aurélio, seu lugar, à revelia, no confessionário e quebrou o voto de silêncio ao fazer uso das confissões de uma paroquiana para intimidar, confundir e corromper depoentes durante processos inquisitoriais. Afora isso, como se não fosse suficiente, incitou a discórdia entre os irmãos, levantando-se contra a atuação do inquisidor Morel, difamando o colega perante todos, conforme nos relataram frei Manoel e frei Bernardo. Constrangeu frei Georges ao confrontá-lo quanto a acusações infundadas de que ele participava de rituais satânicos, e o mais grave: ignorou completamente a confissão de homem chamado Venocchio, o qual alegava ver e conversar com mortos, entre outras práticas condenáveis, assim como ignorou também uma praticante de luteranismo, bruxaria e artes divinatórias chamada Theodora, a qual, conforme descobrimos, já fora excomungada de sua ordem, quarenta anos antes, quando usava o nome de Agnes, e que, segundo ela mesma, foi libertada pelo então noviço Jacobus. Esse homem também tinha consigo um filho adotivo, descendente de uma convertida judia, mas nem isso levamos em conta por considerarmos que, em ignorância, o irmão Jacobus assim procedeu, mas a sua incompreensível atitude em relação a Theodora é indesculpável.

Os juízes não entendiam por que Jacobus, um ardoroso defensor do rito processual, tivesse atropelado todos os procedimentos. Amordaçara Theodora e a levara para seus aposentos. Dispensara a presença de um notário, de um auxiliar ou de uma simples testemunha que pudesse confirmar o que a depoente viesse a dizer. Deteve-a, depois, em uma cela sob a alegação de averiguar a situação posteriormente, mas acabou, de novo, dispensando auxiliares e conversando com a mulher sem testemunhas. Ao menos, era o que pensava.

Voldívio chegou a tempo de ouvir parte da conversa. A parte que comprometia Jacobus.

Depois de testemunhar o diálogo entre o inquisidor e sua prisioneira particular, não apenas Voldívio, mas todos os demais entenderam as razões de Jacobus. Ele havia agido de forma passional e parcial.

– Eu sou um inquisidor, Agnes! – Foi a afirmação de Jacobus assim que Voldívio adentrou o estreito corredor.

Jacobus estava dentro de uma cela à frente, junto de Theodora e fora do campo de visão de Voldívio, mas perfeitamente audível.

– Isso não lhe dá o direito de ser um assassino – respondeu Theodora.

– Êh, mulher! Não é assassinato se são observados os princípios legais.

– Você matou Ana e agora matou Walpurga! Como você pôde? Oh, meu Jacobus, veja no que você se tornou. Você, que me libertou da prisão para me fazer prisioneira da esperança de um dia reencontrá-lo e que agora me faz prisioneira da tristeza ao matar minhas amigas e o meu amor.

– Não, não... Ainda há esperança. Eu não a deixarei aqui. Eu a libertarei. Veja, eu não sou tão duro. Eu encerrei muitos inquéritos e arquivei vários processos que continham falhas ignoradas pelo inquisidor anterior. Eu permiti a libertação de um moleiro maluco, coitado. Não é mau homem, apenas tem os miolos soltos. E muitos mais eu teria salvo se os tivesse achado vivos... – Voldívio percebeu Jacobus abaixar o tom de voz, como se estivesse a dizer algo mais confidencial. – Você não imagina quantas pessoas inocentes morreram aqui. Houve um caso de um homem chamado Cornélio... Você o conhecia?

A voz do inquisidor sumia e voltava, deixando as frases entrecortadas e incompreensíveis, mas Voldívio ouvira o suficiente. Tomou nota de tudo, acrescentando as novas informações aos papéis que já trazia consigo.

Deu ordens ao monge que cuidava da porta para que a trancasse pelo lado de fora, enquanto ele iria acionar a guarda inquisitorial. Jacobus seria detido assim que saísse da cela de Theodora. Era seu fim.

* * *

Quanto ao restante da conversa entre Jacobus e Theodora – uma parte daquilo que Voldívio não ouviu –, o que temos a dizer é que Jacobus fez um resumo de sua atuação, dos casos que conduziu, desde sua investigação do ocorrido ao judeu Cornélio até a história que estava por desvendar envolvendo Keira.

Theodora não pareceu impressionada.

– Eu morrerei diante de seus olhos – disse impassível.

Jacobus balançou a cabeça.

– Eu sou o inquisidor. Você não pode ser condenada sem minha aprovação.

– Eu não disse que serei condenada – corrigiu Theodora. – Disse que morrerei. Morrerei e, então, estarei livre. Estarei com Nosso Senhor.

– De que tipo de morte você está falando, então?

Theodora riu.

– Eu morrerei na fogueira da Inquisição. Não me retratarei de nenhuma de minhas afirmações. Morrerei e estarei ao lado de Ana e de Walpurga. Que Deus as tenha – disse, fazendo o sinal da cruz.

– Já lhe disse. Sou eu quem decide. Eu sou o inquisidor de Basonvil – insistiu Jacobus.

Theodora balançou a cabeça negativamente.

– Mas não será mais – sentenciou a Mística.

* * *

Com exceção da execução da sentença, todos os demais ritos foram sumários. A coleta dos depoimentos, as apurações, os julgamentos e as condenações. Tudo muito rápido.

Depoimentos de defesa foram negligenciados. Advogados existiam, mas se limitavam a orientar os réus a confessar. "É o melhor que você pode fazer para abreviar seu sofrimento", diziam.

As confissões se sucederam. Precisas ou nem tanto, verdadeiras ou não; apuradas, jamais. Bastavam-se.

E assim foi a Keira: admitiu seu envolvimento em rituais bruxos, sua busca de conhecimento junto a livros proibidos e os serviços prestados a quem lhe pagava. Entregou os nomes e os meios. Tentou poupar Lucius. Resistiu o quanto foi humanamente possível resistir. Tinha para com ele uma dívida de gratidão. Não foi suficiente. Sob tortura, entregou-o. "Ele me mostrou os livros proibidos, traduziu trechos em latim". Negou ter mantido relações com o noviço na biblioteca. "Ele pensou que aquilo era uma conjunção carnal, mas não era. Apenas o toquei e o fiz feliz".

E assim foi a Lucius: admitiu ter servido Keira de informações, admitiu sua conduta sexual dentro da biblioteca. Sim, ele tinha mantido relações com a feiticeira Keira – assim pensava ter sido. Sim, ele era apaixonado por ela. "Abjura dessa sua prática imunda?". Sim, ele abjurava. "Nega esse seu amor profano?". Não, não negava.

E assim foi a Venocchio: seu processo foi reaberto, e sua absolvição, revista. Foram acrescidas as acusações de favorecimento para prática de bruxaria, incitação à bruxaria e apologia à consulta aos mortos, entre outras acusações.

E assim foi a Dominic: acusado por Carmela Fedora, admitiu ter tentado forçar relações com a finada Ana, admitiu ter levantado falsas acusações contra ela por vingança e também admitiu ter mantido relações com Constance – "Porque me chantageou, senão não teria feito". Negou ter incitado ao aborto, como fora acusado pelo venerável comissário inquisitorial Voldívio, que se apresentou como testemunha ocular e auricular do fato. Segundo ele, Dominic teria sugerido a Constance que ela tirasse o bebê e que, para isso, buscasse o auxílio da bruxa Keira; e que ela assim deveria proceder, pois o rapaz temia a reação do inquisidor Jacobus.

Foram, portanto, Dominic e Keira responsabilizados solidariamente pela morte de Constance Fedora por meio de bruxaria.

A todos, a mesma condenação: morte por vivicombustão, a pena dada aos hereges.

* * *

Uma lágrima rolou pelo rosto do velho inquisidor. Era o aviso súbito; a fadiga da noite mal repousada; a dor pelo cessar da eterna espera; o fim que se avizinhava.

O silêncio oco daquela prisão rasgava o juízo dele. Se ele ainda acreditasse, sentiria e apreciaria nossa suave presença, bem como a harmonia leve de nossos movimentos. Coisa triste é aceitar que algo nos falta.

Tudo era silêncio enquanto um cisco de Sol tateava tímido as rugas de sua face. O velho deixou-se acariciar por aquele feixe esguio de luz e calor matinal.

Tirou de sob o manto seu diário de memórias, único objeto pessoal que lhe permitiram manter consigo no calabouço. Abriu-o, buscando conforto nas páginas já amarelas, embora impecavelmente preservadas (como aos cuidados de um amante).

Sorriu ao perceber o que lhe restava ali nas mãos: sua vida. Palavra por palavra, verbo por verbo. Reflexões e sonhos, anotações sobre julgamentos e notas sobre processos. E, em meio àquilo tudo, cuidadosamente codificado, também estava o registro de seus encontros.

Jordana.

De seus amores.

Theodora.

De suas paixões tardias.

Keira.

Passou os dedos lentamente sobre os registros e sentiu o florescer infindável daquele contato mudo.

Outra lágrima rolou pelo rosto.

Se Deus existisse, meu caro, Ele também choraria por você, consolou-se.

Sobre "o jogo" de Cristine

Sentada sobre o tronco caído de uma aveleira, Cristine observava o ritmo da correnteza e o reflexo da luz do Sol prateando a superfície do rio. Era belo e triste.

Meses atrás estivera ali, naquele mesmo lugar, com a amiga Ângela, brincando com as pedras e falando sobre a morte. Agora segurava uma pedra lisa na mão, esfregando-a entre os dedos. E a morte, novamente ela, seria o assunto.

Ao seu lado, Pérsio permanecia calado.

– É como eu lhe disse, Cristine – Pérsio rompeu o silêncio. Dentro de poucas horas, os dois estariam acompanhando as cinco execuções previstas para o Auto de Fé. – Deus não existe; se existe, não é justo. Depois de tudo o que aconteceu, diga-me se é possível crer em Deus. Alexius está solto, Morel está de volta, Walpurga está morta, Ângela imolou-se e mais cinco pessoas morrerão hoje.

Cristine continuou olhando o rio.

– Você foi? – ela perguntou.

– Sim – respondeu Pérsio com desapontamento.

– E como foi, então?

Pérsio passou a mão na testa. A visita a Jacobus no cárcere inquisitorial havia sido uma frustração adicional.

– Foi diferente de tudo o que sempre imaginei – lamentou. – Todas as informações que obtive, tudo aquilo que testemunhei. A situação envolvendo Keira e o descontrole que se apossou de Jacobus; tudo o que ele disse... Depois, durante o interrogatório, mais revelações, mais descobertas surpreendentes sobre a identidade de Theodora e sua relação com ele. E a descoberta do centeio contaminado e sua provável influência sobre o comportamento de Keira. Eram tantas as descobertas que eu chegava a sentir que algo me guiava... O destino, acho.

– Ou Deus... – sugeriu Cristine.

Pérsio balançou a cabeça.

– Se fosse Deus, qual teria sido o propósito? Nada do que eu soube serviu para incriminar Jacobus.

Cristine soltou a pedra.

– Mas ele está preso, não? Não basta?

– Deveria bastar, mas eu sentia que seria protagonista nesse processo. Tudo apontava para isso, mas eu não contribuí em nada.

– E o que aconteceu quando ele o viu?

– A reação de Jacobus quando me viu foi a cena que mais vezes repassei em minha mente, mas você deveria me perguntar qual foi *a minha* reação ao vê-lo.

Se a morte iguala todos, também iguala aqueles que por ela são marcados, pois um só é o semblante dos enlutados: o de alguém que foi devastado. Ao contemplar o outrora inexpugnável inquisidor sentado sobre um monte de palha seca que servia-lhe de cama, Pérsio pôde, mais uma vez, certificar-se dos vergões que a dor lega ao semblante de quem sabe que perderá um filho ou um ente querido.

– Eu desejava contar-lhe tudo que eu sabia, tudo que havia descoberto, mas não consegui... Ele estava acabado, não havia mais dor alguma que eu pudesse acrescentar. A única coisa que consegui dizer a ele produziu o efeito contrário ao que eu imaginava.

Jacobus não conseguiu identificar Pérsio imediatamente.

– Chegou minha hora? – perguntou o destituído inquisidor.

– Não faço parte da Inquisição, padre. Não mais – respondeu Pérsio.

Jacobus abaixou a cabeça e continuou revolvendo a palha seca no chão como se estivesse escrevendo nela.

– Não se lembra de mim? – disse Pérsio, estendendo a mão queimada.

Jacobus arregalou os olhos.

– Etienne! Você... Meu filho, você veio me visitar?

Pérsio sorriu nervoso. Visitar?

Não, é claro que não. Estava ali para matá-lo, para aumentar sua dor, para se vingar, para testemunhar a derrocada do poderoso Jacobus, o bastardo, o porco ignóbil, o torturador desalmado! Mas não, não conseguiria dizer nada disso. De fato, não sabia o que responder. Permaneceram ambos em silêncio por intermináveis minutos.

– Você cometeu um erro, padre – disse Pérsio finalmente. – Condenou Keira por um mal que ela sofreu e que o senhor, erroneamente, atribuiu à influência de espíritos malignos.

O semblante de Jacobus permaneceu impassível. Teria ouvido?

– Eu disse que o senhor cometeu um terrível engano – insistiu Pérsio. – Tanto Keira como o senhor consumiram um pão de centeio contaminado por um fungo. Provavelmente o fungo causador da moléstia conhecida como fogo de santo Antônio. Assim sugerem os sintomas daqueles que investiguei e do senhor, a quem testemunhei sofrendo uma alucinação.

Essa era a hora em que Jacobus deveria espantar-se – "Oh! Você esteve lá? Você viu?" – e Pérsio lhe contaria como tão habilmente conseguira entrar nos aposentos inquisitoriais não uma, mas duas vezes!

O velho sacerdote, entretanto, pareceu não relacionar a presença do ex-noviço ao inusitado. Pelo contrário, seus olhos brilharam, e seu rosto, por instantes, iluminou-se:

– Oh... Então, eu não fui enfeitiçado. Keira não estava tentando corromper meu juízo.

– Exatamente – concordou Pérsio. – E isso significa...

– Significa que talvez eu não seja um tão mau inquisidor! – vibrou Jacobus. – Está escrito! Está escrito que uma bruxa não pode enfeitiçar um homem santo! Ela não me enfeitiçou! Foi o pão... Foi o pão... *Siliginis Contaminari.*

Então, o homenzarrão voltou a chorar.

Sentado ao lado de Cristine, Pérsio sacudiu a cabeça ao se lembrar do episódio.

– Você tem vontade de casar? Está ainda preso a algum voto celibatário? – perguntou Cristine.

– Não, não devo obrigações desse tipo. Posso me casar assim que quiser.

Cristine torceu o canto da boca em um quase sorriso.

– Então, talvez... seja esse "o propósito". Deus o trouxe aqui para... conhecer outras pessoas. Penso que você teve oportunidade de conhecer muitas pretendentes.

Pérsio permaneceu calado e Cristine resolveu mudar de assunto.

– Vamos jogar um jogo? – sugeriu ela.

– Jogar? Que jogo? – estranhou Pérsio.

– Você diz que não crê em Deus. Diga uma coisa na qual você não crê e eu direi uma na qual creio. O que acha? – propôs.

– Não vou jogar jogo algum desse tipo. Já lhe disse o que penso a respeito.

– Então me fale de Deus. Fale-me de como Deus deveria ser. Como deveria ser Deus para que você cresse Nele?

Aquilo lhe era absolutamente surreal – um descrente falando de Deus –, mas ele aceitou.

– Primeiramente, Deus não seria o Deus das catedrais apenas. Aliás, não haveria catedral alguma. As pessoas O veriam em todos os lugares e Ele estaria disponível a todos em todo tempo. Não seriam necessários padres ou bispos ou mesmo um papa para intermediar o acesso e as graças d'Ele.

– É assim que eu o vejo – disse Cristine. – Estarei enganada? Devo fazer como você e descrer?

Pérsio olhou para Cristine demoradamente. Não. Ele não gostaria de fazer dela uma discípula de sua falta de fé.

– Não. Eu... Eu gosto que você creia – reconheceu. – Vamos. Vamos jogar seu jogo.

Sobre a família Gireaux

Jean, o irmão mais velho, acordou esfregando os olhos e, ainda sonolento, protestou:

– Não quero ir. Por que tenho que ir?

O primogênito da família Gireaux já contava dezessete anos e nunca havia assistido a um Auto de Fé. Nem desejava. A viagem seria maçante e longa. Dessa vez, o pai iria a Basonvil, e com ele, pela primeira vez, todos os filhos juntos.

– Já lhe expliquei antes – respondeu o pai. – Agora, acorde seus irmãos.

Jean esfregou mais uma vez as mãos no rosto. Os irmãos ao seu lado na esteira já acordavam igualmente indispostos, exceto pelo menor, Lucien.

– Está escuro! Ainda não *desanoiteceu*... – resmungou.

– Não, mas logo vai *amanhecer*, se é o que quer dizer – corrigiu o pai.

– É hoje, senhor meu pai? – perguntou Lucien.

O pai aproximou a candeia do rosto do caçula.

– Sim, meu filho – respondeu sorridente. – É hoje. Precisamos nos apressar. Daqui a pouco a procissão chegará à nossa porta e devemos estar todos prontos. A viagem será longa e cansativa, mas é com sacrifícios que se alcançam as graças do Senhor.

O pai fez um afago na cabeça de Lucien e levantou-se, lembrando-os que não se esquecessem de levar suas roupas de ir à igreja.

– Mas hoje não é domingo – observou Jean, o primogênito.

– Não é para hoje. É só para quando chegarmos lá, depois de amanhã – corrigiu Philip, o do meio. – É depois de amanhã que chegaremos, não é, meu pai? – Quis se certificar.

O pai preparava as provisões para a viagem. Não muitas. Teriam que contar com a sorte e com a generosidade de outros peregrinos.

– Sim. Chegaremos depois de amanhã. Será o primeiro Auto de Fé a que Lucien e Jean assistirão – respondeu.

– Mas depois de amanhã não é domingo. Por que teremos que usar nossas roupas de domingo? – questionou Jean.

– Porque será um dia especial. Não será domingo. Não há Autos de Fé aos domingos e dias santos – respondeu o pai.

– Por que não? – Quis saber Philip enquanto enrolava a esteira em que ele e os irmãos haviam dormido.

Jean antecipou-se:

– Porque não pode haver execuções aos domingos, seu pequeno idiota. Não se pode matar pessoas em dias santos.

O pai corrigiu-o:

– Não é isso. Os Autos de Fé não são para *matar pessoas.* São punições públicas para que os sentenciados recebam a paga de seus pecados, e as pessoas, os fiéis, sejam edificadas vendo o bem triunfar sobre o mal, e para que aprendam a temer e a guardar a fé. E não se fazem Autos de Fé aos domingos porque domingo é um dia especial no qual apenas devemos descansar e fazer a Obra do Senhor.

– Pai, quem vai cuidar das coisas? Quem vai alimentar o Bobio enquanto estivermos fora? – preocupou-se Lucien.

O pai terminara o serviço.

– Já aluguei o serviço de dois homens para cuidar dos campos e alimentar os animais até voltarmos.

– E vão alimentar o Bobio também? – insistiu o caçula.

– É apenas um lagarto. Ele come folhas, insetos ou seja lá o que for. Ele não precisa de que você o alimente. – O pai levantou a candeia para iluminar os filhos e certificar-se de que já estivessem prontos. – Depois de amanhã será um grande dia.

O pai estava bem provido de informações. Havia uma pequena lista de condenados pelo Santo Ofício à morte por vivicombustão. Dessa vez, seriam cinco. Os que se arrependessem, tendo abjurado e renunciado a seus pecados, seriam, por clemência, estrangulados antes de serem queimados. Os demais enfrentariam as chamas até a morte, exceto a bruxa Keira, cuja fama já havia ultrapassado as fronteiras de Amberges e regiões. Como principal condenada, Keira teria as mãos amputadas, seria arrastada por cavalos, enforcada, esquartejada e, por fim, queimada.

– Se tiver descendentes – explicou o pai aos filhos –, eles terão os bens confiscados, serão proibidos de ocupar quaisquer cargos públicos e de usar joias, adornos, vestidos de seda e qualquer distintivo de honra. Não é terrível? – concluiu. – Vamos! Vamos, que a procissão logo chega.

* * *

Quanto ao primeiro Auto de Fé que a família Gireaux acompanhará junta, o que temos a dizer é que o público a tudo assistirá com miserável interesse.

Os sacerdotes do Santo Ofício, portando os brasões da Inquisição, farão preces e rogarão ao populacho que não se envolva com o pecado da bruxaria. Os confessores, alguns dos quais chorando copiosamente, seguirão ao lado dos condenados, enquanto os exortam ao arrependimento e à contrição.

O inquisidor Morel fará a leitura das sentenças e oferecerá aos condenados a última oportunidade de retratação. Keira confessará seu arrependimento, mas rejeitará o perdão oficial da Igreja. Para ela, a confissão a Lucius na floresta e a absolvição por ele ministrada terão sido suficientes. Venocchio continuará não entendendo o que o terá levado à fogueira. Lucius sorrirá. Seus sonhos terão se tornado realidade. Ele e Keira logo estarão em vestes brancas e juntos para sempre. Dominic desmaiará seguidas vezes. Depois fará uma prece por aquele a quem conheceu como pai. Theodora também terá Jacobus em mente. Morrerá sem repudiar a fé, e suas últimas palavras serão oferecidas ao inquisidor destituído: "Jacobus, o amor o encontrará!".

O velho e destituído inquisidor acompanhará as execuções como parte de sua punição e refletirá, pela primeiríssima vez, que os sentenciados são pais, mães, filhos, irmãos ou cônjuges de alguém, e esse será seu último pensamento lúcido antes de testemunhar a morte do filho e da amada. Em seguida, será reconduzido à prisão inquisitorial e, de lá, levado ao exílio e à loucura.

Por fim, a tropa de gala desfilará ao som de trompetes, tímpanos e outros instrumentos de sopro, ornada de vestes de sedas coloridas em berrante contraste com a massa marrom formada de peregrinos empoeirados vindos de todos os cantos; exaustos, depois de percorrer distâncias de até 350 léguas, mas ávidos e dispostos a acompanhar em pé e com fome os ritos executórios.

Todos os sinos se farão ouvir. Eles se sobressairão à algazarra do povo, ao latido dos cães e ao balido das ovelhas.

As primeiras execuções acontecerão ao entardecer, ainda sob a luz do dia, para que a audiência possa testemunhar os detalhes dos enforcamentos, estrangulamentos, amputações e esquartejamentos.

Ao entardecer, a luz do Sol será substituída pelo clarão das fogueiras e pelas milhares de velas acesas pelos fiéis. Tantas serão que não se perceberá o negrume da noite, a não ser que se olhe para o mais alto possível.

O pequeno Lucien desejará chorar, mas se conterá, como o pai antes dele também se conteve em seu primeiro Auto de Fé.

"Com a trouxa nas costas e a infância nos bolsos, o pai verá uma vez mais a face dos condenados, mas não retomará tais momentos. Não guardará sequer as próprias dores, e seus filhos aprenderão com sua frieza a também ser indiferentes".

Exceto Jean.

Sobre Jean Gireaux

Jacobus correu em direção à maçã mordida que ainda rodopiava na grama e a pegou. Olhou ao redor. Crianças riam dele. Janelas se fechavam apressadamente. O homenzarrão ficou girando, como a maçã nele atirada pouco antes, à procura de alguma pista, de algum sinal de quem, de novo, insultara-o, atirando-lhe frutas.

Quando isso acontecia – e não era raro, importunava-se, sentia-se insultado, mas comia. Exceto maçãs. Odiava maçãs. Odiava-as! E eles sabiam. Maçãs o faziam lembrar e Jacobus queria esquecer.

Fez menção de atirar a fruta em uma criança que se aproximou, mas o menino veio como se não o temesse e apontou com o bracinho para algo atrás dele.

O velho monge virou-se na esperança de que o menino estivesse lhe indicando o infeliz agressor que atirara a maçã mordida nas costas, mas o que viu foi um pequeno alvoroço. Algumas pessoas andando apressadamente em direção à praça, em frente à matriz.

Com esforço e dor, Jacobus empertigou-se, levantando a cabeça o máximo que pôde, até que conseguiu divisar, ao longe, uma pequena aglomeração de pessoas se formando.

Talvez fosse o pregador. Animou-se.

O menino continuava lá.

– Doido, é Gireaux – confirmou o menino. – É o pregador de que o senhor tanto gosta!

Jacobus largou a maçã, enxugou a baba que escorria pela barba espessa e balbuciou alguma coisa.

O menino entendeu. Era um agradecimento.

* * *

Quanto a Jean Gireaux, o que temos a dizer é que cresceu e, homem feito, deixou o velho pai ao cuidado dos irmãos, tornando-se pregador itinerante. "Apaixonado no gesto, persuasivo na voz, fascinante no sorriso, claro e consequente no raciocínio, ele prendia os ouvintes por todo tempo". Assim Umberto o teria descrito se o tivesse conhecido.

– Vejam, irmãos, que o Todo-Poderoso ordenou a Arão, por meio de Moisés, seu servo, que ele tomasse um bezerro sem defeito para oferta pelo pecado e o trouxesse perante o Senhor, e que também levasse um bode para o sacrifício. Sabem o que vejo aqui? – perguntou o pregador enquanto contemplava momentaneamente a multidão. – Vejo bodes e bezerros! Vocês, irmãos, são, a um só tempo, o bode e o bezerro. Estou lhes falando de algo que inclui todos nós. Do religioso à prostituta. Estou falando de algo que nos inclui, que é a nossa perversão básica, pois todos pecaram e carecem da glória de Deus. Veja como a oferta pelo pecado se manifesta pela natureza desses dois animais: o bezerro e o bode. O bezerro e o bode nos habitam! O bezerro nos lembra do lado forte e, ao mesmo tempo, inocente de nossa alma. O bode, entretanto, fala do lado das sombras, da obscuridade. Por exemplo: quando nós assistimos a um Auto de Fé, dizemos dos condenados: "Eis aí um bastardo, um cretino, um herege!". Isso acontece porque só vemos "o bode" que habita aquele condenado, mas um dia descobrimos uma parenta que é aparentada do "bode", um tio que é casado com a concunhada daquele "bode", então descobrimos, para nossa surpresa, que nossa parenta o conhece desde criança, brincou com ele e não o vê como "bode". Você descobre que seu tio o conhece e não o vê como "bode", mas como "bezerro". Então, a mesma pessoa provoca reações distintas, inspirando-nos ódio e repulsa, mas, por outro lado, carinho e compaixão. Isso porque essas duas naturezas, esses dois bichos, moram dentro de mim, moram dentro de nós, e nos puxam e nos empurram para lados distintos. O bode e o bezerro. Não precisamos fugir de nós mesmos. Não precisamos fugir de nossas sombras. Em vez de fugir do bode que habita em nosso interior, devemos confrontá-lo. Devemos levá-los, o bode e o bezerro, ao altar do Senhor para que sejam queimados não pelo fogo da Inquisição, mas pelo Fogo do Senhor, que os consome. Essa oferta, irmãos, é chamada de "oferta pacífica"; portanto, eu os convido a alcançar a paz pelo fogo que consome o bode e purifica o bezerro que há em nós.

– Cale-se, pregador de heresias! Luterano!

De novo, o pregador não prosseguiria. A guarda local, acionada por algum incomodado, aproximava-se. Dessa vez, todavia, sentia que havia falado tudo o que desejava.

Não ofereceu resistência e ficou grato em não ser levado a ferros outra vez.

– Vá embora – recomendou o chefe da guarda.

Depois da usual interrupção de suas pregações, com a chegada da guarda local, acionada por algum incomodado, Gireaux foi cercado, como de costume, por gente de toda espécie. Pedintes, pecadores arrependidos, enfermos, curiosos e até prostitutas.

Religiosos descontentes dificilmente se aproximavam. Misturavam-se à multidão e gritavam, alternadamente, imprecações, palavrões e xingamentos. Todavia, na maior parte do tempo, ouviam. Depois, reuniam-se a certa distância e ficavam a observá-lo enquanto conversavam miudamente.

Uma criança se aproximou de Gireaux; puxou-o pelo manto tão forte que quase o fez cair.

– Opa! – gritou. – Quem vem lá?

– Venha! Venha! Não demore, que custa fazê-lo ficar são – respondeu o menino (o mesmo que abordara Jacobus, instantes antes).

Gireaux desvencilhou-se de braços e corpos, tropeçou, pisou em alguns pés. "Desculpe, desculpe", dizia enquanto avançava.

O menino ia à frente. Andava rápido. Gireaux o seguia sem bem saber o motivo.

Lentamente, o mar de gente foi dispersando. Por entre os espaços, Gireaux identificou o menino ao longe. Pequeninas nuvens de poeira subindo após seus passinhos. Apressou o ritmo.

O menino parou, esperando-o.

Quando o pregador se aproximou, o garoto apontou para o lado.

– Ali!

Gireaux virou-se.

– É ele – disse, apontando para um homem encurvado que se apoiava em um bordão e acabara de se sentar junto ao poço. Era Jacobus.

– Quem é ele? – perguntou ao garoto.

– Ele é a razão de você estar aqui.

Gireaux sorriu.

– Não vim aqui por ele – contestou. – Não estou aqui por ninguém em especial. Vim para anunciar o dia do Senhor, a vingança do Senhor contra os mercadores do templo deste condado.

– Sim – concordou o menino. – Mas você está aqui – falou, apontando para baixo e batendo o pezinho no chão – por ele. Por ele *nós* o trouxemos.

O coração de Gireaux gelou subitamente. O pregador engoliu em seco e se voltou para o homem sentado junto ao poço. Pessoas se aproximavam de todas as direções.

– Quem é ele? – perguntou de novo.

O menino havia desaparecido. Um farfalhar de asas se fez ouvir.

O rosto de Jacobus iluminou-se.

– *Angelus!* – disse, reconhecendo-nos quando partimos.

Gireaux aproximou-se de Jacobus.

– Seu nome é Angelus? – perguntou-lhe.

– Ele não fala coisa com coisa – disse uma voz feminina vinda de trás.

Outros que o ouviam instantes atrás também se aproximaram e lhe falaram do homem. Era um louco, vindo não se sabia de onde. Um andarilho sem posses e sem família. Não tinha nome. Se tinha, ninguém por ali sabia dizer. O que se sabia sobre ele era apenas o que se via, pois de sua boca nada coerente ouviam. Até podia ser que o doido – assim o chamavam – dissesse algo que fizesse sentido, mas ninguém se ocupava de interpretar, porque ninguém sabia que língua era aquela, se é que era um idioma deste mundo.

Ora em latim, ora em alguma fala desconhecida, ouvia-se Jacobus soltar uma ou outra palavra. Coisa rara. Na maior parte do tempo, ele só grunhia e gritava. Falar, quase nada.

Vivia metido em andrajos; caminhava encurvado, e mesmo assim, sobrepujava em tamanho a maioria das pessoas do condado; comia o que lhe davam ou o que encontrava pelo chão. Exceto maçãs. Por alguma razão desconhecida, odiava quando lhe davam tal fruta. Por isso mesmo alguns o provocavam, lançando várias nele.

Grunhia, gritava e padecia de flatulência. Padecia e fazia padecer. Ao sonido retumbante de seus gases, cães latiam e crianças se punham a rir e a fazer troças com ele.

Assim Gireaux o encontrou.

– Expulsem dele o demônio, pregador – pediam. E lhe diziam que ele conseguiria porque, desde que eu começara a pregar, fosse no mercado, na praça ou do alto do moinho central, Jacobus punha-se a ouvi-lo atentamente como se fosse sempre são.

Jacobus não parecia possesso. – Exorcize-o! Ele só está calmo assim porque o ouve – protestavam.

– Qual o seu nome, bom homem?

O semblante de Jacobus não se alterou. Olhar distante, vago. Testa franzida. Mas, para sua surpresa, ele respondeu:

– *Siliginis.*

Sua voz era fraca e desmotivada, a ponto de soar inumana.

Gireaux olhou para o lado, buscando alguém que lhe confirmasse a informação.

– É esse mesmo o nome dele?

– Não! – respondeu alguém. – Cada vez que lhe perguntam o nome, ele diz uma coisa diferente. Por isso pensamos que está com os seiscentos diabos! Cada hora diz o nome de um.

– Pergunte-lhe de novo – sugeriam.

Mas, como o pregador se negara, por não ver nisso sentido algum (além de fazer pouco do coitado), eles mesmos o fizeram.

– Diga-nos seu nome, demônio! – provocavam. – Decerto é "Legião".

– *Siliginis Contaminari* – respondeu Jacobus em latim.

– Agora disse o nome e o sobrenome! – riram. – Já está melhorando!

Doidos sempre intrigavam Gireaux. Para ele, os doidos eram como enigmas. Seres que se faziam enigmas e buscavam alguém que os elucidassem, que os decifrassem. Aquele doido ali queria ser decifrado, e o estranho significado de seu nome, "Centeio Contaminado", podia ser uma pista disso.

Quem decifra um doido, cura-o aos seus olhos, pensava.

– Homem, não o conheço – disse. – Não sei quem foi, mas sei que, em algum momento, o que você foi se perdeu. Quero lhe dizer que meu nome é Gireaux que o Senhor da Providência me trouxe aqui. – Gireaux sorriu ao lembrar-se do menino mensageiro. – E mandou lhe dizer que vá até onde costuma dormir e repouse. Ele o fará se lembrar de tudo e revelará coisas que você não sabe: coisas de sua vida e da vida daqueles que você tocou de alguma forma. E você nunca mais será o mesmo. Voltará a ser criança. Você entende?

Jacobus piscou e baixou o olhar. Gireaux chegou a pensar que ele falaria naquele instante, mas o velho levantou-se, virou e se afastou em meio à pequena multidão que os circundava.

Fez como lhe fora dito. Deitou-se, dormiu e sonhou o próprio *apocalipse.*

Gireaux nunca mais o viu desde então, mas, em seu coração, ele sabia que Deus o encontrara e que o faria encontrar-se consigo mesmo – tanto para sua condenação quanto para sua redenção.

Fim das revelações.

Epílogo

Os anjos do Senhor postaram-se enfileirados na minha frente. Depois de me contarem toda a história. Depois de revelarem a verdade sobre todos. Ações, pensamentos, intenções. Estava tudo ali, diante de meus olhos, e eu me lembrava, como por encanto, de todos os detalhes. Eu sabia que sonhava e desejava me lembrar de tudo quando acordasse. Por isso anotava tudo. Mas que tolice a minha! Não haverá nada anotado quando eu acordar.

Segundo eles, restava apenas uma revelação, a última.

– Quanto a você – disseram os anjos –, o que temos a dizer é que essa é a verdade acerca dos fatos que uniram todos nesta espiral de violência, incompreensão, prejulgamento e morte que, por fim, acabou nos trazendo a você. Nós, os servos dos servos de Deus e também daqueles que ainda hão de se tornar. A nós foi dado testemunhar todos os eventos relativos aos Herdeiros e auxiliá-los em suas jornadas até o fim. Somos os Olhos do Senhor. Acompanhamos tudo o que se passa ao redor. Vemos tudo. Ouvimos tudo, mas não sabemos de tudo. Não podemos ver tudo o que ocorre no mistério profundo do espírito humano. Não nos cabe julgar nem condenar. Nossa missão termina aqui, como os missi dominici, aqueles que levam e trazem mensagens do Senhor. E, agora, tudo relatamos. Porque a você será dado julgar e ser julgado, condenar e ser condenado ou absolver e ser absolvido. Porque ninguém será condenado contra a própria consciência. Não há apelações aqui. Nem rogos. Nem súplicas. Aqui os condenados não se sentem injustiçados; eles endossam as próprias condenações. Que entre o juiz!

Olhei e eis que vi entrando um alto e sublime trono, mas ele estava... vazio!

Os anjos apontaram-no e me indicaram que lá me sentasse, o que me causou grande comoção

Ora, ora! Então era eu o juiz?

– Que comecem os julgamentos – disseram os anjos em uníssono e sinalizaram para que entrasse o primeiro réu, supus.

Entrou um homem alto e corpulento. Mãos grandes, dedos grossos. Altivo, imperial. Eu o reconheci de pronto. Era Jacobus. Disso eu estava serenamente convicto.

Logo em seguida, um animal gigantesco e bestial semelhante a um bode colocou-se ao lado do inquisidor. Uma besta do Apocalipse, pensei.

Os anjos me disseram que aquele era um bode expiatório e chamava-se "Culpas e Pecados"; pertencia a Jacobus. Então, perguntavam qual seria minha sentença ao velho inquisidor.

Olhei para aquele bode monstruoso. Culpas e Pecados, não?

Em minha mente, encontravam-se nítidos todos os fatos relativos ao réu – tudo aquilo que me fora revelado pelos anjos, que me dava a sensação de conhecer Jacobus tão bem como a mim mesmo e me fazia sentir pleno de convicção de sua culpabilidade.

– Diante de tudo que vi e ouvi, eu, Reverendíssimo Juiz deste processo, declaro que o réu, padre Ignácio Jacobus, é culpado! – sentenciei. – Orgulho, cobiça, glutonaria, falso testemunho, promoção de contendas e intrigas, hipocrisia do mais alto grau, cobiça, avareza, luxúria, mentira, omissão, legalismo, ira persecutória, homicídio, associação para homicídio, dentre outros.

O homem aquiesceu em silêncio. Baixou a cabeça, aproximou-se de mim, apontou-me o dedo em riste e assim permaneceu.

Fiquei sobremodo espantado e olhei para os anjos, para ordenar que retirassem o condenado e o levassem para a execução de sua sentença.

Os anjos aproximaram-se ao meu comando e se postaram ao meu lado, mas, para meu espanto, inexplicavelmente, tomaram-me pelos braços e me atiraram ao chão, violentamente.

Jacobus virou-se e continuou a mirar meus olhos, apontando seu dedo grosso e asqueroso em minha direção.

Voltava-me para os anjos para perguntar por que haviam tratado assim o juiz, mas, antes que eu dissesse qualquer palavra, Jacobus falou:

– Você! Você é o homem! Você é Jacobus!

Foi nesse instante, e não em outro, que mais desejei sair do sonho.

– Sim! Sim, sou eu! Culpado! – gritei de terror.

Não protestei, não pedi clemência, não supliquei pelo advogado. Lembrei-me das palavras de São Paulo, "inescusável".

Então, tudo desvaneceu e acordei sobressaltado.

Quando despertei, todavia, o bode ainda estava lá

FONTE: Adobe Garamond Pro
PAPEL: Pólen Soft 70g/m2
IMPRESSÃO: Paym

#Talentos da Literatura Brasileira
nas redes sociais

novo século®
www.novoseculo.com.br